ちくま文庫

官能小説用語表現辞典

永田守弘 編

筑摩書房

目次

【クリトリス】

【陰唇】

／アンコ／活き造りの鮑／一対の肉の翅／いびつな杯／芋虫／淫層／淫肉の合わせ目／淫門／淫欲の肉片／インナーラビア／ウィング／うさぎの舌／薄切りにしたゼリー／薄肉／薄桃色の谷／薄桃色の小さなヒダヒダ／梅の花／裏肉／熟れあけび色の花層／熟れたイチジク／熟れた柿の実／熟れたマンゴー／襟巻フリル／尾根／お花／女の花びら　91〜97

●貝舌／貝の口／かげろうの羽根／果汁のたっぷり入ったゼリー／花唇／花肉の片鱗／花片／褐色の大小の畝／片巻貝／鰹の血合い／通い馴れた肉の小径／カルデラ湖／観音開きの肉の扉／木耳の笠／牛タン／餃子／魚類の内臓／吸血虫／クレバス／黒薔薇花弁／クロワッサン／鶏冠／渓谷／肥えた山脈／焦げたすきやきの脂肉／コーラルピンクの肉ひら　98〜101

●魚の血合い／ザクロ／ザクロの実／桜貝／鮭肉色の二枚のびらつき／鮭肉色の襞の起伏／刺し身／刺し身にされた貝肉／サーモンピンクの二枚の花弁／さんごの花びら／舌肉／湿地帯に咲く虫媒花／湿った鞣し革／淑女のたぎり沼／朱肉／シュリンプ／小蹊／食虫花／白い肉の屏風／新鮮な魚肉／神殿の扉／水田と化した襞の連なり／スイートピー／スイートポテト／すき焼きのあぶら肉／すき焼きの残り肉／スリット／清花／蟬の羽／ゼリー／双花／双翅／装飾肉　101〜106

●大小の秘肉の畝／縦長の壺／タラコ型の肉／淡紅色がかったびらつき／小さな茸／チェリーピンクの粘膜／痴情の水飴に蕩けた牝肉／中トロ／虫媒花の花弁／蝶／貯水場／恥肉の扉／中華肉まん／恥裂／番の肉びら／対のびらつき／鶏冠／扉／鶏のトサカ　106〜108

●内臓色のヒダ／生クリームふうの粘膜／生焼けのローストビーフ／肉花弁／肉苞／肉扉／肉羽／肉紐／肉ビラ／肉蘭／肉裂／肉の脂身／肉の重なり／肉の萼／肉の舌／肉のゼリー／肉の堤／肉の扉／肉のマント／肉の門／二重花層の沼／二匹の蚯蚓／二枚の肉舌／二枚の襞／濡れ羽／濡襞／熱気の籠もる中央／熱帯花／粘膜のフリル／濃赤色のすみれの花弁／肌色のゴムまり／ハート型／ハート型によじれた薄い肉／花あやめ／花のふくらみ／花の峰／花襞／花溝／羽／バラの花弁／バラの花びら／ハマグリの剝き身／破廉恥な女の肉片／緋色の絡まり／ピオーネ／雛鳥／秘肉のほころび／ヒダヒダ／ヒラヒラ肉／ビラビラ／蛭／美麗な双花／深い肉の祠／膨らみ／双葉／双ひらの内側の女唇／葡萄色がかった襞の連なり／葡萄色の蝶／葡萄色の割れはじけ／船底型の肉の縁／芙蓉の花／ブヨブヨした柔肉／ほの紅い蜜肉／ぼぼ舌　108〜117

●鮪の刺身／満開の蘭／ミミズ色の貝の身／紫がかった肉羽／ムール貝／牝口の花層／瑪瑙色の肉羽／明太子／桃色のお肉／焼きギョウザ／焼きすぎたローストビーフ／八重の花びら／柔らかい貝の身／湯だまり／ラグビーボール／ラビア／蘭／裂溝／ワインをたらされたアワビ／椀咲きの薔薇　117〜120

【膣】

●隘路／赤い虚／赤い沼／赤い洞／赤黒い柘榴口／紅い洞／朱い窓／熱い鍾乳洞／熱い滑り／熱いゼリー／熱い熔岩／温い小さな沼／穴蔵／甘い管／蟻地獄／暗渠／烏賊／生きている洞窟／生き蛤／泉の縁／イソギンチャク／一輪挿しの花瓶／陰穴／陰孔／陰肉／淫口／淫溝／淫泉／淫芯／淫壺／淫肉／淫襞／淫扉／ヴァージンホール／薄い膜／薄桃色の虚／薄桃色のゴムの輪／ウツボ／うねくる蛸／うねりの強い肉奥／産まれた場所／うるみ肉／熟れた内奥／熟れ肉／洞／H字型をしたピンクの窪み／餌を食らう鯉／奥芯／奥の院／小暗い穴／女のうねり／女の宮殿への通路／女のどん底／女の肉洞／女の洞／女の径／女の迷宮／女の坩堝　120〜128

●海藻のようなひらひら／貝肉／快美スポット／快楽の裂け目／快楽の通路／快感の坩堝／柿の種／花孔／風穴／火山／果芯／果肉の入り口／カトリーヌ／花扉／釜／甘美な感触をたたえた粘膜／甘美なヒダ肉／官能の芯／陥没孔／吸引口／吸盤／宮殿への入口／狭穴／峡谷の底／狭隘な構造／狭隘部の環／切り口／金魚の口／空洞／暗い洞穴／栗の実大の膨らみ／源泉／源泉の肉洞／鯉の口／孔内／娯楽室／コリコリ／コリコリした深み　129〜134

●桜貝／裂けた玉／鮭肉色の奥処／鞘径／皿マン／サーモンピンクのトンネル／三段締め／産道／子宮につづく径／子宮へと続くホール／触角／下のお口／蛇腹／十九番ホール／淑女の隠し穴／淑女の世界／朱門／鍾乳洞／食虫植物／処女地／処女のホール／女芯／シリンダー／真円／神聖な陥穽／人跡未踏の秘境／新鮮な桜貝／神秘の穴／神秘のホール／芯部／吸肉／好き虫／隧道／スルメ／生殖のための孔／ゼリー状の粘膜／全宇宙と響きあう孔／鮮紅色の可憐な肉扉／千匹の小さな虫／前門／底なし沼　134〜140

●胎内／胎内に通じる穴／たぎり沼／タコ壺／タコの吸い口／縦になっている穴／谷底のすぼまり／小さなキャベツ状／地獄沼／恥芯／痴肉／恥肉の絨毯／痴門／通路／粒々の天井／ツボ口／壺の口／泥濘の海／電気クラゲ／桃源郷／とば口／鳥黐／トンネル　140〜143

●中膨れの徳利／海鼠の頭／海鼠の輪切り／ナメクジ／軟体動物の口／肉穴粘膜／肉環／肉孔／肉扉／肉筒／肉壺／肉洞／肉の壁／肉の凹み／肉の峡／肉の袋／肉の洞／肉の窓／肉の径／肉の輪／肉沼／肉襞器官／肉弁／肉門／肉路／女淫洞／女泉／女体の入口／女体の後宮／女体の最深部／ヌルッとした熱い肉／濡れ穴／濡れ肉／猫の舌／練り壺／粘着質な生肉　144〜149

●爆裂口／バターの壺／8の字筋／パールピンクの秘口／花／花洞／花咲ガニ／花壺／花筒／花肉の扉／花道／歯のない口／内臓／挽き肉のミンチ／秘宮／秘孔／秘腔／秘泉／襞でいっぱいの肉／襞肉のトンネル／秘壺／美肉の門／秘門／秘

割れ/敏感な胎内/ピンク色の真綿/ピンホール/深い溝/深壺/複雑な暗渠/ブラックホール/ブリ子/紅色をした磯巾着/鬼灯/ほころびの口/ホッキ貝/法螺貝の口　149〜154

●前の穴/巻きつくミミズ/魔性の棲む穴ぐら/円い窓/水飴の壺/水場の穴/蜜穴/蜜口/蜜源/蜜腔/蜜泉/蜜層/蜜襞/密閉した容器/蜜ぬるむ場所/蜜路/身奥/ミミズ/ミミズ千匹/ミミズの洞肉/虫の栖/無数のツル/女鞘/雌芯/牝の肉道/牝の柔らかな口/女壺/雌壺/メルティング・ポット/目的地/桃色の世界/桃色の輪/桃の傷口/桃の種/門戸　154〜159

●山桃色に濡れたくぼみ/闇にうごめく生き物/柔穴/柔肉の塊/柔肉の径/柔肉の溝/柔襞の奥/融解した部分/欲情の源泉口/ラグビーボール/ラブホール/坩堝/ルビー色の沼/ルビーの窓/レギュラー/輪ゴム/輪ゴムの束/綿菓子/湾内　159〜162

【陰毛】　162

●葦/味つけ海苔/淡い藻くず/アンダーヘアー/銀杏の葉/隠花植物/インディアンヘア/鶯の巣/薄絹/薄雪をかぶった盆栽の松/うっそうとした蜜林/鬱蒼とした茂み/海藻/産毛/羽毛/うるし/扇型/丘辺の繁茂/女くさい茂み/おケケ/女の森林　162〜164

●火焔/火焔型の旺盛繁茂/陽炎/飾り毛/亀の子たわし/カールした淡い繊毛/きそい立つ縮毛/絹糸/絹糸の房/絹草/絹草のむら立ち/絹毛/逆三角形の茂み/金色の糸屑/曲毛/口髭/黒い飾り/黒い絹草/黒い草木/黒い草むら/黒い三角形/黒い繁み/黒いダイヤ/黒いタワシ/黒い炎/黒い密林/黒い綿毛/黒々とした繁みのむらがり/黒々とした密林/黒猫/黒光りする三角デルタ/栗色の毛むら/毛糸/毛皮/勁草/毛叢/光沢のある直毛/蝙蝠/小判型　165〜169

●砂鉄/自然繁茂の黒毛/下草/下の口ひげ/漆黒の翳り/漆黒の絹草/漆黒のしげみ/ジャングル/羞恥の茂み/春毛/鍾馗さまの髭/小動物/スケベな毛/正三角形/繊毛のクッション/繊毛の群れ/繊細な絹糸のむらがり/楚々とした翳り/疎毛　169〜172

●ダイヤ/恥丘の叢/恥叢/恥毛の林/蝶が羽をひろげたような形/長方形/釣り糸/柔毛/猫の腹毛/のれん/春草/春の若草/半円形/秘叢/V字形/不浄な毛/ブッシュ/ブラシ/噴水型の柔毛/ベルベット/箒/ホームベース/マテウスロゼのワインの瓶/マン毛/マンジュシャゲ/密林/芽吹き/燃えさかった茂み/藻くず/もずく/モヒカン族の頭髪/樅の木/やや褐色がかったしげみ/槍の穂先/柔らかい草原/若草/綿毛　172〜176

【愛液】

●愛汁／愛涎／愛蜜／愛の雫／愛の露／愛の蜜／喘ぎ汁／朝顔の蜜／朝露／温かいうるみ／熱いあふれ／熱いうるおい／熱いたぎり／熱いとろみ／熱い涙／熱いヌメリ／熱い奔流／熱くトロトロしたヌメリ／甘い滴／甘汁／甘ったるい汁／甘肉の汁／甘蜜／溢れかえり／油／淡い酸味の粘液／泡粒状の体液／あんかけ／イチゴにミルク／苺ジャム／淫靡な湧水／淫蜜／淫欲の花蜜／淫涙／ヴァギナの嬉し汁／潮／潮汁／ウシの涎／薄く濁ったような汁／薄白い粘液／薄めた糊／潤い水／うるみの渦／液状のヨーグルト／エッチ汁／エッチなお汁／エッチな粘液／艶汁／オアシス／お湿り／お汁／重湯のように湧くスープ／オリーブ油／オレンジの果汁／女のエキス／女の射精液／女の精／温泉　177～184

●快液／花液／快楽の汁／牡蠣汁／カスタードのクリーム／我慢汁／歓喜の涙／完熟の牝汁／官能の滴り／甘露／喜悦の雫／銀色の蜜／銀水／葛湯／グレープフルーツジュース／洪水／香蜜／米のとぎ汁／コンデンスミルク　184～187

●誘い水／サラダオイル／サワー／サワードレッシング／酸味混じりの果汁／子宮液／下のオツユ／シチュー／搾り汁／搾りたての果汁／清水／ジューシーで甘やかな恥蜜／潤滑油／ジュンと吹き出すもの／シル／汁気／白んだ煮汁／白んだ涎れ／白い分泌／白い蜜／白いルージュ／白酒／シロップ／白っぽい蜜／白蜜／新鮮な濃い牛乳／新鮮な花蜜／髄液／水膜／清流／清冽な泉／ゼラチン　187～191

●大洪水／卵の黄身／玉子の白味／痴液／痴情の牝汁／恥汁／乳滓／膣汁／恥蜜／長寿の薬／露／天然の蜜汁／糖蜜／糖蜜の滴り／透明な潤い水／独特の白い糊／溶けたマーガリン／とろけ汁／蕩けた蜜／ドロドロのヨーグルト／とろみのある液　191～194

●納豆／南洋の果実／肉液／煮汁／乳液／乳清／乳豆を薄めたような液／乳白色の液／乳白色の肉汁／乳濁色の子宮液／女陰の汁／ぬめり／滑り汁／ぬるま湯／ぬるぬる／濡液／熱湯／粘っこい花液／ねばねば／ねばり光るもの／粘液質の白汁／濃厚な搾り汁／濃蜜／飲み物　194～196

●白汁／バター／バタークリーム／ハチミツ／発情の印／バニラアイス／半濁水／媚液／美酒／ビニールコーティング／フェロモンの濃縮エキス／紅花食用オイル／ホットカルピス／ホットハニー／ほとびり／ほの白いしずく／本気汁　197～199

●マグマ／マン汁／マンスープ／水飴／淫ら水／淫らな汁／淫らなシロップ／蜜の海／蜜の河／ミルクを薄めたような液／無色無臭のヨーグルト／女神のエキス／女汁／牝のドレッシング／牝のバター／牝の分泌／牝濁／物欲しげな涎れ／やりたい汁／柚子のシャーベット／湯煎／妖液／溶液／溶岩流／欲情の汁／欲望のしるし／欲望の粘液／ヨーグルト／ヨー

●美しい生き物／熟れたメロンの果肉／大きな肉マン／堅い肉／観音開きの扉／巨大な熟れ桃／巨大な肉マン／巨大な桃のような双球／尻球／ゴムボール／最高級の霜降り肉／食パン／女王蜂／白い山脈／白い双丘／白い双臀／白いフワフワした饅頭／白く輝く大きな桃／尻朶／白葱／水蜜桃／スズメバチの胴／双丘の肉／双臀　222〜225

●玉葱色の臀部／つきたての餅／ツヤツヤした尻肉／臀丘／生温かいもの／牛桃／肉の球体／肉の山脈／白桃／白蜜桃／バスケットボール／ハート形をしたゆで卵／双つの円球／双つの丘／双つの白い小山／双つの山並み／フランスパン／豊臀／豊満な肉／マシュマロ／真昼の円月／満月／マンドリン／蜂／むき玉子／剝玉葱／桃の実／桃割れ／焼きたての大きなふっくらしたパン／雪白の桃尻／茹で卵／林檎　225〜230

【肛門】

230

●紅い肉襞を露出させている蕾／赤ちゃん猫／アスホール／暗紫色の陰花／いけない場所／いそぎんちゃく／イソギンチャクの触手／陰花／淫靡な穴／隠微な菊の蕾／後ろの腔／後ろのホール／薄紫色の藤壺／薄桃色の火口／梅干し／裏門／裏の花弁／裏の小窓／裏の小さな花弁／裏の莟／裏の洞／円環／奥の門／おちょぼ口／菊花／菊座／菊皺／菊芯／菊筒／菊壺／菊蕾／菊紋／菊状の花／菊の花／菊の紋章／菊襞の中心／吸盤／狭穴／禁断の場所／くすんだ色のうしろの部分／くすんだ色の肉口／くすんだピンクの花／糞門／暗い洞窟／黒い空洞／鯉の口／濃いミルクココア／肛華／肛肉／小皺の寄ったちっぽけな孔／後庭花／後門／口吻／極秘の肉穴　230〜237

●魚の口／紫苑色のすぼまり／邪道／消化器官の末端／深海にひそむ小動物の口／窄まりの暈／菫色の裏の花弁／聖穴／セピアに色づく可憐な排泄の孔／セピア色の可憐なすぼまり／玉子の割れた殻の内側の薄い膜／茶褐色の裏門／茶巾絞りの和菓子／腸管／腸腔／直腸の粘膜／慎ましげな孔／臀孔／倒錯交尾の穴／生コンニャク／肉環／肉孔器官／肉門／肉輪の芯／粘膜トンネル／野菊　237〜240

●排泄筒／排泄のための弁器官／バターナイフですくい取ったようなすぼまり／蜂の巣／緋色の口／微妙な皺に取り囲まれた小孔／美門／ピンク色の可憐なツボミ／富士壺／不浄の裏の孔／鮒の口／噴火口／噴火寸前の火口／放射状のすぼまり／本来出口である器官／マーガレットの穴／魔媚のホール／万力／未知の生命体／未知の道／桃色の臍／妖花ラフレシア／レモンの先／割れた桃の中心　241〜243

男性器 ―― 244

刀／弾頭／茶色の肉の固まり／茶巾のオモチ／彫刻／超合金／長大な弓状／長大な太い肉／闖入物／珍棒／珍宝子／手首／鉄アレイ／鉄杭／鉄の棒／胴田貫／尊いコレ／獰猛な獣／特製こけし／毒キノコ／毒蛇／泥鰌のミイラ／どす黒い肉の凶器／トーテム／怒張器官／怒棒／獲れたての鮮魚／蕩けたアイスキャンディ　265～269

●中足／なすび型／生牡蠣／生ぐさいもの／ナマコ／ナマズ／生肉／生ま勃起／生身の肉砲／肉亀／肉傘／肉幹／肉キノコ／肉具／肉杭／肉楔／肉剣／肉根／肉竿／肉鞘／肉地蔵／肉食獣／肉弾／肉弾頭／肉筒／肉刀／肉塔／肉の傘／肉の杵／肉の楔／肉の地蔵様／肉の筒／肉の塔／肉の根／肉の柱／肉のバット／肉のピストン器官／肉の鞭／肉の槍／肉ピストン／肉笛／肉筆／肉砲／肉ホース／肉マツタケ／肉鞭／肉槍／二十センチ級／二十センチ砲／如意棒／抜き身／濡れ光った木の幹／鼠の亡骸／ねじくれた樹木／熱塊／熱源／熱鉄／熱棒／ノーズコーン／望むもの／野太いおのがもの／野太い男性　269～276

●鋼の肉塊／馬敬礼／爬虫類／発熱体／バナナ／張り裂けるばかりのもの／蛮刀／火ごて／ビッグ・コック／びっくり箱のお人形／火のような塊り／火柱／卑棒／ピンクのスティック／膨れあがった海綿体／無骨な肉棒／筆／ブットイの／太い杭／太棹／太いソーセージ／太い注射／ふとい鯰／太い肉の筒／太いの／太い幹／ふとい銛／太い奴／太茎／太竿／太々といきり勃ったもの／フランクフルト／フルート／憤チン／蛇の頭のような性愛器官／棒あめ／望遠レンズ／棒杭／坊主頭／砲弾／膨張した肉塊／宝刀／ボウヤ／ホオズキ／木刀／牡茎／勃起器官／勃起肉／勃然としたもの／矛先／穂先／細長い茄子／ポール／奔馬　277～282

●MAXサイズの淫棒／魔性の凶器／ますらお／松こぶし／丸太／丸太ン棒／丸坊主／ミサイル／みだら棒／紫色のシャフト／明王の剣／猛牛／猛茎／もう一人のあなたさま／燃えさかる松明／モグラ／モンスター／灼きゴテ／焼けた鉄／焼けた鉄芯／柔茎／雄根／雄渾なもの／茹でたウィンナー／陽根／妖刀／陽物／欲棒／欲望の塊／欲望の形状／よこしまな淫柱／隆起物／凌辱器官／ロケット／若鮎／若牡の肉欲を誇示する器官／若竿／若勃起／業物　283～287

【陰嚢】　287

●アメ玉／稲荷鮨／淫嚢／ウズラのゆでタマゴ／大きな胡桃の実／お手玉／男玉／奇妙な肉の玉／球体／クルミ状のもの／熟した渋柿／皺々の袋／皺袋／玉の袋／玉袋／嚢袋／垂れ袋／小さな毬／貯蔵庫／吊鐘／なかの玉／肉玉／肉袋／秘玉／布久利／ボールをくるんだ袋／欲望袋／瑠璃玉　287～290

【精液】 290

●青い精／青草／青臭い男汁／青臭い粘液／青白い液／温かくて美味しいジュース／熱い刻印／熱いしたたり／熱いシャワー／熱い汁／熱いトロミ／熱い飛沫／熱い砲弾／熱い溶岩／あなたの愛／あなたの熱いの／命のツユ／いやらしいミルク／淫欲のエネルギー／淫欲の精／栄養ドリンク／エッチなミルク／悦楽のトロミ／汚液／汚辱のしるし／雄の精／雄の精華／牡獣のエキス／牡の液／おぞましい刻印／汚濁の液体／男の原液／男の熱水／男のパワー／男の溶岩／男のリキッド　290〜294

●快感液／カルピス／間欠泉／寒天質な体液／官能のトロミ／栗の花／激熱の牡ゼラチン／激流／華厳の滝／ザーメン／自信の素／実弾／射液／灼熱の溶岩／シャンパン・ショット／終末のエキス／樹液／純ナマ／情欲のツユ／白い雨／白いクリーム／白い滴／白い精／白い礫／白い吐液／白い毒液／白い飛沫／白い噴射／白い法悦／白い迸り／白い帆柱／白い魔液／白いマグマ／聖液／聖なる液体／精水／精の弾／精の飛沫／生命の汁／速射砲／たぎった汁／濁流／蛋白液／チンスープ／沈丁花／毒蜘蛛の産卵／特上のスープ／特濃の生汁／吐射液／土石流／どろどろの糊　294〜300

●生ミルク／煮えたぎった欲望／乳白色をした塊／熱液／熱した奔流／熱情のしるし／熱水／熱湯／粘つく液／濃縮エキス／糊状の液体／白液／白精／白濁の噴騰／白濁の溶岩／白粘液／半透明のゼリー状／ビールの泡／腐臭のする男の体液／噴出／噴出物／噴水／不埒者のリキッド／放水／ホットミルク／ほとばしり／ホルモンジュース／ホワイト・クリーム／水鉄砲／ミルクセーキ／ミルクのシャワー／妄想汁／溶岩流／欲情の証／欲情の汁／欲情の滾り／欲望のエキス／欲望の液体／ヨセミテの間歇泉／劣情のクリーム／練乳／ロケット弾／若い欲情　300〜304

声 305

●あそこが、燃えちゃう／あたしのおしり、燃え狂っているわ！／アタマが……白くなる！／頭が青くなる／頭に血が昇る！／浴びせて……浴びせて／イグ、イグ、イグ〜ッ／胃袋まで突きあげられる感じよっ／ウフゥーッ、フルフル／奥まで響くわ……！／お腰が、とろけてしまいそう／オシッコ、チビりそう／お尻でイっちゃう……／堕ちるう、う、う／お腹に突き抜ける！／おなかの中がドロドロになっちゃう～ん／おひっ……おひぃーん！／おぼぼがあちあち……／おぼぼが爆ちゃう／お股が痺れるっ～ん／オマメがズクズクする……／女殺し！ 305～306

●体が浮いてくる……／身体が沈んじゃうっ～ん／体中がヴアギナになっちゃう……／体のなかがえぐられちゃうーッ／かん……にん／き。ききき／効くっ～んっ／きた、きたぁッ！／来ちゃう、来ちゃう／ぎゃーあああああ！／キャオン！キャホホオゥ！／キャヒ！ キャオオオオゥ！／ぐひぃィッ!! がふゥッ!!／腰の骨が外れそう／こぼれちゃう／ごめんなさーい／怖い……霞んじゃうぅ／壊れちゃう／子宮がジンジンしてくるの／子宮がでんぐり返るわっ／子宮が溶けちゃう……／子宮が飛び出しそうだわ……／子宮が燃えるっ～ん／子宮の奥が弾けそう！／沈みそう……／染みる、染みる！／すごい大きな波が、来るうっ 307～309

●たくさんかけてちょうだい／チッキショウ……チッキショウ／宙返り、宙返りよ／蝶々が飛ぶ、ひばりが囀る／散る、散る！／つかまえて！ 落ちるう……／突き抜けそう！／飛ぶっ、飛ぶわっ／内臓がグチャグチャになるほど突いて／中が戦争になっているのよッ！……／涙が出るほどやって／なんだか宙に浮いてるみたい／のぼってく……のぼってくの／ハア、ヒン、ハア、ヒン／ヒイッ――！ あ、熱い――！／噴いちゃうっ！／また、だめになるわ……／真っ赤な矢が体を貫いて／緑色の光が、き、れ、い／もっちょっと……ッ、右……ッ！ イヤん……ッ、違う……ッ／もっとムチャクチャにしてぇ～っ！／やられるう／よかよかよいよい、わいわいどんどん／わからなくなりそう……／ングゥウウウ～ッ～ッ！ 309～312

オノマトペ

●ヴィヴィヴィヴィイインンンッッ／ぎゅいんぎゅいん／キュルキュル……キュルルルッ……／ギュルギュルと、それからグゥーンと／グシッグシャッ！ ブシャッ！……／グシュニュリムチュグチュ／クチュクチュ、ピチャピチャ／クニクニ／ぐちゅんぐちゅん／"グチョン" "グチョン" ／くなり、くなり／グニュッ／くるりん、ちろちろ 313～314

●ざわっ、ぱくっ、にちっ／しゅにしゅにしゅに……／ジュルルルルルルルルルルルルルルルーッ……／じゅるん／ジョボン／ズグニューッ！／ずにゅっずにゅっ／ずりゅずりゅずりゅりゅッ！／ツンツク……ツンツク……／どぴ／ドピュルッ、ヒクンッ、ビクッ――／ニュククヌーッ！／ヌタリ、ぐわっ／ぬたんっ／ぬっちゃっ！／ヌチャンッ、ネチヤンッ／ぬぷ。くちゅ。ずりゅ／ぬぷーっ／ヌルヌル、ビチヨビチョ、グチョグチョ、ブヨブヨ　314〜316

●びじゅるっむちゃっぬちゃ、むじゅるぅぅっ／ひっこひっこひっこ、くいっくいっくいっ／ブジュ、ブリュブリュブリュブリュ……／ぷちゅぷちょぷちゅ／ぷにぷに／ぷにゅっ、ぷにゅっ／ボッキン！／ムニュニュルーッ！／メリメリッ……／レローッ／れろーり　316〜318

絶頂表現

●あうう……、熱い……／あたしと一緒に、ああっ／頭の天辺から突き抜けるような／熱い愛液のシャワーを／熱い塊がせり上がって／熱い間欠泉が噴きあがり／穴という穴から体液を撒き散らし／あへ、あへひぃ……／操り糸の切れた人形のように／あんぐりと口を開け／いきむような奇声を発し／一条の光が総身を駆け抜け／一瞬の閃光のあと／糸を引くような細い声で／淫肉がキュウキュウと締め付けて／打ち上げ花火のように／内からあふれでる波に／美しい貌を夜叉のように歪めきって／潤んだ瞳は見開かれて／海老反って体を硬直させ／狼の遠吠えのように／大きいのが来ちゃう／おさねがイキますぅ――っ！／お尻が浮いてくよーっ／おま…こ壊れちゃう　319〜323

●快感が堰を切り／がくん、がくんと全身を揺らして／花芯が脈打つ／身体が、変に……、助けて……／からを閉じていく貝柱のように／甘美な陶酔のうねりが／ギリギリと歯を嚙みならし／くぐもった絶頂の叫び／口から泡を吹いて／口を半開きにして震えている／雲の上にいるみたい／クリトリスを脈打たせ／ぐるぐる回るっ……／けものが絶息するような唸り声／高圧電流のような絶頂感が／腰を何度かブルブルと震わせ／子猫のように胸にかじりつく／壊れた機械のように／最後は短く喘いで／漣のような引き攣りが／潮ばかりか小便をも噴射／子宮は切なく痺れ／シーツを掻き毟って悶絶／死ぬぅ……死んじゃうー／しゃくりあげるような叫びをあげ／朱に染まった首筋がピクピクと／女肉がアクメの喜悦に収縮し／白目を剝いて昇天／随喜の涙を流しながら／背筋に火柱が走ったように／切羽詰まったせつない声／背骨を甘美な稲妻が貫通　323〜328

●だめっ、だめですぅ〜っ／断末魔のごとき叫び／恥骨を高々と浮かして／膣襞壁がどよめいて／膣内が艶かしい蠢動／宙を舞うよう／爪を立ててブリッジするように／釣られた

凡例

① 最近の数年間（2005年以前）に、新刊として新聞、雑誌などに編者が官能小説案内人として紹介した作品を中心に、官能小説ならではと思われる性的表現の言葉を2269語取り上げ、五十音順に掲載した。

② 用例は主として①の作品群から採取したが、そのほか、日本の現代官能小説の系譜に必要と思われる作品からも適宜に拾った。作者と作品名は用例のあとに示したが、出版社名や文庫名は煩雑になるのを避けて、巻末に作品の一覧を五十音順に掲載し、検索しやすいようにした。

③ 用例はなるべく短く掲出したが、実感が伝わりにくいと思われる文章については、例外的に長いものもある。

④ 特に索引はつけなかったが、目次には、収録したすべての「官能表現」を、体の各部位別に掲げたので活用していただきたい。

⑤ 多作の作家は掲出する用例も多くなり、寡作の作家は少なくなりがちだが、寡作の作家の表現はその作家に固有のものでなくても、なるべく多く掲載するようにした。また、多作の作家であっても抑制した文体のために「官能表現」の少ない作家の場合もなるべく掲載するようにこころがけた。

⑥ 表現によって、形容詞をつけて掲出した項目と、形容詞をつけないで掲出した項目があるが、形容詞をつけたほうが実感が伝わり、いっそう官能的であると思われる語句であるかどうか、前後の文脈によって、そのつど判断して決めた。

⑦ 官能小説ならではの読み方をする語句、あるいは難読の語句については読み仮名をつけた。しかし、音読するよりも視覚に訴えるような造語も官能小説にはとりわけ多い。原文にルビがついている語句はそれに従ったが、ついていない語句については一般的な読み方に従ってルビをつけた。読者の裁量にまかせられる読み方の語句が多いのも官能小説の特色の一つといえる。

⑧ 官能小説には、ほかのジャンルでは不自然になりそうなオノマトペ（擬声語、擬態語）や、ユニークな絶頂表現が多用される。それらの一部、また、性行為中に女性が発する声なども、「官能表現」に近い参考例として収録した。

官能小説用語表現辞典

女性器

【陰部】

赤い傷口

城山は、赤い傷口のような久美子の秘肉のはざまをむきだしにしながら、舌を走らせる。

「ああ、そこっ」（南里征典『密命　誘惑課長』）

赤いしずく滝

なるほど繁茂はもさっとしたひとかたまりの闇がたむろしたように、濃く密生している。その下の赤いしずく滝は、秋山の舌を待ち受けるように、汁を滲《にじ》ませている。

「ああ……恥ずかしい」

珠美は両手で顔をおおった。（南里征典『欲望重役室』）

赤いダリア

純子の陰部の全貌が、眼前に拡がった。満開の躑躅《つつじ》のイメージから、赤いダリアの花のそれへと、女性器は変化していた。（三村竜介『美人妻　下着の秘奥』）

朱い肉裂

浴室の灯《あか》りの下で夫人の舟状にひらいた朱い肉裂がきらきらとうるみに濡れて光っていた。

「濡れているでしょう……梶村君が悪いのよ、ふといお道具を見せたりするから……。ね、眺めてばかりいないで、早く突っこんでよ」（北沢拓也『情事夫人の密室』）

赤い沼

赤い沼は、細く薄いヘアの列にはさまれたまま、きらめくように輝いていた。繊細な襞《ひだ》の折重なった中心に、透明な露があふれていた。（勝目梓『矢は闇を飛ぶ　私立探偵・伊賀光二シリーズ』）

赤いビロード

赤いビロードみたいな秘粘膜の花園に、紫水晶のような可憐なすぼまりと、小粒の真珠みたいなピンホールが散りばめられていた。わずかに紫色がかった処女孔は、恥蜜に濡れてキラキラと輝き、哀れなほどに小さな尿道孔も懸命に自己の存在を主張しているかのようだった。

「ヴァギナと、おしっこの穴が見えるよ」

「キャーッ、恥ずかしいーッ」（吉野純雄『半熟　同級生の乳芯検査《しぼり》』）

赤い秘肉

涼子は叫びながら、グイグイと少年の唇に陰部を擦りつける。

「ウクッ、苦しいよっ」

赤い秘肉に口も鼻もふさがれて、少年がもがく。（貴藤尚『人妻と少年　魔悦の肛姦契約』）

赤い噴火口

真由は乳房を揉みたてていた手を股間に差し向け、左右の手で亀裂を限界までひろげた。鏡に映し出された赤い噴火口のような割れ目の奥に、ツヤツヤと光ったサーモンピンクの肉片が複雑に重なり合って見えた。（高竜也『実妹と義妹』）

赤らんだ窪地

「や……や……」

恥ずかしげに尻をくねらせながらも、朋香はじっと自らの股間を見つめている。

やがてクロッチが裏がえり、赤らんだ窪地が露わになる。ピッタリと貼りついた小陰唇に、肉づきのよい外陰部に、牝肉は綺麗な一本筋を作りあげている。（櫻木充『兄嫁・千佳子』）

赤ガニ

「あうっ、見ちゃイヤッ！」

彩子は叫んだが、二人の男が覗き込む。

あんぐり開いた肉園は、赤ガニが口を開けたような形で、肉花がよじれている。肉ひだは朱ににじみ、肉の芽が割れ目から突き出ている。（矢切隆之『倒錯の白衣奴隷』）

空家（あきや）

「あうっ……、駄目」

松原園枝は、白い頤《おとがい》をのけ反らせていた。

「どうして駄目なんだい？　空家なんだろう。気持ちよくしてやるよ」（北沢拓也『女宴の迷宮　特別闇社員』）

あけび口

「ああ、そんなことされると、女王様のような気分になって、うっとりするわ」

「うっとりしてくださいよ。あなたは今日からもう、お妃様だ」

鯖江がそう言いながら、高千穂晴美の右脚を高く掲げて、ふくらはぎから膝裏、太腿《ふともも》へと舐めたててゆくにつれ、いや、恥ずかしいと身体をよじるたび、黒艶のある性毛に飾られた女優の股間のあけび口がよじれながら、赤いはざまを見せるさまが、何とも男心をそそる。（南里征典『艶やかな秘命』）

あけび状の割れくち

人妻の性毛は、漆黒多毛であった。

ふっさりと繁った毛むらの下で、女の秘裂があけび状の割れくちを見せて生々しい彩りをしており、その真ん中に、二枚のびらつきがよじれあいながら、入路をひらいていた。

津雲は、お誕生日の愛情を贈るように、よじれあう二枚の内陰唇を灯りの中に捲りひらいておいて、きらきらとうるみを光らせる葡萄《ぶどう》色がかった襞の起状に、捏《こ》ねるような指戯を贈った。（南里征典『艶熟夫人の試運転』）

朝顔

その谷間から、花弁がのぞいている。

〈まるで朝顔のようや……〉

それも、露《つゆ》をいっぱいにふくんだ朝顔である。

これほどジックリと女の尻や花弁をながめたことはない。

女人が、消え入りそうな声でいった。

「これ以上、ジッと眺められるのは、お許しくださいませ。主人にも、これほど見られたことはございません。恥ずかしくて……」

が、恥ずかしいといいながら、朝顔の花のあふれははげしくなっているようにおもわれてならない。

辱しめを受けると、燃えあがるのか。（大下英治『西鶴おんな秘図』）

アタゴヤマ

アタゴヤマの圧迫快感を感じながらも植田は出没運動を始めた。

「あーっ、こんなの初めてよーっ」

久我山京子は悲鳴を上げた。（豊田行二『野望勝利者』）

あたたかい秘密の沼

麻生は夫人の足もとにひざまずいた。

ためらっている夫人の両脚をおしひらいた。草むらの下にかくれた、あたたかい秘密の沼へくちづけにいった。

（阿部牧郎『出口なき欲望』）

安達ヶ原の黒塚

広重は、そこまではよかったが、女の花弁を見るのは恐ろしかった。

〈もしかして、「安達《あだち》ヶ原《はら》の黒塚《くろづか》」では……〉

「達者な恐ろしい女陰」の隠語である。（大下英治『広重おんな秘図』）

婀娜っぽい亀裂（あだっぽい――）

糸路のその小高い丘の縦長の婀娜っぽい亀裂は微妙なつつましやかさと羞じらいを含んでぴっちり緊まっていたが、それを凝視している良江は急に憎々しさがこみ上げて来た。

（フン、これで信太郎を誘惑し、信太郎を深く咥えこんだのだ）（団鬼六『隠花夫人』）

油の溝

毛むらを掻きあげ、油の溝《みぞ》からはみだした二枚のびらびらした肉片を、ねっとりと左右に押《お》し拡《ひろ》げ、割れひらいた秘肉のあわいを、丹念に指でこすりたててやる。（南里征典『艶やかな秘命』）

あふれた泉

「課長さん、私が結婚しても時々会ってくださる」

富貴子は早くも夫を裏切る相談を持ちかけた。

「いいよ」

本心ではないがいきがかり上、そう答えるほかはない。あふれた泉を入念にかきまわし、富貴子が乱れるのを辛抱強く待つ。（豊田行二『野望銀行』）

アボカド

辺見の舌先には、爛熟したアボカドのとろみのような果肉が触れる。めくれを打ってぬめりたつ二枚の花びらをこじあけ、キスをし、肉裂ごと唇に含んで吸いたて、舌を稼動させる。

「むうっ……あむうっ……蕩《とう》けそうよ」

琴美は腰を震わせ、たまらなさそうに喘ぎを嚙み殺していた。（南里征典『密猟者の秘命』）

網焼きの鮑（――あわび）

網焼きの鮑《あわび》さながら、黒ずんだ肉の畝を開いて、ぶあつく肥大した粘膜のフリルをうねらせているような、迫力のある女陰も、それはそれで好ましかった。

要するに、愉しませてくれれば、それでいいのだ。（横溝美晶『悦楽遊戯』）

妖しい生物

しかし、ぬるぬるとした女園を触っていると、つるりと指が沈んだ。光滋の鼓動が、どくっと鳴った。ぬめついた暖かい女壺に指を沈めていく不安はあったが、それ以上にオスとしての昂りがあった。指は根元まで沈んだ。これが屹立を飲み込む肉の祠《ほこら》なのだ。これまで知っているどんな生き物とも違う妖しい生物の粘膜だった。（藍川京『炎《ほむら》』）

合わせ貝

「ふふふ。きれいになったぞ」

シェービング・クリームが拭い取られると、瑶子の下腹部には、もう恥毛が一本もなかった。合わせ貝が露骨な姿を見せていた。（乾輔康『コマダム　獣《けもの》ぐるい』）

餡をつめこまれた和菓子（あん――）

ぽってりとした唇から想像できるとおり、こちらの唇も厚みがあった。

つるんとした平月形に、たっぷりと餡《あん》をつめこまれた和菓子のように、口を薄く開いている。（横溝美晶『悦楽遊戯』）

活きづくりの鮑の肉（――あわびのにく）

　吉永は口から舌をのばし、活きづくりの鮑《あわび》の肉のように息づいてひくつく圭子の複雑な部分を、舌のさきで掃きあげる。

「あっ、ああっ」（北沢拓也『情事妻　不倫の彩り』）

いやらしいところ

「検査のつづきだ。ここに腰かけて、いやらしいところを見せるんだ」

「は、はい……」

　ピクッと震えて、おうむがえしに返事をすると、沙矢香は操り人形のように指示された椅子に腰をおろした。

（高木七郎『官僚の妻・二十六歳蟻地獄』）

岩牡蠣（いわがき）

　海草のついた大きな岩牡蠣《がき》の蓋を開けて、スプーンで皿の上に取り出したその柔肉が、皿の上で一瞬ぐねっと収縮の蠢《うごめ》きを繰り返すような、そんな百合絵の秘所の肉襞《ひだ》の眺めに、日高はぐっと激昂し、その幾重にも折り畳まれた肉びらをぺろっと舐めた後、からかうように、膣口に指を突き埋めてやった。

「あう！　ああ、いやーん」

　黄色い悲鳴が上がって、百合絵の腰にひくつくような震えがはしった。（南里征典『獣たちの野望』）

淫花

「い、いいっ……ああ、奥まで……奥まで……来るわっ」

　晶子があられもない嬌声をあげ、差しあげたヒップを貪欲に振る。

　馬淵は深々と突き刺したまま体の向きをずらし、怒張を咥えこんだ晶子の淫花を新しい獲物に見せつけた。（佳奈淳『新妻よ、犯されて牝になれ！』）

淫処（いんか・いんしょ）

「あ……ッ……」

　もう、真弓の口からは「やめて」という言葉は出てこない。代わりに涙がまた、一滴頬を伝わっていく。

　誠はじっと、真弓の淫処を眺めた。（内藤みか『若妻淫交レッスン』）

淫靡な顔をした花園

　玲はさらに太腿を大きく開脚し、卓也の顔に淫靡な顔をした花園を近づけていった。

「ああ、きれいだ……姉さん」

　卓也は玲の縦割れの溝に鼻を近づけ、その部分の臭いを嗅いだ。プーンと饐えたようなチーズの匂いと甘酸っぱい残尿の臭いとが混ざり合って、その異臭が卓也の若々しい官能を激しくくすぐった。（氷室洸『姉　淫らな童貞飼育』）

淫猥な部分

　その淫猥な眺めがかえって虫明を逆上させ、彼は背後から沢野圭子のその淫猥な部分におのれをあてがうと、力強く腰を叩き込んでいた。

「あひいッ……いくう」

　両手でソファの背凭《せもた》れを握り込んだ沢野圭子のワンレングスの髪が振り乱れ、真っ白い臀部《しり》が盛りのついた牝犬のように貪婪《どんらん》にゆすぶり振られた——。（北沢拓也『白と黒の狩人』）

淫裂

「ねえ、何してるの、省吾くん。ママ、もう我慢できないわ。早く来て」

　玲子は切なそうな声をあげ、自分の股間から後方へ右手をのばしてきた。スキンに包まれた省吾の硬直を探り当て、先端を淫裂へと導いていく。（牧村僚『義母のふともも　魔性の旋律』）

ウニの割れ弾け（——はじけ）

　うん、これはウニの割れ弾けだな。

　和田は夕子の陰口を一目見て、胸のうちで言った。（山口香『天女の狩人』）

雨夜の花あやめ（うや——）

「いやあねえ。今、終わったばかりのあそこを覗かれるなんてえ、女って、みっともないように溶けくずれているような気がして、恥ずかしいものよ」

「そんなことはないさ。ぐっしょり濡れた雨夜《うや》の花あやめと言ってね、行為直後のあそこの眺《なが》めも、また風情《ふぜい》があるというやつ——」（南里征典『艶やかな秘命』）

うるみの壺

「いやよ、あんまり見ちゃ。さあ」

　踏みしめた脚がまた広がって、うるみの壺の入り口が、濡れ光っているのがわかる。（子母澤類『金沢、艶麗《えんれい》女将の秘室』）

海辺の磯

　梶原由樹の薄桃色にぬめぬめと光る秘部の狭間からは、シャワーを使ってきたにもかかわらず、海辺の磯《いそ》にただよっているような臭気が仄かに立ちのぼっていた。（北沢拓也『淫濫』）

熟れたあけび

　こんもりと盛りあがった恥丘の真ん中で、濃いピンク色をした淫裂がぱっくりと口を開けている。熟れたあけびという形容がぴったりの淫靡さである。茂みはしっとりと濡れたように光り、綺麗なY字に揃っていた。（海堂剛『制服トリプルレイプ』

熟れたイチジク

和田は恵美の入口を指先で大きく広げ、内側の秘口をあらわにした。

割り開かれた恵美の花園に通じる入口は、熟れたイチジクの身が割れ弾けた感じだった。（山口香『天女の狩人』）

熟れた果肉

先端を、熟れた果肉のように色づいたワレメに押し当て、暴発しないよう気を引き締めながら、そろそろと押し込んでいった。

ピンピンに張り詰めた亀頭が、濃く色づいた陰唇の間に吸い込まれ、熱く濡れた膣口を丸く押し広げながらヌルッと潜り込んだ。

「ああッ……！」

静香がビクッとのけぞり、声を上げた。

「きて、もっと奥まで……！」（睦月影郎『蜜の館　淫らな童貞騎乗』）

熟れた桃の割れ目

繊毛を失った秘裂は、熟れた桃の割れ目のようでもあった。水気を含んでふっくらとふくらみ、それでいて落ち着き、素直にすべてを現わした亀裂は、どこか気品すらも感じさせる。（伊達龍彦『女教師・Mの教壇』）

悦楽の源泉

「は……あ、あうう－ン!!」

悩ましい喘ぎが少女の唇から迸《ほとばし》った。男がもうひとつの唇に吸いついたのだ。ピチャピチャと舌を鳴らし、濃縮した酪乳臭を放つ悦楽の源泉を、飢えと渇きを満たすように舐めしゃぶった。（橘真児『童貞と女教師　淫惑相談室』）

悦楽の宝庫

「いいんだよ、遠慮しなくたって。さ、安心して気をおやり」

和枝は子供をあやすような口調でいいながらお柳に絶頂を極めさせたのだ。

和枝の狙《ねら》いはお柳の肉体の構造をくわしく観察する事にあったが、お柳の悦楽の宝庫がその瞬間、軟体動物のように蠢《うごめ》いて、咥えこむのに気づく。（団鬼六『お柳情炎』）

おいしそうなもの

「綺麗だぁ……それに、おいしそう」

女の人の性器というものが、これほどまでに美しく、華奢で、おいしそうなものだとは、ぼくの想像をはるかに超えていた。（鬼頭龍一『女教師《おんな》ママ・特別課外授業』）

おそそ

お歌は、尻の動きを倍加させた。自分の恥骨で、源道の恥骨をこねる。右にこね、左にこねる。淫らな音がかえってくる。秘肉がはぜるような刺激性にとんだ音だ。

「ねえ、よく見て、あたしのおそそはどうなってるの?」

(木屋進『女悦《によ》犯科帳』)

お大事

「あーッ、あうーッ、いいいーッ、熱くなっちゃうーッ」

アクメのうねりが収まり切っていないうちに新たな刺激を与えられると、少女は急激に舞いあがっていく。

「ああッ、お大事がとろけちゃううーッ」(吉野純雄『半熟少女　密室の凌辱人形』)

お花畑

「わかんないよ……瑠美さんどこ? 教えて……」

心細い声を出す英史に、瑠美はクスリと笑った。

「迷っちゃうほど広いお花畑なの? そのペニスを少しだけ右に寄せて。ストップ。それから下にずらして。そう。ゆっくりね。そこ! そこよ。腰を沈めてごらんなさい」(藍川京『騎乗の女主人　美少年の愛玩飼育』)

お姫

「あかん……もう、いきそうや」

「ほう、もういくんですか」

瑞枝夫人のなかに巨根を深く収めたまま、訊く。

「瑞枝のお姫、こわれそうや……そんなんで突かれたら、もう、いきそうやねん」

感銘深げに、夫人は、切羽《せっぱ》詰《つま》った声をあげる。(南里征典『京都薄化粧の女』)

おぼぼ

「あああッ、院主さま、お乳の病《やまい》は嘘のように消えまして、いまはもうおぼぼが火のように火照ります」

おえんの秘唇が、指先を咥《くわ》えこむ。(木屋進『女悦《によ》犯科帳』)

オメさん

「ああ菜月……おまえのオメさんは何て具合がいいんだ。締めつけられて、最後にはとろけそうだったよ」

「うち、ものすごう良かったどす。やっぱり、あんたでないとあかん」(子母澤類『祇園京舞師匠の情火』)

奥処(おくか)

濃厚な香水の匂いが、むせかえるばかりに安芸子の鼻孔を満たした。顔をまわすようにして唇をさらさらした感触にこすりつけ、舌をさしのべてその奥処《おくか》に息づくものに、そっと触れる。玲子の開きかげんにしてふんばった内股の顫《ふる》えが、安芸子の頬にじかに伝わってきた。(千草忠夫『定本・悶え火　女子高生処女の儀式』)

奥地

指先に湿気を含んだやわらかいくさむらと、その下の盛り上がったふくらみが触れた。

仁科の指はくさむらの中に分け入る。

美保は足の力を抜いた。

美保の奥地は洪水状態を呈していた。（豊田行二『野望証券マン』）

奥の院

「とにかく一度、奥さんの奥の院までくわしく拝見させてもらいまひょ」

初代は卑猥な笑い方をして手にしていた羽毛を夫人の腿と腿の間に落とすと、今度は指先と掌を使って夫人の漆黒の柔らかい茂みを上辺へこすり上げるようにし、夫人の浮き出た女の丘の秘裂を両手の指先を使って押し拡げるのだった。（団鬼六『美人妻・監禁』）

男をもてなす部分

康恵の双の腿は八の字にひらかれたままであった。

左手で深い毛の詰まりをみせるくさむらをかきあげ、康恵の男をもてなす部分をあらわにする。（北沢拓也『情事妻　不倫の彩り』）

おんな

彼の眼には、桜色に色づいてむくむくうごめく双臀の深い切れ込みの奥に息づいている紗代のおんなが、まる見えだった。秘めやかに小暗い縦割れが露を置いたようにほの光っている。（千草忠夫『定本・悪魔の刻印　媚獣恥姦』）

おんなの花園

「いいっ……いいわっ」

早くも痛みが薄れ、切なく甘い痺れが麗子の下半身にひろがった。おんなの花園が熱く濡れてくるのがわかる。

「いいだと。鞭で打たれて、気持ちがいいのか、先生っ」

「ああ……麗子はマゾです……どうしようもない、マゾ女なんですっ……ああ……もっと、いっぱいお尻をぶってっ」（佳奈淳『女教師・羞恥の露出参観日』）

おんなの溝

ステージの中央、二十人ほどの来客の前で、全裸の麻美は開陳ポーズをとらされた。網タイツに包まれた、柔らかそうなふくらはぎが艶《なま》めかしい。

逆三角形に生え揃った茂みの隙間から、ややほころびかけたおんなの溝が、ちらっとのぞく。（佳奈淳『奴隷未亡人　すすり泣く牝獣』）

女の証し

屈強な男の腕に足首を掴まれて、彼女は抵抗できなかった。真っ赤に充血した女の証しをスポットライトに捕らえられて、由美はされるがままに目を閉じた。

「いくぜ、女刑事さん」

ヌチャリという小さな音とともに、男と女の性器が結合した。（高輪茂『美人捜査官　巨乳の監禁肉虐』）

女の海

次の瞬間、加那子が腰を落とした。徐々に腰を沈み込ませる。

それにつれて、孝志のそれは、女の海へと吸い込まれていった。

「ううッ」

女の子のような声をあげて、孝志は唇を噛んだ。

窮屈なところを、分身がズズッとなかまで潜りこんでいくのがわかった。（浅見馨『僕の派遣看護婦《ナース》　特別診療』）

女の丘

砂也子の女の丘はなだらかな傾斜で盛り上がり、太腿の付け根にそって逆三角形に引きずりこまれていた。

肉の谷間にそって生えたヘアは薄めで、あふれ出た蜜液と矢野の唾液に絡まれ、ベトベトとした光りを放っていた。（山口香『美唇受付嬢　みだら裏《うら》接待』）

女の源泉

両腿を宙に向けて割り開いた夫人の股間には、生暖かい繊毛を浮き立たせた女の源泉とその下層の陰微で微妙な菊座の蕾とがその形を同時にのぞかせている。（団鬼六『美人妻・監禁』）

女の子

沙耶は少年の顔をまたいだ。股を広げ、経血と淫液でしとどに濡れそぼった秘唇を、少年の眼に晒した。肉の合わせ目を、白い指先で逆V字型に開いていく。美しいピンク色の肉襞が顔を覗かせる。

「どう？　これが先生の女の子よ。たっぷりと御覧なさい」（氷室洸『女医の童貞手術室』）

女の最奥

眼の前に、女の最奥が剝き出されている。かたちよくまとまった漆黒の繊毛がフルフルとふるえ、その奥に処女のような淡い彩色でおののく肉襞。

「あッ、ああ、許して……恥ずかしいことしないで……」

ビクッと江美子が痙攣した。（結城彩雨『人妻肛虐記』）

女のシークレットゾーン

五本の指が鳥の嘴から頭の形になって、ぐちゃぐちゃと淫らな音をたてる。今は無毛ゆえ大陰唇、小陰唇の境が明瞭に理解できる女のシークレットゾーンを残酷に侵犯する。

「ああ、あうー、う、痛い、痛いッ」（館淳一『奴隷未

亡人と少年　開かれた相姦の扉』）

女の神秘

両手でそっと女の神秘を押し開く。

蜜液をあふれさせたサーモンピンクが現れた。女のにおいが広がった。

亀裂が長い。

長い亀裂を両側から保護するように、薄い褐色の壁がとり囲んでいる。（豊田行二『ＯＬ狩り』）

女の谷間

八千代のその男心を溶かせるような漆黒の柔らかい繊毛は、あられもない開股の姿態をとらされたために浮き上り、その奥底の秘密っぽい女の谷間を薄く晒け出している。（団鬼六『調教』）

女の瀞場（——とろば）

八重乃は、下穿きをはいていないので、秘奥には深い毛のそよぎがあり、その秘毛自体が、ぐっしょりと濡れた女の瀞場《とろば》にひたされ、夏牟田の指がその秘唇のあわいを掻きあげると、ああ、という呻きを洩らして、両手でひしと男の肩を摑む。

「ああ、変になる……駄目よう。そんなふうに、おそそ、掻き回さないで」（南里征典『花盛りの社長室』）

女の熱帯

乃木の指が、二枚のびらつきをこすりたて、女孔にすべりこんだりするたび、女の熱帯はぬかるみの度合を深めてゆく。

「ああ……ああ……そんなこと、なさらないで……京子、腰が抜けそうよ」（南里征典『紅薔薇の秘命』）

女の淵（——ふち）

鈴村京香の女の淵《ふち》は、もう潤《うる》み尽《つ》くしていた。

それはまだ、外陰唇《がいいんしん》の両の畝《うね》にまでしたたるほどの蜜《みつ》ではないが、内陰唇のはざまに、熱いバターが溶けて貯《た》まったような沼を、とろりと形成している。（南里征典『艶やかな秘命』）

女の部分

「さあ、オシッコしちゃおうかしら？」

忍のうっとりと陶酔した顔をまたぐ、パンティストッキング一枚だけの可南子。

ぬめった股間に貼りつくナイロンの薄布が、なおさら淫らに女の部分を演出している。（櫻木充『継母・二十九歳の寝室　濡れた下着の魔惑』）

女の水場

可憐な泉はやがて、熱をたたえた沼のようなぬかるみに変貌《へんぼう》し、八雲の指はその潤いをかきまわすように動いた。

「ああ……ああ……夕雨子、死にそう……いきなり、女の水場をかまうなんてぇ」(南里征典『特命　猛進課長』)

貝口（かいくち）

「ああっ」

冬香は息を呑んだ。

ぴったりと貝口にはりついたパンティの上から、指がなぞっていく。(子母澤類『金沢、艶麗《えんれい》女将の秘室』)

貝肉のわれめ

開いた足の間を、さぐるように指がなぞった。貝肉のわれめに指が沈みこむと、ぬらつくように動いた。

「ああっ、いや」

指で、かきひろげられた。(子母澤類『古都の風は女の炎《ほむら》を燃やす』)

花苑（かえん）

白く輝く太ももは甘い淫臭を放っていて、しとどに濡れついた花苑がさらされた。

「ほう、ぬらぬらの、華やかな花びらや……やっぱり思たとおりやった。雪乃……」(子母澤類『祇園京舞師匠の情火』)

花芯

「奥さんのヌードを空想しながら、マ、マスターベーションしてたんだ……ああ、空想じゃなく、本物の、奥さんの、オ、オマ……」

岩瀬は熱く膨張したペニスを、花芯にやたらと押しつけた。(一条きらら『秘められた夜』)

カトリーヌ嬢

「さあ、今度はぼくの番だ。女監査役のカトリーヌ嬢を舐めさせて下さい」

夏希の身体を抱いて、夜具の上に仰向けにした。(南里征典『欲望の狩人』)

花唇（かしん）

本村は例の写真と同じように、窓の外の夜景を前に全裸で立っている真奈の花唇に、バックからペニスを押し込んだ。

「うっ、うぐっ……ううううっ……」

真奈の体がのけぞった。(丸茂ジュン『メス猫の寝室』)

空割れ口（からわれ――）

美馬は、友部美奈の腋窩にねっとりと舌を這わせつつ、彼女の繊毛をそよがせて繁る性毛をかきあげ、秘部の空《から》割《わ》れ口《ぐち》へと右手の指を滑り込ませる。(北沢拓也『社命情事』)

可憐な花

前付きでもなく後付きでもなく、ちょうどいい位置にそれは可憐な花を咲かせていた。上のほうが狭く、下に行くにつれて幅を増す肉襞は、室内灯のもとでヌラリとした潤みをのぞかせて妖しくぬめ光っていた。(浅見馨『僕の派遣看護婦《ナース》　特別診療』)

肝心の部分

いくら魅力的な部分だったとはいえ、童貞少年にとって、今までショーツの下に隠されて目に触れることさえ許されなかった、美少女の「肝心の部分」ほど、その欲情と好奇心を煽《あお》るものはなかった。(星野ぴあす『個人授業　女教師は少年がお好き』)

寒ブリ

彩子の目が、異様に光っている。

片足を上げ、欣治の腰の上をまたいできた。雪白の腿のはざまは、寒ブリの切り身のような、生々しい赤濁色の花が咲いている。

今こそ女の旬とばかりに、濃くみだらに咲き匂っている。(子母澤類『金沢、艶麗《えんれい》女将の秘室』)

傷口

頭は床につきそうになり、両手をつく。まるい臀は天井を向く。臀裂をひろげさせると、無毛の秘部は縦に深く切り裂かれた傷口によく似て、血のかわりに薄めたミルクのような液体を溢れさせていた。(館淳一『牝奴隷美少女・恥辱のセーラー服』)

貴重な生き物

彼は亜由美の股の間に割りこませた両膝をつき、両手でその細い足首を摑んで、力任せに左右に押し広げた。薄くまばらに秘毛の生えた亜由美の下腹部はか弱くはかなげで、まるで絶滅寸前の、貴重な生き物のように見えた。(安達瑶『転校生　強制淫行』)

奇妙な形の生き物

指先きで触れると、女陰はそれがどの部分だろうと、突つかれた奇妙な形の生き物のように、小さなうごめきを見せる。大小のふくらみと起伏と突起、そして折り重なるような襞《ひだ》でできている生き生きとしたそのものが、犬塚昇の目を惹《ひ》きつけて放さない。(勝目梓『女王蜂の身代金』)

奇妙な花

これまでさんざん指で掻きまわされ、性器はすでに開ききっている。二本のやわらかな太腿の合間に、縮れた黒い陰毛に縁取られて、それは露をたっぷりと滴らせた奇妙な花の形をしていた。その二枚の肉の花弁の間に、少年の舌が割って入ってきたのだった。(美咲凌介『いとこ・二十七歳と少年　美人社長淫魔地獄』)

切れ込み

佳乃の尻を引き寄せた。兵介の顔を跨《また》いで来る。いやいやと体をくねらせた。それでも跨いで来る。尻を抱き寄せて、切れ込みを指で押し拡げる。眺める。美しいと思う。そこをふたするように唇を押しつける。舌を躍らせる。（峰隆一郎『相馬の牙《きば》』）

禁断の肉びら

「ママもッ？……ママも気持ちがいいんだね！」

純は思いきって上体を倒し、優香子の禁断の肉びらに口をつけた。（高村和彦『母と息子　倒錯淫戯』）

暗い部分

すべてを丸出しにしているくせに皮膚の表面が恥ずかしそうに震え、目を近づけてよく見れば、微細な部分が立ち騒いでいる。打たれて赤いところと白いところが対照的である。

それを確かめてから、ヒップと太腿に囲まれた暗い部分に手を差しこんだ。

あっ、いや。やめて……。（伊達龍彦『濡れた教壇　新任教師・羞恥写真』）

胡桃の殻の割れ口（くるみ――）

双の脚をひろげられたとき、理恵はか細い声をたてたが、繁みをかきあげられ、上体をさかさまに伏せた水橋に股の間の褐色がかった胡桃《くるみ》の殻の割れ口のような部分に唇を被せられると、

「ああん、そんな……」

身をよじって、甘い声になった。（北沢拓也『情事の貢ぎもの』）

クレーター

神林の手が、冷たい刺激を加えながら、パンティストッキングの中に入った。

茂みを伝って指が、クレーターに突き刺さる。

「あッ」と、穂月が声をあげたとたん、指先がクリットを捉えている。（赤松光夫『淫乱聖女』）

グレープフルーツ

引き寄せられるように直樹はさらに顔を股間に近づけた。裕美の股間からたち昇ってくるグレープフルーツのような甘酸っぱい匂いは、そこに近づくほど強くなっている。（鏡龍樹『姉の白衣・叔母の黒下着』）

黒蜥蜴（くろとかげ）

「おおう……絵美子さん、きみのって、いやらしい。ぼくのを喰い締めてるぞ。黒蜥蜴が喰いしめてるぞ」（南里征典『紅薔薇の秘命』）

形状記憶合金

彼は抽送のテンポをだんだん速くしていった。

亜美の果肉は、まるで形状記憶合金のように、相手のペニスにぴったりとまとわりついてくる。（安達瑶『美

少女解剖病棟　淫虐の肉玩具《モルモット》』）

溝道

ほそい溝道に指脚をゆっくりと歩かせながら、もう一方の手で、花弁を押し広げていった。

「あ、そんな……」

甘ったるい声をあげ、指の動きに腿をわななかせている。それを見ると、もっとぐちゃぐちゃにかき乱したくなった。（子母澤類『金沢、艶麗《えんれい》女将の秘室』）

極楽鳥花（ごくらくちょうか）

ふっさりと繁った毛むらの下で、女の割れ口が逆さ舟型に爛熟《らんじゅく》した極楽鳥花《ごくらくちょうか》のような鮮《あざや》かさで、暗赤色の蜜濡れの肉びらをひらいていた。

わりと長い亀裂《きれつ》からめくれを打つその肉びらは、ただれたような光りかたをしていて、ぷくっ、ぷくっと、時折、湧出《ゆうしゅつ》する白い蜜液をしたたらせている。

「ああ……そこ、覗《のぞ》かれていると思うと、頭が変になりそうよ。ねえ、何かなさって」（南里征典『艶やかな秘命』）

秋桜（コスモス）

女の器官は、秋桜《コスモス》か桜の落びらかと見まがうほど初々しくて美しい。

「きれいな陰部《ほと》だ。うんと愛されてきたのがわかる。いい子になったな」

燭台を置いた男は、花びらを指で揉《も》みしだきはじめた。

「はああっ……」

くねくねと白い尻が動いた。（藍川京『新妻』）

胡蝶色のつぼみ（こちょういろ――）

「だいじょうぶ、気持ちよくさせてあげるから」

悩ましくくびれたウエストと、しっとり湿った恥毛のむらがりを見つめていると、植田は、なにかをせずにはいられない。

植田は、顔を近づけると、胡蝶《こちょう》色のつぼみに唇をおしつけ、舌先をとがらせて、見えない環状の襞々をたどった。（影村英生『人妻の診察室』）

小舟

実際、彼女の女の割れ口は、舳先《へさき》を海中に沈め込ませた小舟のごとき眺めを呈していた。

桜田は彼女の股のあいだを水浸しにしておいて、体の向きを正常に戻した。（北沢拓也『人妻候補生』）

ご本尊

直人は、女の淫らさがすべて凝縮されたような志津子のご本尊に、すっかり魅入られたようになっていた。いやらしくて、見ているだけで頭がクラクラしてくる。（西門京『若義母と隣りの熟妻』）

柘榴の沼（ざくろ――）

乃木の黒光りする男性が、理代子のはじき割れた柘榴《ざくろ》の沼を出没し、そのまま付け根まで埋め込まれるたび、

「うっ……ああ……いいっ」

理代子は、惑溺感《わくできかん》を口走る。（南里征典『紅薔薇の秘命』）

裂け口

黒々と割れ目を囲んだヘアや、パックリと開いて内臓まで見えてしまいそうな裂け口、そこからさらに紅褐色の会陰《えいん》部まで、すべてがいかにも性体験を積んだ様相を呈していて、女の卑猥な面をもろに見せつけられたような気がした。（高竜也『実妹と義妹』）

ざらめの器

ああん、ああんとよがり声をもらしながら、しだいに動きを大きく烈しくしていく。

「おっおお、すごい。菜月ちゃんのおめこ、ざらめの器がよう締まるよって」（子母澤類『祇園京舞師匠の情火』）

サワークリーム

聖哉はMの字に開かれた晴美の両脚の間に正座すると、ゆっくり半身を折り、顔をクレヴァスに近づけた。義母の股間から甘酸っぱいサワークリームのような芳香が立ちのぼってくる。性感を震わせ、興奮を誘う匂いだった。（鏡龍樹『義母の美乳』）

三角地帯の中心

「フフフ、まだどんどん溢れてくるではないか。見かけによらず、淫乱な娘だ」

男の中指が、三角地帯の中心にズブリと突き入れられた。（風間九郎『美少女学園　生贄ペット』）

サンゴの亀裂

源道の目の前に、お久美の鮮やかな亀裂をもった桃尻が迫ってきた。

源道は彼女の片足を持ちあげて、彼女が後ろ向きに胸をまたぐのを手伝った。

源道は頭を起こすと、両手の指で彼女の秘唇を押し開き、サンゴの亀裂へ舌を進めた。

そこには愛液がおびただしく溢れていて、源道の唇を濡らした。（木屋進『女悦《によ》犯科帳』）

シークレットゾーン

由利のシークレットゾーンは美しいピンク色をしていた。そのシークレットゾーンがはじまる場所に、女の蕾《つぼみ》がある。（豊田行二『野望証券マン』）

湿潤地帯

身をもがいて男を振り解こうとする波津美の狼狽《ろうばい》ぶりを愉《たの》しみながら、八雲はパンティーとパンストの胴に食

い込んだゴムのところに手をかけ、一気に太腿のあたりまで引き下げ、掌《てのひら》でも、もっさりと繁った性毛ごと恥骨を包み、指を、その毛むらの下の湿潤《しつじゅん》地帯へと、滑り込ませていた。（南里征典『特命　猛進課長』）

湿地帯

キスが済むと、長沢は美樹を蒲団の上に横たえた。

バスタオルをはぎとる。

乳首を唇でくわえる。

美樹は小さく体を震わせた。

長沢の指が茂みの中を探り、湿地帯におりて行く。（豊田行二『ＯＬ狩り』）

下べりの割線（——われせん）

伊豆倉は上体を起こし、ややざらついた佐和子の秘丘のふくらみに添えていた指のさきを、暗褐色の肉の畝《うね》によって縁《ふち》どられた下べりの割線へとすべらせていく。

「ああ、恥ずかしいわ、丸見えで……」

伊豆倉の指が、割線からめくり返りを打ってのぞいている二枚の朱色の肉びらを左右にくつろげたとき、佐和子は喘ぎまじりの声でそんなことを言い、身をくねらせた。（北沢拓也『狩られる人妻』）

自分の女

景子は我が子を抱き締めながら股間をまさぐった。少年のペニスは早くも雄々しく甦っていた。

そのまま押すようにあお向けにさせると、大きく両脚をひろげてまたがった。大きく開脚したのは、すでに用意が整っている自分の女を、はっきりと息子に見せるためだった。ここまで来てしまった以上は、堂々と振る舞い、我が子と一緒に究極の官能世界に飛びこむしかなかった。（高竜也『美母は放課後、隷母になる』）

湿った肉

真二はバネのようになった肉棒を握り、沙織の股間に押し当てた。先端が湿った肉に触れただけで、痺れるような快感が突きあがってくる。（鏡龍樹『二人の淫姉・少年狩り』）

羞恥の源泉

春子に乳房を愛撫され、冬子にスポンジの人形で羞恥の源泉を巧みに愛撫され、美沙江は肉という肉がすべて溶けるような灼熱の快感を今でははっきり知覚するようになっている。（団鬼六『調教』）

羞恥の首府

「あーん、後ろからそこ、パンみたいに引きちぎっちゃあ、いやだ」

美伽は、羞恥《しゅうち》の首府《しゅふ》を後ろから明らさまに剝きひらかれるのを、ひどく恥ずかしがった。（南里征典『艶やかな秘命』)

淑女の泉

辺見はその左右の乳房に交互にシャワーの噴射をあて、わっと驚いて諒子が両手で乳房を隠したため、がらあきになった股間の奥に、今度はシャワーを噴射し、覗き込んだ。

淑女の泉は正面にある。黒々とした豊富な性毛から泡が流れ落ちて、その隙間に葡萄色の外陰唇にはさまれて、肉陰唇が、にょっきりと現われる。(南里征典『密猟者の秘命』)

淑女のトロ場

淑女のトロ場で乃木の指が活躍しだすにつれ、まどかの白い喉《のど》が反《そ》り、顔が反る。

「ああ……すてきよ……乃木っ!」

女社長は喉をふるわせて、叫んだ。(南里征典『紅薔薇の秘命』)

淑女の龍宮城

法月は両手を内股に回して、もっとよく見ようと、

「もう少し、両脚を広げて」

「ああん。いやだなあ。淑女の龍宮城がみんな丸見えになっちゃうじゃないのお」(南里征典『常務夫人の密命』)

女淫(じょいん・にょいん)

「あああああっ!」

ペニスが女淫に深々と埋まると、亜須美は背筋をのけ反らせて喘いだ。秘孔がぴくぴくとひきつり、膣内の媚肉がペニスにぴったり張りついてくる。じわっとぬくもりがペニス全体に染みこんできた。とろけてしまうほど甘美な女淫の感触だった。(鏡龍樹『二人のお姉さん　実姉《じつあね》と若妻』)

女苑(じょえん・にょえん)

ぱっくりと開いた女苑が、しとどに濡れ汚れていた。顔を寄せると、獣じみた匂いがした。(子母澤類『金沢、艶麗《えんれい》女将の秘室』)

小宇宙

その奥の方に縦に割れた女性器があった。しかし、何と不思議な形をしているのだろう。小宇宙を思わせるような楕円形をしているワレメは、中から滲む蜜汁によって怪しい光沢を出していた。(伊井田晴夫『母姉妹　淫辱三重奏』)

小丘

碧は胸がかきむしられるような気がしたが、すぐにそれどころではなくなった。

「もうちょっと色気のあるパンツを穿けよ、先生みたいにさ」

啓輔の手がパンティ越しに、碧の小丘を指で揉むように撫でまわしはじめたのだ。

人に見られることなど夢にも思わずに、選ぶともなく身に着けてきたパンティは、なんの飾り気もない白だ。（櫂京平『若叔母は美人助教授』）

食虫花

達彦の目の前に、義姉の花園がぱっくりと開陳した。そこは淫らにぬめり、食虫花のように蠢いていた。

「麻美っ」

達彦の肉刀は、瘤のように欲情の静脈を浮きあがらせた。（佳奈淳『奴隷未亡人　すすり泣く牝獣』）

食肉花

「いじわるッ……日高さんの、いじわるッ……」

狂おしげにかほりは頭をふりたてた。日陰に咲いた大輪の食肉花は香り高い蜜をとめどもなくしたたらせ、花芯をうごめかせながら、蜜蜂の羽音を招き寄せようと悶えぬいているのだ。（千草忠夫『定本・悶え火　女子高生処女の儀式』）

処女の聖園

彼女にとっても、布切れは邪魔なものでしかなくなっていた。

いよいよ、憧れの処女の聖園を眼にしっかりと焼きつけるときがきた。（瀧川真澄『制服生人形　十四歳の露出志願』）

処女の扉

「あッ、ああッ……ああ、ああ、あんッ」

鏡のなかで、パンティだけの肢体が、悩ましくくねっている。

ピンクの蕾をいじればいじるほど、身体がせつなくとろけていく。股間がカッカしてくる。

一度も開かれたことのない処女の扉の奥に、指を入れたい衝動に駆られる。

こんな気持ちははじめてだった。（香山洋一『若継母・二十七歳』）

白い肉谷

グランスの半分ほどが白い肉谷に消えていたが、それは筒先が挿入されたわけではなく、少女のプッシーが全体的に陥没したからだった。（吉野純雄『半熟の花芯　秘密の喪失儀式』）

神聖な花園

「きれいだよ、映子……割れ目が息づいているのがわかる。ちっともいやらしくない。神聖な花園のようだ」

彼はそこへ唇を押し当てて、可憐な女陰を形作る部分の一つ一つに丹念に口づけした。（五代友義『学園の罠解剖教室』）

神聖な部分

トミーは起きあがり、沙織の裸身を組み敷いた。その優美な太腿を押し開いて結合にかかった。

隆々と反りかえったペニスが神聖な部分に迫る。切っ先がまず呑みこまれ、つづいて極太の肉棹が容赦なく秘唇に突き刺さってゆくのがはっきり画面に映しだされる。（綺羅光『沙織二十八歳㊦悲しき奉仕奴隷生活』）

神秘の帳（――とばり）

生まれて初めて目の当たりにする女の神秘の帳……。

それは和貴が想像していた以上に複雑でこまやかな肉襞が絡まり合って、妖しく淫乱な花園であった。（蒼村狼『狂熱相姦夜　ママに溺れて、姉と乱れて』）

水田

花形は真樹子の水田《すいでん》のように泥濘《ぬかる》んだ部分から顔を上げ、

「真樹子はどこを吸ってもらいたいのだい？　言ってごらんよ」

相手を呼び捨てにして問いかける。（北沢拓也『社長室の愛人』）

スイートピー

くつろげられた鮮やかな蜜肉は、スイートピーや罌粟《けし》のような植物の、儚く薄い花びらだ。

蓑田は指で、その美しく可憐なはずの花びらを好き放題に嬲《なぶ》り回した。指先でつまんでは引き延ばし、親指と人差し指で擦りあげた。

「ぐっ……」

そのあまりの屈辱感と嫌悪に、麻美の喉の奥が吐きそうに鳴った。

「ひひひ。銀行のお偉いさんの娘だからって、お高く止まってるんじゃねえよ。どんな女でも一皮剝けば、中味は同じなんだからな」（安達瑶『女子高生　淫辱の美囚』）

性愛器官

あかねは終始、松井に命じられたとおり股を広げるようにして這って、みずみずしい桃尻を振り立てている。臀裂の底の肉孔から秘毛に囲まれた秘唇までが客席にいる者に露呈されていて、少女というには充分に熟しきった性愛器官から溢《あふ》れる薄白い蜜液が真下にツーときらめく細い糸となって滴《したた》り落ちてゆく。（館淳一『近親の獣《けもの》道《みち》』）

聖域

（ああ、なんて清らかな……）

色素の沈着を全くとどめぬ雪のような股間にひとすじ通った、淡いピンクをにじませた肉の切れ目。それは股をこれだけ開かされていてもほころびもせず柔らかに閉じ、そこが聖域であることを示すけぶるような繊毛《せんもう》に縁《ふち》取《ど》られている。(千草忠夫『処刑の部屋② 女医、乱れる』)

生花

「いやっ! そんなこと……」

いきなり生花を舐められるとは思っていなかったのか、泉水は腰をビクつかせ、義行の顔をムッチリした太腿で挟みこむ。(龍駕昇『美少女と叔母 蜜交体験』)

性のしるし

「あなた、いや……それって……お願い」

男がそこに顔を伏せる。

女が性のしるしを明け渡してしまう。淑子は何年たっても、その口唇愛の体位だけは恥ずかしかった。(南里征典『金閣寺秘愛夫人』)

生の実相

私は、かおるの両の膝を宙に抱え上げた。かおるの腰が浮き、生の実相はますますその全容をあからさまにした。(勝目梓『矢は闇を飛ぶ 私立探偵・伊賀光二シリーズ』)

性臭を放つ源泉

下着を一気に足首まで引き下ろした。そして、馨しい性臭を放つ源泉に口づける。

「あっ、ダメぇ!!」

もちろんそんな制止の言葉が通じるわけがない。(橘真児『淫熟女教師 美肉の誘い』)

生殖溝

由美は懸命に股を閉じようとしたが、男の脚が内側から彼女の脚を広げていく。獣性の欲望を解き放ちながらも、それは他人に見せるためのセックスなのである。男は大きく脚を広げてお尻を上げると、由美の生殖溝を自分の股間から露出させた。(高輪茂『美人捜査官 巨乳の監禁肉虐』)

聖マリア像

城島はこれまで多くの女の器官を見てきたが、性器が白い衣をまとった聖マリア像に見えたのははじめてだ。(藍川京『女教師 美畜の檻』)

聖裂

「姉さん……」

溶けきった泥濘状態の聖裂を怒張で貫き、柔媚《じゅうび》な紀子の唇に吸いつき、舌を絡ませる。(龍駕昇『恥虐の姉弟交姦』)

絶命寸前の巨貝

ぱっくりと露出した女の器官は愛液に濡れまみれ、まるで絶命寸前の巨貝のように口を開いている。ひくひくと痙攣しているような貝の唇に怒張をあてがい、片足を腿の下側から支えながら腰を突きあげた。（館淳一『牝奴隷美少女・恥辱のセーラー服』）

象の濡れた口

　そういう姿勢のS子さんの性器を、うしろから眺めるのは、ぼくはそのときがはじめてでした。いつも見なれているものが、方向とアングルが変わっただけで、別のもののように見えるのが、ぼくにはとても新鮮な発見に思えてきました。ぼくは一瞬、うしろから見たS子さんの性器の眺めが、象の濡れた口の形に似ていると思いました。（勝目梓『愉悦の扉』）

粗マン

「はい、あの……蒲原先生、今までのお詫びの印に、わたしの粗マンを召しあがってください」

　恥ずかしさを堪えて、真美は下卑た台詞を口にした。（海堂剛『セーラー服凌辱委員会』）

大福

　ぷっくりとした肉丘のまるみが、やわらかい大福か、ふかしたての肉まんを連想させた。大福や肉まんの裾に、亀裂をきざんだら、ちょうど里奈の肉丘になりそうだった。（横溝美晶『相姦の密室　天国から来たすけこまし』）

大輪の花

「は、はずかしいわ……こんなことって……」

　啜り泣きながら、何おおうもののない秘所を、美少女の前にさらした。そこは大輪の花があでやかに花開いて、しとどな蜜に濡れ光っていた。いかにも若妻らしい濃い茂みが、ひとすじひとすじ燃えたつようにふるえて、つややかに光っている。（千草忠夫『定本・悶え火　女子高生処女の儀式』）

縦長の狭い空洞

　光太郎は麻子の太ももに両手をあてがった。左右に押し開く。めくれている外側の厚い肉襞だけでなく、内側の薄いそれもめくれはじめた。

　縦長の狭い空洞が現れた。

　割れ目の下端から白っぽい粘液がお尻に向かって流れ落ちていく。（神崎京介『イントロ』）

縦の窪み

　薄い布が密着して秘裂が露わになったところに彼は指を当て、縦の窪みに沿って上下に動かした。

「あっ……」

　秘部を指で撫でられて、志織は俯向いてしまった。（安達瑶『凌辱学園　転校生・志織は肉奴隷』）

縦溝

両腿も細く、すんなりと伸びているが、その付け根、飾り毛に覆われた陰阜にはわずかに脂肪が乗って丸みを帯び、その下、ほとんどまっすぐ縦線に近い陰唇へと続いている。晃はその裂け目に唇をつけると、舌を出して縦溝を上下に舐めた。

「ひっ……うっ！」

初めて性器を愛撫され、梨花は必死に身をよじる。（堂本烈『美少女相姦　禁悦志願』）

タテ割りの桃の実

ワレメからは、ちょっぴりピンクの花びらが覗き、まるでタテ割りにした桃の実のようだった。（睦月影郎『美少女の淫蜜』）

鱈子（たらこ）

平手打ちを浴びせるたびに悶えて軀が前に移動していったために膝の真上にヒップがきて、安城の真下に尻の割れ目からのぞいた秘苑が見えた。

ぷっくりと迫り出したその眺めは一見、二腹並んだ鱈子に似ている。（雨宮慶『制服凌辱　美人銀行員と女子高生』）

淡紅の溝（たんこう――）

「苦しい苦しいといっておきながら、こうされると、すぐ楽しみだすんですものね。女の体って……」

英一の目に、花弁を大きくくつろげてその淡紅の溝にあふれはじめた蜜の光を見せつけた。（千草忠夫『定本・悶え火　女子高生処女の儀式』）

淡水湖

まどかはプニッとした淫唇を左右に開いた。

内部の景色は、夕暮れの淡水湖を思わせる。肉襞の盛り上がりもあまりなく、縦長のハートを形作ったそこは、すっきりとした潔いたたずまいであった。（橘真児『童貞教室　女教師は少年キラー』）

小さな器

高子は、ヒイッ、というような声を出した。

湧き出しはじめた蜜が小さな器からあふれ、ポタリ、ポタリとシーツにしたたる。（豊田行二『野望証券マン』）

恥溝

「素晴らしい割れ目ですなあ」

男たちが口々に感嘆の声をあげた。

翳りを失った未亡人の恥溝は、下腹の丘をくっきりと縦に削ぎ、サーモンピンクにぬめった媚肉をのぞかせていた。（佳奈淳『奴隷未亡人　すすり泣く牝獣』）

恥毛の丘

「ああっ……、もう、変になりそう……」

静香が声を上ずらせて言い、白い肌をうねうねと悩ましく波打たせた。

もう静香の方がすっかり出来上がり、待ちきれないほど濡れているのと、湯上がりで大部分の匂いが消えているので、圭一も脚の方へ遠回りせず、すぐに股間へと顔を埋め込んでいった。

ムッチリと量感ある太腿に挟まれながら腰を抱え込み、恥毛の丘に鼻をギュッと押しつけた。（睦月影郎『蜜の館　淫らな童貞騎乗』）

中心部

高志が股間に潜り込むと、広美は脚を開きながらも、激しい羞恥に身をクネらせ、思わず両手で顔を覆った。

ムッチリとした柔らかな内腿の間に顔を割り込ませると、鼻先に広美の中心部が余すところなく露出していた。（睦月影郎『叔母の淫ら香』）

チューリップの蕾

「キレイだ、チューリップの蕾みたいだなぁ。もっと広げろ」

「ああ、もう……」（高輪茂『巨乳女医　監禁レイプ病棟』）

蝶番（ちょうつがい）

私の両膝は強い力で摑まれ、がばと大きく左右に開かれる。ああ、どうしようと思った瞬間、その蝶番《ちょうつがい》部分にべちゃりと生暖かく柔らかいものが押しつけられた。（墨蘭朶『銀の水』）

恥裂

ふたたびよじれて食い込み、ほとんど紐状になりかけている水着の股の部分は、美紗が腰の位置を変えるたびに、さらに引っ張られて恥裂を圧迫した。

「よし、いいぞ。もっと股を開け」

ああ、そんな……。（安達瑶『淫獣の「餌食《えさ》」恥じらいの後門調教』）

珍器

――これは名器というよりも、むしろ、珍器というべきかもしれないな。

小田切はそんなことを思った。

ジュニアが珍器に早く入りたい、というふうに、身をそらせた。（豊田行二『野望銀行』）

椿の花

着物の裾から、花弁があらわになった。

椿の花が咲いたように、ぽっかりとひらく。奥の奥まで見える。（大下英治『広重おんな秘図』）

艶やかな谷底

「ああ、わたしも気持ちいいーッ」

バックの穴に、肉柱を受け入れているために、少女のスリットがわずかに開いていた。充血して肥厚したラビアの隙間から、艶やかな谷底までがほの見えていた。（吉野純雄『ロリータ　木綿の味比《くら》べ　美少女の未熟な舌奉仕』）

つるまん

相手の下腹部に右手をすべりこませた途端、五月は思わずおのれの指の感触を疑ったものだ。

池谷怜子のそこにあるべき性毛の繁みが、すっかり消え失せていたからだ。

「どうしたんだ、つるまんじゃないか？」（北沢拓也『密宴』）

デルタ・ゾーン

「エーッ、ヤッダン、エッチ……」

彼女はもう一度溜息をつくと、両足を左右に広げた。

少女のデルタ・ゾーンが目の前に現われる。（斉田石也『過敏なロリータ　甘酸っぱい乳首』）

道具立て

長大な弓倉をもてなす佳奈子の緩《ゆる》めの内奥が鬩《せめ》ぎ合うような蠕動《ぜんどう》をおこし、温《ぬく》みとともに弓倉を微妙に締め付けてくる。

「……いい道具立てをしているよ」

「弓倉さんのペニスだって硬くて素敵……サオ師って、噂には聞いていたけど、太くて凄いのね。愛美ちゃんが、おしっこを洩らすはずだわ」（北沢拓也『白き獲物』）

鳥子餅（とりこもち）

右手を茂みの上に乗せ、優しく撫でてみる。鳥子《とりこ》餅《もち》のような感触があった。その弾力を力をこめて押しつけると、やわらかな恥毛の下に、固く盛りあがった秘丘がある。（木屋進『女《によ》悦犯科帳』）

内臓

太腿がひろがって肉唇が開いていく。そこにはネットリとした真珠色の愛液が鮮紅色の粘膜を薄くおおっていた。白い肌とは対照的なザックリと割れた赤い貝の中身のような、桜子の内臓がさらけだされた。（小菅薫『人妻看護婦・二十五歳』）

撫子（なでしこ）

毎日のように雅光の太い肉茎を押し込まれ、激しい抽送を受けているとは思えないほど器官全体は初々しかった。薔薇というより撫子や片栗の花に近い優しさだ。その優しい花が、男を誘う扇情的なメスの匂いを放っていた。（藍川京『炎《ほむら》』）

ナメコ

「んんっ！」

すでに蜜を溢れさせ、ナメコのようにぬめぬめしている女の器官は、ますます妖しい香りを放った。（藍川京『人妻のぬめり』）

ナマコ

松下はくわえた芯芽を舌でくすぐるように愛撫した。

「あーっ……」

優子は太腿を小刻みに震わせた。

女芯が収縮するのが、分かった。まるで、活《いき》のよいナマコが踊っているような感じである。

「ナマコが踊っている。ナマコのオドリナメだ」

「ヘンなことを言わないで」（豊田行二『乱れ妻』）

ナメクジ

三人の女貝はまたたくまにナメクジのようにヌルヌルになった。

「イ、イクッ！」

「くうっ！」

まず藤尾の舌で責められていたひとみが気をやった。次に、冷えたマムシドリンクの瓶で、グヌグヌと肉のマメをこねられていた美波瑠が絶頂に打ち震えた。（藍川京『人妻狩り　絶頂玩具に溺れて……』）

匂いたつ泉

英一は体を伏せると、匂いたつ泉に唇を押しつけた。

「ああッ、だめッ」

安芸子の体が躍った。（千草忠夫『定本・悶え火　女子高生処女の儀式』）

肉園（にくぞの）

指をその中に入れるまでもなかった。すでに肉園の内側にたっぷりとたたえられていた愛液は、ようやく脱出口を見つけたといわんばかりにあふれだし、ねっとりとしたたって会陰部を濡らし、さらにセピア色にすぼまったもうひとつの肉穴にまで伝っていこうとする。（高村和彦『母と息子　倒錯淫戯』）

肉苑（にくその）

「やめて、言わないで」

美夜子は立ち眩みがして、システムキッチンの調理台の上に上体を突っ伏してしまった。

しかしそのためヒップが突き出て、なおさら舐めやすくなったようで、裏側から女の肉苑を舌でぺろりぺろりと舐められ、かき回される。（子母澤類『金沢名門夫人の悦涙《えつるい》』）

肉体の門

「はあんっ！」

彼女の肉体の門はぱっくりと口を広げて、黒光りしているバイブを受け入れた。

「動かして……もっと、もっと強く！」（安達瑶『凌辱学園　転校生・志織は肉奴隷』）

肉谷

「あうッ！」

少女自身の指で左右に割り広げられたプッシーは、閉じ合わさっていたときの神聖さをかなぐり捨てて、いきなりセクシーな肉谷へと変化を見せていた。（吉野純雄『木綿のいけない失禁《おもらし》体験　桃色の乳頭しゃぶり』）

肉土手

「ほら、こうすればはまるところが、よーく見えるでしょう」

上体を反らせて腰を浮かせれば、M字に開脚された紗織の下半身があられもなく晒しつくされる。黒い繊毛の叢を二つに分け隔て左右に開いてしまった肉土手の間から、赤みを帯びて腫脹した二枚の肉唇がビラビラと震えている。（鬼頭龍一『私は恥しい母　息子の痴漢奴隷に』）

肉沼

白い肌の股間に密生した恥毛《ちもう》が、行燈《あんどん》のあわい光をはじきかえすようにきらめいている。源道はその恥毛をわけて、指先をちょいと肉沼へ埋めたが、

「ほう、よく潤っていますな」

と、嬲《なぶ》るようにいった。（木屋進『女悦《によ》犯科帳』）

肉の併せ目

右手を自らの股間に当てて、指で割れめの部分を広げると、薄い陰毛の下の肉の併せ目から、紅色の肉が顔を覗かせる。

そして左手でいきりたった肉竿をつまむと、唾液にまみれた先端を己が肉唇にあてがい、腰を落とした。

「あくっ…………！　おじさま、の、おっきぃ……あぁっ」（兵藤凛『美少女　魔悦の罠』）

肉の異なり

張りつめた肉とその狭間のやわらかな肉の異なりをタイトスカート越しに指のさきで感じとったとき、水橋は昂奮状態になった。（北沢拓也『情事の貢ぎもの』）

肉の宮殿

魅惑の美丘の下には、梨香の秘められた官能のすべてを物語る肉の宮殿が麗容を晒している。竜子が妬ましさをこめて評した如く、梨香の秘園は子ども二人を産んだとは思えないほど、色も形も新鮮さを保っていた。（殿山徹二『少女と兄と美母と　凌辱三重姦』）

肉の蛇口

丸っこい、艶々した、ゆで玉子のようなお尻《しり》を、千鶴はこちらに向けている。

その割れ目にクレーターが走り、一条うっすらと、岸

辺の若草のようなヘアが、肉の蛇口を覆っている。（赤松光夫『週末の寝室』）

肉の閉じ目

ひっそりと顔を覗かせて女の肉の閉じ目が、くっきりと、一本の線となって切れ込んでいる。

羞恥のふるえが膝を寄せ、内股に緊張の太い筋を起こし、明は、指を触れるかわりに顔を近づけ、ハ――ッと熱い息を吐きかけた。（倉貫真佐夫『熟れ尻ママ　秘孔責め』）

肉のはざま

「あう！」

きりりとしたおかみの美貌に反して、肉のはざまは、むやみになまなましく、卑猥だった。甘いとろみをたたえた肉体の中心で、そこだけ媚びているように、濃い色をうごめかせている。

「もうゆるして」

逃げられないと覚悟したのか、彩子はぐったりとなった。（子母澤類『金沢、艶麗《えんれい》女将の秘室』）

肉の饅頭（――まんじゅう）

しっかりと閉じられていた太腿が強引にくつろげられて、ようやく肉の饅頭が口をひらいた。恥ずかしげにそっと口を開けているような風情がある。うっすらと蜜でぬめった女園だが、まだ花びらを閉じていた。（藍川京『女医　獣の儀式』）

肉枕

薄いしげみに飾られた、白い肉丘のふくらみに頬ずりする。

小高い恥骨を厚い肉が覆った、まるまると肉づきのいい、なんとも甘美な肉枕だった。（横溝美晶『相姦の密室　天国から来たすけこまし』）

肉溝

「ああ、ごめんなさい。ねえ、汚したところ、舐めて」

甘い声でせがんでくる。

希一郎が花蜜を舌にのせると、潮の薫りのような、かすかな性臭がした。肉溝はすぐに、とろけてくる。（子母澤類『金沢名門夫人の悦涙《えつるい》』）

肉マン

「さてと。それじゃメインディッシュの肉マンをご馳走になってみるか」

根岸はひっそりと閉ざしているピンクの扉をこじ開けるようにして、亀頭部を淫裂に押しこんだ。（海堂剛『セーラー服凌辱ゼミナール』）

虹色の割れ目

両脚を肩にかつぐと、女の秘部があからさまになった。

そこは濃い密毛におおわれ、しげみの下に虹色の割れ目が、暗い輝きを放っていた。（南里征典『女医の聖餐』）

偽アタゴヤマ

偽アタゴヤマが棒状になった男のものの付け根を柔らかく刺激してくると、鈴木はピストン運動に緩急をつけて女体を貫いた。

男のものを女体の入口で抜き挿しするたびに、豊かに実った胸のふくらみが大きくうねりながら揺れ動いていった。

「あうっ、あうっ、ああうっ」

やがて……巨乳美女は天使の舞を踊りながら、忘我の世界に昇っていった。（山口香『秘宴の花びら』）

二本の肉の帯

杏奈の女の丘には陰毛が絡み合っていた。その端から肉の谷間が走り、二本の肉の帯を作って股間から臀部につながっていた。（山口香『天女の狩人』）

二枚貝の割れ口

左の手で曲毛《くせげ》をたててそよぐ毛のむらがりをかきあげると、飴《あめ》色の外陰唇に囲まれた二枚貝の割れ口のような処女の秘所があからさまになった。

貝の身のような対《つい》の内陰唇が左右から襞の狭間《はざま》をおおっている。（北沢拓也『人妻候補生』）

女芯（にょしん）

ゆるやかな弛緩《しかん》が女体に訪れ、仁科のジュニアは解放された。

枕元のティッシュペーパーで、仁科は戦いを終えた女《にょ》芯《しん》をいたわるように拭《ぬぐ》ってやった。

「最初はたくましく、最後は優しいのね」

高子は仁科に弱々しく手をからみつかせた。（豊田行二『野望証券マン』）

泥濘（ぬかるみ）

「いきそうだ」

「ああんっ、いってえっ」

泣きじゃくりながら叫ぶ若い人妻の深みを井原は激しく突き、泥濘《ぬかるみ》を踏みつづけるような音を、倉本香織とひとつになっている部分からたてて、放射の喚《おめ》きをあげると、おのれを引き出すなり、どくどくと射ち放っていた。（北沢拓也『密戯の特命』）

濡れ羽色の恥毛にかざられた赤い裂け目

入れてという熱い言葉に欣喜雀躍した博人は、すっかり膨張したペニスを、濡れ羽色の恥毛にかざられた赤い裂け目にズルリと押しこんだ。（高竜也『三人の若姉人妻と女《おんな》教師と看護婦』）

熱湯の沼

こう乱れられてはもはや愛撫どころの騒ぎではなかった。自慢の口髭はグショグショ、鼻と言わず口と言わず、熱湯の沼に埋め込まれて息もできない。（原田真介『淫《いん》獣《じゅう》の誘《さそ》い』）

粘膜の合わせ目

千代美はおもむろにバイブを右手に握り直すと、先の丸い部分をそっと亮子の粘膜の合わせ目に押し当てていった。

「んっ!!」

樹脂のひやりとした感触に彼女は思わず声を立て、同時に充血した花弁がひくっと内側に引っ込んでしまう。（御影凌『美少女発情　秘密の快楽実習』）

粘膜の窓辺

伏見は、大股びらきの恰好《かっこう》になっている美由希のはざまに、両手をあてて剝《む》きだし、生温かい粘膜の窓辺に、舌べろをあてた。

下から上へ、割れ目の奥を掃《は》くように舌先を這《は》わせるたびに、ああん、と美由希の腰が、ゆらぎを打つ。（南里征典『新宿爛蕩《らんとう》夫人』）

はざま

腿を開いた。はざまを撫であげる。そこはつるんとしていて毛がなかった。肉付きがよくて、ふっくらとしている。

撫でながら、指を折った。つるんと滑り込む。すでに潤んでいたのだ。

「いやっ」

と小さく声をあげた。（峰隆一郎『恋鬼が斬る　無頼浪人殺人剣』）

狭間（はざま）

指一本ふれていないのに、柔らかそうな肉襞の狭間《はざま》から透明なシロップが、さらににじみ出してくる。

「見て……」

と言われるまでもなく、茂樹の視線は夏姫の股間に釘付けだった。（雑破業『シンデレラ狂想曲《ラプソディー》』）

はじけた部分

戸田が千鶴の頭を抱え込んで、佐伯が自分を千鶴のはじけた部分に擬するのを見させた。

「ゆるして……」

千鶴は内股を痙《ひきつ》らせて叫んだ。（千草忠夫『レイプ環礁』）

羞じらいの谷間

そう言いながら、史郎は愛香の濡れそぼった羞じらいの谷間をしげしげと見つめた。そして、人差し指でその部分をいじり始めた。

こみ上げてくる男の欲望をもはや史郎は自制することができないほどに、心も肉体も嗜虐の悦楽に支配されてしまった。(氷室洸『姉　淫らな童貞飼育』)

花あやめ

全裸になって、勃起《ぼっき》した股間のものを打ち揺らしながら、改めて大洞はベッドにあがる。奈津子の双脚を掴んで割り開き、己のいきり勃《だ》ちを、溶けくずれた花あやめの中にあてがい、突き入れる。

「うっ……!」

白い首が反った。(南里征典『夜の官能秘書』)

花開いた湿地帯

「ああ……いよいよなのね……。で、でも……恐い……。恐いわ……」

しかし、心の恐れと対照的に、柔らかく花開いた湿地帯はあふれんばかりの蜜液でペニスを呑み込んでいった。(倉貫真佐夫『姉妹奴隷　美孔《びこう》くらべ』)

ハマグリの内臓

男の指が、肉花を広げにかかった。

「んぐっ、あ、あうっ、許して……!」

典子は叫んだ。

だが、鏡には、ハマグリの内臓をむりやりに切開したような形で貪欲な雌の内部までもさらけだしている。(矢切隆之『成城レイプ・人妻暴虐』)

パールピンクの器官

ねとついたパールピンクの器官は、今にもとろけそうだ。秘口が貪欲にひくつき、淫猥な輝きを放っている。肉饅頭をくつろげたまま秘園に見入っている瀧川に、美弥子はむずかるように腰をくねらせた。

「いや……」

何もされないのはかえって恥ずかしい。(藍川京『淑女専用治療院　淫ら愛撫』)

半割りにしたマンゴー

ビキニのショーツの中心が、半割りにしたマンゴーでも押しこんであるかのように、ぷっくりとふくらんでいた。

「玲奈のあそこ、すごくおいしそうだ」(横溝美晶『相姦の密室　天国から来たすけこまし』)

紅色の女花(ひいろのめばな)

おそるおそる淫芯に唇を近づけてみると、そこに咲いた紅色の女花は、たっぷりと露をこぼしている。

「あうぅ……ン」

英二がちらと舌を這わせただけで、京子は喘ぎ、腰を揺すった。(内藤みか『甘い花蜜の美人課長』)

秘奥の院

秘奥の院で、ぴちゃぴちゃという、せせらぎの音がはじけた。

「あー、いくっ……いくぅ」（子母澤類『金沢名門夫人の悦涙《えつるい》』）

秘花（ひか）

「見せて……」

と、ヴァギナを覗き込んだ。ベッドサイドランプを、恥ずかしい部分に当ててみると、秘花が闇にぼんやりと浮かび上がってきた。（内藤みか『尽してあげちゃう2』）

秘華（ひか）

女の秘華《ひか》に、龍次は触れた。

白く形のよい指で、花弁を押し広げ、ソフトに嬲《なぶ》る。

「んんゥ……」

お咲が喘《あえ》いだ。（鳴海丈『卍屋龍次　無明斬り』）

秘貝

暗くてよくは見えなかったが、色も鮮やかなピンク色をしている。性器自体が小さく、全体的な雰囲気として控えめな印象を与えずにはいられない秘貝だった。

「あうっ、うぁぁっ」

秘裂に指で触れただけで、彩織はビクッと全身を反応させた。（塚原尚人『女子大生家庭教師　恥肉のレッスン』）

秘貝のほころび

雪乃は上半身を傾斜させた。豊麗な乳房の先がしこって紅い。

肉根をくわえこんだままで、秘貝のほころびをぴたりと男の恥骨にすりつけて、粘膜を吸いつかせながらぐいぐいと腰をすべらせている。

「う、うあああ……すごい」

雪乃のつつましやかな顔はどっと紅潮している。（子母澤類『祇園京舞師匠の情火』）

秘苑（ひその）

純もあかねに負けじと、秘苑に埋めた指を小刻みに動かして葉子の性感を煽り立てた。

「い、いや……いや……やめてください」

葉子の声から、少しずつ抵抗の色が消えていった。（倉貫真佐夫『姉妹奴隷　美孔《びこう》くらべ』）

媚芯（びしん）

「前も後ろもだめだ。特に後ろはバージンだからな。どうしてもやりたきゃ、太腿の間でどうだ。パイずりも許してやる」

いくら美弥子のパトロンとはいえ、ビッショリ濡れた卑猥な媚芯を前にしている瀧川には残酷極まりない言葉だった。自棄になった瀧川は指にコンドームをかぶせ、羞恥にひくつくアヌスに押し込んでいった。（藍川京『淑女専用治療院　淫ら愛撫』）

秘帯

純は、天井を向くほどに持ち上がった秘帯に顔を押しつけると、舌先で花弁を開き、淫蜜を吸い立て、肛門を舐め回した。

「せ、先輩……もう許して……」

さとみは、量感をたたえたヒップを揺すって哀訴の声を洩らした。（倉貫真佐夫『姉妹奴隷　美孔《びこう》くらべ』）

ヒダの割れ目

「ううっ……うっ、うン……ああン……」

あおいは、眉間に皺を寄せながらも、喘ぎを洩らしている。オレは、持ち上げていた彼女の脚を両肩にのせると、ペニスをそのままゆっくり下にずらし、あおいのヒダの割れ目に一気に押し込んでいた。（丸茂ジュン『メス猫の寝室』）

ひだ深い熟女の口

――こ、これが……。

直後に彼は目をむき、身を堅くした。内太ももの付け根に茂る秘毛の奥で、ひだ深い熟女の口が割れ開いていた。（水樹龍『女教師と美少女と少年　保健室の魔惑授業』）

ビーナスの丘

「あっ、あっ！　いや～ん……」

真奈がビーナスの丘をせり上げ、歓びの反応を示した。（北山悦史『父娘《おやこ》相姦　うねくる肉獣』）

美肉

見せている、見られている、初めてのオナニーショウに、舞香はいつにない恍惚に溺れている。

「ああ……」

細く長い指、赤い爪が、これ見よがしに舞い踊り、薄紅色に濡れた美肉と戯れる、美しく卑猥をきわめた光景に、征夫はもう口も閉じられない。（鬼頭龍一『淫《みだら》叔母・少年狩り』）

媚肉

氷室は万由子のうしろからまとわりついて、肉棒の頭を媚肉に這わせながらすぐには入れようとしない。

「しっかりしろ。若いくせにたった一度気をやったくらいで、だらしねえぞ」

ピタピタと万由子の頬をたたいて、氷室はせせら笑った。

「ああ……」

弱々しく頭を振ると、万由子はすすり泣きだした。（結城彩雨『悪魔の淫獣㊤美人秘書・肛虐せよ！』）

秘肉の崖

「ここ?」

吉永は、小高い盛りあがりを見せる千沙の毛むらの詰《つ》まりをわけて、やわらかい秘肉の崖のような部分をくつろげる。（北沢拓也『情事妻　不倫の彩り』）

美の化身

生まれながらに美しい顔を持った誇り高い女は、だれよりも甘く淫らな女陰を持っていた。美の化身とも、またはわいせつとも、どちらにも見えた。（子母澤類『金沢名門夫人の悦涙《えつるい》』）

秘密っぽい湿潤

「だめだったら、明るくしちゃあ」

甲高く、悲痛味をおびた志麻のさけびが、部屋中にこだました。無理やり、花輪が秘密っぽい湿潤をくつろげると……。ない。陰毛がみえないのである。（影村英生『新妻鑑定人』）

秘密の場所

蜜《みつ》に濡《ぬ》れた秘密の場所が現れた。

内側はピンク色で周囲を濃い褐色がとりまいている。（豊田行二『野望証券マン』）

秘密のブブン

「じゃ、特別に見せてあげる。女の秘密のブブン――」

スカートをたくし上げ、まどかは膝立ちで少年の胸を跨いだ。

「……!!」（橘真児『童貞教室　女教師は少年キラー』）

姫さん

「あかんの……美和の姫さんが、もうあかんの……」

濃い快楽だった。固く閉じたまぶたに、閃光がひらめいた。

美和は甘美な沼のふちに脚をからめとられた。（子母澤類『古都の風は女の炎《ほむら》を燃やす』）

秘処（ひめどころ）

貫太は、ずるりと巨根を引き抜くと、桜紙で後始末をした。娘の秘処《ひめどころ》も、ていねいに拭いてやる。

その感触に、お咲は気がつき、

「貫太様ったら、羞《はず》かしい……でも、これ、どうしましょう」（鳴海丈『花のお江戸のでっかい奴〔色道篇〕』）

秘めやかな部分

両膝を軽く立て、乳房を波打たせている咲子の下腹の秘めやかな部分に英一が猛り立つものを当てがう。押しつけられた感触で、秘部に湧き出ている蜜のぬめりを咲子は感じた。（一条きらら『愛欲の迷路』）

秘門

彩香は思わず可愛らしい秘門を夢中になって男のもの

に擦りつけていた。

「お願い、早く入れて……」（安達瑶『令嬢姉妹　完全飼育』）

ひよこ饅頭（――まんじゅう）

はやる気持ちを抑え、茂樹はブルマーの裾から指を入れると、股間を覆う布地を片側に寄せた。どこかしら、ひよこ饅頭《まんじゅう》を思わせる恥丘にクッキリ刻まれた、少女のわれめがあらわにされる。（雑破業『シンデレラ狂想曲《ラプソディー》』）

ピンクの水蓮

彩子の秘部を弄《まさぐ》り回すことを忘れ、健作は喉がからからになっているのを覚えながら、なお生唾を呑み込んだ。

ピンクの水蓮のような印象の、彩子の花園だ。それも、数時間後に咲きそうに笑みを浮かべているイメージだ。

（三村竜介『美人妻　下着の秘奥』）

蒸かしたての肉饅（ふかし――）

「桃色というよりピンクだな、花びらが。丘は、うーん、少し毛が薄過ぎるかな、いや、蒸《ふか》したての肉饅みたいだから上等だ」

冬彦は杏子の足許まで躙《にじ》り寄り、かなり荒い息を女性器に吹きかけ、絵を描くほどに熱心に、言葉で描写する。

（三村竜介『美人妻　下着の秘奥』）

複雑な花

麻生は夫人の複雑な花へ顔を伏せていった。くちびると舌で快楽を送りこんだ。声をあげて夫人は悶えはじめる。こんなの初めて、こんなの初めて。夫人は口走った。

（阿部牧郎『出口なき欲望』）

プッシー

穴のあくほど見つめられて熱く火照っているプッシーは、最後の絶頂に向かってひくつき始めていた。

「い、いッ、いいいーッ！」

タイルの床の上で少女の頭がのけぞり、体が弓のようにしなっていた。（吉野純雄『木綿のいけない失禁《おもらし》体験　桃色の乳頭しゃぶり』）

葡萄色のぬたつき（ぶどういろ――）

城山は、片手を差しのばして、その繁茂を掻きあげた。茂みの下からのぞく、舟状に割れ開いた葡萄色のぬたつきの秘部から微かにだが、牝の発情の臭気がたちのぼっていた。（南里征典『密命　誘惑課長』）

舟底（ふなぞこ）

「くう……ぐ……んくっ」

そのうち、イヤイヤをしながら洩らす麻乃の声に変化が出てきた。それがわかった菱沼は、よりねっとりと湿った舟底をこすった。

「んん……」

顔を離して眺めると、汁ばんだ麻乃の小鼻が膨らみ、熱い息がこぼれている。（監川京『義母と嫁　肛虐飼育』）

腐肉

テレビ画面の中では、淫らな告白を終えた優也の上に、今度は竜子がまたがっていくシーンがアップで映し出されていた。グロテスクに変色した中年女の腐肉の中に、お兄ちゃんのフレッシュな肉棒がヌメヌメと呑み込まれていく。（殿山徹二『少女と兄と美母と　凌辱三重姦』）

舟状の秘部

すでにきらきらと光るうるみが、彼女の舟状の秘部には広がっていた。

塔野は、左の手を女の右の大腿部に掛け、右手で志穂のこんもりと盛りあがった繁みのむらがりをかき上げる。突出した朱色の肉芽がつやつやと桃色に輝いていてむき出しになった。（北沢拓也『淫の征服者』）

プリン

ぼくは舌でそろりと割れ目にそって舐めあげた。

「はあああああン……」

甘い、プリンのような舌触りと味だった。（鬼頭龍一『女教師《おんな》ママ・特別課外授業』）

古巣

「ねえ、お願いよう……いれて欲しいわあ」

鯖江も、腹這《はらば》っているその腹の下で巨根が痛いほどみなぎっていたので、今夜はもう、仕上げに直行しようと、しかるべき場所に収めることにした。

「じゃあ、江口真梨子という古巣に舞い戻るからね」（南里征典『艶やかな秘命』）

ブロッサム

「ブロッサム・ポジションで参りますからね」

香坂は、そう言った。

「え？　ブロッサム・ポジションって、なあに？」

「アメリカン・スタイルの体位の呼び方のひとつですがね。女性のブロッサム（花）がよく見えるようにしておいてから男性がそこにぶちこむ、というやつです」（南里征典『欲望女重役』）

弁天さま

若い女は、床に腹這うようにし、年増の女の女陰に見入った。

「お姐さま、なんて美しい弁天さまをお持ちなんでしょう」

年増の女も、褒《ほ》められていい気持ちらしい。（大下英治『広重おんな秘図』）

ほころびつつある花

女性器はよく花に例えられるが、麻美の秘所はまさにほころびつつある花だった。車内では暗くてよく見えなかったが、まだ肉のついていない内腿が清らかな百合、淡い秘毛から透けて見えるほんのり色づいたピンクの皮膚は、ビロードのような薔薇の花弁を思わせた。（安達瑶『女子高生　淫辱の美囚』）

火照り（ほてり）

夫人の手指が桂木の亀頭部を、自ら脚をひらいて自分の火照りへとひっぱり寄せた。（北沢拓也『人妻の茶室』）

火陰（ほと）

城山は奥まで突き抜き、ゆっくりと熱い洞内を味わうように、腰で円を描き、それから重厚な体動を加えはじめた。

日本の古文書には、女陰のことを往々にして「火陰《ほと》」と表記されているが、まさに美千代の持ち物は「火陰」である。（南里征典『密命　誘惑課長』）

鮪の赤身（まぐろ――）

彼女の陰口は楕円形に口を開いていて鮪《まぐろ》の赤身のようであった。女体の入口の上部には赤い宝石の粒を想わせる肉の芽が飛び出していた。和田は敏感な女の芽に舌先をあてて、弾き転がすようにして舐めつけた。（山口香『淑女の狩人』）

魔唇

「大丈夫。あなたはそのままでいいのよ……」

女の陶酔は、切れ目がなかった。

肉に溺れ、ひたすらまぐわいに耽る、深沈たる雪の夜。

きりがない。精が涸れるまで、吸いつくされる。

男を絞りつくすまで、やまない魔唇がうごめいている。

（子母澤類『金沢、艶麗《えんれい》女将の秘室』）

毬藻（まりも）

「あっ、ううん……」

冴子は淫らに尻をゆすり振り、長い二本の肢《あし》を扇でもひらくように大胆にひろげて、敷布に投げ出した。

性毛のむらがりが毬藻《まりも》のようにかたまってひらかれた双《そう》の腿の裏のあわいに見えた。（北沢拓也『情事妻　不倫の彩り』）

真ん中

レイラはすぐに指を離し、今度こそ、志織の真ん中にそっと顔を埋め込んできた。

「ああッ……！」

志織は喘ぎ、内部にヌルッと侵入してくる舌の柔らかな感触とヌメリを感じた。（睦月影郎『いたぶり』）

水浸しの秘所（みずびた――）

花形は指を抜き出し、はげしく身悶《みもだ》える女の、しっとりと汗にぬめりはじめたやわらかい裸体におおいかぶさり、左の手に添えもった怒張の先端部で、絹恵の水浸《みずびた》しの秘所をくすぐりたてる。

「ああっ、それ……」（北沢拓也『制服淑女の秘宴　特命闇社員』）

瑞々しい泉（みずみず――）

八雲の右手が、若々しく群れそよぐ毛むらをかきあげ、その下の熱い亀裂に進むと、おどろいたように、夕雨子の露わになった白い太腿《ふともも》と腰が、くねる。

指はもう、高い恥骨と繁茂の下に滑り込み、そこに潜んでいる瑞々《みずみず》しい泉をとらえていた。（南里征典『特命猛進課長』）

未成熟の桃の実

「大丈夫。もっと力を抜いて」

何が大丈夫か分からないが、竜也はなだめるように囁き、とうとうグイッと左右の内腿を開かせてしまった。

中心部に迫り、竜也はジックリと観察した。

何と美しく、また可憐な眺めだろう。やはり熟れた果実とは違い、まだ未成熟の桃の実のように小ぶりだった。

ぷっくりとした丘に煙る若草は、まだほんのひとつまみほど羞かしげに群生しているだけだ。ワレメも、まだ単なる縦線一本に過ぎず、わずかにはみ出た花びらも、淡く清らかな色合いだった。（睦月影郎『淫ら占い　女神の童貞監禁』）

みだら貝

この紅いみだら貝が、希一郎を虜《とりこ》にするのだろうか。

この貝肉が、不能にもさせ、勃起もさせるのだ。（子母澤類『金沢名門夫人の悦涙《えつるい》』）

淫らな花

「そうか、欲しいのか。よーし、それじゃ、ぶっといやつを……」

信吾は淫らな花から親指を抜き、その場に立ち上がって、右手で分身をしごき、左手で彼女の尻の肉を撫でながら、腰を前へ突き出した。（宇佐美優『情欲の部屋』）

未知の生物

（すごいよ……綺麗なピンク色だ。女って、こんなふうになってたんだ……）

濡れ光るサーモンピンクの柔肉に、未知の生物を発見したような感動をおぼえた。上部にあるプクッと膨れた肉芽が、ペニスのようにヒクついていた。（松田佳人『覗き　若妻と隣りの美少年』）

蜜貝

だが、ヒップを抱き止め、直哉は蜜芯を監察した。

「綺麗だ……」

思わず感嘆の声が漏れるほどに、未紀の蜜貝の色合いは美しかった。（内藤みか『快楽保険外交員』）

蜜芯

初めて知った女性の蜜芯は、ひどく温かで優しく、心地いい場所だった。天国にでもいるかのようなふわふわして絨毯《じゅうたん》があるかと思えば、こりこりとスジを刺激してくる部分もあり、何もかもがペニスを気持ちよくさせるためにしつらえてあるようなところであった。（内藤みか『尽してあげちゃう2』）

蜜唇（みつしん）

「はぁあ……ッ、だ、ダメ、ダメぇ……ッ！」

膝を閉ざそうとする彼女を押さえつけ、大輔は目を凝らして、蜜唇《みつしん》を監察した。（内藤みか『尽してあげちゃう2』）

蜜姫

「いいえ、見事な蜜姫ですよ。ずるずる、すべる。おおう、これに餡《あん》をかけると、餡蜜姫《あんみつひめ》になるのですかね」

「莫迦《ばか》あ」（南里征典『特命　猛進課長』）

魅惑の園

権藤は赤い目隠しをはずし、間近に光子の花園を見て、

「おお、きれいだ。魅惑の園だ」

と叫んだ。（富島健夫『未成年の春秋　流転篇』）

ムール貝

男は、目の前でゆれる聡子の尻に、両手をまわした。尻の割れ目に、指をすすめた。割れ目の奥は深い。靄《もや》のように翳《かげ》ったヘアと、女性自身の器官が、ムール貝の赤い肉のように割れて、目の前で息づいている。（南里征典『欲望南十字星』）

女神の中心

白い内腿の間に顔を進め、しきりに隠そうとする手を押さえながら、鉄夫は憧れの女神の中心に目を凝らした。白く滑らかな肌が下腹から続き、股間の丘には黒々とした恥毛が羞かしげに茂っていた。真下のワレメを見ると、わずかにピンクの花びらがはみ出し、さらにその中心から、白っぽくヌルッとした蜜が溢れていた。（睦月影郎『人妻　童貞肉指導』）

牝臭の発生源（めしゅう――）

少年はまた頷いて、濃厚な牝臭の発生源に唇を寄せた。

「あ……」

絹糸のように柔らかい毛叢に唇が触れると、美由紀の口元がだらしなく緩んだ。（葉月玲『奴隷母・美由紀　魔性に喘いで…』）

雌芯（めしん）

「あ、あうっ、あんまりです、ぐぐっ、おトイレ……」

彩子は嗚咽したが、敏感な肉の芽まで練りあげられる

と、雌芯に起こった快美感に圧倒された。（矢切隆之『倒錯の白衣奴隷』）

女芯 （めしん）

「あーっ、いいっ……」

洋子は太腿を痙攣させ、のけぞって叫ぶ。

何度も大石が芯芽のコアをペロリ、ペロリと攻めているうちに、洋子の女芯は洪水状態になってしまった。（豊田行二『媚色の狩人』）

牝肉

全身が虚脱し、力なく突っ伏してもなお、肉塊は子宮をえぐったまま、ひときわ力強く牝肉を責め嬲る。

「ううぅ……イク、イクぅ……イクぅ！」

二度目の波が押し寄せ、早希はふたたびオルガスムスに襲われた。（櫻木充『お姉さんはコンパニオン！ コスチューム&レオタードの魔惑』）

牝の割れ目

「ほら、ビラビラもはみだしてきちゃうから、ね。見たいでしょう?」

左右の大陰唇に両手の人差し指をあてがうと、香澄は自身の股間と和成の顔を交互に見つめながら牝の割れ目を開いていった。（櫻木充『お姉さんはコンパニオン！ コスチューム&レオタードの魔惑』）

女裂 （めれつ）

フルフルとふるえる繊細な恥毛から透けて見える乙女の女裂に明は唇を触れた。アッと小さく喘《あえ》ぎ、内腿をガタガタと揺らせるその間に顔を押しつけ、舌をもぐらせる。（倉貫真佐夫『熟れ尻ママ　秘孔責め』）

牝裂 （めれつ）

パックリと開いた牝裂。その合わせ目からはサーモンピンクの恥肉が覗いている。

うっそうと繁った恥毛。縮れの強い硬い毛が恥丘から連なり、麻也子の肉裂の左右まで繋がっていた。（巽飛呂彦『バレンタイン・レイプ』）

明太子 （めんたいこ）

硬いフランスパンを左右にちぎるように、ふくよかな肉の双丘を左右に引きちぎると、小暗い割れ込みがぬちゃっとひらいて、ルビー色にぬらつく明太子のような秘部が露《あらわ》になる。（南里征典『常務夫人の密命』）

最も秘密の肉

あこがれの女の、最も秘密の肉だった。ふわっと盛りつけたような黒い茂りに飾られて、濡れ光る淫裂のあわいが、露骨にあらわになった。

「だめ……、やめて、離して」

白い手が、恥ずかしい場所をおおった。（子母澤類『金沢、艶麗《えんれい》女将の秘室』）

もっともプライベートな部分

「私はいつでもそうなの。おっぱいだけでいっちゃうのよ……」

佳代子は、浴室の洗い場にへたりこんで、荒い息をはきながら言った。

私は彼女を立たせて、彼女のもっともプライベートな部分にも、石鹸の泡を立てた。（勝目梓『矢は闇を飛ぶ 私立探偵・伊賀光二シリーズ』）

桃色のアワビ

桃色のアワビの内側が肉ひだを晒し、割れ目の頂きのクリトリスがプックリとふくれてヌラヌラしている。

「あ、先生、見ちゃイヤッ！」（矢切隆之『倒錯の白衣奴隷』）

桃色のチーズ

柔肉を襲った男の指戯は、執拗だった。人差し指と中指でVの字をつくり、秘貝のあわいが広げられた。

桃色のチーズみたいに柔肉がとろけだした。ザクロのように割れた恥裂は、男の指で無残に露出させられた。

（矢切隆之『成城レイプ・人妻暴虐』）

桃色の花

佐藤は快感で身をよじった。美佐のむっちりしたヒップがすぐ目の前にある。合せ目の下方から草むらと桃色の花が覗いていた。（阿部牧郎『誘惑地帯 小説秋田音頭』）

桃肉の合わさり

もう一方の手が、パジャマのズボンの上から秘丘をなぞってくる。そのかき撫でかたが、恐ろしいほどゆるやかで、しかも粘りけがあるようにいやらしい。

桃肉の合わさりが、ぴくんとふるえた。（子母澤類『金沢、艶麗《えんれい》女将の秘室』）

桃の縦筋

美沙里の腰部はぐっと浮き上がり、丸味を持った悩ましい繊毛はそそけ立って、女の丘はさらに生々しくそこに晒け出される。その丘の中心を走る桃の縦筋も、一層あざやかに浮き出して、淡紅色の襞の内側まで露呈させるのだった。（団鬼六『肉の紋章』）

桃の種

楕円形に口を開いた女体の入口に舌先を這わした。

鮮やかなピンク色をした桃の種のような陰口である。陰毛は濃く、女体の入口を縁取るように生えていた。（山口香『美唇の饗宴』）

桃の実のあわい

むっちりとした尻が彼の唇の愛戯を希《のぞ》むように淫らに

くねった。

　吉永はさかさまに頭をのばし、両手でひろげた桃の実のあわいのような場処へ自分の顔をもっていった。（北沢拓也『情事妻　不倫の彩り』）

桃まん

　その亀裂のあいだからピンク色がのぞいているさまは、肉まんよりも、中華料理のデザートに出てくる桃まんによく似ている。

　どちらにしても、見るからにおいしそうだった。（横溝美晶『相姦の密室　天国から来たすけこまし』）

モリマン

　内側を上に向けて揃えた二本の指が、ブルマーの上から春美の恥丘に触れる。俗に「モリマン」というヤツなのか、少女のそこはふっくりと盛り上がり、濃紺の布地を張り付かせていた。（雑破業『シンデレラ狂想曲《ラプソディー》』）

門戸

　めぐみの肉奥から新たな歓びのしるしが湧き出し、明は上に重なり、めぐみの両腿を割り裂いた。めぐみは明の意を察し、唇を嚙み、息をつめた。明は、めぐみの覚悟を見ると、そっとペニスの先を肉割れに当て、門戸をほぐした。（倉貫真佐夫『熟れ尻ママ　秘孔責め』）

誘惑物

　容姿と同じで美しい女性器に気を良くした榎本は、本能に命じられるようにその誘惑物を味わいつくす。

　全体に舌をまとわりつかせ、上へ下へと舐める。さらには、右と左の肉萼を一枚ずつ丹念に舐め清める。（浅見馨『僕の派遣看護婦《ナース》　特別診療』）

百合の花

　紀子の熟した秘裂からは、淡い百合の花の香りがふわっと匂いたって達也の鼻孔を刺激した。その馥郁《ふくいく》な香りを嗅ぐだけで、目眩がしそうになる。

「ああっ、やめて……舐めないで……」（龍駕昇『恥虐の姉弟交姦』）

妖花

　十五歳の秘所があらわになる。だいぶ色づいた恥叢の真下には、生ぬるく甘ったるい匂いを放つ処女の妖花。しっとりと濡れた合わせ目からは、ややくすんだ色合いの花弁がはみ出していた。（橘真児『美少女・麻由の童貞いじめ』）

玲瓏な肉花（れいろう――）

「あ、あああ、バカバカッ」

　叫ぶ度に、白い尻が床の上で跳ね上がった。

　権田が顔を近づけ、玲瓏な肉花を観賞した。やがて、人差し指と中指で熟れきった交口まで広げにかかる。（矢切隆之『倒錯の白衣奴隷』）

ローストビーフ

吉永はローストビーフをひろげたような美和の秘部のたたずまいに暫く魅入り、すでにうるみが光っているのを確かめておいて、舌のさきを走らせてゆく。

「ああん……許して。恥ずかしい」（北沢拓也『情事妻　不倫の彩り』）

Y字の中心

Y字の中心に煙る恥毛はほんのりもやっている程度——カミソリとハサミを使ってきれいに手入れしている。

「後ろを向きなさい」

細い腰からキュンと盛り上がるヒップ、切れ込みの深さはその中心に開く女の源泉を想像させずにはおかない。（倉貫真佐夫『新妻調教　桃尻なぶり』）

若草の丘辺

「あっ……あっ……あっ」

美千絵は、ソファの背凭れにのけぞり返っていた。

さて、そうなると若草の丘辺をゆっくりと観察しやすい……とばかりに乃木はもう一方の手指を草むらにあてがい、ゆるやかに掻き分けはじめた。（南里征典『紅薔薇の秘命』）

割れた果実

遊作は、ナイト・スタンドの明かりがほのかに照らしだす、奈々の割れた果実をながめた。

奈々は、まだあどけない顔立ちにふさわしく、女の秘められた肉の果実のほうにも、まだまだあどけなさを残していた。（横溝美晶『悦楽遊戯』）

割れた栗のイガ

片ひざを立てたポーズで彼女は床へしゃがみ込み、彼の目前で大胆に太ももを開いた。

「うっ」

割れた栗のイガに似た裕美の秘所が、徹の視界へ飛び込んできた。（水樹龍『女教師と美少女と少年　保健室の魔惑授業』）

割れはじけの沼

乃木はもう落ち着いて、楽しく勝手放題に、未亡人社長の割れはじけの沼を指先で、たがやし、かまいたて、味わっている。（南里征典『紅薔薇の秘命』）

割れ溝

陰茎は締めつけられていたものから解放され勢いよく顔を出すと、しっかり直立し、その存在をアピールしだした。

しかしその立派な全貌が姿をさらしている瞬間は短かった。

幹雄の体に温子が乗っかってきたからである。

肉ロケットはあっという間にその姿を割れ溝の中に消した。（嶋克巳『背徳教団　魔の童貞肉洗礼』）

ワレメ

唾液と愛液でヌレヌレのワレメから、やがてチョロチョロと水流がほとばしってきた。

「あう」

圭子は呻き、慌てて引き締め、止めようとしたようだが、いったん放たれた流れは治まらなかった。（睦月影郎『美少女　恥らう果実』）

割れ目ちゃん

「フフフ、割れ目ちゃんが、だんだんとはっきりしてきたわ。まあ、色っぽいのね」

糸路の小刻みに慄わせる太腿を両手で押さえこむ桂子は、しだいに茂みを剃りとられて息苦しい程にこんもり盛り上った小高い丘を凝視しながらクスクス笑い出した。

（団鬼六『隠花夫人』）

【クリトリス】

愛の灯台

愛の灯台はベールをすっかり脱いで直立しており、左右の花びらは自然にめくれて桃色の内側があらわだ。宮殿への入り口もはっきりと門を開いており、透明な愛液が電光を浴びてきらきらしながら湧き、下へとしたたっている。（富島健夫『未成年の春秋　流転篇』）

愛の突起

夫の生前中は毎日愛し合ったという激しい愛の名残が、黒褐色の強い女芯《にょしん》の輪郭から窺《うかが》われる。

蜜液漬けになっている愛の突起は、大粒だった。包皮から覗《のぞ》いた先端は、きれいなピンク色をしている。（豊田行二『野望証券マン』）

愛らしい肉粒

亜由美は涙声で哀願した。もちろん、独りで慰めたことなど一度もない。それだけに、はじめて刺激されるその場所の感覚が異様なものに感じられ、激しい恐怖を彼女に与えた。

愛らしい肉粒から指を離した店長は、今度は柔らかな花芯を、物慣れた手付きで擦りあげた。しかしその感触も、ただただ彼女の心の痛みと恐怖を増すばかりだった。

（安達瑶『転校生　強制淫行』）

愛らしい露頭

亀裂の頂点に位置する愛らしい露頭までが、いきみを含んで顫えている。剃毛されているために、それらひとつひとつの反応が、すべてあからさまにうかがえる。(千草忠夫『定本・悶え火　女子高生処女の儀式』)

あえかな木の芽

史郎は愛香の柔肉の亀裂をねちっこく指先で撫でまわし続けた。そして、あえかな木の芽を探り当て、その敏感な突起に指の腹の部分で巧みなバイブレーションを送った。

「ああっ、そ、そこ……あぁーん！　ヒ、ヒィーッ！」

(氷室洸『姉　淫らな童貞飼育』)

青い蕾

由利の蕾は、開花するまでには時間がかかりそうな、青い蕾を連想させた。包皮で大切に、しかも厳重にガードされているのだ。

男性でいう完全包茎の状態である。(豊田行二『野望証券マン』)

青梅

潤いの湧く熱帯の亀裂の上辺に、青梅ほどの敏感な突起が皮かぶりのまま、怒ったようにぷくっと膨らみを帯びて、屹立《きつりつ》していた。

「あううんっ、そのむくれたところ、いいよう……死にそう……」

るみ子は腰をよじり、下品な痴語を吐いた。(南里征典『紅薔薇の秘命』)

赤い小鳥の嘴（——くちばし）

薄桃色の襞《ひだ》の起伏の上端に、敏感な肉芽が赤い小鳥の嘴《くちばし》のように屹立して、ひくひくと息づいていた。

スルメを焼いたときに立ち昇るような臭気が、伊集院由希の淫猥な景観のその部分から噴き上がってくる。(北沢拓也『有閑夫人の秘戯』)

赤い花の芽

奈美子は喘ぎをはげしくしていた。直志の舌は、奈美子の赤い花の芽を探りあてていた。舌が芽の先をやさしく掃いた。直志の指は、奈美子のうるみにまみれたはざまをまさぐりはじめていた。(勝目梓『霧の殺意』)

赤いピアス

ぬたっ、とマグロの血合い色をした、なめくじのような内陰唇がめくれを打った内側の扉に、おお、見よ見よ、赤いピアスのごとくちかっと光る芽立ちがイボのように埋もれていて、その突起は、可憐なフードを被っていた。(南里征典『常務夫人の密命』)

赤い実

それにしても、『ラベンダー』のママさんをこんな風に料理できるなんて実に光栄だわ、と久美はいって器用に美弥子の陰核の包皮を剝き、赤い実を露出させると、斉藤の顔を見て、これがつまり男性の亀頭の部分に当たるのでしょう、と、おかしそうにいった。（団鬼六『空《うつ》蟬《せみ》の女』）

赤い芽立ち

鯖江は、フードをむいた赤い芽立ちに顔を寄せ、舌で優しく触り、押しこねてやった。

「わあ、感じるっ……そこ……ああ、あむう」

奈津美は、口に片手をくわえたまま、腰をぴくん、ぴくん、と震わせ、上下させる。（南里征典『艶やかな秘命』）

赤い肉芽

源道はおえんの股のあいだへ体を入れると、子壺へ珠を埋めこみ、次にクリトリスの舌戯をおこなった。秘唇の上端にある官能の芽、あたかも鶏のトサカのように、赤く三角形のとんがりを覗《のぞ》かせている。そこへ舌をあて、強弱あわせて舌こねを続ける。やがて赤い肉芽が勃起してきたところを、舌先でなぞり、吸いまくる。

「ああ、院主さま、とてもたまりません」

おえんは顎《あご》をのけ反《ぞ》らした。（木屋進『女《にょ》悦犯科帳』）

赤いルビー玉

生臭さのなかにも甘酸っぱい芳香を放つ淫蜜をすすりとり、剝き身の陰核に舌を伸ばした。

「あうゥ！」

激しい喘ぎとともに、尻肉が細かく痙攣する。

赤いルビー玉のように充血した肉芽を、なおも執拗にしゃぶりつづける。（北原童夢『聖純看護婦　二十二歳の哭泣』）

朱い小梅（あかい――）

「ううっ……」

吉永はぐぐもったうめきをたてて、千沙の朱《あか》い小梅に似た部分に吸いつき、口に含んで吸引しつつ、右の中指を彼女のうるみきった秘口にくぐらせる。（北沢拓也『情事妻　不倫の彩り』）

朱い尖塔

「少し恥ずかしいよ」

羞じらい笑いながらも、仰向けになっている井原の面上を跨いできた。

井原は、国分美香の黒々と繁った性毛の繁りを右手でかきあげ、朱《あか》い尖塔《せんとう》のような敏感な肉芽《にくが》を剝き出しにすると、頭をもたげた。

「……ああんっ」（北沢拓也『密戯の特命』）

朱く光るしこりの強い芽

利光は、朱く光るしこりの強い芽《め》をかまわず、吸いたてた。

「あおう、むぅぅ……」

智世の腰が弾み、秘口から寄せてくる甘酸っぱい臭気が強くなった。（北沢拓也『人妻候補生』）

紅い小粒

指でV字に開かれたその突端を、舌先がつついた。指で器用に剝いたさやから、紅い小粒をとがり立たせ、舌を踊らせてきた。（子母澤類『金沢名門夫人の悦涙《えつるい》』）

紅玉（あかだま）

しかも、よく見ると、上方の肉芽は包皮が切除されて、紅玉のような突起がさらしものになり、テラテラと輝いている。

割礼の手術が施されているとは聞いていたものの、実際に目にしてみると、想像していたのとは格段のちがいがある。（北原童夢『聖純看護婦　二十二歳の哭泣』）

紅い豆粒

とろっと花蜜があふれてきて、細く腿に流れつたい、やがてソファの布地に吸い込まれる。

ねっとりと涌いてくる蜜を舌に乗せながら、指で紅い豆粒を突っついてみた。（子母澤類『金沢名門夫人の悦《えつ》涙《るい》』）

紅い女芽

――悦虐の妄想が淑子を極限の自虐の淫技に駆り立てた。

中指と薬指が陰門をくじり廻して淫靡な肉音をかき鳴らし、親指と人差指が小さいペニスをしごくように、紫色に脹長したクリトリスの包皮を剝いて紅い女芽をむき出し、左手の指で肛門を貫いて、思いきり奔放に尻をくねらせ、激しく下腹を前後に律動させる。（砂戸増造『美姉妹　堕ちた性奴』）

小豆（あずき）

肉の芽はたちまち興奮して、小豆大に勃起《ぼっき》していた。愛液が熱く粘って、指先を濡らしてくる。

「ああっ、とてもいい！」

内臓の奥から振り絞るような声を発したお香代は、頭を振って身悶えた。（木屋進『女悦《によ》犯科帳』）

淡いピンク色の小さな突起

淡いピンク色の小さな突起が、わずかに充血しながらふるふると慄えている。その器官を、晃は口に含んだ。

「あ……ン！」

梨花の身体が、びくんと大きく波打った。（堂本烈『美少女相姦　禁悦志願』）

アンテナ

指頭を谷へと進める。すぐに指頭は、谷からはみ出て直立しているアンテナに触れた。

それは包皮を脱いで勃起しており、コリッとした感じであった。（富島健夫『未成年の春秋　流転篇』）

イクラ

だから、花びらが窄《すぼ》まっている上の方に唇を移し、彼女のクリトリスを探していく。女豆を初めて見る英二にも、すぐにコレがそうだ、というのがわかった。彼女のそれは皮をかぶっておらず、綺麗に剝けていたからだ。つやつやと輝く女核は、ピンク色になったイクラのように妙に生々しく濡れている。（内藤みか『甘い花蜜の美人課長』）

愛しい球

淳也は優しく、その愛しい球を含んだ。れろれろれろ、と舌で転がしてもみる。

「は、あぁんッ！　だめッ、そこは……だめッ」

彼女の腰がぶるぶると痙攣しはじめたので、淳也は一瞬驚いて、唇を離した。（内藤みか『若妻童貞しゃぶり』）

淫核

「はふうっぅっ……」

伸ばした人差し指を、裂溝の間に入れると思わず声が漏れた。

左手で剝き出すことなくとも、過敏になった淫核はその一部を覗かせている。（麻樹達『美少女盗撮　いけない秘唇検査』）

インゲンマメ

雅彦の目が、恥裂から躍りでたクリトリスを見つめた。インゲンマメを膨らましたように、肉の芽が腫れていた。（矢切隆之『相姦　美母の肉人形』）

淫豆

「あっ……ひゃぁあんっ！」

びくんっ、と少女の身体が跳ねた。万年筆の軸先に敏感な淫豆をつつかれたのだ。（兵藤凛『名門美少女　集団レイプ』）

薄皮の鞘

遊作は、それ以上は剝かずに、根本から揉みこむように薄皮の鞘《さや》に舌を這わせた。

充血した真珠がふくらんで、するっと薄皮が後退すると、ようやく直接、舌をあてた。（横溝美晶『悦楽遊戯』）

薄紅色の小球

桂木は、莢《さや》から頭を露出されているその薄紅色の小球を指のさきで軽く撫でた。

眠っていた流美が、ぴくんと腰を震わせる。（北沢拓也『人妻の茶室』）

上べりの肉の尖り（——とがり）

上べりの肉の尖りもねんごろにころがしてやる。

「……いやっ」

由季枝は小さな声を発し、顔を横に向けた。（北沢拓也『情事妻　不倫の彩り』）

鋭敏なとがり

美樹の体に蜜がにじみはじめていた。

指が鋭敏なとがりを押さえる。

美樹は体をくねらせた。

しかし、美樹はすぐに太腿を強く合わせ、指の動きを拒んだ。（豊田行二『ＯＬ狩り』）

枝豆

乏しい記憶を手繰ってみると、確か、クリトリスにも仮性包茎というのがあり、皮を剝かなくてはならないものもあると書かれていたように思い、淳也はそっとその皮膚を上に押し開いてみた。

果たして、中からは枝豆のように固く丸い粒がころんと溢れ出てきた。（内藤みか『若妻童貞しゃぶり』）

えんどう豆

えんどう豆の莢のような形をしたクリトリスの先端には、小さな穴がヒクヒクと臆病そうに息づき、蝶の羽にも似たラビアは、まるで自らの美しさを誇示しているかのように、鮮やかなピンク色をした肉厚の羽を左右に拡げている。（鍵谷忠彦『ハードコア・レイプ　生贄絶頂』）

大粒の枝豆

中指で掘りおこされた蕾は、これもまた珍しいほど大きくて、固くて、ふくらんでいた。

その固く尖《とが》った蕾を中指でリズミカルに押すうち、大粒の枝豆が莢《さや》からはじけるように、実はとがってきた。（南里征典『新宿欲望探偵』）

おくるみをはがした真珠

挿入したままで、割れめのはじに赤くとがり勃つ、おくるみをはがした真珠を、少し強めにくすぐってきた。

そこがひりひりしはじめる。男をくわえた秘壺の中心から、もじもじと腰がうごいてしまう。（子母澤類『金沢、艶麗女将の秘室』）

お豆

「あひん、そんなふうに舐めないで！　お豆が剝《む》けちゃう」

恥丘の下のクリトリスの莢を指で左右に押し広げながら、顔を覗《のぞ》かせかけた肉豆を舌の先で転がすように舐めると、少女は下肢をヒクヒクと痙攣させて悦楽の声を上げた。（深山幽谷『美少女・沙貴　恥虐の牝犬教育』）

女の躰でもっとも敏感な果実

二枚の花びらは閉じているが、まるで彩子の心を表すようにふるふると震えている。豪華なケーキを飾るクリームで作られた薔薇の花などとは比べものにならないほど可憐で、本物の薔薇の化より誘惑的だ。そして、うまそうだ。

二枚の花びらの合わさったところにある女の躰でもっとも敏感な果実、宝石のようなクリトリスは、まだ包皮のなかに隠れている。（藍川京『新妻の疼き』）

女の蕾

黒いふちどりの内側に、鮮やかなピンク色が現われた。ピンク色のはじまるところに、カバーから尖った頭をのぞかせている女の蕾があった。（豊田行二『OL狩り』）

女の塔

亀裂上辺の、硬く膨らんできた女の塔をフードに包んだまま押し捏ね、それから二枚のびらつきの狭間に湧く蜜の中に指をひたし、掻きあげるようにこすりたてると、

「あっ、あ――っ」

という、やるせない声が久仁子の口から洩れ、熱い鉄板の上で、ワインをしたたらされた生鮑《なまあわび》のように、彼女の腰が、くねっとくねった。（南里征典『新宿爛蕩《らんとう》夫人』）

貝柱

鯖江は、貝柱のようにむくれ勃ったクリトリスを芽立ちごと、口に含んで強く吸いたててやった。

「いやあ、たまんないっ」

美貌の排尿スタイルの腰が、がくがくと上下に揺れた。（南里征典『艶やかな秘命』）

快楽の中心部

麻生はそこへくちづけした。やわらかな肉を舌でなぞる。暖い小さな沼を、舌が探検しはじめる。由紀の声が高くなった。粒の真珠を麻生はさぐりあてる。快楽の中心部へたどりついた安堵にひたっている。（阿部牧郎『出口なき欲望』）

硬い豆

雄一郎は手を引いた。指先で秘唇をまさぐった。ねちょねちょに濡れた恥肉に触った。クリトリスをとらえた。しこっている。硬い豆のようだ。それを左右に、小刻みに転がした。

「あっ、んっ！　ん～っ、いや……お願い、お父さん、お願いだから……もう……」（北山悦史『父娘《おやこ》相姦　うねくる肉獣』）

硬くなってるところ

「一つだけ教えてあげるわ。女は人それぞれで感じ方が違うんだけど、大部分の女の人が感じる場所があるの。ほら、ここよ。割れ目の上のほうに、硬くなってるとこ

ろがあるでしょう。あっ、ああっ、こ、ここ……」(牧村僚『僕のママと同級生のママ』)

褐色の蕾

沢木はすぐに腰を使わず、肉びらの間にずっぽりと突き入っている肉棒をわずかに引きだした。肉棒を濡らしている蜜を指に取ると、その上にあからさまになっている褐色の蕾を指先で押し揉む。(雨宮慶『私は秘書 二十五歳・倒錯の美蜜』)

可憐な尖り(――とがり)

指で蜜がしたたり溢れた溝をひらく。

二枚のびらつきがはみ出す。

その貝の身のような内陰唇は、健康な色づきを示して、蜜に濡れまみれている。

枕許からの淡い明かりが、美幸のねたねたした襞の起伏を、紫紅色に光らせる。

上端でクリットが可憐な尖りをのぞかせていた。(北沢拓也『人妻のしたたり』)

官能の芽

「院主さま、そこ、すごくいいわ!」

お春は恥ずかしさをかなぐり捨てて、両脚を裂けんばかりに広げて突っ張った。成熟した官能の芽は、勃起しながら快楽の火花をまき散らした。(木屋進『女《にょ》悦犯科帳』)

キスチョコ

「こんなふうに……」

あとの声を呑みこんだ奈津子は、左手の人差し指と中指をV字にすると、亀裂上辺の小さな肉の覆いのようなものを左右から挟みつけるようにして上に引いた。表皮がくるりと反転して平たくなり、その下からキスチョコのような肉芽がひょっこり現われた。(高竜也『実妹と義妹』)

傷つきやすい果肉

真奈美先生のクリトリスは、大きな乳首みたいな舌触りだった。とてつもなく柔らかく繊細で傷つきやすい果肉だった。それを唾液をたっぷりとまぶして舌の上で転がす。

「はああ……あ、いいっ」

素直を反応がかえってきた。(美園満『女《おんな》音楽教師』)

屹立した小球(きつりつ――)

指さきにまといついてくる剝《む》き身の貝の肉のようなものを塔野はこすりたててやり、上端の固く屹立した小球を指の腹でころがしてやった。

「ひーッ、ああっ……」

左手で男の背をシャツごと強くつかんだ美雪のスレン

ダーな肢体が身悶えるようにくねった。（北沢拓也『淫の征服者』）

キノコ型

包皮をむいてツヤツヤした真珠のようなクリトリスを露出させた。彼女はクリトリスも大きめで、男の亀頭を思わせるように小さなキノコ型をしていた。（睦月影郎『女医と少年　濡れ下着の牝臭《におい》』）

キーポイント

江原は唇を下降させ、泉水に口づけをした。

突然の予期せぬ愛撫に洋子は小さな悲鳴をあげた。足を閉じ、拒《こば》もうとする。

それよりも早く、江原は洋子のキーポイントをとらえていた。（豊田行二『野望商戦』）

急所の蕾

桂子の方はのたうつ糸路の両腿をしっかり押さえこんだままでビクともせず、巧妙な舌先の粘《ねば》っこい愛撫を注ぎかけ、その急所の蕾《つぼみ》の部分を唇に含んで息の止まるばかりに急に強く吸い上げたりする。（団鬼六『隠花夫人』）

禽獣の嘴（きんじゅうのくちばし）

上端の突起は莢《さや》から飛び出して禽獣の嘴のように硬く屹立《きつりつ》していた。

穴吹の指が、屹立した上端の芽を揉みころがすと、

「あっ、いやっ……ああっ」

絵美子の声に震えるような響きがこもり、背が彎曲《わんきょく》に反り返り、持ち上がった腰が震えた。（北沢拓也『乱戯』）

グミの実

新八郎は秘唇へ口をつけ、舌を回転させながら、官能の芽をさぐった。

花舌が剝《む》き出され、勃起《ぼっき》した。グミの実のように、固く朱色をした肉の芽だった。

「ああーっ、そこが弾けそう」（木屋進『女《にょ》悦犯科帳』）

グリグリ

割れ目の上のほうを辿ると、案の定しこりのようなグリグリがあった。親指の腹でやさしくくすぐるようにすると、志津子が激しく身悶える。

「あああーっ！　い、いいいっ」（西門京『若義母と隣りの熟妻』）

クリスちゃん

「そんなに暴れちゃよけいにみっともないわよ。そら、クリスちゃんまではっきり形を出して来たじゃない」（団鬼六『隠花夫人』）

クリちゃん

「クリトリスを皮の上から指先でつまむようにして揉んで。同時に小陰唇をつまんでゆるく引っ張るようにして。

もうクリトリスの皮をめくってちょうだい。クリちゃんに息を吹きかけながら、膣のまわりを指先でそっとまさぐって。少しだけ指を入れてちょうだい。今度はアヌスにも浅く指を入れてみて……」（勝目梓『陶酔への12階段』）

コア

大石はそのスパイスに舌を刺されながら、芯芽の塊りを探り当て、舌で器用にカバーを後退させて、剝《む》き出しにしたコアをくすぐった。

「あーっ……」

小百合はのけぞって、太腿を痙攣させる。（豊田行二『媚色の狩人』）

極上の宝石

それにしても霧子の器官は美しい。包皮から顔を出している肉の豆は宝石のように輝いている。小粒だが極上の宝石だ。（藍川京『兄嫁』）

心細いボタン

肉粒の小ささに比べると、包皮は余っているほどにたっぷりだったから、指先の当たり具合によっては、すぐにクリトリスが隠れてしまっていた。それはオナニーの心地よさの源泉になっているとは信じられないまでに、頼りなく心細いボタンだった。

「たしか、ここを中指でこするはずなんだけど」（吉野純雄『半熟　同級生の乳芯検査《しぼり》』）

小柱（こばしら）

花形は、康恵の秘丘に舌を躍らせつつ、小柱のような彼女の敏感な突起をそこにあてがった指の腹で揉《も》み転がした。

「はあーん」

平田康恵が、白い股を緩めて両手で花形の頭髪をつかみ、鼻に抜けるような喘《あえ》ぎを悩ましく吐いた。（北沢拓也『女宴の迷宮　特別闇社員』）

米粒

粘膜の真珠も小さかった。

根本を引っぱりあげると薄皮が剝けて、完全に姿をあらわしたが、それでも米粒ほどしかなかった。（横溝美晶『双貌の妖獣』）

小指

明彦は猛然と舌の動きを速めていった。溢れでた愛液でもう顔面はビショビショだったが、かまわずに肉芽を愛撫した。

小指の先ぐらいの大きさに肥大したクリトリスに軽く歯を立てると、由佳の身体がまたビクンと揺れる。（牧村僚『姉と叔母　個人教授』）

コリコリしてきた果実

コリコリしてきた果実を、貴成は唇にはさんでもてあそんだり舌先でつついたりした。果実は完全に堅く立ち上がっている。

「だめェ！　いやァ！」

これまでに知らなかった感覚。総身の細胞のざわめきに耐えきれず……（藍川京『新妻』）

こりっとしたもの

あわてて法月は右手を伸ばして、跨がっている女の股間をまさぐりたてた。

「うっ……変なこと、なさらないでえ」

美沙緒の女体が、うしろに引っ繰り返りそうになったとき、毛むらの下に、こりっとしたものがむくれたっているのが、はっきりとわかった。

そこを指で押し転がすと、

「おお、駄目っ……お豆、よわーい」

可憐な声がはじけ、フレアー・ミニの女が、反っくり返りそうになった。（南里征典『常務夫人の密命』）

桜色の米つぶ

すべすべのとろけそうなヒップがほぼ円形の曲線をつくっている。こんもりした土手肉に縁どられた肉園は、鮭肉色に際立っていた。あられもなく秘肉が、丸出しになり、桜色の米つぶみたいに、十六歳のクリトリスがすでに膨らんで尾根につながっている。（矢切隆之『スチュワーデス　制服レイプ』）

桜貝

美沙里のその桜貝にも似た微妙な肉の突起は、思いなしか京子の指先で軽い刺激を受けているうち、わずかに屹立《きつりつ》を示し始めたようである。それに気づいて鬼頭と田沼はニヤリと淫猥《いんわい》な微笑を口元に浮かべた。（団鬼六『肉の紋章』）

花舌（さね）

源道は、お久美の花舌の突起を目ざとく見つけると、それへ情熱的でかつ微妙な愛撫を開始した。

「ああ、いいわ。そこ、もっと、もっと舐めて！」（木屋進『女悦《によ》犯科帳』）

裂け豆

おもっていた以上に大きい。空豆《そらまめ》のような大きさである。

毛が薄いから、よけいに大きく映るのか。

しかも、裂《さ》け豆《まめ》であった。

陰唇《いんしん》の合わせ目から、あからさまに頭を出している。

（大下英治『写楽おんな秘図』）

莢にくるまれた尖り

固く莢《さや》にくるまれた尖りが溝から飛び出し、二枚のやや濃いめの肉襞も舌のようにせりだして、ねっとりと左右に開いた。いやだいやだといっていながら、さっきからのいたぶりで、そのあわいはたっぷり蜜を含んでいた。（千草忠夫『定本・悪魔の刻印　媚獣恥姦』）

三角型の帽子

クリトリスは立ち上がり、三角形の帽子の中でヒクヒクしている。朱色の粘膜は濡れそぼって、交口がポッテリと肉路を示した。

「あ、あああ、見ちゃイヤッ！」（矢切隆之『倒錯の白衣奴隷』）

三角のピンクの突起

オレは、いったん体を起こし、あおいのヘアをかきわけて花弁をめくり、クリトリスを露わにさせた。三角のピンクの突起は、頭の部分だけ少し白い。すでに蜜に濡れ、つやつや光って見える。

「クリトリス全体を唇の間に挟み込んで……まず、強く吸って……」

上ずった声で、あおいが言った。（丸茂ジュン『メス猫の寝室』）

三角芽

汲みとった蜜液を、舌先に載せて谷間の上部のクリトリスにコーティングする。

城山は、亀裂上辺の三角芽を唇で啄《ついば》みながら、指を動員することにした。（南里征典『密命　誘惑課長』）

珊瑚色に輝く部分

しかし、これにはもうひとつポイントがない。誰しもこのテの美少女を手に入れれば考えつきそうなアイデアばかりなのである。そのあげく考え出したのが、包皮を切除して、やや大ぶりの珊瑚色に輝く部分を、なに覆うもののないういういしいスリットの頂点からのぞかせることなのだった。（千草忠夫『レイプ環礁』）

珊瑚珠（さんごだま）

絵美は下肢をシーツに突っ張り背すじを反り返らせて、のけぞらせたのどから鋭い悲鳴を噴きあげた。露出させた珊瑚珠を弾き上げると、そのままの恰好でピクンピクンと跳ね鼻を吹き拡げて絶息せんばかりの苦悶の表情をさらけ出した。（千草忠夫『レイプ環礁』）

珊瑚の実

めくれた花唇の合わせめから、めしべのような、あざやかな珊瑚の実が、ぷっくりと膨らんでいる。

熟しきった女の肉だった。（子母澤類『金沢、艶麗《えんれい》女将の秘室』）

しこった小球

谷間の上部の突起物を二指の間にはさみ、香坂ははさみながら、押したり撫《な》でたりした。

「ああっ……ああっ……いい……」

愛子の腰によろこびの震えが走って、しこった小球がぷりぷりと香坂の指の下で弾んだ。（南里征典『欲望女重役』）

朱色の頭

黒い繊毛の繁みが刈り取られているので、褐色にくすんだ秘肉の畝《うね》に囲まれて、楕円状にひらき割れた秘部の上端の敏感な部分が、莢《さや》から朱色の頭を覗かせて、露《あら》わに見て取れた。（北沢拓也『密宴』）

充血した芽

繊毛に囲まれた上端の敏感な尖りが朱色に充血してひくつくように息づいている。

舟状の秘所の景観をしばらく眺めやっておいて、倉橋は夫人の充血した芽《め》を舌のさきで叩いた。（北沢拓也『不倫妻の淫火《いんか》』）

上端の小球

川添の妻は、すでに襞の谷をねっとりとうるませており、上端の小球も小梅でも撫でる具合にふくらませていた。（北沢拓也『情事妻　不倫の彩り』）

じゅんさい

ひらめきの突端にあるじゅんさいのような芽を、ぴろ、ぴろ、ぴろ、となぶってくるのだ。

「ああ、あかん、それって……？」

すごく意外な感触だった。（子母澤類『金沢、艶麗《えんれい》女将の秘室』）

皺のあるフード

舌の侵入をストップし、左手で小陰唇の周りを撫でやり、それからクリトリスを軽くリズミカルに叩き、皺のあるフードに注意深く歯を立てた。（瀧川真澄『制服生人形　十四歳の露出志願』）

真紅の躑躅の蕾（――つつじ――）

背を逆向きに移した利光の目の下に、毛のむらがりをわけるようにして、肉裂の上べりの朱色の突起が、まるで真紅の躑躅《つつじ》の蕾《つぼみ》のようにふくらみたって息づいていた。（北沢拓也『人妻候補生』）

真珠核

（い、いや……！　奈津美、やめてぇ！）

拒否の言葉は、口の中の布切れに吸い込まれていく。潤みをすくい取った指が、敏感な真珠核を優しく転がす。（風間九郎『媚薬　女高生の疼き』）

芯芽（しんめ）

芯芽を覆ったカバーが少しめくれて、芯芽のコアが頭を覗《のぞ》かせている。

松下はその芯芽に吸いついた。

「ひいっ……」

優子は腰を突き出して、悲鳴を上げた。（豊田行二『乱れ妻』）

神秘の突起

恥ずかしがる暇を与えず、寺崎は無防備になったその両の秘唇を、思いきり押さえつけた。左右に開いて包皮を後退させ、ピンク色の中身を剝き出すと、彼はその神秘の突起に、そっと舌を触れた。（安達瑶『美少女飼育日記』）

スイッチ

膣口から、内側の粘膜をゆっくりと味わうように舐め上げ、やがて小さな突起に達した。

包皮は、陰唇と似た感触で、わずかに覗いているクリトリスは、やはりツルツルして滑らかな表面をしていた。

「あうっ――！」

真由子の全身が、激しく跳ね上がった。

こんな小さなスイッチが、こうも真由子の全身を反応させるのが不思議だった。（黒崎竜『恥刑部屋　みだら洗脳』）

スケベマメ

翳りのない白い肉饅頭がパックリと割れて、蜜でぬらりと光っている女の器官が剝き出しになった。

「スケベマメは食っちまうしかないな」

「いやっ！　怖い！　くっ！」

会陰から肉のマメに向かってベチョリと舐め上げた富岡に、潤子が硬直した。（藍川京『人妻のぬめり』）

性感の塊

「ほら、ここだな、ここがクリトリスだな」

「ひいっ！　ああっ……」

涼子は男の指先に、性感の塊《かたまり》を探り当てられたのだった。（高輪茂『美人課長・涼子　深夜の巨乳奉仕』）

聖マリアの頭

花びらは恥らうように遠慮がちに割れ、輝くようなパールピンクの粘膜を現した。

かすかにひらいた花びらは拗《す》ねた唇のようにも見えるが、肉の豆が聖マリアの頭のようで、ハの字にひろがった花びらの上部は、マリアが手をひろげているように見える。（藍川京『女教師　美畜の檻』）

象の鼻

蘭のような厚めの花弁のあいまから、ひょろりと長い花舌が突き出ている。赤ん坊のおちんちんのようでもある。阿蘭陀絵の画集で見た象の鼻をかわいくしたようである。

〈南蛮女の花舌は、すべてこのように異様なのか。それとも、夫が役立たずのため、舌人形でばかりかわいがりすぎて、このように長くのびてしまったのか……〉（大下英治『歌麿おんな秘図』）

空豆

一度気をやった花舌は、赤くむくれて、空豆のように大きい。人差し指と親指でつまむと、ぬめりと滑っこい。花弁から愛液があふれ出して、花舌までも濡らしている。

「ああ、あう、あうう……」（木屋進『女悦《によ》犯科帳』）

大豆

バスタブの縁に腰かけさせ、大きく両脚を八の字に開かせると、女の秘められた部分は一気に解放された。すでにクリトリスは殻を押しのけて顔を出していた。実に大きい。ちょっとした大豆ほどあった。（高竜也『三人の若姉　人妻と女《おんな》教師と看護婦』）

ターボスイッチ

このかわいい器官こそ、美少女オナニストの欲望を煽り立てる、ターボスイッチに違いなかった。（瀧川真澄『制服生人形　十四歳の露出志願』）

松明の火（たいまつ――）

椎名の眼の先で、女の豊かに実った双《ふた》つの乳房が、絖《ぬめ》白い光を放ちつつ波を打ってゆらぐ。

黒い繁みに囲まれた柘榴《ざくろ》の実のような宮園美希の、男と結ばれている秘部の狭間の上端で、椎名の指で嬲《なぶ》られて尖《とが》り勃《た》った鋭敏な突起が、赤い松明《たいまつ》の火のように見える。（北沢拓也『人妻たちの乱倫』）

小さな一点

オスを昂らせる透き通った桃色の器官のほんの小さな一点が、女の総身を悦楽に導いていく。世界でひとつきりの真珠玉は、藤絵が指を動かすほどに充血してぷっくりとふくらんでいく。細長い包皮がもっこりと太ってきた。（藍川京『炎《ほむら》』）

小さな島

仁科の指は洪水の中で孤立した小さな島を探り当てた。美保は体を震わせて、小声でうめく。小さな島は頼りないほど小さかったが、感度は抜群だった。（豊田行二『野望証券マン』）

小さな芯

粘膜のフリルの内側で、ぬちゃっ、ぬちゃっと、蜜がねばりつき、糸を引いているようだった。

閉じあわせた粘膜のフリルの端には、コリッと、小さな芯が感じ取れる。（横溝美晶『闇に墜ちた少女　ジゴロ探偵遊楽帖』）

小さな出っぱり

「ああっ、つ、次は、あなたがいじってくれている、割れ目の上のほうに、ち、小さな出っぱりがあるの、わかる?」

　夢中で悦びを噛みしめていた美波が、苦しげに呻く。(西門京『若義母と隣りの熟妻』)

小さな肉片

　まだ、完全に包皮に包まれたままの小さな肉片。その部分がツンと尖って、変な力が入っている感じがする。意識して触ったことはこれまでなかったが、例えばオシッコの後で拭く時やお風呂で洗っている時など、何気なく触れたこともあったかもしれない。(斉田石也『過敏なロリータ　甘酸っぱい乳首』)

小さな豆状のその部分

　ある一ヵ所に舌が触れると、真弓がピクンと総身を震わせることに気づいた。小さな豆状のその部分は、幸介が舌で触れるたびに、コリコリと硬くなってくる。(牧村僚『麗母響子・淫性と魔性　ママ狂わせないで!』)

小さな豆粒にも似た器官

　孝史は小さな豆粒にも似た器官を、精緻な工芸品を作る職人のような指の動きで刺激していった。

「あう、ああ……。いやぁあ……ん、ンっ」(館淳一『女高生　制服の秘肛奴隷』)

小さなペニス

　淑子はあさましい性と女体を呪って、ヒステリックに泣きじゃくり、淫らな血に硬く張り詰めた乳房をテーブルの縁《へり》にこすりつけて身悶えた。

　だがシルクの紗布の上から小さなペニスのように勃起して脈打つ、いまわしい肉芽を責め苛む指の動きは止まらない。(砂戸増造『美姉妹　堕ちた性奴』)

小さな女塊(――めかい)

　閉じかけた腿をぐいッと押し戻し、直哉は今度はフェラチオのようにクリトリスを唇でシゴキ始めた。小さな女塊は、くりくりと舌にすり上げられ、ひくひくとその身を震わせていく。

「はあああぁ、あああぁ、あッ、あんン……ッ!」

くぅ、と真奈美はシーツを掴み、ヒップを引き締めている。(内藤みか『快楽保険外交員』)

ちっちゃな尖り

「あたしだからいやなの? 小暮さんにもこうされたんでしょ? 気を失ってしまうくらいに」

　かおるは指で柔らかくちっちゃな尖りを責めながら、言葉でなぶる。(千草忠夫『定本・悪魔の刻印　媚獣恥姦』)

ちっぽけな突起

やがて宏が手を伸ばし、剝きだしの恥丘やその上のちっぽけな突起に触れると、江利子は少しむずがり、甘えた声で腰を振る。

「駄目よ。そんなに強く触らないで」（伊達龍彦『女教師・Mの教壇』）

血豆

「こっちはどうだろうな」

遊作は、つぶやくと、さらに両手で粘膜のフリルの結び目を開いた。

敏感な真珠を剝いてしまう。

そこも、美緒は小さかった。濃いピンク色に充血して、ぷくんっと血豆のようにふくらんでいるが、薄皮から剝いてやらないかぎり、けっして表には出てきそうもなかった。（横溝美晶『悦楽遊戯』）

血ぶくれていた真珠

充血して血ぶくれていた真珠が、ぷりんっと薄皮から剝けあがって、指の腹に触れている。

「ちょうだいっ……」

敦子がうめいた。

「もう欲しい……このまま入れてっ……」（横溝美晶『人妻の予備校　ジゴロ探偵遊楽帖』）

頂点の芽

つつましく閉じ合わされていたピンクの襞が充血してめくれ返ったように開き、ねっとりしたものをそのあわいから吐いているのである。さっきは見えなかった頂点の芽が、苞《つつみ》を押しのけるようにしてピンクの頭をポッチリのぞかせている。（千草忠夫『レイプ環礁』）

土筆ン坊（つくしんぼう）

そうやっておぞましくなぶられるたびに、敏感なその部分が充血し、ますますいきり立ってくるのが、恥ずかしかった。

「……が土筆《つくし》ン坊みたいになってきたわ」

沙織夫人が、普段の上品でしとやかな立ち居振舞いからは想像できないような、露骨な言葉を口にした。（北沢拓也『人妻の茶室』）

粒肉

「見える！　あぁ、ぜんぶ見えるよ！」

夢中で小陰唇を開き、膣口を観察する。よくよくな目を凝らせば、花弁の合わせ目に粒肉が隆起している。

（こ、これが……クリトリス？）（櫻木充『ママと看護婦のお姉さま』）

貴い真珠

「あふうッ……感じるうッ！」

あやかの美声が一オクターブ上がった。

女子高生の激しい痴態を導きながら、直樹は令嬢の貴い真珠を、舌先でしつこく舐め回していく。（瀧川真澄『制服生人形　十四歳の露出志願』）

鴇色の肉の突起（ときいろ――）

人差し指が菱形にひらききった秘裂の上べりでひくつく鴇色の肉の突起を捉えた。

莢を割って屹立する女の芽を、老人は指の腹でくりくりとなぶった。（北沢拓也『人妻の茶室』）

凸部

クレヴァスの上端で、ピーンと屹立した真珠が、シルクの布を内側からツンッと押し上げていくのがハッキリと感じられた。

前後に這う指が、その凸部に触れるなり、体の奥で熱い雫《しずく》がジワッと噴き出した。（由紀かほる『女教師　禁じられた咆哮《ほうこう》』）

突出した芽

彼女は突出した芽をなぶる指さきの動きをいっそうこまやかにした。

秘裂の上端にのびている彼女の白く長い何本かの指さきが、溢れる蜜を浴びて、ぬらぬらと濡れている。身悶えがはげしくなり、腰が大きくねじられてくねる。

「あっ、あうーん」

仔犬が水を飲むような音が、しきりにたつ。（北沢拓也『人妻のしたたり』）

鳥のクチバシ

二指でフードをむくと、鳥のクチバシのように尖りたちはじめる。親指の指紋部で、香坂はそのピンク色に濡《ぬ》れ光る健気《けなげ》な鳥のクチバシを、上から押し転がし、薙《な》ぎ伏せかまいつづけた。

「あっ……あはっ……ああん」

肉の芽が指の下で、ぶりぶり弾むにつれて、千登勢の女体も悶《もだ》えを打って、弾む。（南里征典『欲望女重役』）

泥豆（どろまめ）

〈それにしても、ひどい泥豆《どろまめ》だ……〉

女陰の奥からあふれ出ているので、花舌までたっぷりと濡れている。いわゆる泥豆になっていた。泥豆の泥は、土の泥ではなくお露に濡れてドロドロになっているというところからドロ豆という、と歌麿は先輩たちから聞いていた。（大下英治『写楽おんな秘図』）

トンガリ屋根

合わせ目もしっとりと潤っていたが、中はさらにヌメヌメと濡れ光っていた。細やかな肉襞に取り囲まれた小さな洞窟が、呼吸に合わせて僅かに収縮する。オシッコの穴はよく見えない。一番上の二重になっているトンガリ屋根の下からは、小さな肉芽が頭を覗かせていた。（橘真児『美少女・麻由の童貞いじめ』）

肉小豆

純は、舌を巧みに使って、包皮に覆われた肉芽を掘り起こし、つやつやしたピンク色の肉小豆《あずき》を剥き出しにした。興奮でプクッと盛り上がったクリトリスを唇で挟み、舌先で転がした。

「ああ……先輩……イヤァ……あああぁ」

さとみの口から、快感を求める甲高い嗚咽が噴き出し、下肢がひとりでにわななき震えた。（倉貫真佐夫『姉妹奴隷　美孔《びこう》くらべ』）

肉突起

純の指弄を受けて、包皮に隠れていたピンク色の肉突起がみるみる膨張してきた。その肉突起を指で弾くと、葉子は背筋を大きく反り返らせてヒップをくねらせた。

「あああぁぁ……ごめんなさい……。でも、先輩にしてもらう方が……ずっと気持ちいい……」

「素直ないい子だ……。ご褒美に、もっと気持ちよくしてあげよう……」（倉貫真佐夫『姉妹奴隷　美孔《びこう》くらべ』）

肉莢（にくさや）

沈めたバイブを手にしたまま、麻乃は細長い肉莢に唇をつけた。愛らしい肉マメが覗いている。その小さな芽を舌で探り当て、弄んだ。軽く吸い上げた。

「ああっ……ああ、女将さん……いや……くっ」（藍川京『義母と嫁　肛虐飼育』）

肉芯

肉芯を莢から剝きだされ、香世は喘いだ。ネバネバと指でしごかれるうち、みるみるクリトリスは赤く充血して真珠大の大きさにまで膨らんだ。（綺羅光『美人課長・映美子　媚肉の特別報酬』）

肉真珠

かわいい三角錐のクリトリスである。充血して尖り出し、ネバネバとした透明な糸を引いてきた。

矢野は砂也子の肉真珠を舐めつけた。舌先でチロチロと転がし、口をつけて吸い上げた。

「あっ、うっ……そこはっ……」（山口香『美唇受付嬢　みだら裏《うら》接待』）

肉体のベル

それが女性のセックスには欠かすことのできない、あの鋭敏なクリトリスと聞かされた章太郎は、ますます女体に対し強い探求心を抱いた。

性体験のある早熟なクラスメイトは、クリトリスのことを肉体のベルだと称し、そこを押せば女はいい声を出すものだと得意気に語っていた。

それがこんなに小さいなんて……。（高竜也『若叔母と熟叔母』）

肉頂

あかねの肉裂に顔を埋めながら、次から次へと染みだしてくる白濁した愛蜜を吸い込み、伸ばした舌で膣口を責めたて、陰裂を広げるために添えた両手の指でラビアを摘んでまさぐり、親指でクリトリスの包皮を剝き上げてピンク色の肉頂に直接刺激を送り込んだ。

「だめッ！　ああッ、ダメよ——っ!!」

あかねがエクスタシーを告げる絶叫を噴き上げた。（倉貫真佐夫『姉妹奴隷　美孔《びこう》くらべ』）

肉のうね

赤桃色の花弁は、舟形にぱっくりと口を開けている。しかし、股を十分に広げているのに、開口しているのは膣口周辺だけだった。

セピア色の小陰唇は左右がくっついて、うにょりとむくれ出ている。その上のほうに、半分恥毛に隠れて、薄桃色の肉のうねが膨らんでいる。（北山悦史『童貞検診　秘密の保健室』）

肉の木の芽

「ううっ、うっ、うっ……」

光司は舌先で理絵のコリッとした肉の木の芽をとらえた。それは、すでに薄皮を突き破り完全に露出していた。熱く火照っている。（氷室洸『童貞漁り　美人室長の淫ら罠』）

肉のつまみ

「うーん、これはかなり大きい。勃起しているんじゃないか」

渉が形状の感想を口にした。確かにきらめくようなコーラルピンクの肉芽は、彼らが見慣れたそれよりも大きいようだ。しかもそれは粒のように丸くはなく、鳥の嘴のような尖りを見せた長楕円体に見える。

「肉のボタンというより、肉のつまみだな」（館淳一『美人助教授と人妻　倒錯の贄』）

肉の尖り（——とがり）

舟状に割れひらいた秘裂の上べりの肉の尖《とが》りがあからさまな眺めを添えている。赤みを増してつややかに光るその部分も伊豆倉は丹念に指弄してやる。

びらびらした対《つい》の内陰唇や充血した肉の尖りの朱色の鮮やかさと、秘裂を囲む外陰唇の暗く沈んだ彩《いろど》りとの対比がなんとも生々しく淫猥《いんわい》である。（北沢拓也『狩られる人妻』）

肉の宝石

太腿を押さえつけた静也は、肉芽を舐めまわし、唇や舌でこねまわし、吸い上げた。コリコリしている小さな肉の宝石を執拗になぶりつづけた。(藍川京『修羅の舞い』)

肉の豆

湯の中だというのに、花園はぬるぬるしたものに覆われている。

花びらを確かめた麻乃は、もっとも敏感な肉の豆に指をやった。それから、円を描くようにゆっくりと肉芽を揉みしだいた。

「ああっ……」

弓形にすっきりと整えられた眉の間隔が狭くなり、赤い紅の残る唇が半びらきになって、悩ましげな熱い息が洩れはじめた。(藍川京『義母と嫁　肛虐飼育』)

濡れ甘納豆

酔っているときの繁は、ベッドでは平気で、露骨で卑《ひ》猥《わい》なことばを使う。格別そうすることを好んでいるようすでもない。

「濡れ甘納豆はどこだ?　ここか」

繁は笑った顔でそんなことを言いながら、パンティの上から奈美子のクレバスを指でつまみ、そこを揉んだ。(勝目梓『霧の殺意』)

粘膜の峰

粘膜のフリルのあわせめで、もっとも敏感な真珠を隠している。小さな粘膜の峰も小高く突きだしていた。

赤らんだ褐色に染まった肉の畝が、その内側の粘膜のフリルにむかって、灰色がかったピンク色に変わっていく。充血した粘膜のフリルは、赤紫色がかっていた。(横溝美晶『爛熟《らんじゅく》の密室　天国からきたすけこまし』)

弾け豆 (はじ——)

勃起している花舌を、人差し指と親指でつまむ。空豆のように大きく感じられる。指でねぶると、ぬめりが糊《のり》のような濃さである。

(この女は弾け豆だ!)(木屋進『女悦《にょ》犯科帳』)

羞ずかしい芽

一度崩れた人妻の女体は、まだ未熟な綾のそれと違って、濃厚な匂いと味わいを、はばかりなく姦鬼に味あわせた。かきくつろげられるがままに呻《うめ》き、羞ずかしい芽を摘まれてのけぞり悶えた。(千草忠夫『姦鬼奔《はし》る』)

パステルピンクの愛くるしい豆粒

パステルピンクの愛くるしい豆粒がころん、と表に出てくる。

「んッ、やだ、何、してるの?」

剝きだしになった女豆に外気が触れたのか、びくん、とまどかの腿に緊張が走った。（内藤みか『隣りの若妻甘い匂いの生下着』）

花芽

つづいて、クレーターを割り、取り出した小さな花芽に舌を這わせると、「あッ」と、女の唇から洩れる軽い呻きを耳にした。（赤松光夫『快楽調教』）

半透明の実

濡れ光る肉粒は、蠟燭《ろうそく》の光のなか、半透明の実をせいいっぱい背伸びさせているようにも見える。それでも小豆ほどもない小粒を、男の指が巧妙に刺激していく。

「う……うううん」（巽飛呂彦『横浜レイプ　聖フェリシア女子学院・魔獄の罠』）

秘芽（ひが・ひめ）

彼はふたたび秘芽に指を這わせてきた。それは待ち兼ねたように男の指の中で、つるんと弾けるように剝けた。

彼の動きは依然としてゆっくりだ。麻里子を焦らしているのだろうか。

「い、いじわる……」（安達瑶『巨乳少女のいたずらな制服』）

秘核

「だらだら垂れてるぜ」

「ンン〜ッ！　グゥウ〜ッ」

開かされた股間に、佐田の舌が潜り込んできた。溢れる蜜をジュルジュルと吸いながら、秘核をねぶり回す。（風間九郎『媚薬　女高生の疼き』）

雛尖（ひなさき）

焦《じ》れたお光が臀《しり》を振ると、膨れ上がって皮鞘《かわざや》から顔を覗《のぞ》かせている雛尖《ひなさき》を、不意に男の舌先が掠《かす》める。

「ひっ！」

稲妻のような快感が、尾骨から背筋を駆け抜け、お光は仰《の》けぞった。（鳴海丈『卍屋龍次　無明斬り』）

秘密のルビー

彼女の粒の大きなクリトリスは、秘密のルビーのように、私の舌の先で輝きを増すように思われたのです。わたしは、クンニリングスをつづけているうちに、それらのものがいとおしくて、愛らしくてたまらなくなってしまいました。（勝目梓『愉悦の扉』）

敏感な蕾

向井の舌が、花芯に戯れ、唇をつけて蜜の音を立てさせる。花弁のふちを這い上がった舌が、敏感な蕾をとらえた。

「ああっ……！」

甘い悲鳴をあげて彩子はのけぞった。（一条きらら『愛欲の迷路』）

敏感な尖り勃ち（——とがりだち）

伏見は、ねっとりとうるみにまみれた女の通路に、浅く沈めた指を、円を描くように動かしながら、親指の腹で上べりの敏感な尖り勃らに触れてやった。（南里征典『新宿爛蕩《らんとう》夫人』）

敏感な肉芽

美馬は、千沙のぷっくりとふくらみ勃った敏感な肉芽《にくが》を、指の腹でゆっくりところがしてやる。

「ああッ、いやあッ」

石原千沙の背が、反り返った。（北沢拓也『社命情事』）

ピンク色の肉頂

しかし、純も最早、あかねへの愛撫に夢中になって、細かなことに頓着していなかった。あかねの肉裂に顔を埋めながら、次から次へと染みだしてくる白濁した愛蜜を吸い込み、伸ばした舌で膣口を責めたて、陰裂を広げるために添えた両手の指でラビアを摘んでまさぐり、親指でクリトリスの包皮を剝き上げてピンク色の肉頂に直接刺激を送り込んだ。（倉貫真佐夫『姉妹奴隷　美孔《びこう》くらべ』）

ピンク色の豆肉

陰唇を押し開いたまま、付け根からほじるように陰核を撫であげる。

半分ほどかぶさっていた包皮がぺろりと捲れ、ピンク色の豆肉がむくむくと飛びだしてくる。

「んっ！　あぁ、そ、そうよ……そこが……いいのぉ」

（櫻木充『ママと看護婦のお姉さま』）

ピンクのコア

カバーから好奇心を覗かせるように、ピンクのコアの先端が頭を覗かせている。

谷原は女芯に舌を這わせた。

透明な蜜液を舌ですくってピンクのコアにそっと塗りつける。

「あ……」

ピクンと女体が弾んだ。（豊田行二『人の妻』）

ピンクパール

彼女の肉芽は、皮がすっかり剝けており、丸くつやつやと大粒のピンクパールのように、輝いている。これだけつるんと顔を出している秘核を初めて見た直哉は、ひょっとして彼女は、オナニー癖があり、普段からクリトリス弄りをしているのではないか、だからヴァギナより女豆に触れたほうが快感が大きいのではないか、と妄想してしまっていた。（内藤みか『快楽保険外交員』）

ふくらみ勃ち

塔野は踊らせていた舌を、上端の屹立した肉芽にからめ、美雪のその敏感なふくらみ勃ちをころがした。

「いやあ、いっちゃう――」

美雪が高い声を弾けさせた。（北沢拓也『淫の征服者』）

ぷりぷりと弾む芽

「はうん、いい……吸って」

夫人の腰がくねり、右の手が倉橋の頭の後ろにのびてきて、彼の頭髪をかきむしった。

舌にころがされてぷりぷりと弾む芽《め》を、倉橋は口に含み、吸引してやった。（北沢拓也『不倫妻の淫火《いんか》』）

ベルのとがり

指はせわしなく、みぞをつたって、しずくを呼びだす小さなベルのとがりを押した。

「うう……」

冬香があえいだ。指はやまない。（子母澤類『金沢、艶麗《えんれい》女将の秘室』）

ベルボタン

うるおいの中に指を浸け、小さく円を描くように指を使う。

「ああっ」

まゆみは敏感なベルボタンと火口を責められて、こころよげな声をあげ、自ら股を開いて、腰をふりまわすようにして悶えた。（南里征典『欲望重役室』）

ポイント

どこまでも生真面目な少女は、好奇心にも後押しされて、下着の上に指を走らせた。指先できゅっと押すと、少女の柔肉は弾力で押し返してくる。ぷっくりと合わさった肉の筋を何度もなぞっていると、割れ目の上の方に若菜はあるポイントを発見した。

（あっ……ここを撫でると、なんだか変な感じがするわ）

（兵藤凛『名門美少女　集団レイプ』）

宝珠（ほうじゅ）

谷間の上辺の淵《ふち》を舌先で捏ね分け、宝珠をねぶり、刺し、掘りおこし、薙《な》ぎ伏せたりするたび、美人教祖は腰をふるわせ、

「あはっ……いや、いや」

驚いたような声をあげる。（南里征典『欲望重役室』）

宝石の雫

花びらの合わさった上辺から出ている小さな突起。そのつつましやかな肉芽は、総身を舐めまわした修次の愛撫でわずかに膨らんでいた。照明を反射してパールピンクに輝く突起は、莢《さや》からこぼれ落ちた宝石の雫《しずく》に見える。

（藍川京『兄嫁』）

宝石の粒

肉の豆が包皮から飛び出して、パールピンクに輝いている。弥之輔はその宝石の粒をチュルッと吸い上げた。

「くうっ」

激しいエクスタシーの波に、和歌子の尻がこれまでになく大きく跳《は》ねた。（藍川京『修羅の舞い』）

帆立貝

最初は、赤い芽立ち程度だったが、舌の先で転がし、口に含んでしゃぶりたてると、たちまち充血して、帆立貝の剝き身の貝柱のように、直立してきたのであった。

（南里征典『紅薔薇の秘命』）

北寄貝の先端（ほっきがい――）

充血した芽が艶光りを放って、北寄《ほっき》貝の先端を尖らせた身のように朱色に屹立してひくついていた。（北沢拓也『情事妻　不倫の彩り』）

本体

淫唇《いんしん》はやや厚めだった。

新婚のために夜毎、夫に求められ、はれぼったくなっているのだ。

その淫唇の合流点にある芯芽はカバーから半分ほど、本体を覗かせている。

谷原は芯芽をそっと指でつまんだ。（豊田行二『人の妻』）

巻貝

何度も見たはずなのに思い出せない。そんな感じの女芯である。

淫唇の上部に小さな巻貝を思わせる芯芽が尖っていた。指でカバーを後退させ、赤に近いピンクの本体を剝《む》き出しにして、舌でナメる。

「あーっ……」

亜佐美は叫び、ピクン、ピクンと激しく女体をベッドでバウンドさせた。（豊田行二『人の妻』）

マシュマロ

「はあああんん……ッ」

恥毛をすべて刈り剃られ、マシュマロのようにやわらかい肉芽を、はしたなく勃起した真珠のおさねを撫でつけられれば、甘切ない嗚咽が美母の鼻から洩れてしまう。

（美馬俊輔『美母《ママ》は変態バニー』）

斑豆（まだらまめ）

白いふとももものあいだに右手をしのびこませ、花舌をまさぐった。指先に、空豆のような大きめの花舌がふれた。

おとよのそれは、世にいう「斑豆《まだらまめ》」である。花舌に、茶黒い染《し》みの斑ができている。女陰を使いこみすぎ、傷ついた跡にできた染みである。（大下英治『広重おんな秘図』）

馬刀貝の殻からはみだした赤い身（まてがい――）

「あんっ……」

女体がのけ反って、震える。

びらつきの中央をふたたび、ぺろりと舐め上げる。

とろみのある流れが、いっそう濃くなっていた。

中尾真由美の秘核は、フードを剝くと馬刀貝の殻からはみだした赤い身のように、ピンク色の濡れ艶を放って、三角形にそそりでている。（南里征典『常務夫人の密命』）

豆肉

「そ、そこ！　そこを……んぅ、いい！」

命ぜられるまま、豆肉に吸いつく。乳首をしゃぶる赤ん坊のように唇をすぼめ、陰核の根元を小刻みに締めつけながら、薄皮の張りつめた表面をこねってみる。（櫻木充『美姉からの贈り物』）

丸い球

だが、花びらの頂点付近に膨らみがぷっくりとついているのが見えたので、これだ、と確信が持てた。薄い皮膜に覆われている丸い球がある。俊雄はぞうっと、その包みを左右に引っ張ってみた。（内藤みか『隣りの若妻　甘い匂いの生下着』）

丸い実

玖美子の薄い性毛のむらがりを撫でていた亜紀の指が下方に滑って、若い人妻のもっとも感じやすい突起を探りたてた。

気が遠くなるほどの陶酔境に浸《ひた》りきった筈なのに、玖美子のその部分は莢《さや》をはらって、丸い実を屹立《きつりつ》させていた。（北沢拓也『情事の迷宮』）

瑞々しい若芽

神崎の舌先はクリトリスに移動し、突くようにして責めたてる。ほどなくして薄皮が弾け、淡いピンク色をした瑞々しい若芽が、恥ずかしげに顔をのぞかせた。（海堂剛『五大レイプ！　無限地獄』）

淫豆（みだらまめ）

なお執拗に美少女の陰核を弄ぶ老人の行為に、みさきは髪を振り乱して身悶えた。だが稲倉の膂力《りょりょく》は強く、暴れる少女をいとも容易くシートに押し倒し、胸郭を押しつぶすような力で少女を固定し、くり、くりと淫豆を指でなぶった。（兵藤凛『美少女《アイドル》凌辱　恥じらい肉人形』）

紫色の女の芽

肉の溝の上部に肥厚《ひこう》して小指大になった紫色の女の芽が飛び出していた。

夫を失ってから、そうとうオナニーをくり返して、いじりまくったな。

鈴木は舌先を丸めるようにして、未亡人の肥厚した女の芽を舐めつけた。（山口香『秘宴の花びら』）

女核（めかく）

ぷっくりと膨れた外側の花びらと、奥からひっそりとのぞいている内側の花びらの微妙な桃色の加減や、尿道の上に丸く大きな粒があるのを、これがクリトリスなんだろうな、と思いながら観察していると、美穂子がジレて、

「ねえ……早く……」

と、急《せ》かしてきた。久志は慌ててまずは女核をそっと口に含んでみた。（内藤みか『若妻　濡れ下着の童貞レッスン』）

メシベ

恥毛の煙るヴィーナスの丘はぷっくりと脹らみ、ワレメの上の方にはちょっぴり、メシベをくるむ包皮が突き出ていた。（睦月影郎『美少女の淫蜜』）

芽立ち

夏牟田は、芽立ちに舌をあてがいながら、指をそっとその下の挿入口にすべり込ませた。

「うっ」

と、亜矢子未亡人は、大きく跳ねた。（南里征典『花盛りの社長室』）

メノウ

秘裂の上の方には紅くポツンとしたクリトリスがあった。先の愛撫で淫らな芯が通り、メノウのような光沢をしていた。その下にちょこんと口がある。多分、尿口だろう。（龍駕昇『姉　背徳の濡蜜』）

瑪瑙の飾り玉（めのう――）

その蜜壺はたえずうごめきつつ淫靡な光をたたえた蜜を、濃い匂いと共に吐き出し、喘ぎうごめく菊の蕾まで濡らしている。そしてそれらの色とかたちのまがまがしい重なり合いの中でも、ひときわ眼を引くのはすっかり姿を剝《む》き出しにし、身を反らすようにして喘いでいる、これまたひとまわり大きくなったような瑪瑙《めのう》の飾り玉であった。（千草忠夫『姦鬼奔《はし》る』）

瑪瑙色のしこり（めのういろ――）

瑪瑙色《めのういろ》のしこりを撫で上げられて、志津の体がピクッと跳ねた。（千草忠夫『姦鬼奔《はし》る』）

瑪瑙色の真珠（めのう――）

梶谷は、柔らかな肉の合わせ目の頂点で息づく、瑪瑙色の真珠をつまんだ。

「あうっ……」

鮮烈な電流が、麻美の裸身を突き抜ける。（佳奈淳『奴隷未亡人　すすり泣く牝獣』）

牝花の実（めばな——）

「フウーンッ……こ、これ、わかる？　これがね、クリトリスよ」

左手の指先で、肉花の上にポチッと膨らんだ実を剝き身にする。

「お姉さんはね、ここが、一番感じるの」

右手の中指をぬめりのなかに埋めこんで蠢かせたまま、左手の中指で、その過敏な牝花の実をこねる。（鬼頭龍一『淫《みだら》叔母・少年狩り』）

女薔薇の蕾（めばらのつぼみ）

俊雄は、今度はクリトリスの方へ目線を移した。女薔薇の蕾はすでに半分ほど開いており、中からピンクベージュの玉がちろりと顔を出している。（内藤みか『隣りの若妻　甘い匂いの生下着』）

芽ぶいたばかりの秘核

「ヒッ！　アアンッ！　そ、そこ……クゥウンッ！」

埋もれた花弁をほじくり返され、芽吹いたばかりの秘核を転がされ、目覚めたばかりの子宮が燃え盛る。（風間九郎『美姉妹　恥虐の連鎖』）

メーン・スイッチ

江原は蜜の中でおぼれかかっている女体のメーン・スイッチを探り当てた。

涼子は大きな叫び声をあげると、江原にかじりついた。メーン・スイッチをぐいぐいと江原に押しつける。（豊田行二『野望商戦』）

百合の球根

亀裂上端の突起が、包皮からひとりでに剝《む》けだして充血し、百合《ゆり》の球根に赤絵の具をぶっかけたように、ぎとぎとに赤く膨張《ぼうちょう》しているのが眼についた。

「おおう、これか。このむくれようは、凄いな、はじけ豆の名に、愧《は》じない肉真珠だよ」（南里征典『艶やかな秘命』）

百合の芽

毛むらの下に、百合《ゆり》の芽のよう潜んでいる女の塔は、指でかまいはじめると、怒ったように俄然《がぜん》、膨らみはじめ、そそり立つ。（南里征典『欲望女重役』）

妖虫

アヌスを触られているのに花園の花びらが充血し、見るからに貪欲な蜜液をタラッと垂らしながら咲き開きはじめた。その合わせ目の肉芽は敏感な一匹の妖虫となり、トクリトクリと妖しく脈打ちはじめていた。（藍川京『母《はは》娘《こ》』）

よく肥えた豆

未亡人は温かいうるみを、油でもこぼしたように膝の狭間にひろげていた。上端の尖り立ちは、莢《さや》をはらって飛び出し、よく肥えた豆のような手触りを呈していた。（北沢拓也『人妻候補生』）

ラブボタン

「さあ、思いっきり、いい気持ちになるがいい」

剝き出たラブボタンを淫核包皮でこすり、肛門粘膜を激しくかきむしっていくと、膣孔に押し込まれた少女の指も速さを増していった。三カ所の感じるポイントを時間差攻撃されると、宏美はたまらずに絶頂していった。

「いいッ、いいッ。あー、いいいいーッ！」（吉野純雄『十四歳　下半身の微熱《しめり》』）

露頭

おれは舌をのばした。芽に似たものも鮮やかな色の露頭を見せていた。おれはその先端に舌をあてた。芽は息づくようにふくらんで、小さなうごめきを見せた。（勝目梓『快楽の迷彩』）

瑠璃色に光る尖り（るりいろ——）

纖毛《せんもう》を搔き上げて割れ目の頂点に頭をもたげている クリトリスを根まで剝《む》き上げた。綺麗な瑠璃色《るりいろ》に光る尖《とが》りがヒクヒクおののいている。（千草忠夫『処刑の部屋②女医、乱れる』）

若芽

健作は、彩子の秘処に息の吹きかかるすれすれの位置までさらに近づき、そのクリットを見つめる。

白っぽい皮を被った彩子の若芽は、ほんの少し桃色の肉を露わにしていてちょっと痛々しい感じがしないでもない。小さ過ぎず、大き過ぎず、均整が取れているといって良い。（三村竜介『美人妻　下着の秘奥』）

【陰唇】

赤貝の紐

夏牟田は、その赤貝の紐を二指ではさみつけ、こすりたて、懇《ねんご》ろに弄《もてあそ》んでやった。

「うわっ……だめええ……それっ」

悲鳴に似た甘い声が放たれ、「ああ、いやあっ……感じちゃうでしょう、そこっ」（北沢拓也『情事夫人の密室』）

赤貝の剝き身

赤貝の剝《む》き身《み》のように、まくれてはみだした両側の内陰唇のびらつきが、舌の先で甘美にうねくり、姿をかえ、蜜をかけられた生焼けのロースト ビーフのように、舌に戯《たわむ》れかかるのが、きわめて淫らがましい。

「うっ……いっちゃう」（南里征典『特命　突破課長』）

赤身の肉

「あああああ……」

　腰が浮き、股間が高々と突きあげられて割り開かれる。陰毛が左右に分かれ、厚みのある赤い恥肉がぱっくりと割れて、なかからさらに赤身の肉がベロッと剝きだしになる。（鬼頭龍一『淫姉と人妻姉　魔性の血族』）

赤みを帯びた肉の塊り

「ああ、先生……」

　初めて目にする女性の秘部は、想像以上に複雑な形をしていた。あふれだした愛液で秘唇はたっぷりと潤い、その奥には赤みを帯びた肉の塊りが見える。

　圭介の顔に向かって、政美はゆっくりと腰を落としはじめた。指によって秘唇がいっそうひろげられ、ついにぱっくりと口があいた。（牧村僚『未亡人女教師　放課後の母姦授業』）

赤剝けの明太子

　女性自身は今や、赤剝《あかむ》けの明太子《めんたいこ》を縦《たて》に二つ並べたような外陰唇を外に押しのける按配《あんばい》で、赤みの強い二枚の内陰唇が、貝の身のようにはみだしており、その対《つい》の肉びらがねたねたと男根に巻きつき、へばりつこうとしている。（南里征典『艶やかな秘命』）

赤紫色の果肉

　分厚いお尻を抱き込み、勇樹は恥肉に息がかかるほど顔を近づけて指を抜き挿しした。指の動きは滑らかになって、ほとんど根元まで出し入れすることができる。

　恥肉に当たっている手のひらに、ものすごいぬめりを感じた。抜き挿ししながら見てみると、めくれ返った赤紫色の果肉から、白っぽい蜜のような液が噴きあふれている。（北山悦史『美母と叔母　熟れ肉くらべ』）

赤ン坊の耳たぶ

　その下方には亀裂が走り、そこから、一対の花弁が、つつましく顔をのぞかせていた。

　赤ン坊の耳たぶのようにふっくらとした花弁で、醜《みにく》いよじれなどは、まったくない。（鳴海丈『花のお江戸のでっかい奴〈色道篇〉』）

アケビの実

　濃い毛のむらがりは外陰唇の左右のふくらみをとり囲むようにして秘部のまわりをおおっている。

　外陰唇の両のふくらみは、梶村に、田舎でよく見た熟《う》れ落ちる寸前のアケビの実を思い出させた。（北沢拓也『情事夫人の密室』）

厚い房状の花層

「うっ！」

奈津美の白い喉が、はたかれたように反《そ》った。

それと同時に、めくれひらいた厚い房状の花層の肉びらが、貝紐のように肉根にまとわりついてくる感覚が、実にいやらしく精妙である。（南里征典『艶やかな秘命』）

アメーバ

やわらかい肉が舌でえぐられ、水気を帯びた紅鮭色の肉が、アメーバのように広がっていく。

その中央に肉の凹みがあり、奥からとろけ汁が溢れ出る。（宇佐美優『援助交際の女』）

合わさった花びら

由加里の合わさった花びらは薄く、しっかりと閉じている。色はきれいなピンク色だ。その周囲の盛りあがりもやや赤みがかっているだけで、少女のようだった。陰毛は濃くはないが、デルタ地帯から秘唇の左右へと薄くなりながらつながっている。（樹月峻『新任音楽教師凌辱狂想曲』）

暗黒色の蝶

自噴した蜜濡れの花びらが二枚、暗黒色の蝶《ちょう》が双翅《そうし》を立て重ねているようなそそりたちをみせ、ねっとりとした火口をみせている。（南里征典『欲望の狩人』）

アリジゴクの巣

割り開かれたスリットの中央より少し下寄りの位置に、ぽっかりと口を開けた膣口に向かって、ぬめぬめとした粘膜が急な斜面を成しているところは、どことなくアリジゴクの巣を思わせる。（雑破業『シンデレラ狂想曲《ラプソディー》』）

インド鮪のトロ場

辺見は、そのインド鮪のトロ場を唇と舌でかまいたて、溝から飛びだしたびらつきを、口に入れて、肉紐のように吸い込んだ。

すると、途端に多摩紀の首が反り返り、

「うっ……やあんっ……それ、感じる、かんにんしてぇっ」（南里征典『密猟者の秘命』）

淡いむき身

大きく脚が開いて、秘肉がちらりと見えた。褪《さ》めたピンク色の陰唇から、淡いむき身がのぞいた。（子母澤類『金沢、艶麗《えんれい》女将の秘室』）

アンコ

瀧川は美弥子の白い太腿を押し上げて、パックリひらいた肉の饅頭の中身を見つめた。アンコが飛び出したように、充血してぷっくりしている芋虫のような可愛い花びらと、細長い帽子から飛び出しているぷっちりしたオマメを目にしただけで、動悸は最高潮に達した。（藍川京『淑女専用治療院　淫ら愛撫』）

活き造りの鮑（――あわび）

「いやあん、苛《いじ》めないで……もう、きて……桐恵のなかにきて……」

窪園桐恵は、横に背《そむ》けた顔を羞恥に顰《しか》めつつも切ない被虐の感覚を楽しむように、閉じきった睫毛《まつげ》を震わせ、身を捩《よじ》る。桜庭に硬直の先のつるつるした部分で、こねるように練り上げられてじらされるたびに、桐恵の粘りを曳いたぬめらかな部分が、活き造りの鮑《あわび》のようにくねり、ひくつく様《さま》が淫猥《いんわい》であった。（北沢拓也『絶頂の人妻』）

一対の肉の翅（――はね）

おずおずと両手の指が下腹部に伸び、ふっくらとした大陰唇に挟まれて、まるで羽を閉じた蝶が止まっているかのような肉の突出部に触れた。

セピア色した、一対の肉の翅が左右に広げられた。

「あ……」（館淳一『美人助教授と人妻　倒錯の贄』）

いびつな杯（――さかずき）

茂樹の指にひっぱられた大陰唇を縁として、ハチミツを塗ったみたいにぬめひかる粘膜がいびつな杯《さかずき》を形作り、その底では少女の身体の奥へと続く膣口がひっそりと息づいていた。（雑破業『シンデレラ狂想曲《ラプソディー》』）

芋虫

激しい自分の鼓動を聞きながら、瀧川は美弥子の白い太腿を押し上げて、パックリひらいた肉の饅頭の中身を見つめた。アンコが飛び出したように、充血してぷっくりしている芋虫のような可愛い花びらと、細長い帽子からとびだしているぷっちりしたオマメを目にしただけで、動悸は最高潮に達した。（藍川京『淑女専用治療院　淫ら愛撫』）

淫層

男の指が淫層をぐちゅぐちゅと撫でまわすと、その膣口からお腹をとおって頭の先まで、臓器という臓器、骨や神経まで、ざわざわと逆撫でられるみたいで、力が抜けていく。（萩谷あんじ『ヒート』）

淫肉の合わせ目

美奈子は両手の中指で、クレヴァスの合わせ目にある薄い花弁をひろげてみた。複雑な淫肉の合わせ目の奥から、真珠のように美しいピンクの粘膜がのぞく。トロリと透明な液体が、そこから滴った。（鏡龍樹『美奈子と義母と弟　悪夢の相姦肉地獄』）

淫門

「あ、ああ、あああああああ……」

左手の指で淫門を開き、右手の指で陰核を押し揉めば、もうそれだけで腰が浮き、喉から息がもれてしまう。（鬼頭龍一『処女叔母と熟母』）

淫欲の肉片

——きれいだ。先生のノソコ……。

指を逆V字型にして、沙耶は秘肉の合わせ目を広げた。サーモンピンクに美しく輝く柔肉の襞、クリトリスは小さなルビーの真珠であった。神秘的な淫欲の肉片がとろけるように重なり合っていた。（氷室洸『女医の童貞手術室』）

インナーラビア

ロリータの秘割れの内部でひっそりと翼をたたんでいたラビアは、肉谷が割り広げられているのにつられて、わずかに横方向に引きつれていた。いくらか充血して肥厚しているらしいインナーラビアは、心なしかヒクヒクと震えているみたいだった。

「きれいだよ。とっても」

「見えるの。奥まで、見えてるの?」（吉野純雄『木綿のいけない失禁《おもらし》体験　桃色の乳頭しゃぶり』）

ウィング

内陰唇の小さなウィングを舌先で丁寧になぞり、肉の谷間が深い泉へと陥没する稜線に沿って、じりじりと焦らすようにゆっくりと進んでいく。（鍵谷忠彦『アイドル・グループ　闇の凌辱』）

うさぎの舌

わずかに、色素を失った薄毛が、ひっそりとそよいでいる。しかも、うさぎの舌のような秘裂は、上べりの肉粒が充血しきって勃えたっているだけに、いっそう、なまなましい。（影村英生『新妻鑑定人』）

薄切りにしたゼリー

茂樹が粘膜の狭間にくぐらせた舌を動かすと、薄切りにしたゼリーのような感触のラヴィアがまつわりついてくる。

じゅッ……じゅちゅッ……じゅるるッ……。

喉の渇きを癒そうとするかのように、茂樹は口の中に流れ込んでくる愛液を飲み下す一方で、それを格好の潤滑油にして舌の動きをさらに活発なものにした。（雑破業『シンデレラ狂想曲《ラプソディー》』）

薄肉

佐藤は両手の人差し指を左右の肉唇にかけると、ゆっくりと開いた。

ピチュッ!

「ああん!」

すでに蜜にまみれていた薄肉が開かれ、恥ずかしい音をたてた。（巽飛呂彦『青山レイプ　狙われた美人社長&清純社員』）

薄桃色の谷

梶村は、そそり出たその対《つい》のびらつきを指でくつろげひらいてみた。

「いやーん」

理恵の腰が羞恥と期待にくねりを打つ。

薄桃色の谷の景観は、ところどころ葡萄《ぶどう》色がかった光を放って、ねたついている。

甘酸っぱい匂いがそこはかとなく噴き寄せてくる。(北沢拓也『情事夫人の密室』)

薄桃色の小さなヒダヒダ

「小陰唇が、見える?」

萌子の声は震えていた。

「はい。割れ目からはみだした、薄桃色の小さなヒダヒダですね」

萌子は無言で、潤んだ目を純也に向けてうなずいた。(鬼頭龍一『若叔母と家庭教師　美肉に狂う甥・恥交に溺れる萌子』)

梅の花

梅の花のような薄いピンク色の小陰唇は、つつましやかな二弁の花びらだ。左右対称に近い。クリトリスは包皮に隠れていて、小さそうだ。会陰の色もきれいで、アヌスも排泄器官には思えないような美しい紅梅色だ。(藍川京『妹の恥唇　M調教に濡れて…』)

裏肉(うらにく)

「もっとなかまで見せてあげようか」

見せるほどに昂っていく官能に戸惑いつつも、もうとまらない。舞香はかすかに膨らみと赤みを増した肉の花弁に両手の指を添えて、めくりかえしていく。

「………」

ピンク色に濡れ光って、とろとろになったかのような裏肉の艶やかさに、征夫は目を見張り、息を飲み、声が出せないでいる。(鬼頭龍一『淫《みだら》叔母・少年狩り』)

熟れあけび色の花層

恥ずかしがる美人秘書の鶏の鶏冠のように、尖《とが》りたった対のびらつきを左右にくつろげてひらき、粘膜を光らせて流れる蜜液《みつえき》を指につけながら、熟れあけび色の花層に捏《こ》ねるように指戯を送った。

「うっ……ああんっ」

なまめかしい声が美人秘書の口から発せられ、奈津美は後ろに引っくり返りそうになる。(南里征典『艶やかな秘命』)

熟れたイチジク

和田は恵美の入口を指先で大きく広げ、内側の秘口をあらわにした。

割り開かれた恵美の花園に通じる入口は、熟れたイチジクの身が割れ弾けた感じだった。（山口香『天女の狩人』）

熟れた柿の実

未亡人の下腹部は二本の畝《うね》となってフックラと盛り上がっていた。濃い茂みが毛先を絡め合って生えていて、女の丘を覆っている。

楕円形に口を開いた女体の入口は熟れた柿の実のように粘ついていた。（山口香『女神の狩人』）

熟れたマンゴー

色白の身体をしているだけあって、真っ白な内腿のあいだで、肉の果実もあわい褐色に色づいているだけだった。まったく黒ずんでいない。

肉の畝は肉づきがよく、熟れたマンゴーのようにまるくふくらんでいて、亀裂が深く閉じている。（横溝美晶『悦楽遊戯』）

襟巻フリル

「おおう、きみのカトリーヌ嬢の眺めって、素敵だねえ。二重陰唇がふんわりとたるまっていて、これは襟巻フリルというやつだよ」

「いやあねえ、襟巻トカゲみたいなこと、言わないでよう」

くすくすと淫らがましく笑いながら文句を言う鮎香の、その女のたたずまいに向かって、辺見は突如、舌見舞いを送った。（南里征典『密猟者の秘命』）

尾根

徳次は女陰を組み立てている部品の一つ一つを、手で触れて観察した。

美保が独りで慰んだ時みたいに、ぴったり貼り合わさった小陰唇の尾根を撫でていたが、それの付け根に近い尾根を少し圧迫し、尾根伝いにサッと撫で抜けた。

「あっ……ああ……」

初めてされたことだが、言うに言われぬ快感に体が慄え、思わず歓喜の声をあげた。（五代友義『美人妻　淫獄堕ち』）

お花

「あうんっ」

裕美は唇をかみ、うっすらと秘毛が生え初《そ》めた綾の白い股間へ顔をうずめた。

「も、もう、お花が開いているわ」

ひだ深い綾のラビアは、外に向かい、淫らにめくれ返っていた。（水樹龍『女教師と美少女と少年　保健室の魔惑授業』）

女の花びら

入口の蕾《つぼみ》はよく発達していて、先端を好色そうに覗かせている。その蕾の下方から両側に分かれる女の花びらは、薄い褐色をして、発達した厚みを持っていた。（豊田行二『野望証券マン』）

貝舌（かいじた）

源道の目のまえに、お春の秘唇が露出された。小麦色をした陰唇のくぼみから、貝舌がちらりと覗き、その周囲を黒い茂みがびっしりと覆っている。源道は二本の指で、秘唇を押し開いた。裏のぬめり肌が、透明な液体に輝いている。（木屋進『女悦《によ》犯科帳』）

貝の口

おかみの秘口は、幾枚もの肉がぴっちりと張りつめている。だが貝の口のようなびらびらが、吸いつくように欣治の男をくわえこんでいる。

「ああ、心臓が止まるかと思ったわ……」（子母澤類『金沢、艶麗《えんれい》女将の秘室』）

かげろうの羽根

重太のペニスは、薄いかげろうの羽根を偲ばせる花唇粘膜に包まれている。

「じっとしていて」と、瞼を閉じ呟く博子ママの、小柄な人形のような顔を見つめていると、呼吸するような花唇が息づき始めるが、不思議なほど静かな動きであった。（赤松光夫『情欲㊙談合』）

果汁のたっぷり入ったゼリー

「どうだ。ゼリーみたいじゃないか」

腰をよじり、お尻を振り、乱れた呼吸に下腹が上下するたびに、赤みのさした小陰唇のふくらみがプルルッ、プルルンッと震えるさまは、まさに果汁のたっぷり入ったゼリーを思わせる。（鬼頭龍一『処女叔母と熟母』）

花唇

初めて男のペニスを、しっかりと握って、春月尼は、乳房に押しあてた。二人はやや横向きのシックスナインになった。もはや言葉はいらない。互いに性器愛撫に夢中になった。

春月尼は、花唇に触れる男の舌先に酔いながら、必死に唇から漏れようとする言葉を殺した。（赤松光夫『尼僧の寝室』）

花肉の片鱗（――へんりん）

大きく割り裂かれた下肢の繊細な足首から陶器のような脛、それから成熟し切った肉づきのいい太腿が狂おしげにうねると、濃密な漆黒の繊毛はそよいで、その奥底の肉の花層はふと開花し、美麗で甘美な花肉の片鱗《へんりん》を生々しく露呈させてしまう事になる。（団鬼六『調教』）

花片（かへん・はなびら）

桃紫色の花片に舌の先が当たった。

「あーん」

ひときわ大きい声が上がり、臀部の肉が震え、花片の内側に突き出た、びらびらした肉がプルプルと波を打つ。(宇佐美優『援助交際の女』)

褐色の大小の畝(――うね)

褐色の大小の畝《うね》によって囲まれた弓代優美子の秘部の狭間《はざま》は、葡萄色《ぶどういろ》にぬらぬらと光り、絹村が下方から舌を添えると、やわらかくとろけたような感触が舌の先に伝わってきた。(北沢拓也『秘悦の盗人《ぬすびと》』)

片巻貝

「いやいや……またなのぅ……!」

多摩美は、片方が大きく膨れて重なっている片巻貝の女芯であることを説明されて以来、そこを眺められたり、そこに唇を受けるのを、ひどく恥ずかしがった。(南里征典『悪徳稼業』)

鰹の血合い(かつお――)

鰹《かつお》の血合いのような色あいの暗褐色の秘部の合わせ目にうるみが光り、溢れたうるみは尻の狭間にまでしたたっていた。(北沢拓也『情事妻　不倫の彩り』)

通い馴れた肉の小径

「ウーンッ、間違いない、おまえの、静絵の玉門だ。昔のままだ。昔と同じ、ふしだらな玉門だ。忘れはしないぞ」

思い出をたどり直すように、大陰唇を割り、通い馴れた肉の小径に分け入って、龍夫の指は迷うことなく膣口に直行していく。(鬼頭龍一『処女叔母と熟母』)

カルデラ湖

やや茶色がかった柔らかそうな陰毛が、恥丘はもちろん陰裂の谷間を取り囲むように繁茂していた。カルデラ湖を思わせる小陰唇のたたずまいも煽情的である。(橘真児『童貞と女教師　淫惑相談室』)

観音開きの肉の扉

左右にひらかれたその肉びらのピンク色の内壁を、一方ずつ仔細に覗いて、女の真珠を探す。

けれども、純香の観音開きの肉の扉の内側には、観音様の額の真珠のようなクリトリスが、鎮座ましている気配はなかった。

赤い窓の内側は、見事に美しいビロードの粘膜だけであり、その粘膜がねたついているだけである。(南里征典『常務夫人の密命』)

木耳の笠(きくらげのかさ)

色素の沈着した丘の下は、熟れすぎた通草《あけび》の実のように、ぱっくりと裂けていた。

その裂目から、一対の分厚い肉片が、べろりとはみ出しているのだ。その肉片は、木耳《きくらげ》の笠のように、よじれている。（鳴海丈『花のお江戸のでっかい奴〔色道篇〕』）

牛タン

ハツより柔らかい牛タンのような感触の秘唇をペロペロと、揺さぶるように舐めながら、舌先は柔らかな肉襞の中に入りこんでいた。（安達瑶『女体遍歴人《トラベラー》』）

餃子（ぎょうざ）

尼部は唇を寄せ、餃子をふたつ塡《うず》め込んだような景観の、褐色にくすんだ秘肉の両畝を舌で掃《は》き上げた。「ああーんっ」（北沢拓也『蜜妻めぐり』）

魚類の内臓

健太郎は顔を太腿で挟まれたまま、眼の前の光景を再び見た。キラキラ光る肉唇は新鮮な貝や魚類の内臓を連想させるが、グロテスクな印象はない。だから思いきって舌を伸ばした。（小菅薫『人妻看護婦・二十五歳』）

吸血虫

「自分でアンヨをひらかないなら帰るぞ」

慌てて亜弥花は長い脚をひらいた。何度もイッたあとなので、ぼってりした花びらが充血し、吸血虫のように太っている。肉のマメを包むサヤもぼってりしていた。（藍川京『人妻狩り　絶頂玩具に溺れて…』）

クレバス

直志の手が乳房を離れ、脇腹をすべって、奈美子の内股にはさみこまれてきた。奈美子はそこをゆるめた。直志の手が、しげみを撫で、指がクレバスを静かに上下になぞる。甘いざわめきが、頭をもたげてくる。（勝目梓『霧の殺意』）

黒薔薇花弁

その美麗な赤葡萄《ぶどう》酒色の、ビロードの如き黒薔薇花弁に、大いに食欲をそそられ、大洞は指でつまみ開いて、肉紐《にくひも》のようにそれを伸ばしきったところを、とろりと口に入れて、すわぶりたてる。（南里征典『夜の官能秘書』）

クロワッサン

薄地のパンティの一重の布地には、心配してしまうが繁みの跡はなく、二重の布地は十分発育した秘唇が、クロワッサンのように盛り上がり、微かな亀裂をなぞるようにひきつっている。（三村竜介『美人妻　下着の秘奥』）

鶏冠（けいかん）

宮崎は涼子の身体を背中から抱え、腰の上に座らせた。そして、大きな鏡に結合した裸体を映した。男根に貫かれているアナルは見えなかったが、ニワトリの鶏冠《けいかん》のように膨らんだ陰唇が突き出ている。（高輪茂『美人課長・涼子　深夜の巨乳奉仕』）

渓谷

透明な蜜液がキラリと光る。

植田は舌で渓谷をなぞった。

塩味の強い女芯の味が口の中に広がった。（豊田行二『野望勝利者』）

肥えた山脈

それは、見事に対《つい》の内陰唇であって、蛞蝓《なめくじ》数匹というわけではない。

しかし、枕許の灯かりを浴びてぬたつきの光をみせて、溝《みぞ》からはみだしたその内陰唇はふっくらと肥えた山脈をなして発達していて、その彩りが実に生々しい。

蛞蝓数匹とは言えないまでも、蚯蚓《みみず》二匹とは言えそうであった。（南里征典『艶やかな秘命』）

焦げたすきやきの脂肉

ひとくちに言って、通代夫人の女の部分の眺めは、相当に素敵で、いやらしかった。臀裂のあわいに、油照りの鉄板の上で焦げたすきやきの脂肉でも押し込んだように、ぬたぬた光る外陰唇がふた腹、左右に捲れて盛りあがっている真中に、赤貝の身のような鮮烈な赤身のびらつきが飛び出している。（南里征典『特命　猛進課長』）

コーラルピンクの肉ひら

淡いヘアーの翳りに、みずみずしい薄紅の亀裂がひらめいて、花弁の内側の、コーラルピンクの肉ひらがあばかれた。

「恥ずかしい……」

菜月はいやいやをした。（子母澤類『祇園京舞師匠の情火』）

魚の血合い

女取締役の高村靖子の秘部のたたずまいは、どちらかといえばこぢんまりとしていた。

だが、大小の陰唇はくすみが強く、魚の血合いのような色素をたたえ、しかも内側の陰唇がはみ出して外側に向かって捲《まく》れひらきを打っていた。（北沢拓也『美唇の乱戯』）

ザクロ

お仙と結ばれた部分が、見事な眺めとなって新八郎の目にさらされた。桜色に濡れた秘唇がザクロのように開き、怒張をむさぼるように咥えこんでいる。（木屋進『女《によ》悦犯科帳』）

ザクロの実

鈴木は女体の入口を割り広げた。楕円形に開かれた千春の陰口は、まるでザクロの実を割ったように生なましかった。しわまみれの肉襞に縁取られた女体の入口はすでに洪水状態であった。（山口香『美唇の饗宴』）

桜貝

彼女は大型バスマットを手指で引っ掻くようにして、柔らかな肢体をのけ反り返した。

和田は聖子の長い両肢を開いて、その間に入って腹這いになった。

彼女の花園の入口は淡いピンク色の桜貝そのものであった。（山口香『牝猫の狩人』）

鮭肉色の二枚のびらつき（さけにく——）

すでに欲情しているのか、川添淑美の褐色にくすんだ秘肉の畝《うね》に囲まれた秘部は楕円状に割れひらいて、内側のびらびらした双ひらの女唇をはみださせていた。

はみだした鮭肉《さけにく》色の二枚のびらつきの狭間が、灯りを浴びてぬらぬらとうるみに光り、上端の肉芽もすっかり充血して、朱《あか》く輝いていた。（北沢拓也『淫濫』）

鮭肉色の襞の起伏（さけにく——）

鮭肉《さけにく》色の襞《ひだ》の起伏にはうるみが光っていたし、秘口は円《まる》くひらききって爛《ただ》れたような照りを放ち、微かにひくついている。

「……濡れてますよ」

「いやあねえ、丸見えなんでしょう？」（北沢拓也『美唇の乱戯』）

刺し身

京子の指先で開花した女肉の層は新鮮な刺し身のように綺麗な色に潤《うる》んでいるようだ。

「ね、女性の年を聞いちゃ失礼だと思うけど、奥さまはおいくつ？」

京子は、美沙里のその幾重にも畳《たた》まれた甘美な襞のうちを凝視しながらたずねた。（団鬼六『肉の紋章』）

刺し身にされた貝肉

「さあ、ごらんなさい。これが女……おばさんのすべてよ」

陽平の顔面を後ろ向きにまたぎ、膝に手を添えて中腰の姿勢になる。

細かい繊毛に飾られ、茶褐色に色づいた大陰唇。深々と刻まれたクレヴァスからはビラビラと、薄紫色の小陰唇がはみだしている。

刺し身にされた貝肉か、虫食花にも似た肉づきに生唾を呑む。（櫻木充『隣りのお姉さまとおばさま』）

サーモンピンクの二枚の花弁

色白の肌と対照をなすような黒い繊毛。股間のクレヴァスは、神秘的な輝きを放っている。ぴたりと口を合わせたサーモンピンクの二枚の花弁が、脚をひろげたせいで、わずかに開いていた。花弁の奥に薄いピンクの粘膜がちらりとのぞいた。愛液をたっぷりたたえ、陽光に煌《きら》めく湖面のように輝いていた。（鏡龍樹『美奈子と義母と弟　悪夢の相姦肉地獄』）

さんごの花びら

希一郎は、よりそっている二枚のさんごの花びらを、指でめくり開いた。

鮮やかなコーラルピンクの襞が、しとどに蜜をたくわえて、濡れ光っている。（子母澤類『金沢名門夫人の悦《えつ》涙《るい》』）

舌肉（したにく）

ふたごが左右から柔肉に指をかけて肉の閉じ目を大きく引きくつろげた。ぬらぬら光る新鮮な赤貝が剝《む》き出しになった。まわりに黒いものをまだ生やしていないのでいっそう新鮮に見える。ちっちゃいがもうピンと立っている貝柱、まだ発達し切ってない二枚の舌肉、それが淫液をからませてねっとりめくれた奥のくぼみはまだしっかりふさがっている。（千草忠夫『処刑の部屋②女医、乱れる』）

湿地帯に咲く虫媒花

美由紀夫人の秘裂はこぢんまりとしたたたずまいをのぞかせていたが、対《つい》の内陰唇が湿地帯に咲く虫媒花の花弁のように妖しくまくれ返っているさまが淫猥であった。だが、両岸の外陰唇も二枚のびらつきもくすみは少なく褐色の眺めのなかに鮭肉色の彩りがうっすらとひろがっている。（北沢拓也『不倫妻の淫火《いんか》』）

湿った鞣し革（──なめしがわ）

指の背で、ビーナスの丘の秘毛を撫でた。もさもさとして、たまらない感触だ。指を引いて、われめをなぞった。小陰唇の襞は、湿った鞣し革のようだ。それより膣口に近いところは、乾いた指触りだ。（北山悦史『父娘《おやこ》相姦　うねくる肉獣』）

淑女のたぎり沼

フランス人がキュイサードというその体位で、淑女のたぎり沼をあと三往復半ばかり、法月が深々と腰を突き入れて満たしてやった瞬間、

「ぐがあっ……いくっ」

と、濁った叫び声を上げて、彼女は向こうむきのまま、白眼を剝き、虚空をかきむしっていってしまった。（南里征典『常務夫人の密命』）

朱肉

まなみはベッドの上に四つん這いになり、さらした股間に洋介が顔を埋めていた。洋介が肉裂を指で開いて、なかの朱肉をなめしゃぶっている。まなみは顔を枕にうずめ、シーツを手で握りしめて快美を訴える。（巽飛呂

彦『バレンタイン・レイプ』）

シュリンプ

開花する肉びらは、茹《ゆ》で立てのシュリンプを思わせる色づき。花びらの内側ほど充血し、窄《すぼ》んだ処女の膣はきゅっと締まったり弛緩したりと健気に息づいていた。（葛西涼『姉の濡唇《くちびる》、妹の幼蕾《つぼみ》』）

小蹊（しょうけい）

春草はそれほど多くはなく、その下に続く小蹊もピンク色が残っていた。そのピンク色の小蹊が、密に濡れて輝いている。

宮田は小蹊にジュニアを進めた。（豊田行二『ＯＬ狩り』）

食虫花

塔野の眼前に、薄紅色の対《つい》の内陰唇が捲《まく》れひらついてきらきらとうるみを光らせた美雪の秘部があからさまになった。

舟状にゆるんだ溝《みぞ》からはみ出して捲れひらいた二枚の内陰唇が、餌《え》を待ちかまえる食虫花の妖しい双ひらの花弁のように見える。（北沢拓也『淫の征服者』）

白い肉の屏風

操は目をこらし、白い肉の屏風にできた神秘的な裂け目を見つめつづけた。

（明美のここもハタチの頃は、こんなふうに瑞々《みずみず》しかった）

操の記憶の中に、おぼろげながら、亡き妻の濡れそぼつ秘部が蘇っていた。（宇佐美優『援助交際の女』）

新鮮な魚肉

初代の指先で押し拡げられた花肉の層は新鮮な魚肉のように綺麗な薄紅色を呈している。淫蕩な女ならばその部分は暗色の色素が当然、浮かび上がるはずなのに夫人のそれは乙女のような淡紅色の溶けるような花肉を柔らかく盛り上げているのだ。（団鬼六『美人妻・監禁』）

神殿の扉

手も触れないのに、志津子は両脚がさらに大きく開いた。その拍子に、半ば閉じていた神殿の扉がゆっくりと開かれ、内部に潜む秘められた媚肉の層が、凄惨なまでに露わになっていく。（西門京『若義母と隣りの熟妻』）

水田と化した襞の連なり

伊原は左の手で、跪《ひざまず》いて男の棍棒のように硬く滾《たぎ》り勃ったものを頬張っている内山由季子のまろみを帯びた尻を撫で、秘部のあわいに指をすべらせ、水田と化した襞《ひだ》の連なりを捏《こ》ねるようにこすりたてた。（北沢拓也『蜜戯の特命』）

スイートピー

葡萄色にぬたつき光る外陰唇の膨らみの中央に、スイートピーの花弁のように、可憐な二枚の内陰唇が、内側から飛びだしていた。（南里征典『密猟者の秘命』）

スイートポテト

V字を象《かたど》った指先で肉土手をなぞり、クロッチに閉じこめられた性器を、スイートポテトのように肉づいた小陰唇を、ピンク色の唇をめがけて落としてゆく。（櫻木充『ママと看護婦のお姉さま』）

すき焼きのあぶら肉

亜矢子未亡人の秘唇は、内側の二枚のびらつきは無花果《いちじく》色の可憐なはみだしぶりだが、外側の大陰唇がふっくらと膨らんでいて、後ろから見ると赤黒く焦げて粘ついたすき焼きのあぶら肉を双つ、左右にたて並べたように、ぬたぬたと脂光りしている。（南里征典『花盛りの社長室』）

すき焼きの残り肉

すき焼きの残り肉のような色合いの厚みのある大小の陰唇の畝《うね》が、辻岡歩弓との先程までのレズの淫楽の名残りで、水飴《みずあめ》でもこぼしたようにぬめり輝いて、淫らに息づいていた。（北沢拓也『蜜妻めぐり』）

スリット

がむしゃらにスリットをかき混ぜるようにしていた指の動きに、いつしか一定のリズムと法則ができあがる。

ベッドに入ってから、何時間も抑えつけられていた彼女の官能は、その動きで一気に燃え上がっていた。（斉田石也『過敏なロリータ　甘酸っぱい乳首』）

清花（せいか）

藍子や彩香とも違った淡い秘臭。あの脳髄を麻痺させるような淫臭は嗅げないが、処女の新鮮で馥郁《ふくいく》な芳香に酔いつつ、義行は清花を割り、妖しい粘膜を舐めんと舌を這わせていった。（龍駕昇『美少母と叔母　蜜交体験』）

蟬の羽（せみ――）

細い楕円形の両縁には脱皮したばかりの蟬《せみ》の羽のような肉薄の襞が打ち震えていて、にじみ出た花の蜜に絡まれ、粘ついていた。（山口香『牝猫の狩人』）

ゼリー

花びらはまだ閉じているが、そのあわい一直線に下りている割れ目から、ゼリーのようなピンク色の粘膜が少しだけ覗いている。（藍川京『新妻の疼き』）

双花（そうか）

「ジュースをたくさん飲んだから、そろそろオシッコぐらいは出るんじゃないか？　飲んでやるから、立て」

立ち上がった霧子の双花を大きく広げ、プチッとした花肉の下方のめだたない聖水口を探した。（藍川京『兄嫁』）

双翅（そうし）

外陰唇の内側から、めくれを打ってはみだした二枚の肉びらが今や、固く充血して暗紅色の蝶がそこに双翅《そうし》をぴんとたてて止まっているかのような、見事な対のそそりたちの山脈を見せ、ねっとりとした暗紅色の火口をそのはざまに息づかせている。（南里征典『蜜命　誘惑課長』）

装飾肉

「あっ、ごめん。あまりに美しいから……」

操は両手に力を入れ、よじれた肉の裂け目を真っすぐに治し、もう一度、秘裂を覆う装飾肉を割った。（宇佐美優『援助交際の女』）

大小の秘肉の畝（――うね）

立浪は、ふっさりと繁茂した宮内加寿子の黒い繁みを手でかきあげておいて、その奥へと指を滑り込ませる。

宮内加寿子は、呆《あき》れたことに潤みをひろげて大小の秘肉の畝《うね》をすでに舟状に割れひらかせていた。（北沢拓也『有閑夫人の秘戯』）

縦長の壺

慶子はおずおずと、左右の陰唇に指をあてがった。そして、縦長の壺の縁を摘んだ。もう女の深い亀裂が鮮明だった。（高輪茂『巨乳女医　監禁レイプ病棟』）

タラコ型の肉

「そうか、お尻は好きじゃないか。よーし、それじゃそこを攻めてやるか」

菊座に中指を入れたまま、親指を伸ばし左右対称のタラコ型の肉をやさしくもみ始めた。

「あっ、あっ、あーん」

彼女の声に艶が出る。（宇佐美優『平成名器めぐり』）

淡紅色がかったびらつき

「ぼくを欲しかったのでしょう?」

奈美子夫人の自慰に溶けきった襞の狭間を硬直の先端部で撫であげる。

「ひいっ、ふうーん」

耳朶のようにまくれ返った二枚の淡紅色がかったびらつきの眺めが淫猥である。（北沢拓也『不倫妻の淫火《いんか》』）

小さな茸（――きのこ）

クレバスの端には、赤くふくらんだ肉の芽と、小さな茸のようなものが二枚、下向きにわずかに突出している。

私は、堀京子の赤い肉の芽に舌をあてた。（勝目梓『矢は闇を飛ぶ　私立探偵・伊賀光二シリーズ』）

チェリーピンクの粘膜

翔子は淫靡に濡れそぼったパンティを脱ぎ下ろした。

愛液でしとどになっているチェリーピンクの粘膜に、直接指を這わせる。

「はうっ!!」

ズキンという快美に全身がしなった。（橘真児『童貞と女教師　淫惑相談室』）

痴情の水飴に蕩けた牝肉

言い終えるとともに、早希は身体を反転させると、膝立ちに和成の顔面にまたがった。

ヌラヌラと、一日の汚濁に、分泌に濡れ光る恥部があからさまになる。

牝のドレッシングに、痴情の水飴に蕩《とろ》けた牝肉がグングンとおりてくる。

「ううぅあぁ……んぐ!」（櫻木充『お姉さんはコンパニオン!　コスチューム&レオタードの魔惑』）

中トロ

大野の両手の人差し指と中指が秘腔の中に入り込み、左右から引っ張るようにして彼女の淫襞を蹂躙《じゅうりん》し始めた。内側の、中トロのようなピンクの果肉が、鮮やかに覗いた。（安達瑶『生贄姉妹　囚われの肉欲ペット』）

虫媒花の花弁

「ああっ、はあん……」

やるせない喘ぎが康恵の口からたち、それはじきにすすり泣くような声に変わった。

唇に触れてくる虫媒花の花弁のようなねたねたしたびらつきもときおり口に咥えこんで吸ってやる。（北沢拓也『情事妻　不倫の彩り』）

蝶

蝶のように開いたラヴィアを捲って、男の凶器がくり返し由美のなかに侵入してきた。

「はあっ!」

「ああっ、いい気持ちだ。いい感触だ……」

と、男が吹き込むように由美の耳もとで囁いた。（高輪茂『美人捜査官　巨乳の監禁肉虐』）

貯水場

蜜液が女芯の貯水場から溢れて、床に糸を引いてしたたり落ちるようになると、植田はひとつになることにした。

欲棒はすっかり出動の準備を整えて、いきり立っている。（豊田行二『野望勝利者』）

恥肉の扉

「あううぅ」

医者とはいえ、男の指で恥肉の扉をめくられて、祐子は泣き声をしぼりだし、両腿を内へよじった（北原童夢『聖純看護婦　二十二歳の哭泣』）

中華肉まん
　痛々しいほどクリトリスが赤剝けて震えている。その下に無惨な印象で割れている肉の裂け目に章太郎は目をやった。中華肉まんみたいにふっくらした肉が裂けて色づいた小さな花びらが顔を出している。（美園満『女音《おんな》楽教師』）

恥裂
　SM用の柔らかいロープが、女の濡れた恥裂に食い込んだ。
　それがすでに興奮しきっている女の陰核を刺激したのだろう。彼女はひくひくっと全身を引きつらせた。（安達瑶『さ・だぶる』）

番の肉びら（つがい――）

「いいんですね、岡部先生……」

　直人は、粘り気に富む番《つがい》の肉びらを亀頭冠でこじあけ、ズブリと腰を沈めてゆく。

（あうっ。とうとう）（影村英生『獲物は淑女』）

対のびらつき（ついの――）
　溝に粘り貼りついている対《つい》のびらつきをくつろげひらき、ねっとりとした襞の連なりをむき出しにする。（北沢拓也『情事妻　不倫の彩り』）

鶏冠（とさか）
　逆さ舟状に秘裂をとり囲む外陰唇《がいいんしん》の秘肉は、鳶色《とびいろ》のくすみを帯びてはいるものの、ふっくらとした畝《うね》をなして上品であり、その内側の疎毛《そもう》をなびかせた両畝を押しのけるようにして、鶏の鶏冠《とさか》に似た紅梅色のびらつきが二枚、左右に縦長に飛びだしていた。（南里征典『艶やかな秘命』）

扉（とびら）
「はい、扉を開いて」
　久美はクスクス笑いながら、両の指先を使って美弥子のその秘裂を生々しく押し拡げ、鮭肉色の熱く潤んだ花肉を露わにさせた。（団鬼六『空蟬《うつせみ》の女』）

鶏のトサカ
　外側のすこしブドウ色がかった肉厚の秘唇はぷりぷりとしていて、その二枚の秘唇をひらくと、内側のやや紅紫色の敏感な花びらがあらわれた。内側の二枚の花びらはまくれあがるように左右に飛び出していて、ねたねたと濡れている。彼はその内側の鶏のトサカのように花びらをひとひらずつねんごろに吸いはじめた。（北沢拓也『人妻の三泊四日』）

内臓色のヒダ
　あぁ……ん。真菜の、あの白い素肌に隠された、内臓色のヒダより奥の、ベビーピンクを味わっている、このバイブ。スイッチを入れれば、あたしのなかに、バイブの振動といっしょにピンク色が広がってくる。（萩谷あんじ『ヒート』）

生クリームふうの粘膜

花唇は、生クリームふうの粘膜のやわらかい感触に、不思議な密着感がある。まるで繊細なガラスの器にチーズケーキの味わい。（赤松光夫『情欲㊙談合』）

生焼けのローストビーフ

ふっさりと繁った毛むらの下で、女の割れ口が生焼けのローストビーフの切身を二枚、そよぎあわせたように対をなして、よじれあいながら、肉びらをひらいていた。

溝からめくれて飛びだしたその肉びらは、指の動きによってどのようにも、粘りつくように変形するほど、よく発達してぬたつき、たるまっている。（南里征典『新宿爛蕩《らんとう》夫人』）

肉花弁（にくかべん・にくはなびら）

その肉花弁を左右に指先で開き、糸を引く愛液の中に芽生えたピンクの花芽を、舌先で捉え、舌をからめると、夫人もまた肉キノコを口中に含み、キャンディのようにしゃぶり始めた。（赤松光夫『週末の寝室』）

肉苞

まんぐり開きにした秘裂のあわいを熱烈に舐めたて、肉苞ごと膨れあがったクリトリスを吸着するうち、

「ああーっ、びろびろ吸われると、たまんなーいっ……ねえ、課長、観察しただけで、このままやめるなんていわれたら、困るわ」（南里征典『艶やかな秘命』）

肉扉

「あはぁ！」

小さな花弁が口を開けた。

なかはたとえようもなく美しいピンク色で、すっかり濡れ光っている。もう片方の手指まで使って、澪は完全に肉扉を開けた。（巽飛呂彦『バレンタイン・レイプ』）

肉羽

真顔で否定する弟に優しい笑みで応えると、早希はゆっくりと身体を反転させ、膝立ちで、和成の腰へと後ろ向きにまたがった。

「さあ、私のなかに……」

指先を股間に這わせ、白蜜にまみれた肉羽を大きくひろげる。（櫻木充『お姉さんはコンパニオン！　コスチューム＆レオタードの魔惑』）

肉紐（にくひも）

「はあんっ……うっ」

突起を啄《ついば》み、唇を繁茂に押しつけて、肉芽を吸着してやる。

そうしてまた、肉紐《にくひも》のように伸びる花びらを口に入れ、吸いたててやる。（南里征典『艶やかな秘命』）

肉ビラ

パンストからはみだした肉ビラの隙間に、自身の男根がズブズブと突き刺さってゆく。肉茎が前後するたび陰唇が生々しく蠢き、グシャグシャと粘った音を響かせる。（櫻木充『兄嫁・千佳子』）

肉蘭

それまで花肉全体を触っていた加那子の指が、クリトリスへと集中しはじめた。

肉蘭の上方にある突起を、指腹でまわすようにしていじっている。

「それか……それが、お前がマンズリするときのやり方なんだな。クリトリスをいやらしくいじりまわすのが」

「……ああ、言わないでください」（浅見馨『僕の派遣看護婦《ナース》　特別診療』）

肉裂

「おお、おおん！」

肉裂のなかがベロベロと舐められ、舌でこねくりかえされる。肉真珠が掘り起こされ、さんざんに転がされた。（巽飛呂彦『軽井沢レイプ　母娘＋秘書　トリプル肉地獄』）

肉の脂身（――あぶらみ）

「はぁぁぁ……。かんじちゃうっ」

小陰唇のふちを、くちびるをなぞるように行き来させると、薄い粘膜は肉の脂身みたいにやわらかくなった。（萩谷あんじ『リップ』）

肉の重なり

左右に閉じ合わさっている肉の重なりを、二本の指で押し開いた。

「はあッ！」

その瞬間の彼女の吐息は、熱っぽく官能的で、男の視線を間近に浴びた淡いピンクの肉襞は、ひくひくと悦び震えているようだった。（瀧川真澄『制服生人形　十四歳の露出志願』）

肉の萼（――がく）

スリットに深々と押し入った褌状の布地が、敏感な肉庭を刺激してくる。きっと、両側の土手がパンティからはみだしているだろう。ぷっくり膨れあがった肉の萼《がく》には、恥毛さえのぞいているかもしれない。（浅見馨『女《おんな》教師・香奈の特別授業』）

肉の舌

小鈴は、素早く体位を入れ替えて、お京の目に自分の陰部をさらけ出した。

「あっ！」とお京は息を呑《の》んだ。

これほど近々と同性の恥部を見るのは初めてであった。茂みに囲まれた亀裂から、赤貝のような淡紅色の肉の舌が覗《のぞ》いている。そこはすでにじっとりと潤っていた。（木屋進『女悦《によ》犯科帳』）

肉のゼリー

龍夫が手に持っていた絵筆を、その肉のゼリーにあてがっていく。

「アッ！……アウンンンンンン……」

肘掛け椅子のなかで腰が跳ね、女体が弓反り、頭がのけ反って、開いた唇から大きな嗚咽がもれる。（鬼頭龍一『処母叔母と熟母』）

肉の堤（——つつみ）

義母が下腹を差し出し、指に媚びる。明は、空いた方の指も使って、焦らしのテクニックで肉の堤を切り裂き、花弁を開き、上層部に芽吹く肉の蕾《つぼみ》を指先でまさぐる。（倉貫真佐夫『熟れ尻ママ　秘孔責め』）

肉の扉

「ママはうそつきだね。身体はとっても正直なのにな」

純は両手の人差指をつかって左右から肉の扉を大きくめくりかえした。（高村和彦『母と息子　倒錯淫戯』）

肉のマント

少女の腰がすとんと落下し、亀頭が温かな肉にすっぽりと包まれた。

「ああっ！」

優は思わず固く目をつむった。

だがそれ以上、濡れた肉のマントは、触角を包んでこなかった。亀頭にまといついただけで、プルプルと細かく震えている。（亜沙木大介『妹』）

肉の門

彼の舌が、再び志織の内部に分け入って、その柔らかな秘腔を舐めた。

「ひいっ！」

柔らかな肉の門は彼の舌先で、ぷりぷりとした感触で動いた。（安達瑶『凌辱学園　転校生・志織は肉奴隷』）

二重花層の沼

伏見は、両側を薄い繊毛に飾られた肉陰唇のあわいの、ピンク色に息づく二重花層の沼を、懇《ねんご》ろに指先でたがやした。

「ああ……信じられない……何てことなさってるの、伏見先生」（南里征典『新宿爛蕩《らんとう》夫人』）

二匹の蚯蚓（みみず）

そのよじれ上がった二匹の蚯蚓《みみず》の様な肉陰唇を、肉びらごと口に入れて貪ると、葡萄色の透明な薄い膜となって、肉紐のように甘やかに伸びる。（南里征典『常務夫人の密命』）

二枚の肉舌

菊蕾の下方でもっこりと卑猥に盛り上がっている肉饅頭、そこに生えた縮れの少ない黒い翳り、肉饅頭の内側のねっとりしている二枚の肉舌と女壺のワレメ。すべてがオスを誘う卑猥なメスの器官だ。（藍川京『鬼の棲む館』）

二枚の襞

亜弓は腰を振りながら、パンティをおろしていく。姉が脚を持ちあげたとき、繊毛の茂みの奥に淫肉の亀裂がのぞき見えた。義母の秘所と同じように、二枚の花びらのような肉の襞がクレヴァスからはみだしている。しかし、二枚の襞は、義母のものより薄く、みずみずしいサーモンピンク色だ。肉襞はぴったりと閉じていた。（鏡龍樹『義母の美乳』）

濡れ羽

濡れ羽の合わせ目には小指大の肉塊が、ルビーのような輝きを放って突起している。

（あ、あれが確か、く、クリトリス！）（櫻木充『お姉さんはコンパニオン！　コスチューム&レオタードの魔惑』）

濡襞（ぬれひだ）

彼は肉棒で媚肉をじっくりと揺すり上げていった。濡襞に先端を押し当てて、ゆっくりと一巡するように這わせていく。

「うっ……ううん……あっ」（安達瑶『ブルマー少女の誘惑淫戯』）

熱気の籠もる中央

鉄夫は熱気の籠もる中央に指を当て、そっと左右に開いた。

「くっ……」

触れられ、春香がビクッと激しく反応する。やはり処女なのだ。鉄夫は、涙ぐむような感激の中で確信した。

陰唇を広げると、微かにピチャッと音がして、愛液が細く左右に糸を引き、すぐに切れた。（睦月影郎『人妻童貞肉指導』）

熱帯花

厚ぼったい唇が熱帯花のように幾重にも花弁をひろげ、その内部には、色鮮やかな果肉が蜜液に艶っぽく輝いている。しかも、その果肉が、まるで生き物のようにうねうねとうごめいているのだ。（西門京『若義母と隣りの熟妻』）

粘膜のフリル

亜門は、粘膜のフリルのあいだに浅く指をくぐらせた。蜜のなかを、やさしく指先でかきまわしてやる。

「あっ……そんなぁ……」

美果が、うろたえたような声を洩らす。（横溝美晶『双貌の妖獣』）

濃赤色のすみれの花弁

濃赤色のすみれの花弁のような肉びらを左右に押し広げて、うるみ湧《わ》く溝《みぞ》のあわいを、上下にこすりたてる。（南里征典『艶やかな秘命』）

肌色のゴムまり

弾力ありそうなワレメは、まるで肌色のゴムまりを二つ合わせたように丸みがあり、内部はほんのりと潤いのあるピンク色をしていた。（睦月影郎『叔母と従妹　淫の蜜交』）

ハート型

さち子の肌がピクッと震えた。藤崎は顔をズラしてさち子の下半身に向かい、やがて大きく脚を開かせた。

色白の肌に黒々とした恥毛が映え、谷間のワレメからは充分にヌメッた小陰唇がハート型にはみ出していた。（睦月影郎『美少女の淫蜜』）

ハート型によじれた薄い肉

肉園が湿って、ぬくもっている。

ハート型によじれた薄い肉が、まだほんのり桜色に染まりよじれている。男を受け入れたことのない膣口は、つつましく閉じている。（矢切隆之『スチュワーデス制服レイプ』）

花あやめ

深い毛むらの下の、花あやめのように捲《まく》れひらいた内《ない》陰唇《いんしん》のあわいに、八雲が指を稼動させ、次いでおもむろに挿入《そうにゅう》した指を丹念《たんねん》に前後させると、

「ああんっ……のっけからそんないやらしい指使いをなさると、頭が変になる」

秋宮千鶴子は怒ったように言い、慎みを保とうとしながらも女芯をたがやされてはついにそれも保てなくなったという態《てい》で、高い声を発した。（南里征典『特命　猛進課長』）

花のふくらみ

若芝は顔を近づけた。柔らかな繊毛を梳きあげたり、とびきり敏感そうなクリトリスをこすったりしながら、濃紅色の花のふくらみを凝視し、入口のあたりへそっとキスした。（綺羅光『姉と女《おんな》教師』）

花の峰

おのがものの揺らぎ打つ肉根を握って、しごきたてながら、花の峰をめくった。

照り色をもつ蜜濡れの花の峰の奥から、ぬっちゃり、とひらいた膣《ちつ》の火口に、こわばりの先端をはめこみ、突き入れる。

「あうっ」

夕雨子の白い喉《のど》が、反《そ》った。（南里征典『特命　猛進課長』）

花襞

男は腰だめに身構えると、イッキに欲望の塊を女体の奥に侵入させた。痩《や》せているわりには厚めの花襞がめくれて、肉が軋《きし》むような音がした。

「うんっ、あうんっ」

全裸で組み敷かれている看護婦が、たまらずに喘《あえ》ぎ声を洩らした。（高輪茂『巨乳女医　監禁レイプ病棟』）

花溝（はなみぞ）

真下から覗くと、大陰唇の縁が畝のように盛り上がり、こんもりした肉ヒダが満開だった。濡れた花溝からは、頂きから肉の芽が充実していた。小陰唇の花びらは左右に突き出し、濡れた粘膜がうるうる隆起した。（矢切隆之『成城レイプ・人妻暴虐』）

羽

グチュッと、柔肉が圧着する卑猥な音が鼓膜の裏側から響く。

羽をひろげた小陰唇が、少年の唇を端から端までピッタリと包みこむ。

「んぅ、おおぉ！」

突然の変態キスに、和成は目を白黒させた。（櫻木充『お姉さんはコンパニオン！　コスチューム&レオタードの魔惑』）

バラの花弁

指を当て、ワレメを左右に開いた。ツヤツヤとした薄桃色の小陰唇が見え、さらに内容が良く観察できた。

バラの花弁に似た細かな襞があり、その奥に処女の膣口が息づいていた。（睦月影郎『制服の恥じらい少女』）

バラの花びら

「まあ、奥さん、綺麗よ。まるでバラの花びらみたいにピンク色に潤んでいるやないの」

薄紙を剝くように薄い襞を一枚一枚、押し拡げるようにしながら初代は恍惚とした表情になっていった。（団鬼六『美人妻・監禁』）

ハマグリの剝き身

織毛を分けると、肉の芽が突き出てきた。鮭肉色に濡れた肉花が盛り上がってきた。肉貝はまるで、ハマグリの剝き身のようにただれている。

「あ、あああ、疼くわ……！」

典子は白魚のような人差し指を、そっと肉の芽にかぶせた。（矢切隆之『成城レイプ・人妻暴虐』）

破廉恥な女の肉片

不用心に開かれた太腿の付け根には、細かいタイツ目のようなメッシュ布に透けて、破廉恥な女の肉片が、ドロドロの分泌に汚れた性器が完全露出の状態だった。（櫻木充『美姉からの贈り物』）

緋色の絡まり

外側の肉唇は恥毛に覆われていたが、なかは実に美しい緋色の絡まりだった。思いあまった杏香が剝きだしたお蕗で、小豆大の肉真珠までもがチョコンと顔を覗かせていた。下端には真紅の膣孔までが見える。（巽飛呂彦『赤い下着のスチュワーデス』）

ピオーネ

二枚のびらつきがそよぐ美和子の暗紅色のその部分は、岡山で産されるピオーネという紅玉種の葡萄の剝《む》き身《み》のように、ねっとりとしたうるみによって光っていた。（南里征典『欲望の狩人』）

雛鳥

縦の亀裂が痛々しいほど可憐で初々しく、章太郎の目には映った。割れ目のまわりは柔らかい雛鳥みたいな感触だった。（美園満『女《おんな》音楽教師』）

秘肉のほころび

はじき割れたアケビの裂け口のような秘肉のほころびが、溢れ出たもので濡れ光っていた。

肉裂の上べりにふっさりとむらがった純黒の繊毛の毛さきにも蜜はしたたっていた。（北沢拓也『人妻の茶室』）

ヒダヒダ

「あは……もういいでしょ？　いやらしい舌をアソコに入れてヒダヒダをナメまわしてよ」

洋子の腰が落ちた。（藍川京『女医　獣の儀式』）

ヒラヒラ肉

「だけどよ、このお豆ちゃんにしてもヒラヒラ肉にしてもひとみちゃんのよりはひとまわり発達してるぜ。女らしい貫禄《かんろく》がついて来てら。おっぱいもそうだけどよ」（千草忠夫『処刑の部屋②女医、乱れる』）

ビラビラ

「妊娠してから、君のこの部分の色がドドメ色に変わっちゃったのでね」

堀部六太郎は遠藤美砂子の女芯のビラビラをつまんで左右に振りながら言った。

ドドメ色と言う色は、遠藤美砂子が初めて聞く色だった。

「ドドメ色って、どんな色なの」(豊田行二『野望放送局』)

蛭(ひる)

二枚の内陰唇が血を吸ってよく肥えた二匹の蛭《ひる》のようにはみ出し、早くも捲《まく》れ開きを打っていた。(北沢拓也『情事の迷宮』)

美麗な双花

ふんわりと優しく盛りあがった繊毛の悩ましさに、今さらながら感嘆し目を奪われた。さらにその下方をのぞきこむと、ヴィーナスの丘には赤い美麗な双花が妖しく口を開いている。(綺羅光『沙織二十八歳㊦悲しき奉仕奴隷生活』)

深い肉の祠(——ほこら)

長時間バイブを埋められていたそれは、深い肉の祠をひろげ、鮮紅色の粘膜をのぞかせていた。いやらしくぬめる内部は、生々しい肉の構造を露わに見せながら、ヒクヒクと震えている。(北原童夢『姦獄!　音楽教師真璃子・二十八歳』)

膨らみ

「ひどい濡らしようだ」

彼は両手の親指で膨らみを二つに割った。溜まっていた樹液がドッと流れ出し、美保のかぐわしい性臭が匂い立った。(五代友義『美人妻　淫獄堕ち』)

双葉(ふたば)

芽の下には双葉を思わせる形のものが、左右から寄り合っていた。双葉の縁はゆるいフリルを思わせて波を打っている。おれはその小さな二枚の葉を、一枚ずつ唇で捉えたりした。(勝目梓『快楽の迷彩』)

双ひらの内側の女唇

二枚貝でも扱うように、秘部のやわらかな空割れ口をくつろげひらいて、双ひらの内側の女唇に囲まれていた部分を、五月は指の腹で懇《ねんご》ろに捏《こ》ねあげてやる。(北沢拓也『密宴』)

葡萄色がかった襞の連なり

秘肉の畝《うね》によって囲まれた溝は舟状に割れひらいて、葡萄《ぶどう》色がかかった襞の連なりを生々しくのぞかせていた。(北沢拓也『情事妻　不倫の彩り』)

葡萄色の蝶

毛むらが濡れて外陰唇の水辺にたなびいているのを舌でどけて、毛切れしないようにしてあげる。内陰唇は今や、葡萄色の蝶が双つの羽根でもぴんと立てたように、二枚の肉びらをそりたてている。(南里征典『欲望重役室』)

葡萄色の割れはじけ

なるほど、四か月も夫にかまわれていなかったのなら、現実問題、三十路《みそじ》にはいったばかりのこの女盛りの人妻の生理が疼《うず》いて、爆発しそうだったのかもしれない。

八雲はそう考えると、かえって気楽な気分になり、葡萄色の割れはじけの奥あいに、深く指をすべり込ませると、湾内で探しものでもするように、内洞の中を丸く、いやらしく掻きまわしてやった。（南里征典『特命　突破課長』）

船底型の肉の縁

女の部分はエロティックに盛り上がってきた。淡紅色に掘られた肉の花園は真っ赤にただれ、船底型の肉の縁が淫らな凹凸を示している。（矢切隆之『倒錯の白衣奴隷』）

芙蓉の花

「これ以上、何もしないで……」

せつない嗚咽を聞くと、男が身を乗り出した。

ゴムボールのような臀部の谷間で、真っ赤にただれた菊蕾が燃えていた。桃色の芙蓉の花のように、華やいだ果肉が色づいた。（矢切隆之『成城レイプ・人妻暴虐』）

ブヨブヨした柔肉（――やわにく）

割れ目が開かれた。

ブヨブヨした柔肉がドーム状に盛り上がって出てくる。（山口香『蜜狩り図鑑』）

ほの紅い蜜肉

ほぼ百八十度に、上下開脚された花芯はよじれて、薄い翳りのなかに、ほの紅い蜜肉が剝き出されている。（安達瑶『牝獣の「肉檻」淫辱の肛菊しゃぶり』）

ぼぼ舌

源道は頬をゆるめると、右手で乳房を揉みながら左手を、いきなり股座《またぐら》へ触れていった。

乳首の勃起と同時に、秘唇ももはや媚液《びえき》をじっとりにじませていた。触れていくと、ぼぼ舌《した》が指先へ吸いついてくる。（木屋進『女《によ》悦犯科帳』）

鮪の刺身（まぐろ――）

香坂は何とはなしに安心したように言いながら、突如、女裂をぺろりと舐めあげた。

「ああーっ」

まどかは、白い頤《おとがい》をのけぞらせた。

ぺろり、ぺろり、と鮪《まぐろ》の刺身のようにぬたっとした内陰唇のはざまを、舐めあげつづける。（南里征典『欲望女重役』）

満開の蘭

しかし恥毛の合間に覗く赤々とした粘膜は、まるで別の生き物が潜んでいるようにグロテスクだった。花弁は意外なほど色素が沈着して黒ずみ、満開の蘭の花のように咲き誇っていた。（葉月玲『継母と少女　美畜の啼く家』）

ミミズ色の貝の身

蜜のしたたりに濡れ光る外陰唇の両側の畝《うね》に、ミミズ色の貝の身のような内陰唇のびらつきが飛びだしている。

その二枚の花びらは、ぐっしょり濡れて、複雑な花層がそれ自体、照れて、赤くなって、身悶えせんばかりに、わずかな収縮の息づきを見せているようであった。（南里征典『密命　誘惑課長』）

紫がかった肉羽

織毛の陰にぴらぴらと、紫がかった肉羽が見え隠れしている。

「見たかったんでしょう、ママのあそこを……」（櫻木充『ママと看護婦のお姉さま』）

ムール貝

腰を持ち上げると、うるみひらいた赤い亀裂が、ぬちゃとくちをあける感じになり、外側に飛び出して屹立している対の肉びらは、黒い蓋からはみだしたムール貝の身のように膨らむ。（南里征典『常務夫人の密命』）

牝口の花層

法月は、人妻社員をソファに座らせると、おもいっきり双腿に両手を当てて押し開き、位置をとった。

そうすると、正面から秘毛に囲まれて濡れ光る牝口の花層とそのめくれ開いたびらつきが、ぱっくりと濡れ開いて、いっそう露《あらわ》になり、ぐっと来た。（南里征典『社長若夫人の秘密』）

瑪瑙色の肉羽（めのういろ――）

感嘆の溜息をもらす息子。恥辱を堪えながらも湧き出てくる官能は禁断のフレグランスがした。愛しい息子を思って淫ら蜜に粘着した二枚の瑪瑙色の肉羽が糸を引きながらゆっくりゆっくりと剝がれていく。（美馬俊輔『美《マ》母《マ》は変態バニー』）

明太子（めんたいこ）

うしろから見る伊保子の秘部は、内側は可憐なスイトピーの花弁のように瑞々《みずみず》しく割れはじけているが、外陰唇は明太子《めんたいこ》のように脹《ふく》れて、ぬたぬた光ったいた。（南里征典『特命　猛進課長』）

桃色のお肉

脚を開かせたため、ワレメの縦線が僅かに開き、内側の桃色のお肉が覗いていた。まるで熟れた果実が弾け、果肉が見えているかのようだ。（睦月影郎『麗嬢　熟れ肌の匂い』）

焼きギョウザ

いくぶん垂れたように見える双の外陰唇は、焼きギョウザを二つ縦に貼りつけたような眺めをみせて、淡紅色の肉の溝を深くのぞかせている。（北沢拓也『不倫の密室』）

焼きすぎたローストビーフ

鶏のトサカを思わせる内側の二枚の肉びらがまくれ返って、焼きすぎたローストビーフのような色合いの外陰唇をおしのけるようにして外にはみ出している。（北沢拓也『人妻のしたたり』）

八重の花びら

やがて男が起きあがり、女を仰向けにすると、短い漆黒の翳りが載った肉のマンジュウを押し広げた。銀色の蜜にまぶされた女の器官がアップで映し出された。色素の薄い花びらだが、分厚くて大きい。普通の女の花びらが一重なら、八重の花びらのようだ。細長い包皮から大きな肉のマメが覗いていた。（藍川京『妹の恥唇　M調教に濡れて…』）

柔らかい貝の刺身

ぬるついた花びら状の陰唇は、柔らかい貝の刺身をしゃぶっているような感じだったが、たったそれだけのことなのに、奈津子はヒョコヒョコとふくらみをいやらしく突きだし、両手で正吾の後頭部をまさぐりかかえこんだ。（高竜也『実妹と義妹』）

湯だまり

男は、硬く直立させたものを谷間にこすりつけ、ぬるぬるとした湯だまりをひろげていった。

（気持ちいいっ）

とおもった瞬間、男のものが沈んできた。（田代ききょう『三姉妹』）

ラグビーボール

美佳のちいさな花びらのように見える小陰唇は、ラグビーボールの縫い目のようにきつく合わせられている大陰唇にピッチリと覆い隠されていて、僅かにその隙間から薄い花びらを少しだけ覗かせていた。（鷹澤フブキ『女教師と高級夫人　生贄ダブル肛辱』）

ラビア

じわじわと責めれば責めるほど、麻里子のラビアがいっそう充血し、ぷりぷりに膨らんでくるのが判る。淫液も豊富に湧きだして、赤く充血させた花芯を、てらてらと光らせていることだろう……。（安達瑶『巨乳少女のいたずらな制服』）

蘭

ぬちゃっ！

と、ねばっこい音を立てて、薄く口を開いていた粘膜のフリルが大きく左右にひろがった。

蘭の花が満開になり、いろあざやかな大きな花弁を目一杯にひろげたようだった。（横溝美晶『相姦の密室天国から来たすけこまし』）

裂溝

やがて少女の色づいた裂溝から、透明の粒が糸を引きながら垂れていった。溢れ出た淫液の塊《かたまり》だった。（麻樹達『美少女鑑賞《マニア》　恥辱の肉解剖』）

ワインをたらされたアワビ

赤黒い入路に舌をつけると、二枚のびらつきはワインをたらされたアワビのように、ぐねっと蠢いて収縮する。

（南里征典『特命　猛進課長』）

椀咲きの薔薇（わんざき——）

言葉とは逆に、激しいよろこびがこみあげ、苑子はゆだねきったためいきを洩らす。

麻里は、椀咲《わんざ》きの薔薇《ばら》のような肉びらをおしひらき、膣前庭からかぐわしい蜜があふれ、かすかに粘糸がつたわるのをみて陶然とした。（影村英生『獲物は淑女』）

【膣】

隘路

驚いたことに、動いてもいないのに、美波の隘路は、まるで心臓の鼓動に合わせるように直人を締めつけてくる。

「さあ、動いて。最初はゆっくりと、だんだん速くしていくの」（西門京『若義母と隣りの熟妻』）

赤い虚（——うろ）

もち上げた腰を弾ませ、深雪が掠《かす》れた叫びを上げた。

香田が舌の愛戯を揮《ふる》っている深雪の女の部分の、下べりの秘口が発情のためか赤い虚《うろ》のように円《まる》くひらき、ひくひくと収縮する。（北沢拓也『蜜の鑑定師』）

赤い沼

「両足を開くんだよ」

辺見はそう言い、命じられた通りにした郁美のヒップのはざまを両手で左右に押し開くと、やおら、臀裂のあわいの赤い沼に、おのれの先端をあてがった。

辺見のそれはもう、樫《かし》の棒のように硬くたぎっているし、郁美の秘唇はすでに溶けんばかりになっていて、そのぬめらかな蜜路に亀頭冠を埋ずめこむと、一気に没入させることができた。（南里征典『密猟者の秘命』）

赤い洞（——ほら）

小さなほこらでもあいたように交悦の渇望に濡れてひ

らききった秘口の淵を、宮永は舌のさきで丹念になぞる。

舌のさきを赤い洞のようなそこにさし入れ、くるめかせる。なまあたたかい女液がとろりと体奥から溢れてきた。（北沢拓也『人妻の三泊四日』）

赤黒い柘榴口（――ざくろぐち）

鯖江は、その恥丘《ちきゅう》を盛りあげて繁茂する漆黒《しっこく》の毛のむらがりをかきあげ、美人秘書のはじき割れた赤黒い柘榴《ざくろ》口《ぐち》のぬたつき部分を、灯かりの中に剝《む》きだしにして、眺《なが》めた。（南里征典『艶やかな秘命』）

紅い洞

真弓の繁茂の下で、充分、前戯でときほぐされた女性自身のとば口が、ぽっかりと紅い洞のように円くひらいていて、欲情のうるみに粘りまみれ、微かな収縮の息づきをみせているのを目撃する。（南里征典『密命　誘惑課長』）

朱い窓

「うむ。サーモンピンクに濡れ輝いていて、綺麗だ。処女膜もはっきり見える。愛らしい処女膜だぞ。おお」

おお、と呻き、秋島の口は静かに秘口に吸いついた。

朱い窓にむかって、肉びらの内側の火口内粘膜を舌で舐めまわす。（南里征典『重役室㊙指令』）

熱い鍾乳洞

（むぐっ……ん。んぐっ、んぐっ、んぐっ）

膣壁が指のまわりに迫ってきた。それは、熱《あつ》い鍾乳洞みたいな感触。（萩谷あんじ『リップ』）

熱い滑り（――ぬめり）

あかねが純を受け入れるように腰を浮かせた。亀頭がヌルッと熱い滑りの中へ引き込まれた。

「ああッ！」

「お姉さん！」

純は、ペニスを取り巻く温かな肉襞に身を蕩《とろ》かせた。

（倉貫真佐夫『姉妹奴隷　美孔《びこう》くらべ』）

熱いゼリー

「ううぅっ、くぅ……」

文字通り杭で貫かれたように、背筋から喉まで一直線にして天井を仰ぐ瑞恵。

「瑞恵、大丈夫？　瑞恵」

熱いゼリーに包まれて搾られるような快感に耐えながら、瑞樹は声をかける。

「つっ……続けるんだ、このまま」（星野ぴあす『私立H学園中等部　美少女調教委員会』）

熱い熔岩

「ああ、いいよ。ぐっと腰を落としてくれ」

邦江はその通りにし、胸を反らせて眉を寄せ、

「うっ、うっ」

と唸り、さらに沈んできた。

千吉は熱い熔岩に包まれ、

（おお、やっぱり、この子はいい）

貴重な女がもどってきたことを実感するとともに、

（このことは、さっそくクラスのみんなに報告しなきゃならんぞ）

とも思った。（富島健夫『情欲の門』）

温い小さな沼

膝が開かれると、犬塚昇の手はさらに広い活躍の場を与えられて、彼のクレバスに添って伸びている中指の腹に、コロコロとしたクリトリスの感触や、やわらかくまとわりついてくるような小陰唇の感触が伝わり、指の先は温い小さな沼のような状態になっているくぼみの中に、ひとりで浅く沈みこんでいく。（勝目梓『女王蜂の身代金』）

穴蔵

「ううう……」

既に、ヌルヌルに濡れていたせいか、太魔羅《ふとまら》は、難無く穴蔵に潜り込んでいった。

三冬の喘ぎ声がした。（北村梓『復讐の淫虐魔』）

甘い管（――くだ）

叶美和のぬめりを帯びた内奥が甘い管《くだ》となって、穴吹を吸いたて締めつける。（北沢拓也『乱戯』）

蟻地獄

肉棒を挿入すると、膣襞はもっと中の方に引き擦り込もうとする動きをする。まるで蟻地獄のような性器だ。（伊井田晴夫『母姉妹　淫辱三重奏』）

暗渠（あんきょ）

そして、割れ目の中心部には、軟体動物のように柔らかそうで頼りなげな肉が内臓の奥へ向かって陥没している暗渠《あんきょ》が口を開け、そこからジクジクと半透明の粘液が染み出していた。（鍵谷忠彦『アイドルグループ　闇の凌辱』）

烏賊（いか）

桂木は指をもう一本、挿入した。

スチュワーデスの内部はうるおいをしたたらせて、ぽっかりとひろがり、くり抜かれた烏賊《いか》の胴のように桂木の二本の指をなんなく呑みこむ。（北沢拓也『人妻の茶室』）

生きている洞窟

「すごいな、ポッカリ開ききってるじゃないか。まるで洞窟の入口だ」

規久也が引き抜かれた部分の形状をそう表現した。

「ただし、生きてる洞窟だ。ひくひくいってる。ものたりないという感じだな」（舘淳一『美人助教授と人妻倒錯の贄』）

生き蛤（――はまぐり）

「もっともっと燃えさせてあげますからね」

和田は生き蛤のように蠢いている女体の入口に指先をあてて、捻《ひね》りを加えながらゆっくりと未亡人の胎内に捩じこんでいった。（山口香『淑女の狩人』）

泉の縁

（ああ、お願い。もう少しだけ、なかのほうを……）

志津子は、いつしかねだるように、太腿をしまりなく開いていた。それなのに、直人は肉壺の内部にまでは攻撃の矛先を進めてこようとはせず、泉の縁をやんわりとまさぐってくるばかりだ。（西門京『若義母と隣りの熟妻』）

イソギンチャク

今度は忍が喘ぎ洩らした。体が小刻みに震え出し、同時に彼女のヒダがイソギンチャクのようにオレのペニスを締めつけてきた。（丸茂ジュン『メス猫の寝室』）

一輪挿しの花瓶

挿《さ》し口の狭《せば》まった一輪挿《さ》しの花瓶《かびん》ような趣きの朝美の内奥にくぐらせた指を、第二関節まで深く埋めこませて、椎名は抜き挿しを行なう。

「ああんッ、おかしくなっちゃうッ」

魚住朝美の身悶えが烈しくなり、白い蛇のようにのけ反ってくねる上半身の蠢きが、椎名を昂らせる。（北沢拓也『人妻たちの乱倫』）

陰穴

稲倉はくっくっと喉の奥で笑いながら、取りだしたペンライトでクスコの中を照らし出し、ねちっこく少女の陰穴を観察した。

「ひっひひ……よぉし、よし。処女膜はきちんと残っておるな」（兵藤凛『美少女《アイドル》凌辱 恥じらい肉人形』）

陰孔

「こんなことだろうと思ったぜ。洋の奴、オレに嘘をついてたんだな。今日が筆下ろしか」

少年は一丁前の好色漢の口調で囁き返し、卑猥に嗤うと、残酷なひと突きで若い硬直を母の飢えた陰孔に埋めた。

「……ああいいっ……孝次！」（砂戸増造『美母交換顔面騎乗』）

陰肉

芳雄はたぎる欲望を、理佐子の密壺にぐいとねじ込んだ。

「きゃ、きゃあ、あああっ！」

十分に濡れた陰肉は、覚えのある極太ペニスをいとも簡単に呑み込んでゆく。(安童あづ美『女教師凌辱　魔の痴漢ネット』)

淫口

「あうっ……いいわっ……」

美貌をのけ反らせ、静香は悦びの声をあげた。

一撃で全身がペニスに支配される思いだった。肉の悦びが、淫口から全身にひろがっていくのだ。(管野響『若義母と女家庭教師と高校生』)

淫溝

「ああ……あン、固い……」

ゆっくりと入れる過程を楽しもうかと思ったのだが、美穂子が下から強く久志を抱き寄せたため、くちゅッという音とともに、肉の棒は淫溝に埋まったままだ。(内藤みか『若妻　濡れ下着の童貞レッスン』)

淫泉

蜜芯からは、左右に淫襞がはみ出し、いやらしく口を開けている。

赤い色は、奥の方にいくほど艶めかしくぬらぬらとしており、淫泉からは、すでにとろとろと女汁が溢れ始めている。(内藤みか『快楽保険外交員』)

淫芯

京子の淫芯は、かなり濡れていて、襞という襞がくねくねとペニスに絡みついてきていた。かなり多弁なヴァギナで、きゅッとしがみついてきたかと思えば、不意にふわふわした部分に触れることもあった。(内藤みか『甘い花蜜の美人課長』)

淫壺

美奈穂のヴァギナは普段よりも締まり、俊雄の周囲にねっとりとまとわりついてきている。彼女の淫壺の中に、精を注いでくれと言わんばかりに、くい、くい、と女襞がひくついている。(内藤みか『隣りの若妻　甘い匂いの生下着』)

淫肉

豊満なヒップにバスンバスンと下腹部を叩きつけ、秘芯に剛棒を突きこんで、柔らかな淫肉を激しく抉ると、

「ハアン、気持ちいい、アアン、アアーン」

甘いすすり泣きの声をもらして、沙紀の上体は前後に激しく揺れた。(海堂剛『熟妻とレイプ　すすり泣く三十五歳』)

淫襞

二階堂の先端が奥深くにまで到達し、淫襞を掻き回すたびに、彼女のグラマラスな乳房がぷるぷると震えた。

腰は迫りくる官能に耐えられないという風情で、うねうねとまるで軟体動物のように揺れ動いた。（安達瑶『巨乳少女のいたずらな制服』）

淫扉

（これが、処女膜かな）

軽く押してみたが、道幅も狭く、突破するには力が必要だった。

「少し、痛かったら、ごめん……」

俊雄はそう前置きしながら、いったん腰を引き、振りかぶってから、ずどん、と淫扉を押してみた。（内藤みか『隣りの若妻　甘い匂いの生下着』）

ヴァージンホール

「うわあッ、すごくきれいッ」

赤い媚粘膜の奥で息づくヴァージンホールは、生なましさのうちにも気品のある美しさに輝いていた。いくらか紫色の混じったパールピンクとでも称したいすぼまりは、まだ何者にも犯されたことのない崇高さを誇らしげに香らせていた。（吉野純雄『半熟　同級生の乳芯《しぼり》検査』）

薄い膜

大現師の人差し指は菊口で動き、親指は秘芯に入りこんだ。二本の指でアヌスと膣を隔てた薄い膜を揉みほぐしていく。

「ああう……も、もっと……」

多美子の脳裏が白くなった。（藍川京『母娘《けはこ》』）

薄桃色の虚（——うろ）

五月は舌を躍らせながら、右手の中指を薄桃色の虚《うろ》のようにひらいた麻生真由の秘口からくぐりこませ、彼女の内奥を撹拌《かくはん》してやる。（北沢拓也『密宴』）

薄桃色のゴムの輪

薄桃色のゴムの輪をいくつも重ねたような眺めの秘口に太い硬直をのみこませておいて、ぐいと、腰を送り出す。

「ああっ」

佳絵子は両手を枕許のシーツにおいて頭を立て、ふるえを帯びた高い声を放った。（北沢拓也『情事妻　不倫の彩り』）

ウツボ

「なるほど、これは男を喜ばす道具ではないか。笹村惣二未亡人よ。指をこう入れただけで、ウツボのように食らいついてくる。女学生みたいにめそめそ泣いているが、身体はまったく別の反応を示している。男が一度、ここにぶちこんで楽しんだら、もう忘れられないような道具だ。おれが褒めるのだから本当だ」

泰造は楽しげに言い、指を二本にして膣に挿入した。

（舘淳一『奴隷未亡人と少年　開かれた相姦の扉』）

うねくる蛸

京子の膣の底には、うねくる蛸のようなものが降りてきて達矢を迎えうち、そこにこつんと接触するたび、京子はなまめいて躍る。（南里征典『欲望の狩人』）

うねりの強い肉奥

頤《おとがい》を反り返らせ、頸を長くのけ反らせた島崎涼子の苦《く》悶《もん》の表情を上から打ち眺めながら、花形は彼女のうねりの強い肉奥の蠢《うごめ》きを味わいつつ、動いた。

浅く動きながら、五回に一度、涼子の深みを突き穿《うが》つ。

（北沢拓也『女宴の迷宮　特別闇社員』）

産まれた場所

「ママ、た、たまんないよ。ぼく、イッちゃいそうだ」

「我慢して、洋介。もう少しよ。もうすぐママのなかに入ってこられるんだから」

襲いかかってくる射精感と、洋介は必死で闘っていた。ダッチワイフを使って研究したテクニックなど、なんの役にも立たなかった。いまはただ、母に身をまかせるしかない。

「さあ、ここよ、洋介。ここがあなたの産まれた場所」

（牧村僚『美母・秘蜜教室』）

うるみ肉

〝グチョン〟〝グチョン〟

腰を上下させると、肉の泣く音が部屋の中に谺する。

「あーん、いやーん、恥ずかしい」

その音を消そうと、響子は、グイグイと腰を落とす。

そのとき、うるみ肉がキュン、キュンと締まり、操の分身はその肉につつまれて、大きく弾けた。（宇佐美優『援助交際の女』）

熟れた内奥（うれ――）

早瀬は一気にすべりこませた。

「ああーっ、大きい」

高石由希がうつ伏せた小麦色の背にさざ波のようなふるえを走らせ、顔を立てて悦を吐いた。

微妙に段のついた高石由希の熟《う》れた内奥のやわらかい肉が、粘り気を曳《ひ》いて吸いこむような反応を起こした。

（北沢拓也『白衣の愛人』）

熟れ肉

「アアーッ！　い、いく！　すごいわ……！」

亜津子が狂おしく口走り、ガクンガクンと全身を波打たせた。

その勢いは激しく、恭太を乗せながら身を反り返らせて何度もブリッジするようだった。

恭太は必死にしがみつきながら快感に貫かれ、ありったけのザーメンを熟れ肉の奥に向けてドクンドクンと脈打たせた。（睦月影郎『姦の館　女肉の少年解剖』）

洞（うろ）

　ぽっかりと洞《うろ》のように開いた下縁の、男をもてなすとば口から、利光は指を潜りこませていた。

「あうっ、ふむう、たまんないっ……」

　淫らに水音をたてて、利光が指を抜き差しさせると、美鈴はのたうち回らんばかりになった。（北沢拓也『情事の迷宮』）

H字型をしたピンクの窪み

　呻き声とともに逃げる脚をつかんで、膝が腹につかんばかりに折り曲げた格好で押しつける。もはやどうあがいても隠しようのない花肉が目に飛びこんでくる。屈曲させられたために大陰唇がひろがり、めくれあがった肉びらの狭間にH字型をしたピンクの窪みが見えた。処女の印しであった。（北原童夢『看護婦　トリプル牝奴隷』）

餌を食らう鯉

　餌を食らう鯉のようにパクパクと、せわしなく収縮する膣口めがけて一気に二本指をうがちこむ。

「うほうぅ！」

　ひと突きが異次元の快美だった。（櫻木充『ママと看護婦のお姉さま』）

奥芯

「あ、奥さん、僕も……ッ！」

　健也は呻き、度重なる刺激で張り始めている巨乳を握った。

　弾力あるその乳球を摑んだまま、乃里子の奥芯へと健也は白い糊状の液体を放出した。（内藤みか『快楽宅配便　若妻嬲り』）

奥の院

　松平竜之介は、相手の背中に覆《おお》いかぶさった。そして、たっぷりした乳房をつかむ。

「ゆくぞ、お路殿っ！」

　そう宣言すると、激しい勢いで巨根の抽送を再開した。ずごっ、ずごっ、ずぐぐっ……と奥の院を突きまくる。

　抜き差しの度に、蜜壷の粘膜と肉の花弁が男根に絡みついて、ぬちゃり、ぬちゃっ、ぬちゃり……と卑猥《ひわい》な音を立てた。（鳴海丈『艶色五十三次　若殿様女人修業』）

小暗い穴（おぐらい——）

　指でそこをくつろげる。溶けうるみの中心部は、早く太いのを入れたそうに、ぽっかりとまるくほころび、小暗い穴をあける。（南里征典『紅薔薇の秘命』）

女のうねり

　辺見は、その後ろに両膝立ちになり、辰代のヒップをむんずと摑んだ。

蜜濡れの柘榴口から恥毛の群れを掻き分け、その割れ目のあわいに巨根の先端を、ずぶっと突き入れた。開口部で蜜に包まれ、そのまま、女のうねりの中をどん底まで、辺見は到着させた。（南里征典『密猟者の秘命』）

女の宮殿への通路

秋島はその潤いにそそられ、今度は二本の指をあて、充血して膨らんできた葡萄色の対の花びらを左右に、めくりひらいた。

するとピンク色のきれいな粘膜が現われ、そのまん中に朱い小さな窓があいていて、その奥に女の宮殿への通路がほのみえる。（南里征典『重役室㊙指令』）

女のどん底

欲情のため、今やぽっかりと丸くひらいた人妻の膣口《ちっこう》に、八雲はふとくて硬いそそり勃ちをずぶっとあてがい、その付け根まで埋《う》ずめ込んで、女のどん底を突き貫くと、

「おおーっ……いくっ」

と、再び、吼え声があがり、八雲のものが毛むらまで埋ずめきられただけで、葉津枝はまた、深々といってしまった。（南里征典『特命　突破課長』）

女の肉洞

紅潮した面《おもて》に面映ゆそうな微笑《わら》いを浮かべて、唇をすぼめつつ、人妻が織部の腰を跨いできた。

ぬめらかな女の肉洞に織部は導きこまれ、ひくひくと収縮する熟れた柔肉で食《く》いしめられ、うめきをあげた。（北沢拓也『人妻ですもの』）

女の洞（——ほら）

「駄目ッ、いくッ」

園川奈生子のうつ伏せた背に漣《さざなみ》のようなふるえが走り、南条をもてなしている彼女の女の洞《ほら》に蠕動《ぜんどう》のうねりが起こった。（北沢拓也『闇を抱く人妻』）

女の径（——みち）

花形は、埋め込ませた二指をぐるぐると回して、島崎涼子の子宮に続く女の径《みち》を攪拌《かくはん》した。

「ああん、それ……」（北沢拓也『女宴の迷宮』）

女の迷宮

はずみに男性はぬっちゃりと、女の中に吸い込まれた。あたたかい、濡れた、重苦しい狭隘《きょうあい》感に押し包まれながら、祖父江の猛りはたちまち、女の迷宮の奥へとどいていた。

「ああっ……いいわ……鈴木はん、最高やわ」（南里征典『金閣寺秘愛夫人』）

女の坩堝（——るつぼ）

ぬらぬらした秘めやかな狭間に早乙女のものを遊ばせながら、桜色に火照らせた顔に含羞みの微笑いを浮かべて、山根佳世子は右手につかんだものを自身の女の坩堝《るつぼ》へと納めこんだ。（北沢拓也『淫濫』）

海藻のようなひらひら

智代の尻が多聞の上で弾んだ。妙にざらつき——というより、凹凸の多い粘膜だった。しかも、奥の方に海藻のようなひらひらがあって、尻が沈むたびに、亀頭部に絡みつく。それが小気味のいい快感をもたらす。（広山義慶『美神幻想』）

貝肉

体操できたえた香織の内は、由紀よりもいっそう弾力に富み、緊密だった。それは新鮮な貝肉のように、キシキシとしまりながら、甘美にペニスをしぼり込んできた。（水樹龍『女教師と美少女と少年　保健室の魔惑授業』）

快美スポット

韮牟田はものすごい勢いで指を出し入れしている。指は肉棒と違って細いが、それだけにスピードが違う。的確に聖香の快美スポットを集中攻撃することができた。（巽飛呂彦『赤い下着の女医』）

快楽の裂け目

ブラジャーの肩紐がはずれた細い肩をたぐり寄せては、快楽の裂け目にヌチャヌチャ突き入れる。粘っこい抽送にまじえ、ピクピク収縮しつづける膣壁へ、太棹を回転させるようにしてねっちり粘膜を刺激する。（綺羅光『東京蜜猟クラブ』）

快楽の通路

「あ、あっ、ああっ」

浩樹が、真理子の中に入った。温かくぬめった快楽の通路を、逞しく勃起した男根が分け入っていく。（堂本烈『禁悦姉弟と肛姦兄妹』）

快感の坩堝（——るつぼ）

秘孔のなかはまさに快感の坩堝《るつぼ》だった。激流のように体内に流れこんでくる温もり。蜜壷には無数の襞みたいなものがあって、それがぐねぐねと蠢きながらペニスにからみついてくる。（鏡龍樹『黒い下着の禁姉《きんあね》』）

柿の種

春夫はキュウリにピストン運動を加え、子宮の奥深くを圧迫した。巨大な柿の種を想わせる女体の入り口が、押しこまれるキュウリと一緒に巻きこまれみにくい引きつりを起こしていく。キュウリが抜き出されるとしわまみれの肉襞がめくれ返り、白濁した泡粒状の蜜液が噴き出してきた。（山口香『人妻弁護士・明日香』）

花孔

花孔の内部で捏《こ》ねくりまわされた愛汁《あいじゅう》が、白く泡立って、二人の結合部から飛び散った。

「ひぐっ…あ、あぁァァ……んっ！　駄目よ、いや、壊れちゃう！　御満子、壊れちゃうよォォ……っ!!」

お路は、すでに半狂乱である。（鳴海丈『艶色五十三次　若殿様女人修業』）

風穴
ひっそりと恥ずかしげに閉ざされていた禁断の扉は強引に押し開けられて、ぽっかりと風穴があいたようになっていた。ピンクの肉襞がまくれあがって秘唇からはみだし、蜜と精液と処女喪失の鮮血が混じり合って太腿に付着しているさまが悲惨だった。（海堂剛『制服美少女・輪姦解剖倶楽部』）

火山
耕一は、二本の指を火山の奥深くで交差させ、屈折させ、壁をこじってきた。薄い粘膜を通して恥骨をさわり、骨の裏側をおしつけるように指でなぞる。（田代ききょう『三姉妹』）

果芯
「あーっ、いやァ……」
上半身をのけぞらせて、夕香は甲高い悲鳴をあげた。ドクドクと注ぎこまれる精液を受け止めた瞬間、果芯がカッと熱くなって、全身にけいれんが走った。（海堂剛『平成凌辱女学園』）

果肉の入り口
男の舌が、ふたたび彼女の秘唇の内部に入ってきて、その柔らかな果肉の入り口を舐めた。（安達瑶『淫交二重奏　女子高生と母』）

カトリーヌ
「じゃ、こんなふうなら」

秋山は挿入を深いものにした。おのれのタフボーイを付け根までカトリーヌに埋ずめ込み深まりを突く時、珠美の口からは、

「あひーっ」

という悲鳴に近い声が発せられる。（南里征典『欲望重役室』）

花扉（かひ）
お上品なつくりの花扉を苦労して通り抜け、根元まですっぽり挿入を遂げたあとは、トロトロに練れた肉層が悩ましく迎えてくれる。
「つながったぞ。おお、たまらねえ」（綺羅光『狂姦！』）

釜
「いや……ああ……イッちゃう……」
もう少しで壊せるという手ごたえがあった。胎内は釜

のように煮えたぎり、おびただしい量の愛液が溢れでている。（亜沙木大介『妹』）

甘美な感触をたたえた粘膜

「入った！」

思わず雅人は興奮の声をあげた。この世のものとは思えないほど甘美な感触をたたえた粘膜にペニスが包み込まれていた。

「そうよ。これでもう雅人くん、童貞卒業よ」

由季がうわずった声でいった。（雨宮慶『人妻は白昼、痴漢奴隷に……』）

甘美なヒダ肉

その間、粘膜と粘膜でも二人は濃密に会話していた。ゆっくりしたペースでモーリが反復運動をつづけて、美紗王の甘美なヒダ肉がこれでもかこれでもかと収縮を示しながら、素晴らしい結合感覚をお互いに味わっていた。

「ああっ、もう駄目」

美紗王のグラマーなボディが弓なりにかえった。みるみる腰の動きが激しくなった。（綺羅光『東京蜜猟クラブ』）

官能の芯

深深と官能の芯をえぐられ、史穂の勝ち気な美貌が淫らに霞んでいる。結合が深まるたびに、悩ましい下着の後ろ姿が悶え狂う。（綺羅光『狂姦！』）

陥没孔

谷岡は左手で美帆の腰を抱えた。腰位置を下げて右手で握った肉棒で美帆の柔らかいワレメをえぐった。先っぽの感触で小さな陥没孔を探り当てた。そのまま外さないようにして不格好に踏ん張りながら、グイッと、腰を突き上げた。

「あぎゃうーッ！」（高村マルス『美少女姉妹《スレイブ・ドールズ》　恥虐の肉玩具』）

吸引口

「すっぽり、おさまってる。すごく具合がいいよ、先生」

「いやっ、言わないで」

麻里は、啜り泣きながら、ねっとりと甘美な吸引口にひきこみ、どろりとした蜜を浴びせかける。（影村英生『獲物は淑女』）

吸盤

心地よい柔肉のクッションに身を預けながら、やがて浩二は注意深く腰を動かしはじめた。

ペニスを引くたびに、ヌメッた内部が吸盤のように密着し、クチュッと淫らな音をたてた。（睦月影郎『秘書　下着の蜜奥』）

宮殿への入口

二つの小さな花びらははじめは合わさっていた。ひなさきだけが突出している。

その花びらが、ひとりでに左右に開かれ、宮殿への入り口が見えてきた。（富島健夫『未成年の春秋　流転篇』）

狭穴

「ひぃーっ！　もう……もう、イクぅ！　イクイクイクーっ！」

真菜の声に合わせるように、佐藤はその精を狭穴の奥深くに放った。自分の奥に溢れる熱い流れを感じて、真菜は歓びのなかで再び意識が遠のいていくのを感じていた。（巽飛呂彦『青山レイプ　狙われた美人社長＆清純社員』）

峡谷の底

その赤黒く充血した肉の穂先を、愛液の溢れる峡谷の底へあてがい、ぐいと腰を進めた。ぐぐ、と抵抗を感じた。（館淳一『女高生　制服の秘肛奴隷』）

狭隘な構造（きょうあい――）

「わたし、い、イきそう。あなた、まだなの。おねがい、いっしょにイッて」

弾みをつけて、ピクン、ピクンと送りこむと、三千絵の狭隘《きょうあい》な構造は、そのたびに、きゅっ、きゅっと収縮する。（影村英生『新妻鑑定人』）

狭隘部の環（きょうあいぶ――）

底まで届いて、うっとみゆきが眼をまわしたような顔になって、しがみつく。祖父江は、体動を開始した。

蜜液はあふれているのに、軋《きし》むくらいに深く摑まれる狭隘部《きょうあいぶ》の環の中を、何度も往復してゆかないうちに、みゆきはたちまち声をあらぶらせ、クライマックスへ登ってゆく。（南里征典『金閣寺秘愛夫人』）

切り口

「ぬ、濡らしやがった」

あられもなく開かれた花唇の、執拗に指が出入りをくり返す切り口から、泉が湧き出すように溢れた花蜜を見て、若い組員が声をあげた。（由紀かほる『国際線スチュワーデス」汚れた滑翔《フライト》』）

金魚の口

彼女の陰毛は肉の谷間を縁取るようにきれいにカットされている。女体の入口は鮮やかなピンク色の貝のようであった。薄い肉襞が細かな震えに見舞われていて、金魚の口を想わせるリング状のワギナの括約筋がリズミカルに収縮をくり返していた。（山口香『媚唇の戯れ』）

空洞

水城は、しばらくミンチ状の膣前壁を二指で手前に引っ掻いて芦屋夫人を悶《もだ》えさせたあと、深くくぐり入れた二本の指に、今度はバイブレーションを加えた。

加えつつ、撹拌《かくはん》する。肉路を測るように、丸く円を描いたりする。そのたびに芦屋夫人のその狭隘《きょうあい》な女の径は、空洞のようにぽっかりと入路を開き、時折、微妙に収縮した。（南里征典『欲望情事社員』）

暗い洞穴

その肉びらのなかから、暗い洞穴が妖しく誘う。

奥山は毬恵から離れ、ヒクッと頭を上げた肉棒をえつ子の洞穴へ向けて前進させた。

「あううぅーッ！　き、来たのね……もっと、奥まで来てェ！」（高村マルス『肛虐マニア　美少女恥姦』）

栗の実大の膨らみ

内部は熱く燃えるようで、キュッキュッと柔肉が上下に締まって指をくわえ込んできた。

締まるときは、天井にある栗の実大の膨らみがせり出してくるようだった。（睦月影郎『淫ら占い　女神の童貞監禁　魔惑の強制射精』）

源泉

真下から深々と源泉を突き破ったまま、堂島が膝を使ってグラグラと女体へ揺さぶりをかけてくる。その体位だと女のほうはいやでも肉茎との密着感を味わわさせられるだけに、歩実は新たな興奮の渦に呑みこまれてしまう。膝の上で大きくのけぞり、みじめすぎる淫悦にひとしきりあえいだ。（綺羅光『女教師奴隷市場』）

源泉の肉洞

ごつい人差し指と中指が蜜を溢《あふ》れさせている源泉の肉洞にもぐりこんでゆき、もう一方の秘唇を広げているほうの中指が激しく動いた。

「うむ。むぅあああ、あーッ！」（館淳一『近親の獣《けもの》道《みち》』）

鯉の口（こい――）

桐恵の肉裂の上端で遊ばせていた硬直の王冠部を下べりへずらして、鯉の口のような開き方をした女のとば口に、おのれをあてがう。

女の双の二の腕を押さえつけ、腰を深く落として、水しぶきを上げんばかりに桐恵を貫く。（北沢拓也『絶頂の人妻』）

孔内

「このスケベやろうが！」

罵声を浴びせて、千石は濡れそぼる秘唇に口を押し当てた。孔内にすぼめた舌先を挿しこんで肉襞を舐めたてると、

「ハアハア……ハアン」

甘い喘ぎ声を洩らして、沙耶は悩ましげに腰をくねら

せた。（海堂剛『レイプ女子体操部　引き裂かれたレオタード』）

娯楽室

蕾みの先端は褐色のカバーの中からピンク色の中味を覗かせていた。

下方には娯楽室へ通じる入口が、蜜液の中で口をあけていた。（豊田行二『OL狩り』）

コリコリ

祐樹は花芯を舐めながら、本で読んだGスポットあたりを探って、内部の天井のコリコリをこすった。

「ああーッ！　お、お願い、やめて……」（睦月影郎『生けどり』）

コリコリした深み

「意地悪……突いて、奥」

ふり絞るような声でせがむ沙貴絵の要請に応じて、利光はぐいぐいと送りこみのテンポを速め、三度に一度、未亡人のこりこりした深みを突いてやった。（北沢拓也『人妻候補生』）

桜貝

和田は紀子の桜貝の中にそっと指先を送りこんだ。生まあたたかくネバネバした蜜液が指に絡みつき、入口が締まった途端、泡粒状になった体液が指の周囲から噴き出してきた。（山口香『天女の狩人』）

裂けた玉

勇助は、女のからだのふしぎに、あらためて唸《うな》った。

「あぁ、気持ちよくってよ」

豊雛の裂けた玉が、突き入った勇助の雁を、くわえるように締めつけはじめた。（大下英治『歌麿おんな秘図』）

鮭肉色の奥処（さけにくいろのおくか）

絵美は頸すじまで染めキリキリ唇を嚙みしめながら、トイレスタイルになった。飾り毛が割れ花びらが開いて鮭肉色の奥処を見せた。（千草忠夫『レイプ環礁』）

鞘径（さやみち）

「すっごい、こわれそう……」

目尻が引き吊っている。

なるほど彼女の鞘径は狭隘《きょうあい》だった。それも徐々に馴染んで快くフィットし、体動に賑わいだちを始めていた。（原田真介『淫獣《いんじゅう》の誘《さそ》い』）

皿マン

「痛い、いやーっ……」

半分ほど入ったところで進路は急に狭くなり、みゆきの悲鳴が大きくなった。

えーっ、皿マンかよ……。

急に松永は失望感に襲われた。（海堂剛『平成凌辱女学園』）

サーモンピンクのトンネル

諸星は少女の裸身に覆いかぶさると、かすかに口を開いたサーモンピンクのトンネルへぐいっとエラをねじこんだ。

「我慢するんだ。絶対愛のためだぞ」（綺羅光『淫獄の学園（完全凌辱版）』）

三段締め

慎吾はせりあがる快感を必死に耐えた。耐えるのは苦痛だったが、裏返せば快感と言えなくもなかった。

「ねえ、キンチャクってなに？　三段締めってなんなの？」

初めて耳にする言葉なので、慎吾は理解できない。（高竜也『実母（はは）』）

産道

さっきあれだけ激しく射液を迸《ほとばし》らせたくせに、息子の男性はもう天井を向いて美母の産道を求めて反り返っている。麻里奈は跳ね躍る若い肉茎をつかむと、自分の手でパイパンに剃り上げられた割れ目の濡れたぎった部分にその亀頭をゆっくりと収めていった。（美馬俊輔『美《マ》母《マ》は変態バニー』）

子宮につづく径（——みち）

塔野は、ひくつきを打つ梶麻弓の女のとば口から指をくぐらせていた。

二十九歳の性の欲望をもて余した女の内奥は、子宮につづく径《みち》をゆるめてぽっかりとひらききっていた。まるで、挿《さ》し口の狭い花器に指をくぐらせているようなものである。（北沢拓也『淫の征服者』）

子宮へと続くホール

見られているだけでも感じるのか、子宮へと続くホールの奥から、粘度の高いシロップがとろりと垂れてきた。少年の愛撫を求めて疼くわれめを指でひろげたまま、秋子は潤みを含んだ声で、

「ね、舐めて」（雑破業『シンデレラ狂騒曲《ラプソディー》』）

触角

乃里子の淫穴は、細やかな動きが得意らしく、小さな触角がうにうにと蠢いては、健也のペニスに絡んでくる。襞のひとつひとつが生命体であるかのように微妙に震えているので、健也の男根は何十もの快楽を同時に味わっているかのような感じを受けた。（内藤みか『快楽宅配便　若妻嬲り』）

下のお口

姪の体を自分の上に載せながら、妻は夫が犯している秘裂を見あげる。

「すごく猥褻。濡れた肉のピストンがぐしゃぐしゃ音をたてながら、淫らに開いた悠香さんの下のお口に押し込まれ、引き抜かれている。だらだらとよだれが溢れています」

美帆子が腿をきつく閉じて悠香の頭を挟みこんだので、若い、まだウブな娘が放つ歓喜の声は出口を塞がれてくぐもったものになった。（館淳一『牝奴隷美少女・恥虐のセーラー服』）

蛇腹（じゃばら）

内田早苗の隧道《すいどう》のような内奥には蛇腹《じゃばら》のように起伏を刻んだ箇所があり丹下の抜き挿しに反応して、その部分がやわらかく吸い付いてくる。

「おおっ、いいっ」

丹下は低い呻きを上げ、腰を揺すぶり回す早苗の淫らさに激昂《げっこう》し、ぐいぐいと力強く動いた。（北沢拓也『夜光牝』）

十九番ホール

「だったらどちらかが腰が抜けるまでやりましょう」

とうとう本音を出してきたな……いいだろう、やってやろうじゃあないか。これが本当の十九番ホールだ！

（山口香『秘宴の花びら』）

淑女の隠し穴

辺見はクイントリックスのフードを剝き、蜜を塗りつけて、肉真珠の露頭部をかまいたてる。

「あはーん……駄目よう……そんなことされると、わたし、お腰が抜けます」

「ほう。北泉君は、おまめでイクほうなんだね。まだ淑女の隠し穴のほうは充分、かまっていないのに、もうイキそうになっているじゃないか」（南里征典『密猟者の秘命』）

淑女の世界

仰角にしなりを打つ男根は、浴室でよりも、猛《たけ》るように硬度を増している。そのたぎる先端が訪れを知らせただけで、小森園夫人があせったような指使いでそれを握りしめ、自らのしたたる淑女に導く。

伏見は静かに、濡れたぎる淑女の世界にすべりこませる。熱い潤《うるお》いの中を、伏見自身が進むうち、

「ああ――」（南里征典『新宿爛蕩《らんとう》夫人』）

朱門

「んもオ、耕次さん、それ、もう、やり過ぎだわよ。厭、厭ァ、懐中電灯で照らすなんて」吾子は、腰を拒むように振った。

なんとなく、鉤《はり》がかりした魚のスズキが抵抗するさまに似ている。ヒップを振れば振るほど、しかし、赤みの

濃い会陰部から朱門の一部すら垣間見えてくる。（三村竜介『美人妻　下着の秘奥』）

鍾乳洞

小陰唇の間から陰核が頭をもたげている。左右に分かれていく肉襞に透明な粘液が糸を引き、めくりかえされた裏肉はしとどに濡れてピンク色に濡れ光っている。まるで鍾乳洞のような膣の穴から尿道口まで、極彩色にくっきりと見えている。

「男って、こんなのが好きなの？　こんなの、舐めたり吸ったりするの？　こんなところにオチンチン入れるの？」（鬼頭龍一『母姦！　性獣の寝室』）

食虫植物

ステンレスの光沢を放つリングはいっぱいに左右に引っ張られ、肉びらは、蝶が展翅されたように羽を開いている。淫靡な肉腔がぬめり、まるで食虫植物のように深い腔をのぞかせていた。（北原童夢『聖純看護婦　二十二歳の哭泣』）

処女地

高丸は京美のヒップをわしづかみにして、欲棒を処女地に押し込んでいく。

「痛いーっ！」

処女地を押し広げられて京美は悲鳴を上げた。（豊田行二『議員秘書の野望』）

処女のホール

光男は美少女の匂いを胸いっぱいに深呼吸してから、そろそろと舌を這わせていった。

はみ出した花びらを舐め、中に潜り込ませていくと、処女のホールの周りは意外なほど熱くヌルヌルと潤ってきた。

味そのものは、弥生と良く似ていたから、まあ同じ成分なのだろう。（睦月影郎『淫の館　深夜の童貞実験』）

女芯（じょしん）

「ああ、すごおい……ふといのが、入ってくるわ」

わざわざ声に出して喘いでいる葉津美の姿は、女体が貫通されてゆく段階を映して、非常になやましく、そそる。

葉津美はもしかしたら、女芯《じょしん》にしばらく男の訪れを受けていなかったのかもしれない。（南里征典『欲望ホテル支配人』）

シリンダー

情欲の炎で麗子の腰骨は蕩けそうだった。激しい肉棒のピストンによって素早いサイクルで膣シリンダーの中の空気はなくなり、殆ど真空状態になっていた。先端が子宮に当たる度に、プラグが火花を散らし、その爆発エネルギーは腰から背中を伝って脳髄を痺れさせ、麗子の思考力を完全に粉砕していた。(伊井田晴夫『母姉妹淫辱三重奏』)

真円

亀裂の長さは短く、美しい処女の真円は、かなり下のほうに、小さな入口を見せていた。

相当、下つきの処女である。

短い亀裂は蜜液でぐっしょり濡《ぬ》れていた。(豊田行二『議員秘書の野望』)

神聖な陥穽(——かんせい)

可憐な処女孔が怖いほどの深さを感じさせるのは、そのホールが鋭い落ち込みを見せているからだった。谷底にあって一段と深くすぼまっている肉ホールは、神秘的な花園のなかでもさらに神聖な陥穽《かんせい》だった。(吉野純雄『半熟少女　過敏な肉蕾《つぼみ》いじり』)

人跡未踏の秘境

江原は初穂が十分に潤うのを待って、ゆっくりと人跡未踏の秘境へ分け入った。

初穂は眉間《みけん》に皺《しわ》を寄せて、江原を受け入れた。

初穂が苦痛を訴えたとき、江原は女神と一体になっていた。(豊田行二『野望商戦』)

新鮮な桜貝

和田はカモシカのようなしなやかな彼女の両肢を八の字形に開いて、女陰口を覗きこんだ。

楕円形に割り広げられた女体の入口は、新鮮な桜貝のようであった。蝶《ちょう》の羽を想わせる貝唇の奥では、ピンク色の肉襞が無数に絡み合って蠢いていた。(山口香『淑女の狩人』)

神秘の穴

こんなはずじゃなかったと、焦ればあせるほどに、神秘の穴はするり、するりと逃げていってしまうのだ。

すると、先生が見かねたのか、上半身を起こして康夫の硬直に手を添えた。

「大丈夫よ、最初は誰でもこうなの」(浅見馨『女教師・香澄　痴漢地獄』)

神秘のホール

本多は吸いつくような柔肉に包み込まれながら、やがて少しずつ動きはじめた。

「くっ……、痛……」

久美子が奥歯を嚙みしめ、拒むように本多の背に廻した指先にギュッと力を入れた。

神秘のホールのいちばん奥から、思春期の生命の躍動が、ドクンドクンと伝わってくるようだった。(睦月影郎『制服の蜜戯』)

芯部

「奥さま、イッてイッて、イキまくってください」

和田は引き攣ったり緩んだりしていく彼女の顔と、黒く盛り上がってきた鳩尾の黒子を交互に見つめながら、欲望の塊となった肉の棒で代議士夫人の芯部を貫いていった。（山口香『淑女の狩人』）

吸肉（すいにく）

達也は下から思いきり腰を突き上げた。

「あふっ！」

瞬間、姉の躰が反り返った。肉棒が彼女の奥の奥まで入り込むと、それを逃がすまいとするかのように、周囲の肉襞がじわじわと迫って来る。腰を引くと、まるですぽんと音を立てて吸肉が離れるような感じさえする。（安達瑶『姉と弟　禁じられた蜜交』）

好き虫

秘密っぽい女のほらあなに蚯蚓《みみず》のような好き虫をいっぱい貯め込み、隠し、その好き虫のぞよめきでもてなす通代夫人の反応に、これはもう用心しなければ自爆しそうだな、と思いながら、八雲はみっしりと体動を加え、励みだした。（南里征典『特命　猛進課長』）

隧道（ずいどう）

立浪は秘口から指を潜らせ、隧道《ずいどう》のように浅ましくひらききった人妻の内奥を潜らせた指で撹拌《かくはん》してやった。

「ああっ……いっちゃうっ」

華やかな声を上げて、伊集院由希は胸を持ち上げ、背を深くたわませていた。（北沢拓也『有閑夫人の秘戯』）

スルメ

鈍い痛みが走り、スルメを裏返しにするみたいに桃色の粘膜が爆ぜてきた。鎌首が爆ぜた粘膜の締まりに、鬱血した。

「おうっ、出るッ、うおっ、出る……！」

赤裸々な粘膜の締めつけにあい、剛直の底から絞り出すようにして、乳白色のしたたりが弾け飛んだ。（矢切隆之『倒錯の白衣奴隷』）

生殖のための孔

脚を開かせ、閉じた割れ目を左右に広げると、赤っぽいピンクの粘膜が淫らな菱形をつくった。周囲をフリル状の粘膜で囲まれた生殖のための孔が、呼吸にあわせてヒクヒクと息づいている。（橘真児『童貞と女教師　淫惑相談室』）

ゼリー状の粘膜

分身を包みこむゼリー状の粘膜の心地よさが、屹立だけでなく下半身全体にひろがり、腰が溶けていきそうだ。

「おおぅ、おおぅ！」

津川は獣じみた咆哮を放ち、連続的に硬直をえぐりこんだ。（北原童夢『姦獄！ 音楽教師真璃子・二十八歳』）

全宇宙と響きあう孔

体内の奥深くで霊動を発するためのパワーを吸入する入口は、その赤い裂け目の滝なのだから、そこは全宇宙と響きあう孔であり、そこに宇宙の生命根である男根をインサートする前には、念入りに口濯めをして、お迎えの礼節をとらなければならないのだという（南里征典『欲望重役室』）

鮮紅色の可憐な肉扉

巨大なバイブは、彩織の小振りな秘唇を裂くほどに押し開いて根本まで突き刺さっていた。鮮紅色の可憐な肉扉は丸く大きく広がり、無惨に形を歪めている。陽介はゆっくりとそれを抜き差しした。（塚原尚人『女子大生家庭教師　恥肉のレッスン』）

千匹の小さな虫

剛一郎は分身にまとわりついてくる肉襞の、千匹の小さな虫がざわめいているような感触を味わいながら、ゆっくりと腰を動かした。

「う、う、あ……」

多香子がこらえきれずにうめきをもらした。（亜沙木大介『妹』）

前門

猛烈な括約筋の痙攣は、琴江が極上の快感と苦痛を同時に味わったことを意味していた。前門におさまっている中指も、後門に潜りこんでいるこわばりも、同時に千切れそうに締めあげられた。（高竜也『実母（はは）』）

底なし沼

パンティの底の部分は、ぴったりと肌に貼りついて、その奥の割れ目を浮き彫りにしている。指先を槍の穂先のように固くして押しこむと、蜜液が染みだして、布地は底なし沼のようなぬかるみのなかへと沈みこむ。

「ああん、そうよ。そこを擦って。もっと強く」（西門京『若義母と隣りの熟妻』）

胎内

法月がさらに、ぐいぐいと胎内を突き抜くにつれ、

「いくうーっ、法月さん、いくっ」

真由美は、きりきりと法月を膣で食いしめて、腰をぶるっ、ぶるっと震わせ、頂上に達した。（南里征典『常務夫人の密命』）

胎内に通じる穴

佐伯が、尻を広げながら、左右の親指で肉ひだをかきわけた。

「ひいっ」

と雅美は叫びあげるが、必死に自分を抑えつける。しかし、心臓は破裂しそうだ。

肉ひだ内部がベロッと剥き出しになり、ギトギトと照り輝く真っ赤な粘膜と、その中心にある胎内に通じる穴が露出した。（井狩俊道『処女教師　凌辱』）

たぎり沼

鯖江は、後ろ抱きのまま、両手を前に回して、京香のたわわな乳房を包み、捏ねた。

掌にたっぷりと弾む、乳房の量感を愉《たの》しみながら、巨根でたぎり沼の、ぞよぞよしたもてなしに酔う。（南里征典『艶やかな秘命』）

タコ壺

「素晴らしいね。へへへ。どこで覚えたのか、タコ壺の緊め方をよく知っとる。わしだけ御馳走になって、なんだか悪い気がしますぜ」

トロトロに練れた秘肉の収縮が、ゾクリとする快感を呼ぶらしい。（綺羅光『沙織二十八歳㊦悲しき奉仕奴隷生活』）

タコの吸い口

はじけたように、膣肉がまるだしになる。

イソギンチャクの口のようにも、タコの吸い口のようにも見える。（矢切隆之『スチュワーデス　制服レイプ』）

縦になっている穴

「背がわたしのほうが低いからうまくいれられないわよ」

濡れているけれど、立ったおちんちんはうまく縦になっている穴の中にはいってくれない。（坂宮あけみ『インセストタヴー』）

谷底のすぼまり

全体的な危なっかしさのなかにあって、唯一はっきりとした主張を持っているのが谷底のすぼまりだった。ピンク色の粘膜の広がりの中芯で、わずかに紫色がかって輝いているヴァギナだけは、ペニス挿入にも耐え抜く意志を明確にしてひくついているかのようだった。（葵妖児『人妻・博美の童貞ダブル指導』）

小さなキャベツ状

さらに奥まった部分に指を当て直し、もう一度開くと、ようやく細かなヒダと悩ましい膣口が覗いた。

花弁のようだった咲子のヒダと違い、友美子先生の入り口は、小さなキャベツ状にヒダが入り組んだ感じだ。（睦月影郎『麗嬢　熟れ肌の匂い』）

地獄沼

息を弾ませながら、馬並みを引き抜くと、再び、二浅一深のリズムを取り、地獄沼を淫乱汁であふれさせた。

弓なりに反った肉槍で襞をズリズリと擦ると、子宮の奥深くまで押し込んでいた。（北村梓『復讐の淫虐魔』）

恥芯

大きく開いた春香の口から、首を絞められたときに出すような、妙な声がほとばしった。全身が烈しくわなないた。雄一郎の指が触っていない恥芯の奥で、ちゅぷちゅぷと花蜜の音が立った。（北山悦史『父娘《おやこ》相姦　うねくる肉獣』）

痴肉

「あああ……私、もう、ダメっ！　イッて、イッてしまうっ！」

痴肉がいっそう締まって、彼も堪えきれずに思いの丈をぶちまけた。（安達瑶『美少女飼育日記』）

恥肉の絨毯

びびッ、という衝撃がペニスに走り、一気に奥のほうまで肉茎は進んだ。そこは、ふわふわとした恥肉の絨毯が敷き詰められている素晴らしい地帯で、敏雄はうっとりとペニスをすりつけた。（内藤みか『隣りの若妻　甘い匂いの生下着』）

痴門

鮮やかなピンク色の果肉に、恥毛のない淫裂は少女のようでもあるが、その潤い具合といい、男を求めてひくつく痴門の乱れる様といい、やはり成熟した悦びを知る女のものだった。（安達瑶『美人リポーター　かいかん生放送』）

通路

新しい蜜液が次から次に湧き出してきて、通路の中はぬるぬるである。

高丸は更にピッチを上げた。

「あーっ……」

姫子の太腿が高丸の足を両側からはさみつけた。（豊田行二『議員秘書の野望』）

粒々の天井

背座位になる。股は大きく開かれている。又四郎は手をのばして、内腿を撫でる。お登希は、しきりに腰を動かしているが、大きく動かすと外れる。それでせつながる。

「あーっ、又さん」

この形になると尖端は、粒々の天井あたりに当たっている。それがよいのだ。（峰隆一郎『恋鬼が斬る　無頼浪人殺人剣』）

ツボ口

「うぐっ」

歯がみしながら由紀はうつむき、ぷっくりと下腹部をふくらませた。根もとまで逸物を打ち込まれた彼女のツボロは、はち切れそうなほどに広がっていた。（水樹龍『女教師と美少女と少年　保険室の魔惑授業』）

壺の口

大旦那さまがかまって下さらない夜がつづきますと、お恥ずかしいことですがその味が思い出されて軀が火照り、壺の口から蜜があふれてどうにも我慢がならず、お台所からこっそり寝床に持ちこんだお茄子や胡瓜でわが身を慰めたものでございます。（勝目梓『乱倫の館』）

泥濘の海（でいねい――）

未亡人の秘奥は、中までどろどろの海になっていた。泥濘《でいねい》の海でありながら、挿入した指に対して、すぐれた収縮とわななきに富むその秘洞の中を探りたてるにつれ、未亡人はますます呻き、喘ぎ、股をひらいては、腰をもちあげる。（北沢拓也『情事夫人の密室』）

電気クラゲ

「なるほど、亀頭部が中の異物が触れたとたん、なにやらヌルヌル、ピクピクしたものが亀頭に食いついて来るぞ。そのとたん挿入の緊張感を喪失してきわどい快感に変える名器だ」

さすが……と思っていると、電気クラゲがいるかのように、ピクピクピクピクッと微電流状のものを感じ、これがまたなんともいえない快感刺激となる。（赤松光夫『秘書課のマドンナ』）

桃源郷

潤みにみちた肉襞が、分身に吸いつき、ざわざわと蠢くように包みこんでくる。生温かく、湿ったそこは、まるで男が最終的に行き着く桃源郷のようだ。

「ああン……ああン……」

官能の響きをもった喘ぎ声が耳に届く。（北原童夢『姦獄！　音楽教師真璃子・二十八歳』）

とば口

下べりの秘口は、吉永の指の撹拌によって、とば口をぽっかりとあけ、まるで薄紅色のホラ貝の口のようだ。（北沢拓也『情事妻　不倫の彩り』）

鳥黐（とりもち）

仰向けの身体を二つ折り同然にし、志津の白磁《はくじ》色《いろ》の裸身を白石真砂美の口から、極まりの声が迸《ほとばし》った。

花形をもてなしている真砂美の秘奥が鳥黐《とりもち》のような粘りけを曳《ひ》いて吸いつきを繰り返し、ひくひくと蠕動《ぜんどう》する。（北沢拓也『女宴の迷宮　特別闇社員』）

トンネル

男の凶棒は、ふたたび美沙の前の花弁を押し広げ、奥深く入りこんできた。

「見ろ。もうお前のトンネルは広がって、男をすんなり飲み込めるぜ」

処女を失ったその日に、後ろと前から同時に凌辱される……。自分の、女の躰にこんなことが可能だとは想像を絶していた。男根を、二本も受け入れているだなんて！（安達瑶『淫獣の「餌食《えさ》」恥じらいの後門調教』）

中膨れの徳利

倉本香織の肉奥は、欲情しきっているため、ぽっかりと径《みち》をひらいて空洞になっており、中膨れの徳利《とっくり》に指を差し入れているような連想を伊原にもたらせた。（北沢拓也『蜜戯の特命』）

海鼠の頭（なまこ——）

弓倉を呑み込んだ佳奈子の内奥にぴくぴくとひくつくような反応が生じ、深奥部に海鼠《なまこ》の頭のようなものがむっくりと姿を現していた。

弓倉は、そのこりこりとした海鼠の頭を突き潰《つぶ》すような勢いで腰を振った。（北沢拓也『白き獲物』）

海鼠の輪切り（なまこのわぎり）

いったん、身を起こすと、身体を繋《つな》いだまま、鞍馬は両手ですんなりした恭子の両下肢をつかみあげ、赤ん坊のおむつを替えでもするように、双の足首を前方に押し倒しておいて、彼女のヒップをせりださせ、屈曲位をとる。

すると、ヒップが上をむき、挿入口も上にむくので、そこに咥《くわ》えこまれている野太いものをそのまま突きおくると、男性の宝冠部がぐねぐねと、海鼠の輪切りにぶちあたる。

その海鼠が、ぶるぶるとふるえていた。（南里征典『京都薄化粧の女』）

ナメクジ

美沙子の膣壁はうねりをあげて、隆史の亀頭をナメクジが這うように愛撫し、早くおいでと誘っている。

「突っ込んでぇ、突っ込んでちょうだいィっ！　奥まで、深く入れて！」（安童あづ美『童貞マニア　人妻・美沙子』）

軟体動物の口

尼部の指が、深海にひそむ軟体動物の口のような部分を掻《か》くように撫でると、身体をうつ伏せた辻岡歩弓がくすぐったそうに身を揉んで……（北沢拓也『蜜妻めぐり』）

肉穴粘膜

（いや……そんなのいや……）

雅美が叫ぼうとしたときだった。

ずぶっ……

佐伯の太く固い肉棒が、肉穴粘膜をかきわけて突き刺さった。

「あう……」(井狩俊道『処女教師　凌辱』)

肉環

先端が悠子の子宮口に達すると、冷二はその肉環をなぞるようにして、子宮を押しあげてやった。

「ひいっ！……」

悠子はひときわ生々しい声をあげ、激しくのけぞった。(結城彩雨『凌襲㊤悪魔の招待状』)

肉孔

思いきり大股開きをしているために、挿入感はいつもの正常位のそれと大きくちがっていた。

(ああ、裂かれてしまう！)

まるで処女膜が破られた時のような、肉襞がひきつれるような感じがして、肉孔が咥えこんだ男の体を締めあげてゆくのだ。(蘭光生『人妻官能検査　凌辱魔の肉奴』)

肉扉（にくとびら）

再度腰を落とす。怖いほどに固くなった少年のシンボルが、窮屈そうな入口の肉扉をこじ開けようとする。思い切って体重をかけた。(浅見馨『女教師《おんな》・香奈の特別授業』)

肉筒

煽られた戸張は、豊満な胸をわしづかみ、快美な肉筒と化した膣壁をこれでもかこれでもかとほじくりにかかった。(綺羅光『魔弾！　檻の中の美術教師』)

肉壺

勢いをつけて指を抜き差しさせると、ぐちゅちゅ、ヴァギナが鳴り始める。

「エッチな音が出ますね」

と声をかけると、

「……いやッ！」

とまた、肉壺が締まった。(内藤みか『隣りの若妻　甘い匂いの生下着』)

肉洞

「いいわよ、寺島くん、来て」

「直美！　ああ、直美、ううっ……」

寺島が腰を進めると硬直はズブズブと直美の肉洞に沈みこんだ。とたんに、四方八方から柔肉がからみついてきて、寺島は快感の大波に包みこまれた。(牧村僚『同窓会の人妻』)

肉の壁

「内部《なか》までぐちょぐちょだぞ」

くぐりこませた指でうるみをせめぎあう肉の壁を撹拌しつつ、塔野はからかいの言葉を投げつける。

「おおおーっ」

忍はのけぞりながら、淫靡な唸り声を放ち、狂ったように腰を揺すぶり振った。（北沢拓也『淫の征服者』）

肉の凹み

舌先が、肉の凹みにすっぽりと納まると、恵はわななき、腹筋をピンと伸ばす。

その拍子に、鼻の先が、黒い翳りの中に潜り込んだ。

「そこ、あーっ……」（宇佐美優『援助交際の女』）

肉の峡（——はざま）

ズニュウッ、グチョッ……。

「ウッ、ウーンッ……」

勃起が肉の峡に埋まりこむや、ヌルヌルに蕩けた肉壁が吸いつき、絞りあげる。（鬼頭龍一『私は恥しい母息子の痴漢奴隷に』）

肉の袋

八雲が腰を叩き込むように突きまくるにつれ、通路の奥の、ねっとりした肉の袋に粘りと蠢きが発生し、貝の紐のようなものが巻きついてきて、八雲を酔い心地にさせた。（南里征典『特命　猛進課長』）

肉の洞（——ほら）

宮園美希の、椎名のものを背後から呑み込んだやわらかな肉の洞《ほら》が、粘り気をたたえて収縮するような締めつけをくりかえす。（北沢拓也『人妻たちの乱倫』）

肉の窓

「うっ……ああ……いいっ」

指使いをするうちに、ねとつく花びらがひらいて、遠矢の指の下ではっきりとほこらをつくった。

ほこらの奥は肉の窓である。

そのほこらに入れた指で、円を描きつつ捏《こ》ねる。（南里征典『欲望の狩人』）

肉の径

秘口近くの内部《なか》の肉がうねるような反応を起こして、潜り込ませた美馬の中指を締めつけてきた。

球代の子宮につづく肉の径《みち》は、たいそう粒立ちに富んでいた。（北沢拓也『社命情事』）

肉の輪

死にたいほどの羞ずかしさと同時に興奮が爆発的に高まった。剛直《ごうちょく》に擦りたてられる肉襞が快美感に痙攣し始め、秘口の肉の輪がビクビク収縮する。（千草忠夫『美少女　倒錯秘戯』）

肉沼

やがて源道の舌が、陰唇をわけた。舌の先が亀裂をゆっくり上下する。

「むっ、むうーっ！」

お仙は胸を反《そ》らして、細い声を漏らした。熱い潤みのある肉沼に、愛液があふれ出す。（木屋進『女悦《によ》犯科帳』）

肉襞器官

クンニリングスで充分に姉の器官の構造を知った弟は、膣口にあてがった怒張の先端を杭のように一気に打ち込んだ。濡れた肉襞器官に。

「おおー、おうっ！」

弟に貫かれた姉の体がシーツの上で反り返り、ピンと硬直した。（館淳一『姉と弟　女体洗脳責め』）

肉弁

由美子の肉弁も、自らの蜜壷が吐淫した恥液でヌルヌルに濡れている。

ヌチャッ！

姉の牝液と弟の雄液が混じり合う卑猥な音が響いた。

（殿山徹二『人妻と弟　禁姦のW肉玩具』）

肉門

一度、深呼吸をしてから、幸介はあらためて腰を進めた。まずペニスの先に蜜液のぬめりを感じ、つづいてエラを張った亀頭が肉門をくぐりだしたのがわかった。少しだけ抵抗を感じたものの、ふくらんだ亀頭が通りすぎると、あとはスムーズだった。肉棒は一気に根元まで、母の肉路に飲みこまれる。（牧村僚『麗母響子・淫性と魔性　ママ、狂わせないで！』）

肉路

「ああっ、入ったのね。これよ、私が欲しかったのは。すてき！」

亜沙子が叫んだ瞬間、風間は肉路がギュッと締まるのを感じた。複雑な構造の肉ヒダが、侵入したペニスにまつわりついてくる。（牧村僚『フーゾク探偵《デカ》』）

女淫洞（にょいんぼら）

これがあのおしとやかな人妻とは信じ難い女淫洞の反応に、嶋田の股間も体験したこともない熱い昂りに包まれた。（龍島穣『隣りの人妻』）

女泉（にょせん・じょせん）

「あぁーっ！　いくーっ、イッチャウゥう！」

「だんな様ぁ、あぁっ、もっと、もっとぉおお！」

朱美の女泉をいじくりつつ、エクスタシーに震える美央の中心に隆也はどくどくと力強い迸りを放った。（兵藤凛『美少女　魔悦の罠』）

女体の入口

鈴木は女体の入口に指先をあて、ひねりを加えながらゆっくりとねじこんだ。

「あっ、うっ〜〜ん、くくくっ〜〜ん」

真紀がカモシカのような下肢を跳ね上げると、ワギナの括約筋が一気に収縮し、膣洞の中の生あたたかい肉襞が指に絡みついた。（山口香『美唇の饗宴』）

女体の後宮

筋肉質な肌とは逆に、やわらかな女体の後宮は、もずくのような感触のものがまつわりついて来る。

「いいなあ、女は。久しぶりだし、骨身にしみて、とろける感じがします。ああー、いい。いつまでも。お姉様の好意を期待しています」（赤松光夫『情欲㊙談合』）

女体の最深部

高丸は恭子のウエストをつかんで、思い切り自分の方に引きつけ、女体の最深部に男のリキッドを放出した。

「ああっ」

恭子は身体をよじる。（豊田行二『議員秘書の野望』）

ヌルッとした熱い肉

「あぁっ……！」

みどりは胸を波打たせて喘いだ。自らの体重で、一気にズブリと挿入してしまったのだ。

徹也は、ヌルッとした熱い肉に包み込まれた。粘膜を通してみどりの体温と命の躍動が伝わってくる。（睦月影郎『制服の秘密』）

濡れ穴

えつ子が純一に尻を向けた。

純一のおじぎしていた肉棒は勢いを取り戻していた。

えつ子の濡れ穴に結合させた。（高村マルス『肛虐マニア　美少女恥姦』）

濡れ肉

お預けを食わされていた母の身体に、ようやく没入できた悦びで、二本の指は狂喜乱舞する。ヌルッとおさまり、ヌチャネチャッと吸いつき締めつけてくる濡れ肉の感触が、指から体内を電撃的な快感となって伝わり、勃起が咆哮する。（亀頭龍一『私は恥しい母　息子の痴漢奴隷に』）

猫の舌

美沙緒の膣前壁には、普通以上にザラつきがあることは指で探った時から分かっていた。けれども、その粒立ちの多い猫の舌のようにザラつく壁が、水城の巨根を収めた瞬間から、いっせいに起きあがってうごめきだし、貪《むさぼ》り、ぞよめきあい、うねくる感じなのである。

その上、熱い火口膣である。その熱い、猫の舌のような粘膜がぞよめく。（南里征典『欲望情事社員』）

練り壺

（さて、初めて抱くあの鳴戸波津美の練《ね》り壺《つぼ》の中は、どのような柔肉の練れようをしているだろうか）

八雲は期待にかられ、湯の中で早くも打ち揺らぐ股間の勃起を、おいおい、あまり暴れるな、といって力強く握りしめた。（南里征典『特命　猛進課長』）

粘着質な生肉

熱く濡れた粘着質な生肉に、すさまじいばかりにしごき抜かれて、宏志は椅子に沈みこんだまま、快感に七転八起する。

「あっ、あっ、あっ、あっ……」

乱れた息を弾ませて、紗織は勢いをつけて腰を上下に振り立てる。（亀頭龍一『私は恥しい母　息子の痴漢奴隷に』）

爆裂口

それに、臀裂のあわいにもっさりと繁った恥毛の群がりが、外陰唇の両畝まで覆っている中央の、ルビー色の爆裂口に、ねじ込まれるように突き立った男根の幹の態様が、浮世絵の名品春画のその部分を見るようで、また、天地自然の雌雄の根源のあからさまな結ばれようを露出させているようで、津雲は恐ろしく情感を煽られた。（南里征典『艶熱夫人の試運転』）

バターの壺

「いま、つきあっている恋人はいないのかね」

「いません。失業して、ずっと……セックスレスだったの」

「そうか。こっちの下の口もあぶれて、浪人していたわけか」

「浪人だなんて、なんですか。予備校生じゃあるまいし……」

「それにしても、よく溶ける。もうどろどろじゃないか。梨々子のこの股倉《またぐら》はバターの壺《つぼ》は」

「社長のだって……先刻から、わたしの腰のあたりに棍《こん》棒《ぼう》のように硬いものがあたってるわ」（南里征典『夜の官能秘書』）

8の字筋

「あう、一本じゃいや」

佐和子らしい要求だ。岩井はすぐに中指を出し、人差し指といっしょに挿入しなおした。

気に入ったわ、と言うように、内襞をわっちりと締めつけてきた佐和子は、8の字筋を収縮させた内襞を妖しく蠢《うごめ》かせた。（藍川京『女教師　美畜の檻』）

パールピンクの秘口

フフッと笑った滝川は、ワインを口に含んだ。そして、さらに腰を押し上げて、秘芯が天井を向くほど上向きにした。パールピンクの秘口から、すでに蜜が溢れ出している。そこにぴたりと口をつけ、滝口は赤ワインを注ぎ込んだ。（藍川京『沈黙の遊技』）

花

豊章は、そりかえるそれを押えるようにして、お志のの花に雁首を沈めた。

「あぁ……」

お志のは、眼をとじ、うっとりとした声をあげた。（大下英治『歌麿おんな秘図』）

花洞（はなほら）

「いい……凄《すご》くいいよ、龍さんっ」

白い臀を回しながら、お咲は叫んだ。

入口の収縮力は、居酒屋のお政の方が上だが、内部の花洞はお咲の方が狭い。（鳴海丈『卍屋龍次　無明斬り』）

花咲ガニ

「このあたりなんだけど、よーく見て」

絵理佳が指先を泳がせたところは、いわゆる亀裂の中心の奥で、まるでビニールコーティングでもしてあるかのように滑らかに光っていた。

章太郎は、花咲ガニの生の身みたいだと、不謹慎なイメージを膨らませた。確かに活きたカニや海老の肉の色によく似ていた。（高竜也『若叔母と熟叔母』）

花壺（はなつぼ）

肉棒は花壺の底を突いては妖襞《あやひだ》に添ってぐぬっとまわり、霧子の軀がこなごなに崩れるのではないかと思えるほど激しい抜き差しをくり返した。汲《く》み出すように蜜液が溢れ、抽送のたびにグジュッグチュッと淫らな音をたてはじめた。（藍川京『兄嫁』）

花筒（はなづつ）

園香夫人の濡れた花弁を割って、花筒の奥襞に舌を挿入しながら、林のとがった鼻の先は、ふっくらと盛り上がったアヌスの菊襞を割っていた。（芳野眉美『教授夫人の「舐め犬」華麗な淫惑記』）

花肉の扉

名和はいったん腰を引くと、切っ先を花肉の扉をこじ開けるようにしてローリングさせた。焦らすようにとば口をかきまぜておいて、長大な肉棹をゆっくりと打ちこんでくる。

「ウン、あはン……」（北原童夢『姦獄！　音楽教師真璃子・二十八歳』）

花道

「いいえ、わたし、そっと入れていただかないと、痛むんです」

ずいぶん華奢に作られているらしい。確かにその花道は狭小で、粘膜は薄い皮膜一枚の感触。（赤松光夫『情欲㊙談合』）

歯のない口

熱く濡れた柔肉がピッタリとペニスを包み込み、天井の膨らみが蠢動《しゅんどう》して、雁首が奥へ奥へと吸い込まれるようだった。まるで、歯のない口に含まれ、舌鼓《したつづみ》でも打たれるような快感に祐樹は高まった。(睦月影郎『生けどり』)

内臓(はらわた)

生徒会長を屈服させながら、なおもめぐみは指をズコズコと使った。

「あああああッッ!!」

親友《めぐみ》に内臓《はらわた》をほじくりまくられ、優等生のグラマラスな肉体《からだ》をビクビクと、ビクビクと波打つ。(松平龍樹『女高生百合《レズ》飼育』)

挽き肉のミンチ

美和子の、赤黒いマグロのような割れはじけた外陰唇のあわいの、可憐な内陰唇は、フリルこそきれいな薄紅色で可憐《かれん》な印象だが、その内部の肉洞は、柔らかい潤いと粒立ちに富んでいる。その粒立ちは、あたかも挽《ひ》き肉のミンチを、膣の内壁に塗りつけたような具合である。(南里征典『欲望女重役』)

秘宮

「イ……イクゥゥ」

「おお、紗織……紗織ィィ!」

店員の顔面も真っ赤になった。首筋が太く血管を浮きあがらせ、ガックンガックンと秘宮めがけて突きを送りこんだ。(綺羅光『紗織二十八歳㊤襲われた美人助教授』)

秘孔

肉棒を咥えこむと亜須実の秘孔はきつく引き締まり、ペニスにぴったり吸いついてくる。腰を突きだし、さらに肉棒を秘孔に埋めると、ぬちゃっといういやらしい湿った音がたった。

「あうぅぅぅぅン!」

克彦の腰にまわされている亜須実の両手に力が入った。(鏡龍樹『二人のお姉さん 実姉《じつあね》と若妻』)

秘腔

「あうっ! ああ、感じる……」

彼女の秘腔を出入りする肉棒には淫液が纏《まと》わりつき、テラテラと光って淫らだ。(安達瑶『美少女解剖病棟 淫虐の肉玩具《モルモット》』)

秘泉

確かにそれは異様に煽情的な光景だった。目にくっきりと焼きつくピンク色の愛らしいドレスの裾をまくり上げ、突き出た少女の真っ白な太股に食い込む革の下着。その内側では人工ペニスが深々と少女の秘泉を貫いているのだ。（兵藤凛『美少女《アイドル》凌辱　恥じらい肉人形』）

襞でいっぱいの肉

情熱的なフェラチオを楽しんでから、杏子をあお向けにして上からのしかかっていった。ぼくは女のよく熟れた柔肉を、鉄のように硬くなった器官でずぶりと串刺しにしてやった。

「あうー！」

ぼくの体の下で杏子が歓びの声をあげる。と同時に襞でいっぱいの肉がギューッとぼくの分身を締めつけてきた。（館淳一『黒下着の人妻　秘密の倒錯通信』）

襞肉のトンネル

ぎこちない動きで若い娘は薄いネグリジェの前をはだけた。まず一本のキュウリを手にとる。左手で秘部をまさぐってみると、愛液はもう充分に溢れていた。

深夜、アパートのキッチンでオナニーするという計画に、もう体は反応しているのだ。

「うっ……」

青緑色の野菜が柔らかい襞肉のトンネルに押しこまれていった。（館淳一『仮面の調教　女肉市場　下半身の品定め』）

秘壺

ようやく侵入することができた秘壺は隅々まで確かめた。そして、深く深く挿入して抱きしめた。

「ひとつになってるのがわかるだろう？　僕のペニスが彩子のなかに入ってるんだ。奥の奥まで入ってるんだ」

（藍川京『新妻』）

美肉の門

龍次は女を、畳に這《は》わせた。

着物と腰布をまくり上げ、露出した豊満な臀《しり》を高く上げさせる。

臀の狭間《はざま》の下では、蜜に濡れた花弁が、蹂躙者《じゅうりんしゃ》の到来を待ちかねて、震えていた。

龍次は巨《おお》きな玉冠を、その美肉の門にあてがった。

ずずっ、と前進する。（鳴海丈『卍屋龍次　無明斬り』）

秘門

「じゃあ……いくよ」

彼女の上に、店長の体重が乗ってきた。

秘門に、彼の屹立《きつりつ》した肉棒が、容赦なく割り込んできた。

「はあああぁっ……」（安達瑶『巨乳少女のいたずらな制服』）

秘割れ

クニュッ！

ローションまみれのこわばりが秘割れを突いた途端、

ふたたび少女の全身が硬直を見せていた。（吉野純雄『半熟の花芯　秘密の喪失儀式』）

敏感な胎内

予想はしていたのかもしれないが、敏感な胎内《たいない》に異物が侵入する感触は、それ以上のものだったのだろう。苦痛《くつう》を訴えるかのような、それでいて甘い息が少女の口から漏《も》れた。（池かなた『女神様の初恋』）

ピンク色の真綿

若いOLの女体の入口は鮮やかなピンク色で、新鮮な桜貝のようであった。蝶《ちょう》の羽に似た肉の花びらが細かな震えに見舞われていて、皺《しわ》まみれの肉壁に縁取られた渓谷では、ピンク色の真綿の塊を想わせる柔肉が蠢きをくり返していた。（山口香『秘宴の花びら』）

ピンホール

他のロリータはどうなっているのか知らないけれど、少なくとも理香の処女膜は左右対称ではなかった。狭《きょう》隘《あい》な膣孔がさらに小さな処女膜孔の存在によって、本当にピンホールのような穴になっていた。それはまん丸の穴ではなく、角のない星みたいな形をしていた。（吉野純雄『木綿のいけない失禁《おもらし》体験　桃色の乳頭しゃぶり』）

深い溝

たったこれだけの刺激で、お尻がくねくねと動いてしまう。ショーツの中では、もう小陰唇が充血して、ぷっくりふくらんでいる。その下で、愛液を溢れさす深い溝が、もっと強くて大きい快感を受け入れようと、ペニスを待ち望んでいる。（慈安眠『セカンドナイト』）

深壺

ヌルリと亀頭が秘腔のなかに姿を消した。すると、あとはズブズブときつい肉路のなかに潜っていく。先の愛撫で十二分に泥濘と化した蜜の深壺。ねっとりまとわる秘肉の柔軟感を味わい、蠢動する内襞の蠕きを堪能しつつ、根元までしっかり押しこんだ。（龍駕昇『美少女と叔母　蜜交体験』）

複雑な暗渠（――あんきょ）

美麗の指が伸びてきて、自身の草むらを撫ではじめた。さらさらと柔らかそうな恥毛をかきあげて、そのまま小さな花びらをまさぐった。膣口が見えた。暗い複雑な暗渠が一瞬のぞいた。（美園満『美術女教師』）

ブラックホール

「可愛いことといってくれるねえ。よし、今夜はタネつけだ。いい子を産んでくれよ。こっちのブラックホールは、ぼくのためにのみあるんだ」（赤松光夫『情欲㊙談合』）

ブリ子

大石は出没運動を早め、爆発点に到達した。

結合部をしっかりと密着させ、ダイナミックに男のリキッドをブリ子目がけて放出する。

「アン……、アン……」

大石が男のリキッドを放出するたびに、秋田おばこは可愛らしい悲鳴をあげた。（豊田行二『媚色の狩人』）

紅色をした磯巾着（――いそぎんちゃく）
痛いほど反り返っている屹立を、雅光はそのまま後ろから秘口に押し入れた。その瞬間、新たに藤絵の総身が硬直し、肉の襞が法悦の収縮を繰り返しながら屹立を握り締めた。雅光は紅色をした磯巾着《いそぎんちゃく》に玩《もてあそ》ばれているような気がした。（藍川京『炎《ほむら》』）

鬼灯（ほおずき）
（おう……おおう……これも、名器だな）
乃木は、そう思った。
内部は鬼灯《ほおずき》のようにふっくら膨らんでいるから、鬼灯名器とでもいうのだろうか。（南里征典『紅薔薇の秘命』）

ほころびの口
割れ目がじわっとほころびの口を開け、ついに鎌首をとらえた。
「あんっ、もう、逃げちゃ、駄目、美貴の、美貴のものよっ」（香山洋一『若継母・二十七歳』）

ホッキ貝
鷹彦の人差し指と中指がVの字をつくり、秘貝を左右にこじ開けた。楕円形に広げられると、淡紅色の蜜壷の内部がホッキ貝の貝肉みたいに真っ赤だった。
鷹彦が人差し指をそっと突っ込んだ。（矢切隆之『倒錯の白衣奴隷』）

法螺貝の口（ほらがい――）

下縁《べり》の秘口が法螺《ほら》貝の口のようにぽっかりとひらいて、螺旋《らせん》状に内部の薄桃色がかった肉を覗かせている。

椎名は、朝美の肉芽に舌を絡ませつつ、右手の中指を女の秘口からくぐりこませる。（北沢拓也『人妻たちの乱倫』）

前の穴
前の穴を吉沢にこねまわされながら、今度は後ろから、深見の指が尻の割れ目をこじ開け、肛門にあてがわれたので、美奈子はビクンと体を痙攣させた。
「そっ……そこだけはやめて……」（日比盛一『女教師隷獣の契り』）

巻きつくミミズ
辰平が、自分の一物を誇示するように、動かそうとすると、
「じっと、じっと、じっと。じっとしていなさい」

と、動きをとどめさせた。

なにごとが起こるかと息をひそめると、キンチャクの奥が、今度はゆっくり流動化するようなひずみが起こって、巻きつくミミズがペニスを舐める。（赤松光夫『秘書課のマドンナ』）

魔性の棲む穴ぐら

「ああッ……早く、早く、くださいな」

真璃子は待ちきれないとばかりに、下腹を揺すりあげて、茂木を誘うのだ。

美しい顔をして牝獣のように男を誘う、女の魔性。茂木は一刻も早く、真璃子の膣を味わいたくなって、勃起を魔性の棲む穴ぐらへと押しあてた。（北原童夢『姦獄！　音楽教師真璃子・二十八歳』）

円い窓

秘弁のあわいに、ぽっかりと円い窓が覗く。

秘口の粘膜は、鮮やかなピンクであった。

そのめくられた扉の内側に、舌を使う。

「あっ……ああん」（南里征典『淑女の援助交際』）

水飴の壺

花形は、発情のために尖《とが》り勃《た》った康恵の突起を親指の腹で転がしながら、中指を秘口から潜り込ませた。

熱い水飴《みずあめ》の壺の中に指を挿入するような感触が、伝わってきた。（北沢拓也『女宴の迷宮　特別闇社員』）

水場の穴

鯖江は、それを聞いて安心し、両足を担いだ美伽の上体を二つ折りになるほど、自分の姿勢を前傾させると、両腕をシーツに立てて、蛞蝓《なめくじ》のようにぬらつきをつよめる女の水場の穴にむかって、一気に突き抜きを激しくした。（南里征典『艶やかな秘命』）

蜜穴

「あああ……、すごい、すごい……ッ」

小さな身体と小さな蜜穴で大輔の重みと太さに耐えていたサラは、ぐったりとマットの上で脱力しながら、いつまでも肉襞をひきつかせ、初体験の余韻に浸っていた。（内藤みか『尽してあげちゃう2』）

蜜口

早智子は腰を浮かし、蜜口に亀頭をいざなった。きばった亀頭が、蜜口を押し広げた。

「あっ、熱い……」

ブルッと肩を震わせて直矢が言った。（北山悦史『美母と少年　禁姦の四重奏』）

蜜源

したたる蜜をながめていると、その蜜源をかきまわさずにはいられない欲動が湧いてくる。蜜の源流を求めてペニスをえぐりたてた。（倉貫真佐夫『牝犬の恥栓《ちせん》　人妻の肛粘膜拡張』）

蜜腔
めぐみは息をつめ、肛門から抜いたペニスをすぐ前の蜜腔に沈めた。
「アアッ！　気持ちいい……　ひどくして、痛くして、お願い！」（倉貫真佐夫『熟れ尻ママ　秘孔責め』）

蜜泉
そうして無我夢中で桃子の蜜泉をかき混ぜるさつきの指は、第二関節までずっぽりと呑み込まれ、たっぷりと溢れかえる肉汁の飛沫がさつきの手首までをも濡らした。（兵藤凛『美少女　魔悦の罠』）

蜜層
花輪も、とろけながらも収縮するうるみのつぼの快感美に、花嫁選びの使命も、嶋中晶光への弁明も忘れて、またたく間に昇りつめ、志麻の蜜層に熱い精を解き放った。（影村英生『新妻鑑定人』）

蜜襞
武史は美香子の首にむしゃぶりつき、息を吐きっぱなしに呻きを上げつづけた。
肉欲の呻きは、大きく大きくなっていく。亀頭を飲み込んだ人妻の蜜襞は、まるで咀嚼するように、ぬちょぬちょ、くちゅくちゅと砲身を引き込んでいくのだ。（北山悦史『いけない人妻絵画教室』）

密閉した容器
鞍馬は腰を浮き沈みさせた。彩子も腰を動かした。肉棒はまるで密閉した容器に入っているように、女壺に密着していた。
腰を浮かすと、膣の中が真空になるような感じだ。（藍川京『蜜の狩人　天使と女豹』）

蜜ぬるむ場所
秋山はその足首を摑んだまま、硬くみなぎり充ちたものを蜜ぬるむ場所にあてがい、ゆるゆると捏《こ》ね搗《つ》きながら、あとは一気に付け根まで埋ずめこませた。（南里征典『欲望重役室』）

蜜路
「ああ、いっちゃったわ……わたし」
二本の指を締めつけていた蜜路の力がゆるみ、わずかにひらいて収縮する洞穴の下端から、たらりと蜜が搾《しぼ》られて、こぼれ落ちた。（南里征典『欲望ホテル支配人』）

身奥
膣を犯され、美奈子は思わず真由の秘部から口を放し、喘ぎ声を洩らした。妹と二人して弟に肉の奉仕をしているという背徳感、今まさに挿入されているその部分を妹の眼前に晒しているという羞恥心、そして、身奥を割り開いて侵入してくる弟の性器の逞しい存在感、それらが渾然となって美奈子の全身を小波《さざなみ》のように浸し、沸き上がる快楽に身を委ねてしまう。（堂本烈『姉の恥辱、妹の乳頭』）

ミミズ

「い、いっちまう……」

「歌麿さん、あちきも、いくわ、いきます……」

歌麿は、ミミズの中にほとばしった。（大下英治『写楽おんな秘図』）

ミミズ千匹

妙子が誇っていたミミズ千匹で、義理の息子の性器を抜きたてた。

「おおっ、すげぇ、中に何かいるぞ」

初めて味わう名器の動きに和也は驚きの声をあげ、同時に爆発の予感を感じた。（伊井田晴夫『母姉妹　淫辱三重奏』）

ミミズの洞肉（――ほらにく）

「ううっ」

香坂はゆっくりと抽送しはじめた。

ひしめきあうミミズの洞肉《ほらにく》を、突き貫くような動かし方であった。


「あっ……あっ……ああーっ」（南里征典『欲望女重役』）

虫の栖（むしのす）

いきり立った肉柱が、彩子のとろとろになった女壺を突き刺した。膣襞は燃えるように熱い。ウヨウヨと蠢《うごめ》く虫の栖《す》のように肉棒を包み込んだ（藍川京『蜜の狩人　天使と女豹』）

無数のツル

狙いをつけてぐいぐい突きまくると早智子は下半身をいっそう激しく悶えさせた。

その淫らな動きのなかで秘肉は無数のツルとなって怒張を絞りあげ、めまいがするほどの一体感を神原にもたらす。（綺羅光『人妻狩りの魔檻』）

女鞘（めざや）

銜《くわ》え込んだ女鞘の奥から軟体動物が迎え出てうねうねと絡みつき、根元近くをゴム輪で締めるような緊縛感が襲った。

「来たわ、あなた一緒よ、ああ……もう、だめ……」（原田真介『淫獣《いんじゅう》の誘《さそ》い』）

雌芯

誠は少しずつ腰を速めた。ピストンの速度が上がっても、雌芯はぴっとりとペニスに絡まってくる。一度摑んだらなかなか放さず、時々ぎゅう、と精を絞ろうとさえしてくる。（内藤みか『若妻淫交レッスン』）

牝の肉道

牝の肉道からはゆるゆると、粘っこい液体が漏れこぼれてくる。

（見られてるぅ！　達郎に見られてるんだ！）

もはや隠すものなどなにもない。すべてをさらけだしてしまえばいい。（櫻木充『美姉からの贈り物』）

牝の柔らかな口

「ああ……いいっ……」

ジワジワと犯される感覚に、愛液がさらに溢れ出して亀頭を濡らした。たくましい牡を引き入れる作業を、牝の柔らかな口は自然とやっているのだ。（管野響『若義母と女家庭教師と高校生』）

女壺（めつぼ）

肩に脚を載せた体位で何度か女壺を突いたあと、繋がったまま脚を下ろしてあぐらに組ませ、その脚を胸に押しつけて抜き差しを続けた。

「これ、いいっ！　またいきそぅ！」（藍川京『秘悦人形師　淫《いん》の殺人』）

雌壺

雌壺は、途中一度曲がっているようなところがあったが、それすらもぬるり、とくぐり抜けた。少し腰に力を入れて突いただけで、肉の棒は女芯の中にずっぽりと滑り込むことができたのだ。（内藤みか『隣りの若妻　甘い匂いの生下着』）

メルティング・ポット

「ぐちゃぐちゃにして欲しいんでしょ？」

「そ、そんなこと……そんなことな……あッ！」

セリフなかばで柔肉《やわにく》をえぐる指が二本に増やされ、快楽のメルティング・ポットと化した少女の膣《ちつ》を掻き乱す。

（雑破業『少年注意報！　ゆんゆんパラダイス』）

目的地

ウ――一聖が声をしぼり出した。壁にぶち当たっていた男性の尖端が、吸い込まれるように、目的地を探り当てて一気に押し入ってきた。

「キャウ――」

衝撃に、涼香は小さく悲鳴を放った。痛みはほんの一瞬に過ぎなかった。（由紀かほる『女教師　禁じられた咆哮《ほうこう》』）

桃色の世界

いつしか亀頭の三分の一ほどは桃色の世界に埋没し、ひな子の吸引力をまともに浴び、

（入りたい、入りたい。そのまま引きずり込まれたい）

しきりにそう訴えている。（富島健夫『未成年の春秋

流転篇』）

桃色の輪

桃色の輪のような膣のとば口が歪《ゆが》むほど埋ずめた男根を、腰で円を描くように肉洞の奥でぐりぐりと攪拌《かくはん》すると、ぴちゃぴちゃと、膣の入路の毛際で蜜音がはじける。（南里征典『艶やかな秘命』）

桃の傷口

じわじわと、須原の男の先が、詩織の花びらを押し退け、内側に巻き込んでいく感覚がする。先端が、桃の傷口から入った。

ぐいっと体重を詩織の股間に乗せる。

「痛ア……い、オジさん」

詩織が、小さい叫びをした。（三村竜介『美人妻　下着の秘奥』）

桃の種

「さおりちゃんの入口は、おいしそうだね。涎《よだれ》が出そうだよ」

和田はさおりの上半身を上目遣いに見つめながら、女体の入口に舌先を這わせ、粘ついた女陰口を舐めつけた。彼女の入口はピンク色の桃の種のようである。（山口香『淑女の狩人』）

門戸

女は物欲しげな仕草で腰を上げる。ぬめる門戸を亀頭部で割り、もぐらせ、先端部だけを熱い襞に沈めた。女はじれったそうに喘ぎ腰を浮かす。（倉貫真佐夫『牝犬の恥栓《ちせん》　人妻の肛粘膜拡張』）

山桃色に濡れたくぼみ

対になったふたひらの花びらがまくれて、ぱっくりと開いている。山桃色に濡れたくぼみまで、秘めどころが見えた。（子母澤類『金沢、艶麗《えんれい》女将の秘宝』）

闇にうごめく生き物

男はゆっくり腰を動かして人妻をじらしてやるつもりであったが、まるで闇にうごめく生き物のようにペニスを締めつけてくる肉壺の淫猥な感触に、余裕と冷静さを危うく失いかけた。（深山幽谷『人妻肉審査《オークション》　名門学園の牝犬試験』）

柔穴（やわあな）

トロッと粘性のある潤みを湛《たた》えている陰裂に、充明は欲棒の先端をあてがった。

「入れるよ」

告げて、柔穴に奥まで挿入する。

「あう――」（橘真児『淫熟女教師　美肉の誘い』）

柔肉の塊

楕円形に広げられた砂也子の入口は、すでに洪水状態であった。

入口では大小二枚の肉の花びらが打ち震えていて、ピンク色の肉襞に縁取られた谷底では、柔肉の塊が不気味なうごめきをくり返していた。（山口香『若妻の謝肉祭』）

柔肉の径（やわにくのみち）
ぽっかりとひらいた宮園美希の子宮につづく柔肉の径《みち》が、攪拌《かくはん》の動きを加える椎名の指にうねるような蠢《うごめ》きの手応えを伝えてきた。
「ああんっ、もう、ちょうだいっ」（北沢拓也『人妻たちの乱倫』）

柔肉の溝
「む、ぐぐッ……や、いやあ！」
ひっそり奥まった柔肉の溝へ糸口をつくると、ぐいぐい内側へめりこませた。
粘膜が熱くぴっちり吸着してくる。（綺羅光『淫獄の学園〔完全凌辱版〕』）

柔襞の奥
「あン……」
甘くせつなそうな声が加奈の口から洩れた。松川の舌が、花弁の奥を撫でる。その舌をすぼめるようにして、柔襞の奥へ挿入する。（一条きらら『偽《いつわ》りの寝室』）

融解した部分
「イクよ」
と、村崎の一言。見えなかったが、村崎の一部は十分に硬くなっていたようだ。歩の融解した部分に硬く勃起したモノがさし込まれてきた。（東妻美樹『女ふたり、男たち』）

欲情の源泉口
塔野は、水浸《びた》しと化した和美の女の部分に、野太いおのれをあてがい、彼女の欲情の源泉口に狙いを定めて、腰を打ちこんだ。
「ひーッ、いっちゃう――」
塔野に貫かれると、雪野和美の形よく尖った白い頤《おとがい》がのけぞり返った。（北沢拓也『淫の征服者』）

ラグビーボール
由紀子のヴァギナはラグビーボールをつぶしたような菱形だった。しかし、少し変形した菱形で、真ん中よりもアヌスに近い部分のはみ出し具合が大きく、そこの花びらが厚くなっている。（深町薫『問診台の羞恥刑』）

ラブホール
ドリルのように丸まった舌が、すぼまりを突き破って少女の体内に埋まっていた。秘粘膜にぴったりと密着した唇の中央からせり出した舌が、少女のラブホールに突き込まれては引き戻されていた。肉ドリルは物理的な制約から、さして深くまでは潜っていなかったが、過敏な膣孔をえぐられる快感は格別なものだった。（吉野純雄『十四歳　下半身の微熱《しめり》』）

坩堝（るつぼ）

美保の熱い坩堝《るつぼ》に指をずぶりと差し入れた沖田は、それを引き出して匂いを嗅いだ。

「あ……やめてください……」

美保は、消え入りたげに身を縮めて羞ずかしがった。（五代友義『美人妻　淫獄堕ち』）

ルビー色の沼

指にぬちゃっと、触ったルビー色の沼をめがけて、聳《そび》えたちをあてがい、香坂はぐぐーっと奥まで挿入する。

「ああっ……切れそうっ」

塔子の背が弓のように、後ろに反り返る。（南里征典『欲望女重役』）

ルビーの窓

夏牟田は、そのルビーの窓にあてがい、猛りを進入させた。

「あうーっ」

未亡人はのけぞってインサートのショックに耐え、両手でシーツをわし摑みにした。（南里征典『花盛りの社長室』）

レギュラー

「ああ……や、やめてッ！……そんな風に動かされたら、私……漏れちゃう……」

ルリが泣くような声を上げた。

「漏らしてみなよ……」

夢彦の太いものはレギュラーの穴に突っ込まれている。肉の壁を一枚隔てて、性器と指とが挿入されているのであった。（牛次郎『風俗狩り』）

輪ゴム

「ああ……これようっ……わたしの中で、火柱が、突きたっているわ」

そう言って腰の動きを止めている瞬間、彼女は内奥の柔肉をぞよめかせ、膣口の少し奥の狭隘部で、輪ゴムのような円環状に食いしめて、味わっている。（南里征典『艶熟夫人の試運転』）

輪ゴムの束

スッポリと根元まで入った。中指が根元までだ。入り口は輪ゴムの束のようにきつく締めつけてくる。それに較べてなかはただ暖かく、緩い肉の洞だった。そのギャップもまた心地よい。（巽飛呂彦『バレンタイン・レイプ』）

綿菓子

未紀のヴァギナは、開通したばかりで、ふわふわとしている。その綿菓子のような触感に何度も何度もペニスをなすり付けながら、直哉は未紀を抱きしめた。（内藤みか『快楽保険外交員』）

湾内

あらためて、根元まで埋め込まれると、優美子は蛙《かえる》が潰《つぶ》れたような声をだし、わななく。子宮頸部《けいぶ》のあたりまで亀頭冠が達し、優美子の熱い瘤《こぶ》のようなものが、ぐねっと女のどん底から迎え撃って、湾内全体でもてなし、締めつける。（南里征典『欲望極秘指令』）

【陰毛】

葦

だが、今度は、それを迎える女の肉のるつぼが、頭上いっぱいに拡がっていく。葦のような黒いヘアの繁み。巨大な蓮の花のような花唇。（赤松光夫『女総会屋』）

味つけ海苔

小百合の茂みは味つけ海苔を更に細くした形をしていた。

一本ずつの毛足はきわめて柔らかい。

「面白い形をしているのだね」

大石は茂みを手で撫でた。（豊田行二『媚色の狩人』）

淡い藻くず

菜月の細い指が、硬直にからみついた。むっちりした白い腿を起こして、淡い藻くずのようにこんもりと盛り上がっている茂みの谷底の、女貝のあわいにあてがった。（子母澤類『祇園京舞師匠の情火』）

アンダーヘアー

「ねえーん。沙樹ちゃんも、私の中を見てよーッ」

親友に頼まれると、沙樹はアンダーヘアをいくらか茂らせたプッシーに両手を伸ばしていったが、あおむいた体勢ではよく見ることができなかった。（吉野純雄『半熟　同級生の乳芯検査《しぼり》』）

銀杏の葉

沢木は初めて見る聖子の秘苑に見入った。

やや毛脚の長いヘアが、ちょうど銀杏の葉の形にふっさりと繁茂して、肉びらのまわりにもまばらに生えている。肉びらは濃いめの赤褐色で、なかほどが瘤のようになって迫りだしている。（雨宮慶『私は秘書　二十五歳・倒錯の美蜜』）

隠花植物

丘はつるりとした手触りである。隠花植物のような毛むらが、渓谷沿いに頼りなげにたなびいているようだ。

だが、貝肉には熱くぬめった感触があった。（原田真介『淫獣《いんじゅう》の誘《さそ》い』）

インディアンヘア

ハイレグカットの水着やパンティが、来年も流行するようだと、女の茂みはみんな細い長方形になってしまう。

まるで、インディアンヘアの頭みたいだな……。

剃ったために、茂みの両側に白いふくらみを見せている恥骨の丘を撫でながら、大石はそう思った。（豊田行二『媚色の狩人』）

鶯の巣（うぐいす――）

夜具をすっぽりと頭からかぶっていたが、下半身は露出していた。

丸く豊かに脂肪《あぶら》の張った臀部《でんぶ》が、新八郎の目を刺激した。少し持ちあげ加減の亀裂のあいだから、鶯《うぐいす》の巣のような恥毛がのぞいている。（木屋進『女《にょ》悦犯科帳』）

薄絹

「ああ、有馬さん」

雅江夫人はぐっと艶やかなうなじをのけぞらせてひきつったような悲鳴を上げた。

和雄は唇を使って夫人の悩ましい薄絹に似た繊毛をかきわけ、内部の粘膜に舌先を滑りこませている。（団鬼六『美人妻・監禁』）

薄雪をかぶった盆栽の松

ちぢれの強い、いくらか濃いめのしげみが、薄雪をかぶった盆栽の松の枝、といった恰好に見えた。私はそのしげみを指先で掻き回すようにして洗った。（勝目梓『矢は闇を飛ぶ　私立探偵・伊賀光二シリーズ』）

うっそうとした蜜林

うっそうとした蜜林のように秘毛は生え固まっていた。指が触っているのは、恥骨の山の少し下あたりだ。さわ、さわ、さわと撫で、勇矢は指を下に這わせていった。（北山悦史『姉　禁悦の蜜戯』）

鬱蒼とした茂み（うっそう――）

薄暗がりのなか、顔の真上、遠く両脚が交わり、両太腿が重なり合ったところに、黒く鬱蒼とした茂みらしきものが見える。

「でも、暗くてよく見えない……それに、遠すぎて……」

「じゃあ、もっと顔を近づけてみれば……」（鬼頭龍一『隣室の若叔母』）

海藻（うみも・かいそう）

根元まで裂けたものの奥を、英一は覗きこんだ。ひと握りの海藻が茂る蒼い海底《うみぞこ》に、貝がうっすら口をあけて、おずおずと二枚の舌を覗かせていた。舌の奥は海の色に沈んで濃い紫に見えた。(千草忠夫『定本・悶え火　女子高生処女の儀式』)

産毛(うぶげ)

腿の付け根のデルタ地帯を覆う薄い翳りの下には、左右をこんもり覆う柔らかそうな肉の盛り上がりがあり、産毛のような繊毛がその麓を彩っている。(鍵谷忠彦『アイドルグループ　闇の凌辱』)

羽毛(うもう・はねげ)

直人は、恐るおそるというように、そこに手を伸ばした。思った通り、茂みは直人のものよりもはるかに繊細で、羽毛のように柔らかい。(西門京『若義母と隣りの熟妻』)

うるし

志麻の肉裂は、蜜がしとどにしたたっていた。ふっさりと肉裂の上べりをおおう毛むらの端まで濡れている。弓削は、うるしのように黒く濡れ光る志麻の密毛を手でかきあげておいて、彼女の肉の溝を露わにする。(北沢拓也『情事の椅子』)

扇型

夕子は腰を持ちあげて、脱がされやすいように協力する。

黒い叢《くさむら》が現われ、女の匂いが立ちのぼった。叢は扇型で、丘陵は小高く発達している。(豊田行二『OL狩り』)

丘辺の繁茂

布きれが丸まって右の足首にからまったまま、もうそれを脱がすのももどかしそうに、祖父江は丘辺の繁茂に顔を伏せ、両下肢を押し開いてきた。(南里征典『金閣寺秘愛夫人』)

女くさい茂み

谷原は真利のスカートの中に頭を突っ込んだ。

女くさい茂みに頬ずりをする。

「あーっ!」

真利は絶叫した。(豊田行二『人の妻』)

おケケ

ショーツを剝き下げ、秘毛をまさぐった。

「あん、だぁめ。見るだけっていう約束でしょう」

「叔母さんの……叔母さんの、おケケ……」(北山悦史『美母と叔母　熟れ肉くらべ』)

女の森林

濃密な陰《かげ》りのある恥丘から、女の森林が途絶えると大陰唇の外側に、回り道をするように舌先を這わせ、汗で濡れた脚の付け根を舐め回る。大陰唇を舐め終えた宮崎の舌は、開ききった小陰唇のザラつくような外側の毛根を味わい、いよいよ内側へとせまった。(高輪茂『美人課長・涼子　深夜の巨乳奉仕』）

火焔

白く美しい内腿の狭間をのぞきこんだ。

濃いめの漆黒の繊毛が火焔のようにけば立っており、その下方には薄皮に包まれた花芯がツンと先っぽを見せている。（綺羅光『東京蜜猟クラブ』）

火焔型の旺盛繁茂

北白川志保の性毛は、草丈の長い、縮《ちぢ》れのない直毛型の艶毛が、箒《ほうき》を立てたように谷間から腹のほうに、そそけだつ火焔型《かえんがた》の旺盛繁茂《おうせいはんも》であった。（南里征典『京都薄化粧の女』）

陽炎（かげろう）

「あぁ、いい匂い……」

目の前で震える陽炎のように儚い毛叢から処女の芳香が流れると、拓也もウットリと瞼を閉じる。（葉月玲『継母と少女　美畜の啼く家』）

飾り毛

裾の短いベビードールを捲るまでもなく黒い翳りが少年の前に迫る。

ゴクッと唾を呑み込むと、飾り毛の下の赤い秘裂に少年が顔を寄せていった。むっちりと凝脂をのせて輝く白い太腿に両手をかける。（貴藤尚『人妻と少年　魔悦の肛姦契約』）

亀の子たわし

B子は毛深いたちではありますが、ヘアの手ざわりはとてもやわらかく、また肛門のあたりまでそれが生えひろがっているということはないのであります。両脚を開かせますと、黒い亀の子たわしは今度は形を変えて逆三角形の状態になるのであります。（勝目梓『陶酔への12階段』）

カールした淡い繊毛

カールした淡い繊毛はいかにも美女にふさわしく思え、津田は気に入っている。

そこへ顔を寄せ、恵美のかぐわしい匂いを嗅ぐ。フェロモンの分泌する盛りの年齢なのか、吸い寄せられそうな悩ましい匂いが肉の裂け目から立ちのぼっていた。（五代友義『変態玩具　女子高生と未亡人』）

きそい立つ縮毛

玲子は勝ち誇ったように、ひざまずいた安芸子の目の前に腰を突き出した。ハッと目をいったんそらした安芸子だったが、やがて、そのつややかの繊毛の放つ魔力にひきずりこまれたように顔を正面に向け、おもはゆげなまばたきをしながら、きそい立つ縮毛を凝視し、ゆっくり睫毛を閉ざして、美しい唇を埋めていった。（千草忠夫『定本・悶え火　女子高生処女の儀式』）

絹糸

「こ、これが……義姉さんの……毛……」

達彦は瞬きすら惜しんで、絹糸のような恥毛の一本一本を凝視した。（佳奈淳『奴隷未亡人　すすり泣く牝獣』）

絹糸の房

彼女の絹糸の房のようにやわらかいあそこのヘアが、わたしの鼻や口もとや首をやさしくくすぐりました。（勝目梓『愉悦の扉』）

絹草

かたちよく生い茂る絹草を透かして、女のいのちをたたみ込んだ割れ目がわずかにうかがえた。（千草忠夫『姦鬼奔《はし》る』）

絹草のむら立ち

ほっかりと盛りあがった肉を飾る柔らかな絹草のむら立ち。それが左右へ分かれてなだれ落ちるあわい柔らかな肉が血を含んだような色を、羞ずかしげにくつろげている。（千草忠夫『定本・悪魔の刻印　媚獣恥姦』）

絹毛

ふっくらふくらんだ肉のふくらみを、若草のように覆う絹毛を、社長は指を絡ませて引っぱったり撫でまわしたりしては、真奈美の羞恥を煽りたてていた。

「いいつやしているぜ、お嬢さん。ふくらみもいいし、毛の生え具合も品がいい。濃からず薄からず、淫らでいて、どこか幼さが残っているのがなんともいいな」（蘭光生『肉刑』）

逆三角形の茂み

そうしておいて、谷原は更に大きく清美の両足を開かせた。

小さな逆三角形の茂みの下にピンク色の女芯が口を開いた。

ピンク色の周囲を肉厚で黒褐色の淫唇が取り囲んでいる。（豊田行二『人の妻』）

金色の糸屑

ロビンさんの隠しどころの毛も金髪でございますので、何だかそこは丸まった金色の糸屑を撒き散らしたような眺めでございます。陰裂《われめ》のところも私ども日本人のものと違いまして暗色ではございません。（勝目梓『乱倫の館』）

曲毛（くせげ）

島崎涼子の艶《つや》やかな光沢を湛《たた》えた双《そう》の大腿部のあわいには、黒い繁みがもっさりと茂って、曲毛《くせげ》でも立てたようにそよいでいた。（北沢拓也『女宴の迷宮』）

口髭（くちひげ）

黒々と繁茂した、縮れの強いヘアの下に、まだ色も形も綺麗な肉びらが合わさっている。ただ、可愛い顔に似ず、そのまわりにも縮れ毛が口髭のように生えている。そのため秘苑全体の眺めがいやらしく見えて、もうとっくに怒張と化している沢木の分身をうずかせた。（雨宮慶『私は秘書　二十五歳・倒錯の美蜜』）

黒い飾り

女の秘丘に黒い飾りがないため、猥褻《わいせつ》感は乏しいが、逆に、少女とでも交わっているような、新鮮な刺戟がある。（北沢拓也『蜜の鑑定師』）

黒い絹草

姦鬼の眼はそのうごめきの中心に、羞じらいにそそけ立っているひと叢《むら》の黒い絹草を凝視《ぎょうし》している。

これまでに犯した数知れぬ女たちの秘部のさまざまなたたずまいと、くらべているのであろう。（千草忠夫『姦鬼奔《はし》る』）

黒い草木

ベッドに突き飛ばされた美穂子の両脚が跳ねあがった。黒い草木の狭間に見えた赤い谷間に、博人は目が眩んだ。（高竜也『三人の若姉　人妻と女《おんな》教師と看護婦』）

黒い草むら

まろやかな恥丘に生えそろっていた黒い草むらが剝き出しになった。と同時に、閉じることのかなわぬ愛香の股間がパックリとそのサーモンピンクが濡れ光る亀裂をさらけ出したのである。（氷室洸『姉　淫らな童貞飼育』）

黒い三角形

あまり縮れていない茂みが黒い三角形を描いていた。

その茂みに唇を押しつける。

熟れた女の匂《にお》いが立ちのぼっていた。その匂いを嗅《か》ぎながら、両足を開かせ、舌で女芯をかき分ける。（豊田行二『議員秘書の野望』）

黒い繁み（——しげみ）

島崎涼子の艶《つや》やかな光沢を湛《たた》えた双《そう》の大腿部のあわいには、黒い繁みがもっさりと茂って、曲手《くせげ》でも立てたようにそよいでいた。（北沢拓也『女宴の迷宮』）

黒いダイヤ

「今更、隠してもはじまらないよ。君のくさむらが、トランプのダイヤ型をしていることは分かっているんだ」

仁科は高子の両足を開かせ、その間にあぐらをかいた。右手をくさむらの上から取り除く。

黒いダイヤが現れた。ダイヤの下に潤いを持った赤い亀裂《きれつ》が覗《のぞ》いている。（豊田行二『野望証券マン』）

黒いタワシ

天城絵美子は、乃木の顔を後ろむきに跨いだことになり、乃木の眼前に、うるわしいスチュワーデスの女芯が、にょっきりと現われ、濃い秘毛やヒップの絶景をみせてゆらめき、上から蓋をするように、接近してくる。

「お、凄いな。黒いタワシが、バケモノみたいだ」（南里征典『紅薔薇の秘命』）

黒い炎

　ふと、頭がずらされた瞬間、私の目に入ってきたのは、白い丘の上から黒い炎をふきだしているような毛だった。その黒い炎は、丘から谷へくだり、深緋《こきあけ》色をした二枚の襞の周囲を猛々しくふちどり、豊かな丸いお尻の割れ目までつながっていた。（田代ききょう『三姉妹』）

黒い密林

　芳雄が手をサユリのパンティにかけ、一気にずりおろすと、股間の茂みの奥に、黒い密林の奥に、濡れたすぼみが光っていた。（安童あづ美『女教師凌辱　魔の痴漢ネット』）

黒い綿毛

　たっぷりと水気を吸った陰毛は重みでいっせいに下を向いてひと筋に集まり、そこからお湯を滴らせたかと思うと、今度はまるで水を吸った海綿のように、ゆっくりとふっくらと膨らんでいって、下腹の上に黒い綿毛のようになっていくのだ。（鬼頭龍一『処女叔母と熟母』）

黒々とした繁みのむらがり

　曲毛《くせげ》をそよがせてふっさりと繁る池谷怜子の黒々とした繁みのむらがりに、五月は劣情《れつじょう》をかきたてられ、ズボンのファスナーを引き下ろすと、勃起したものをつかみ出して灯りの下に晒した。（北沢拓也『密宴』）

黒々とした密林

「陰毛が、尻の穴あたりまで、びっしり生えてやがる」

　この七年間に、たっぷりと使い込んだに違いない秘唇が、黒々とした密林の間から丸見えだった。（北村梓『復讐の淫虐魔』）

黒猫

　牡《おす》の本能がおもむくまま、徹は素早く両手をついた。むっちりと豊かな内股へ顔を押し入れ、黒猫の体毛を思わせる、やわらかな茂みを舌先でかき分けた。（水樹龍『女教師と美少女と少年　保健室の魔惑授業』）

黒光りする三角デルタ

　ベッドの上の涼はすっかり乱れた恰好で、上半身は裸。下半身はミニスカートの裾がお腹までめくられて素肌の足腰をさらしている。

　濡れて黒光りする三角デルタが、妙に淫蕩な感じである。（赤松光夫『快楽調教』）

栗色の毛むら

ヒップの下から打ち込まれる怒張の動きに合わせて、沙月もダイナミックに張った腰全体を使いながら、股間の栗色の毛むらをなびかせて、烈しく小山田を迎え撃った。（美馬俊輔『美人営業部長　強制肉接待』）

毛糸

毛糸を丸めてふわっと載せたような、もっさりした恥毛に飾られた恥丘は、小気味よく高い。（南里征典『金閣寺秘愛夫人』）

毛皮

秘毛はつやつやとして光沢があり、絹のように柔らかで、しかもふかふかとよく繁茂している。毛皮のようだと感心して撫でる男もいた。（館淳一『倒錯未亡人』）

勁草（けいそう）

ショーツの中から現われたものは、縦長に生息している漆黒の勁草だった。それほど濃くもなく薄くもなく、左右の陰唇の方まで漸《ようや》く伸びてきたといった感じだった。（伊井田晴夫『母姉妹　淫辱三重奏』）

毛叢（けむら）

「由利子ォ……」

泣き声になりながら、やみくもに頬を、鼻を、シャリシャリした由利子の毛叢《けむら》にすりつける。（千草忠夫『定本・悪魔の刻印　媚獣恥姦』）

光沢のある直毛

「さあ、ここを見て」

細い指が黒い光沢のある直毛が繁茂している丘を撫でた。（館淳一『奴隷未亡人と少年　開かれた相姦の扉』）

蝙蝠（こうもり）

大の字に拘束された熟女はもがいたが、綿ロープにしっかりと縛られた四肢は動かなかった。陶器のような艶やかな太腿が、ほんの少し戦慄《おのの》くだけだった。

「白壁に蝙蝠《こうもり》もいいが、これでは蝙蝠が大きすぎる。いっそ、真っ白な方がいい」

「ひどい、ひどいわ」

大きく開かれた脚の付け根を男に撫でられると、彼女は涙を流した。（藤堂慎太郎『未亡人は肛姦《アナル》奴隷　倒錯の美尻調教』）

小判型

モジモジ羞恥に悶える春子の熟れ切った太腿の付根が、無防備に晒け出されたのだ。そこにこんもりと豊かに盛り上がる濃密な漆黒の繊毛は小判型に柔らかくふくれ上がり、女盛りの色香をムンムンと匂わせている。（団鬼六『隠花夫人』）

砂鉄

ほとんど癖のない直毛が、磁石で砂鉄を集めたように中心にむかってなびき、まったく地肌が見えなかった。（横溝美晶『双貌の妖獣』）

自然繁茂の黒毛

自然繁茂の黒毛の下に、左右の外陰唇が黒ずんで肥大化しているが、その大きく割れ開いた外陰唇の畝《うね》を押し分け、畝の土手肉の高さよりも高く膨れあがった中央の内陰唇が、ふたひら、赤黒い蜜濡れの照りをみせて、肉厚の花あやめのように、はじき割れているのが、壮観である。（南里征典『密猟者の秘命』）

下草

ググッと削げたようにすぼまったウエストから、またヒップが逞しいほどに張り出している。誇張いて言えば蜂のような体型だ。

色はあくまで白く、股間を彩る下草も、陽炎のようにはかなげに生えているだけだった。（嶋克巳『背徳教団　魔の童貞肉洗礼』）

下の口ひげ

「きれいな顔をしているわりには、下の口ひげはもっさりとはやかしているじゃないか……」（北沢拓也『人妻候補生』）

漆黒の翳り

秘園を囲む漆黒の翳りさえ、視姦されていることを恥じらっているみたいにそよいでいる。

「あん、いや……見ないで」

いやらしいことをされているという快感に、美弥子は太腿を広げたまま足指を擦り合わせた。（藍川京『淑女専用治療院　淫ら愛撫』）

漆黒の絹草

豪はかまわずスキャンティを引きさげた。ふわりと漆黒の絹草が現われる。

「い、いや……こ、こんなとこじゃ、いやです」（佳奈淳『新妻よ、犯されて牝になれ！』）

漆黒のしげみ

尻の谷間から、ざわざわと漆黒のしげみが逆立って、突きだしていた。

褐色の肉の畝と、亀裂がわずかにのぞいている。（『横溝美晶『人妻の予備校　ジゴロ探偵遊楽帖』）

ジャングル

「もっと、涼子さんのジャングルを見せろよ」

と、慎重な仕草で、宮崎の手が涼子の身体を裏返した。たおやかに膨らんだ下腹部に、涼子の濃密な陰毛が見える。（高輪茂『美人課長・涼子　深夜の巨乳奉仕』）

羞恥の茂み

両腕をひとまとめに押さえつけられたままの麻美は、

羞恥の茂みを覆うことさえできずに、義弟の好色な視線に女のすべてを晒しつづけた。（佳奈淳『奴隷未亡人 すすり泣く牝獣』）

春毛

白足袋をつけた脚の、むっちりした太ももの付けねまでが、みごとにあらわになっている。薄桃色の腰巻きからのぞく春毛は、つゆに湿って黒光りし、ふたひらのびらつきがのぞいていた。（子母澤類『金沢名門夫人の悦《えっ》涙《るい》』）

鍾馗さまの髭（しょうき――）

「お顔はお菩薩《ぼさつ》さまみたいに美しいけれど、お蝶さんて、おぼぼは鍾馗《しょうき》さまの髭みたいね。そらそら、ここよ」（木屋進『女《にょ》悦犯科帳』）

小動物

秘毛はシナシナとして柔らかそうで楕円形に秘丘に張りついている。まるで何か小動物がしがみついているようだ。（館淳一『牝猫 被虐のエクスタシー』）

スケベな毛

「不思議だねぇ。君のようなインテリ女でも、ちゃんとここにスケベな毛を生やしてるんだから」

柔らかな恥毛の手触りを楽しんでから、クレバスに触れ、花弁をくつろげさせた。（綺羅光『沙織二十八歳㊤ 襲われた美人助教授』）

正三角形

すらりと伸びた両脚と、こんもり盛りあがったかげりが、あらわになった。

かげりは正三角形をひっくり返した形をしている。そのあたりから、女の香りが立ちのぼっていた。（豊田行二『野望商戦』）

繊毛のクッション

まだ見ぬ繊毛のクッションの下で、厚ぼったい唇が神殿の扉をぴったりと閉じている。その間を、何度も上下にまさぐるようにしてやると、志津子はたまらなげに喘ぎ、なにかをねだるように直人を見つめる。（西門京『若義母と隣りの熟女』）

繊毛の群れ

太腿の間から肉の膨らみがぷっくりとあふれ、そこから黒々とした繊毛の群れが迫りだし、そして、繊毛の間に裂けた肉の割れ目から赤みを帯びた柔肉がはみだしているのまでが、薄暗がりのなかで、しかし、まぎれもなく見えるのだ。（鬼頭龍一『隣室の若叔母』）

繊細な絹糸のむらがり

体の奥からあふれるものはとめどもなく、花びらを覆う繊細な絹糸のむらがりが露を置いてキラキラ光っている。（千草忠夫『定本・悪魔の刻印　媚獣恥姦』）

楚々とした翳り（——かげり）

燭台を手にした男は、蠟燭《ろうそく》の炎を女の腰に近づけた。シミひとつないなめらかな白い肌が、炎によってくっきりと浮かび上がった。

薄めの恥毛が白い肌にふんわりと載っている。楚々とした翳《かげ》りは、萌え出してまもない春の若草のようだ。（藍川京『新妻』）

疎毛（そもう）

白い臀部の深く切れこんだ狭間のやや下べりに、美希子の女芯が舟状に割れ開いているが、その外陰唇の両《りょう》畝《うね》に沿って、結構、もっさりと繁った恥毛のむらがりがそよいでいるのである。

普通の女性でも、そのあたりには疎毛《そもう》がまばらになびいているものだが、美希子は何しろ、秘められた体毛が多いほうである。（南里征典『欲望重役室』）

ダイヤ

高子のくさむらは、トランプのダイヤの形をしていた。仁科が初めて眼にする形である。

「変な形でしょ」

高子は恥ずかしがって、くさむらを手で隠そうとした。

（豊田行二『野望証券マン』）

恥丘の叢（——くさむら）

秘所を間近に見るのはこれが初めてではないけれども、直樹は最初のときと同じ新鮮な悦びを感じた。

恥丘の叢《くさむら》にこもっていた熱気が、靄のようにホワ〜ンと漂ってくる。（瀧川真澄『制服生人形　十四歳の露出志願』）

恥叢（ちむら）

オルガスムスを迎えた直後の女芯はぱっくりと花弁を広げ、鮮紅色の粘膜をツヤツヤと光らせる。薄い恥叢はともかく、もはや大人の性器と違わない外観に、昇は茫然と見とれていた。（橘真児『淫熟女教師　美肉の誘い』）

恥毛の林

「うふン、うふッ……あッ、ああンン」

香奈が切羽詰まった声を放ち、ますます抽送の速度をあげる。いまやすくいだされた淫蜜は、ヌルヌルと恥毛の林まで垂れている。（浅見馨『女教師《おんな》・香奈の特別授業』）

蝶が羽をひろげたような形

麗菜の白磁のような肌は股間でも同じだった。一点のくすみもない十八歳の肌に、縦にスリットが刻まれている。すでに肉唇は潤み、濡れ光っているのが見えた。恥丘には蝶が羽をひろげたような形に、薄い恥毛が張りついていた。（巽飛呂彦『バレンタイン・レイプ』）

長方形

香織の茂みは変わっていた。

谷間のあたりから上に向かって、狭い幅の長方形に密集した茂みが伸び、その周囲を円を描くように薄い茂みがとり囲んでいる。（豊田行二『野望証券マン』）

釣り糸

パンティの上端から、黒い縮れた性毛が覗いた。パンティ越しに見たように、扇状にひろがっている。一本一本が釣り糸のように細く、艶がある。初めて見る本物の女性の秘毛だった。（鏡龍樹『姉の白衣・叔母の黒下着』）

柔毛（にこげ）

松岡の手は稚い恥丘《ちきゅう》をくるみ込むようにして揉みたて、柔毛《にこげ》のような恥毛を荒っぽく撫でまわし、柔らかな肉の閉じ目に指先を這わせた。

「いやッ、ゆるしてッ……いやあッ……」（千草忠夫『美少女　倒錯秘戯』）

猫の腹毛

桜田の右の手は、いつか美佳子の股のあいだに侵入し、柔らかい毛のむらがりをまさぐっていた。

少し汗ばんだ繊毛が、猫の腹毛でも撫でるように指さきに心地よい。（北沢拓也『人妻候補生』）

のれん

長すぎるヘアなので、どうかすると赤い裂け目が、そのヘアに覆い隠されていて、片巻貝秘唇であるかどうかを見るためには、舌先で左右にのれんを梳《す》き分けなければならない。（南里征典『欲望重役室』）

春草

ゾリゾリッ、ゾリゾリッ。

「ゴメン……、ゴメンね、めぐみ……」

泣きながら謝る親友の手で春草を刈られていくめぐみの脳裏には、先ほど見た光景が焼きついて離れなかった。（松平龍樹『女高生百合《レズ》飼育』）

春の若草

しとやかな藤絵に相応しく、翳りの生え方まで春の若草のように淡く萌えている。だが、いくら美しい器官であっても、オスを誘い欲情させる淫靡な器官に変わりはない。（藍川京『炎《ほむら》』）

半円形

半円形の小さな茂みが現れた。茂みの密度は薄い。上辺が円を描いている茂みは、可愛い。

仁科は霧子の両足を大きく開かせた。（豊田行二『野望証券マン』）

秘叢

全裸に剝いた女体の、強制的に広げさせられた股間に三人の視線が突き刺さった。

「ほう……」

渉を驚かせたほど密生した濃い秘叢。

「こんなにお毛々を茂らせているとは思わなかったな」

(館淳一『美人助教授と人妻　倒錯の贄』)

V字形

綺麗にV字形に揃っている茂みが、細く艶やかに濡れ光っているのも、楚々とした風情を感じさせる。(海堂剛『凌辱バスツアー』)

不浄な毛

肉唇のまわりには不浄な毛もない。指が小ぶりな肉唇を左右に開いていくと、やや桃色に色づいた唇の内側は、蜜にぬめった肉色の世界だった。(巽飛呂彦『横浜レイプ　聖フェリシア女子学院・魔獄の罠』)

ブッシュ

大きく脚を開いたときは、クレバスはやたら長大なものに見えて、黒いブッシュを分けて、赤や紫色の溶岩がうねりながら流れ落ちていく滝を連想させるようなところがあります。(勝目梓『陶酔への12階段』)

ブラシ

「いやっ」

裕美は切迫した声で叫んだ。漆黒に茂る性毛がブラシのように立ち上がっていた。(水樹龍『女教師と美少女と少年　保健室の魔惑授業』)

噴水型の柔毛

香坂が左手を下にずらし、噴水型の柔毛の繁茂をまさぐりながら、その下に指を這《は》わせようとした時、

「やあん……だるくなるから、そこはだめ……あとにして下さい」

髪を束ね終えて、すっと香坂を躱《かわ》し、タオルを一本持って前を隠すと、ガラスの仕切りをあけて、浴室にはいってゆく。(南里征典『欲望女重役』)

ベルベット

ゆっくり薄布を引きおろす。ベルベットのようにつややかな秘毛が露わになる。その奥に息づく複雑な肉の亀裂はかすかに潤っていた。左右にはみでた肉唇はぴったり口を閉ざしている。(鏡龍樹『姉の白衣・叔母の黒下着』)

箒(ほうき)

彼女は浴衣の下に下着すらつけていなかった。

双の腿のあわいになびく繁みは、つつましげな外見とは裏腹に濃密で黒々としている。

箒《ほうき》を逆さに眺めるような景観が倉橋の目を愉しませた。

（北沢拓也『不倫妻の淫火《いんか》』）

ホームベース

かげりは野球のホームベースの形をしている。黒よりも、むしろ褐色に近い、短いヘアが密集している。

「ホームスチールをしたくなるような眺めだな」（豊田行二『野望商戦』）

マテウスロゼのワインの瓶

その下の茂みは、申しわけ程度しかなかった。三角形とも円型ともつかない形をしている。マテウスロゼのワインの瓶を逆さにして小さくしたような形といったほうがいい。面積もきわめて小さいために、女の丘がはっきりと眺められた。（豊田行二『ＯＬ狩り』）

マン毛

「さすがは三井瞳だ。マン毛まで柔らかくお上品ときてる」

「あ、ああっ、許して……許してェ」

美女の鼻先から恥ずかしげにあふれでる悩ましい吐息が、いっそう古賀をけしかけるのだ。（綺羅光『狂姦！』）

マンジュシャゲ

マンジュシャゲの花に似ているだけあって毛足は長く柔らかだった、しかも、長い茂みは縮れていなかった。スーッと伸びていたのだ。

「君はそうとうな淫乱だな」

その長く柔らかい毛を撫でながら植田は言った。（豊田行二『野望勝利者』）

密林

「おおっ、見えたぞ。生やし放題の密林だなぁ」

涼子は必死の形相で腹筋に力を込め、自分の下腹部の恥ずかしい密林を隠すように、形のいい脚を折り曲げている。（高輪茂『美人課長・涼子　深夜の巨乳奉仕』）

芽吹き

「え、ええ。ちゃんと調べて……」

義母がスカートを腹の上までたくし上げた。剃毛の痕の秘帯に少しの芽吹きがある。（倉貫真佐大『熟れ尻ママ　秘孔責め』）

燃えさかった茂み

津川はいきなり、燃えさかった茂みに顔を埋めると、真璃子の体臭を思いきり吸いこんだ。チーズの匂いと柑橘系の香水が混ざった強烈な媚香が、鼻孔にしのびこむ。（北原童夢『姦獄！　音楽教師真璃子・二十八歳』）

藻くず

スカートを腰の上までたくしあげて、藻くずのようなしげみをかきあげるなり、むき出しのはざまに閉じ合わさった花びらの陰裂に、指をしずめた。（子母澤類『金沢名門夫人の悦涙《えつるい》』)

もずく

彰夫は乳首をもてあそんでいる。もう片方の手は、この頃みっしりと肉のついた臀部を撫で、前に回してくる。もずくのような黒い群がりを小魚のようにくぐって、冬香の花びらを揉みしだいてくる。(子母澤類『金沢、艶《えん》麗《れい》女将の秘室』)

モヒカン族の頭髪

ツルリとした下腹から、突然モッサリとした恥毛が密生しているのだ。サイドを刈り取られた恥毛は縦に長い長方形で、ちょうどモヒカン族の頭髪のように見えた。(巽飛呂彦『青山レイプ　狙われた美人社長&清純社員』)

樅の木

しげみは細く、軽くカールしていて、肉丘の中心に流れを作っていた。

肉丘ではまばらに生えているだけだが、亀裂のまわりではみっしりと濃く生えそろっている。

おかげで、亀裂のほうからのぞきこむと、まるで樅の木のような、縦に細長い三角形に見えた。(横溝美晶『仕掛人・遊作』)

やや褐色がかったしげみ

「やだっ……こんな明るいところで……」

承知していたはずなのに、未優は、恥ずかしがって顔をそむけてしまう。

白い下腹部の中心を、やや褐色がかったしげみが飾っていた。(横溝美晶『爛熟《らんじゅく》の密室　天国から来たすけこまし』)

槍の穂先

秘丘を覆う艶やかな剛毛は両サイドをきれいに刈り込まれて、全体として秘裂の真上に槍の穂先のように立ち上がっている。(館淳一『仮面の調教　女肉市場　下半身の品定め』)

柔らかい草原

柔らかい草原の奥で、女芯はすでに潤んでいた。小田切はその潤みの中へ中指を忍ばせた。(豊田行二『野望銀行』)

若草

そこは肉づきが良く、まるで桃の実のように丸みを帯びていた。丘には、ほんのひとつまみほどの若草が淡く煙り、真下のワレメが果汁にまみれていた。(睦月影郎『美少女　恥らう果実』)

綿毛（わたげ）

白く滑らかな下腹がのぞき、そして真っ黒い陰毛の群れがパンティの縁から競うようにあふれだす。きつい圧迫を解かれて、まるでホッと息をするかのように、繊毛の草むらがいっせいにふっくらと盛りあがって、白い下腹の上に、それはまるで黒い綿毛のように見えた。（鬼頭龍一『女《おんな》教師ママ・特別課外授業』）

【愛液】

愛汁（あいじゅう）

右手の指で、亀裂からあふれんばかりの透明な愛汁《あいじゅう》を、すくい取った。

生々《なまなま》しい匂いのする濡れた指先を、堅く目を閉じたお咲の花のような紅唇に、ねじこむ。（鳴海丈『花のお江戸のでっかい奴（色道篇）』）

愛涎（あいぜん）

ぱっくりと開いて愛涎を垂らしている秘芯を目の当たりにし、ただでさえ色っぽい彼女に請われたら、ついつい身を重ねてしまいたくもなるが、そこをぐッと堪え、

「答えてくれないと、入れませんよ……」

と女膣を責め続けた。（内藤みか『甘い花蜜の美人課長』）

愛蜜

さとみの口から、快感を求める甲高い嗚咽が噴き出し、下肢がひとりでにわななき震えた。クレバスから染みだした愛蜜は、肉襞全体にしみわたって、純の愛撫をさらにスムースに、心地よいものへ変えていった。（倉貫真佐夫『姉妹奴隷　美孔《びこう》くらべ』）

愛の雫

茶臼《ちゃうす》式の回転である。お京の桃尻の花弁は、あたたかい愛の雫《しずく》に濡れながら、吸いつき、締めつけ、そしてぬめぬめと王冠を舐めまわす。（木屋進『女《にょ》悦犯科帳』）

愛の露

片足を大きくかかげた時、裕彦の視線は開かれた両脚の付け根に熱く注がれた。そして彼は、少女の秘孔がキラキラと輝く愛の露に満たされているのを、はっきりと見た。

それはさながら、秘貝が獲物を捕えようと口を開けたようにも見えた。（高竜也『双子美妹と兄　相姦の三角関係』）

愛の蜜

達彦はにやにや笑いながら、自分の指についた彼女の愛液を恵美子に舐めさせた。

「これがお前の愛の蜜だ。おいしいだろ」

されるがままに、恵美子は達彦の指についた自分の愛の蜜を舐めた。（安達瑶『令嬢姉妹　完全飼育』）

喘ぎ汁（あえぎ——）

麗美自身が分泌した快楽の喘ぎ汁と、拓也の放った欲望の樹液をたっぷりとまぶされたバイブの先端を、麗美は拓也にくわえさせた。（兵藤凛『美少女《アイドル》凌辱　恥じらい肉人形』）

朝顔の蜜

朝顔に似た花弁は、甘い蜜が濡れ光っている。広重は、跪《ひざまず》き、朝顔の蜜をチュウチュウと吸った。「あぁン、いや、いやです。そんなに音まで立てて吸っては、いやです」（大下英治『広重おんな秘図』）

朝露

花芯はすでに朝露のような愛液を宿していた。ほっそりとした身体つきにしては、堂々とした花芯だ。亀裂部の左右の肉付きもよく、厚い唇がきりりと口を結んだように見える。（広山義慶『美神幻想』）

温かいうるみ

まろやかに肉の張りを見せる絖《わた》白い腰が波立つようにふるえ、南条がぽっかりと赤く口をあけた秘口から右手の中指を潜り込ませて、洞《ほら》のようにひらいた内奥を攪拌《かくはん》した途端、瑞恵未亡人は引《ひ》き攣《つ》るような叫びをあげ、男が射精でもするように温《あたた》かいうるみをしぶかせた。（北沢拓也『闇を抱く人妻』）

熱いあふれ

突いたり引きぬいたりをくりかえすうちに、熱いあふれは、信じられないほど多くなっていく。

花の奥から、あふれ出るのか。それとも、肉襞《にくひだ》からにじみ出るのか。

豊章には、判断がつきかねる。

いつの間にか、豊章の舌は、あふれの中を泳ぎそよいでいるようになった。（大下英治『歌麿おんな秘図』）

熱いうるおい

神尾美雪は、背を反らせ、腰を弾ませて、塔野の口のなかに熱いうるおいをそそぎかけながら、

「いくッ、ああ、だめっ」

と叫び、

「あうーん」

と唸るような声をあげて、ぐったりとなった。（北沢拓也『淫の征服者』）

熱いたぎり

甘い女の匂いがさらに濃くなって、熱いたぎりがツーッと溢れでた。

「ああ……た、たまらない。許して……」（結城彩雨『凌

襲㊤悪魔の招待状』）

熱いとろみ

挿入した指でえぐる女陰からは、熱いとろみが洩れてくる。粘りは糸のように指をつたって流れ出てくる。

「ようし、おめさん、してやるぞ」

辻脇はうるみにうるんだ芸妓の淡紅の肉のはざまに腰を入れると、猛ったものを押しあてた。（子母澤類『祇園京舞師匠の情火』）

熱い涙

美人秘書たちはともに甘い吐息を吐き、その白く丸いヒップを振りたててみせた。

剝きだしになった二つの秘貝も熱い涙を流してひくひくと蠢いている。（風吹望『役員秘書　涼子と美沙』）

熱いヌメリ

舌を伸ばし、ワレメの表面からそろそろと舐めはじめた。

外側は、肌と同じ舌触りで味はなく、それでも徐々に内部に差し入れていくと、ヌルッとした熱いヌメリを感じた。（睦月影郎『叔母と従妹　淫の蜜交』）

熱い奔流

麻理の軀の奥からは熱い奔流がとめどなく流れ出し、その滴りが秘部を伝って、シーツに大きな染みを作っていった。（安達瑶『委員長は淫虐美少女』）

熱くトロトロしたヌメリ

乳首を吸った時点から、もうジワジワと濡れはじめていたのだろう。陰唇内部はすっかり、熱くトロトロしたヌメリに満ち満ちていた。（睦月影郎『麗嬢　熟れ肌の匂い』）

甘い滴

悶えても悶えても、悶え足りないほどの快楽に、泉のように湧きあがる甘い滴が、男の指先をたっぷりと濡らしていってしまう。（櫂京平『黒い下着の美人課長』）

甘汁

謙介が頭をもたげて口を吸いつけていったのが先か、美樹が腰を落として爛熟した果実を謙介の口に含ませていったのが先か、分からない。

ジューッ、ルルルルルルルルルルルル……。

謙介の口が女陰の甘汁を音をたてて啜る。（鬼頭龍一『継母《ままはは》と実母と少年と　狂った相姦三重奏』）

甘ったるい汁

「あうんッ、シャ、シャワーを、浴びさせて……ッ」

「いいじゃないか。僕が今、キレイにしてあげるから」

直哉はそう言うと、ちゅうちゅうと蜜を吸った。とろみのある甘ったるい汁が、口の中を潤していく。

(内藤みか『快楽保険外交員』)

甘肉の汁

催促がましく揺れて震える女陰に、秋生は頭をもたげて、そっと口をつけ、指で剝き身にされた甘肉の汁をチュルルと小さく啜る。(鬼頭龍一『淫姉と人妻姉　魔性の血族』)

甘蜜

もう小夜子は、快美感を貪りながら絶叫しつづけていた。甘蜜を噴きこぼし、蜜をすすられながら、また身体をくねらせる。宙吊りの痛みも、使用人に苛まれる屈辱も忘れて、あられもない悲鳴をあげつづけた。(巽飛呂彦『軽井沢レイプ　母娘＋秘書　トリプル肉地獄』)

溢れかえり

口に付いた女陰の溢れかえりを手で拭うと、ビショビショの膣口に勃起をあてがう。そして一気に埋め込んでいった。(甘粕蜜彦『母子相姦　禁忌の受精』)

油

「おや、これはすごい。おまめも膨らんでいるし、花あやめの外にまで、もう油をこぼしてるじゃないか」

「あむぅっ……いいっ……課長が、いやらしいくらいにふといのを、美伽に何度も握らせたりなさるからよう」

(南里征典『艶やかな秘命』)

淡い酸味の粘液

生温かく淡い酸味の粘液は、タップリと史雄の舌をヌメらせ、心地よく口を潤した。

史雄は左右の陰唇をチュルッと唇に挟んで強く吸い、たまにクリトリスをペロッと舐め上げては、溢れる蜜を貪った。(睦月影郎『僕の叔母』)

泡粒状の体液

鈴木は、上目遣いに妻の上半身を見つめながら女陰口に指を捩《ね》じこんだ。その直後にワギナの括約筋が収縮して指を締めつけて、周りから泡粒状の体液を噴き出した。(山口香『秘宴の花びら』)

あんかけ

その膨れ上がったシンボルの尖端に、同時に江梨子の噴きこぼす熱い花蜜がトロットロッとあんかけのように降り注ぎ、いよいよ快楽は無限大になっていった。(美馬俊輔『美肉修道院　巨乳の凌辱儀式』)

イチゴにミルク

それはまるで磨りつぶしたイチゴにミルクをかけたような感じだ。そんな感じでヌラヌラと濡れ光っている粘膜が、喘ぐような収縮と弛緩を繰りかえしている。(雨宮慶『二人の奴隷女医』)

苺ジャム

松本京香の身体の奥底から湧出《ゆうしゅつ》する熱い潤いと、苺ジャムの中を突きこねるような粘り気にまみれ、そうして湾の奥でうごめく海鼠《なまこ》の切り身のような、輪っかの手応えに酔いながら、大洞はぐいぐいと腰を打ち込んだ。（南里征典『夜の官能秘書』）

淫靡な湧水

ガクガクと全身を揺らして、おマセな少女はあられもなく絶頂を迎えた。

その瞬間、ジワッと溢れ出た淫靡な湧水を、若きカウンセラーは喉を鳴らして啜り込んでいった。（橘真児『童貞と女教師　淫惑相談室』）

淫蜜（いんみつ）

汗と淫蜜《いんみつ》に濡れそぼった白い布切れは透き通り、中で太い指が蠢《うごめ》いているのがはっきり見て取れる。痛々しいほどに飛び出した乳首はナメクジのような舌に絡めとられ、歯を当てられるたびにショートカットの頭がのけぞる。（風間九郎『制服美少女　絶頂漬け』）

淫欲の花蜜

ぬるぬるとした淫欲の花蜜で潤っているその部分を、合わせ目に沿って指先でなぞった。すでに母は感じはじめている様子である。（蒼村狼『実母と少年奴隷』）

淫涙

「ほら、お前の大好きなものをやるぞ。なつかしいだろう」

嘲る吉岡の声に絶望に包まれながら、美沙もその言葉どおり一種の甘いなつかしさに似た感覚の芽生えを否定しきれなかった。その証拠に半濡れだったそこからは熱い淫涙が流れはじめている。（風吹望『役員秘書　涼子と美沙』）

ヴァギナの嬉し汁

クリトリスを舐めていると、小さな膣口からは、じわじわと熱い愛液が滲んできた。これこそ幸也が憧れた紀子のヴァギナの嬉し汁なのだ。（龍駕昇『姉　背徳の濡蜜』）

潮

ぐびっ、ぐびっと喉が鳴り、食道に放たれた息子の男汁を胃袋におさめる。

呑み干すと同時に、多佳子はふたたび多量の潮をちびりだした。（櫻木充『ママと看護婦のお姉さま』）

潮汁（うしおじる）

膣奥から分泌されるたっぷりの潮汁が亀頭を優しく包み込むと、鞘肉が蠕動運動《ぜんどううんどう》にも似た微妙な動きを伝えてきた。（兵藤凛『美少女《アイドル》凌辱　恥じらい肉人形』）

ウシの涎（——よだれ）

あたしは太腿を撫でていた手を、股のあいだに滑りこませた。そこはもうとろっとろにふやけ、ウシの涎みたいに粘液はシーツまで垂れていた。（萩谷あんじ『リップ』）

薄く濁ったような汁

奥まったところに微かに見える窪みのような小さな穴が、ひょっとしたら百合子先生の言っていたオチ×チンを入れるところ――膣なのだろうか。一帯は薄く濁ったような汁で濡れていて、ふんわりと悩ましい発酵臭が漂ってきた。（橘真児『女教師　濡れた黒下着』）

薄白い粘液

大きく息をつくと、少年はもう一度秘孔をこじ開けた。舌の先で粘膜の潤いに触れ、秘芯の奥から分泌される少女の薄白い粘液を、懸命にすくい取った。（瀧川真澄『制服生人形　十四歳の露出志願』）

薄めた糊

眼前に母親の手でひろげられたパンティの、黒いナイロンが股間に食いこむ部分、女の最も魅惑的で謎めいた部分を覆い隠す部分に目がいき、そこを汚している白いねっとりした薄めた糊のような液――それはまるで、毎日自分がオナニーで吐きだす男の精液にも似た色と形状を呈している――をハッキリと見たからだ。

（ママの股は、こんな液で濡れていたのだ……！）（館淳一『奴隷未亡人と少年　開かれた相姦の扉』）

潤い水

尻をくねくねさせながら、彩和子は熱い息をこぼした。唇を噛んだ。

透明な潤い水がいつしか溢れている。またたくまに花びらや肉莢はぬるぬるになった。涎《よだれ》を垂らしたように蟻の門《と》渡《わた》りにも一筋の蜜が流れ落ちようとしている。（藍川京『義母と嫁　肛虐飼育』）

うるみの渦

だが、塔野の指で秘肉の合わせ目をくつろげひらかれ、うるみの渦のなかを指で捏《こ》ねられると、

「ああーっ」

はげしく官能的な声を口から放って、男のすっかり硬くなったものをズボンの布地ごと強くつかんで、腰の肉を電気にでも打たれたようにふるわせる。（北沢拓也『淫の征服者』）

液状のヨーグルト

カウパー腺液からの類推で、なんとなく透明なツルッルした液で濡れるような気がしていた。

そうではなくて、その液は白っぽく糊のような、そう、液状のヨーグルトみたいなねっとりしたものだったから、

そのことも驚きの一つだった。（館淳一『奴隷未亡人と少年　開かれた相姦の扉』）

エッチ汁

「百合子ちゃんのエッチ汁、甘くて美味しいよ」

「先生……汚いよお〜ッ……」

「愛してる女の子のお汁を啜るなんて、普通のことだよ。それに百合子だって、俺の精液を飲んでくれるじゃないか」（矢神瓏『名門女子学園　性奴養成教育』）

エッチなお汁

「ほら、こんなにエッチなお汁が出てる……。キモチいいんでしょ？」

　露骨な指摘にかっと頬が熱くなるのを感じながら、思わずこくりとうなずく亜矢香。

「ふふ、やっぱりね……。痛くしないから、もっと足、広げて」（御影凌『美少女市場《オークション》　恥辱の肉玩具』）

エッチな粘液

　ペンライトにくっきりと浮かび上がった秘孔から、トロリとした恥液が溢れ出てきたのを認めた純は、その驚きをそのまま言葉にして表現していた。

「奥の穴から、エッチな粘液が出てる」（葵妖児『人妻・博美の童貞ダブル指導』）

艶汁（えんじゅう・つやじる）

見るからに男を知っていそうな秘処からは、とろとろ、と絶え間なく艶汁が溢れており、大輔はちうちう、と派手な音を立ててそれを吸い上げた後、クリトリスを右手の指で摘み、左手では女肛をつんつん、と突ついてみた。（内藤みか『尽してあげちゃう2』）

オアシス

「オアシスのように澄んでて、きれいだわ。たがいちがいになって、舐めっこしましょう」

　麻里は、女生徒と69のかたちをとると、舌先をとがらせ、上べりの突起をなぶった。みるみる包皮からはじけでる。（影村英生『獲物は淑女』）

お湿り

　ぴったりと合わさった肉の花びらは、驚くほどしっとりとしたお湿りがあり、両サイドからふにゅっと摘むと、

「い、いやっ……やめて」

と、茜が懇願に近い声を小さく洩らす。（葛西涼『姉の濡唇《くちびる》、妹の幼蕾《つぼみ》』）

お汁

「ああ……課長のって、大きい……おねえさまのあれに、はいってゆくわ……ああ、素敵っ……お汁が……お汁が……絵美子、濡れちゃうよう」（南里征典『紅薔薇の秘命』）

重湯のように湧くスープ

津雲は、白昼の晩餐にありつき、懇ろに、重湯のように湧くスープごと、深くびらつきを吸りたててやり、同時に、舌で溝を掻きまわしてやった。（南里征典『艶熟夫人の試運転』）

オリーブ油

Tバックの隙間《すきま》から指を入れると、

（おや……）

驚いたことに、女芯は早くもその溝に沿って、オリーブ油を流したように、ねっとりと潤っていた。（南里征典『紅薔薇の秘命』）

オレンジの果汁

奈津実は亜紀穂のクレヴァスに唇を押し当てた。舌を覗かせ、亀裂に沿って、下から舐めあげる。舌先に亜紀穂の愛液の味がひろがる。少しだけ酸味がかった、オレンジの果汁を思わせる味だった。（鏡龍樹『三人の美姉』）

女のエキス

「そんな、いやよ、いや！　ううんっ、ああっ……」

女の声が高まるにつれて、純一の欲情も再び昂揚する。溢れでた愛液を、唇をすぼめてジュルジュルと啜ってみる。久ぶりに味わう女のエキスは、まるで蜜のように甘い。（牧村僚『淫指戯　人妻痴漢体験』）

女の射精液

握りこぶしを襞の多い粘膜器官のなかでねじるように動かした。

ピピッ！

透明な液が尿道口から迸《ほとばし》った。

それは尿ではない。女の射精液なのだ。色はなく匂いもほとんどない。女体の神秘を味わう一瞬である。（館淳一『美人社長　肉虐の檻』）

女の精

ガクガクと全身を震わせながら、陽司が激しく吐射した。それを喉の粘膜に浴びながら、早紀子もまた、潜りこんでいる左手の指に女の精をしたたかに浴びせるのだった。（高竜也『ママは双子姉妹』）

温泉

「あああン……もっと奥……突いて」

ふいに、腰をくねらせながら、あおいがねだった。とたんに、ふっとヒダの締めつけが緩くなり、かわりにまるで温泉でも湧きだしたかのように、ヒダ全体に愛液が溢れてきて、オレのペニスを優しく包み込んだ。（丸茂ジュン『メス猫の寝室』）

快液

章太郎は閉じようとする両脚の付け根を、強引に体を割りこませることでこじ開けた。快液にまみれた割れ目の奥までがのぞけた。ピンク色の複雑な肉の重なりにも、もうたじろぐことはなかった。（高竜也『若叔母と熟叔母』）

花液（かえき）

自身の淫らな罪深い絶叫が、雪乃を一気に禁断の痴悦の絶頂へ追い上げた。

美しい友の凄艶な媚態に誘われた恵麻も、抑えた嗚咽を洩らして愛しい硬直に熱い花液を浴びせかける。（砂戸増造『美母交換　顔面騎乗』）

快楽の汁

肉槍はその先端に張り出した鰓《えら》で、膣の内壁を抉り、快楽のスポットを擦り立てて刺戟し、子宮口を突つく。そのたびに、女は体の内部から快楽の汁をほとばらせ、頭を振り立てて細く泣くような快楽の喘ぎを上げる。（鍵谷忠彦『母娘《おやこ》同時絶頂　レイプ請負人』）

牡蠣汁（かきじる）

二本、まとめて指を突き入れると、驚いたように女芯がきゅっと収縮し、その下端からとろりと、牡蠣汁《かきじる》のような白濁液が絞られてこぼれる。（南里征典『艶やかな秘命』）

カスタードのクリーム

蒸れパンティのマスクに、息を継ぐたび女臭が吹雪となり、カスタードのクリームが口内に流れ落ちてくる。（櫻木充『ママと看護婦のお姉さま』）

我慢汁

充血した大陰部がぽってりと膨らんで開いていた。花びらの真んなかあたりから真珠色の蜜が溢れていた。

「こんなに濡れてるよ。先生の我慢汁だね」

「いやッ、やめて」（美園満『女音《おんな》楽教師』）

歓喜の涙

中で指が動く度に、麗子は狂おしいほどの煩悶をして、淫らに女陰を迫り出した。

天井に密集するカズノコを指腹で伸ばすように刺戟すると、麗子は切なげに咽び泣きながら、歓喜の涙を蜜壺からとろとろと流してしまう。（伊井田晴夫『母姉妹淫辱三重奏』）

完熟の牝汁

「そ、そう……もっと、もっとぉ！　ほらぁ、濃いのあげるぅ！　ドロドロのジュースあげるからぁ！」

亜希子は軽くヒップを持ちあげると、せわしく収縮する蕾に自らの中指をうがちこんだ。

指先を折り曲げ、膣肉をほじくりながら、完熟の牝汁をかきだしてくる。（櫻木充『美姉からの贈り物』）

官能の滴り
湧きでる官能の滴りを吸引しては、また舌を這わせたり、時にはアヌスを小突いたりもした。（高竜也『双子美妹と兄　相姦の三角関係』）

甘露
時間をかけて、龍次はソフトに秘部を愛撫する。白い肌が桜色に火照《ほて》り、未踏《みとう》の花園から甘露《かんろ》が大量に溢《あふ》れた。龍次のものも、激しく猛《たけ》り立って、二匹の龍が脈動している。（鳴海丈『卍屋龍次　無明斬り』）

喜悦の雫
燃え滾《たぎ》った巨大なヒップの奥がドロドロに溶けて、喜悦の雫《しずく》が豊かな太腿の内側に噴きこぼれてくる。（美馬俊輔『美肉修道院　巨乳の凌辱儀式』）

銀色の蜜
秘口から流れ出した銀色の蜜は、会陰をつっと伝い落ちた。その蜜を味わうために、貴成は会陰から花びらに向かって舐め上げた。（藍川京『新妻の疼き』）

銀水
息はみだれ、顔はほてり、乳首はしこっていた。しかも開いた腿のあわいは、透明な銀水で濡れそぼっている。（子母澤類『金沢、艶麗《えんれい》女将の秘室』）

葛湯（くずゆ）
靖恵は身を捩り、顔を左右に打ち振って、また高い声を上げ、利光の指が第二関節までくぐりこむと、とば口で男の指を締めつけながら、葛湯《くずゆ》のような熱い潤いを絞り出した。（北沢拓也『人妻候補生』）

グレープフルーツジュース
詩織は思い切って、北村の指を咥えた。舌の上に、薄めたグレープフルーツジュースのような味が広がる。愛液の味だ。思ったほどまずくない。これなら大丈夫だと思いながら、詩織はぺろぺろと北村の指をねぶった。（鏡龍樹『清純新入社員・詩織　二十歳の凌辱研修』）

洪水
明はスカートをさらに捲り上げ、覗き出た義母の女の部分を目にし、運ばれる肉を口にする。
今日初めて目にしためぐみと、成熟した女との陰部の違いを比べ、洪水の滴りで椅子を濡らす義母に花開いた女を感じる。（倉貫真佐夫『熟れ尻ママ　秘孔責め』）

香蜜
まだまだたくましさのある男根が、一度引き上げられてから、花唇の中心へと打ち沈めてきた。
「うあああ」
小壺から、熱い香蜜がどくんっとあふれてくる。（子母澤類『祇園京舞師匠の情火』）

米のとぎ汁

黒みがかったセピア色の肉の花弁は、左右に展開されると、目も彩なピンク色の氾濫する膣前庭部が露呈する。米のとぎ汁、あるいは薄めたミルクを思わせる愛液が膣口から溢れでて会陰部を伝い、暗いセピア色をしたアヌスの襞をすぼまりまでをも濡らした。（館淳一『奴隷未亡人と少年　開かれた相姦の扉』）

コンデンスミルク

「ちょっと抜いてくれないか。尻が痛い」

大石は加芽子を上からおろして、体を起こした。欲棒がコンデンスミルクを掛けたようになっていた。（豊田行二『媚色の狩人』）

誘い水

「ああ……」

誘い水が軀からあふれてくる。

森田が喘いだ。

「君の中に……入っていい?」（みなみ文夏『ボディクラッシュ』）

サラダオイル

北村は詩織を背後から抱きしめるようにして、秘所をなぞった指を詩織の顔の前に差しだした。ほんのちょっと撫であげられただけだと思ったのに、北村の手のひらはねばねばした液体にまみれていた。まるで、サラダオイルを手のひらに浴びたように、五本の指すべてがてらてらと輝いている。（鏡龍樹『清純新入社員・詩織　二十歳の凌辱研修』）

サワー

とがらせた舌先で小陰部の根元を擦り、尿口をほじり、膣をうがつ。粘りの強いサワーの膣汁をすくい取り、舌上で転がしながら胃袋へ送りこむ。（櫻木充『美母の贈りもの』）

サワードレッシング

土手の膨らみを左右から軽く押さえつけただけで、亀裂はパックリと口を割り、ぷるぷると弾みながら花弁が捲れだしてくる。

白い糸を引きながら二枚貝が剝がれ、緋色の肉底が、サワードレッシングにまみれた肉溝があからさまになってゆく。（櫻木充『ママと看護婦のお姉さま』）

酸味混じりの果汁

はみ出した小陰唇の表面を舐めると、そこはもう溢れた愛液で、ヌルヌルになっていた。

舌を潜り込ませると、淡い酸味混じりの果汁が、トロリと迎えてくれた。（睦月影郎『淫ら占い　女神の童貞監禁　魔惑の強制射精』）

子宮液

男の指が引き上げられたとき、国分珠代は下半身を小刻みにふるわせつつ、ぽっかりと虚《うろ》のようにひらいた秘口から白っぽい子宮液をとろりと絞り出していた。（北沢拓也『社命情事』）

下のオツユ

「顔より、下のオツユを拭いてやった方がいいぞ。洩らしたようにビショビショのはずだ」（藍川京『女教師美畜の檻』）

シチュー

まなみの長い指が折れ曲がり、股間のなかへ消えていく。やがて長い嗚咽が漏れた。

「ホォーォ！」

すでに肉裂のなかは熱く溶けだしている。まるでトロトロに溶けたシチューのようだった。（巽飛呂彦『バレンタイン・レイプ』）

搾り汁

長く伸ばした舌先で亀裂を舐めまわせば、穿きふるされたパンティに付着した老廃物とは違う、新鮮な牝の搾り汁がネバネバと舌ごけにまとわりついてくる。（櫻木充『ママと看護婦のお姉さま』）

搾りたての果汁

新鮮な淫水が、搾りたての果汁がストレートで悠太の口内に注がれてゆく。

「んぐぅ……んっ、んぅ……」

粘っこい体液がゆるゆると食道を流れ落ち、胃袋の粘膜に吸収されてゆく。（櫻木充『美姉からの贈り物』）

清水（しみず）

苔むした岩からチロチロと湧きだす清水を啜るように、征夫はいつまでも飲み足らず飽き足らずに、舞香の肉の割れ目に口をあてがいつづける。

「アーッ……ハアーッ……」

乳揉まれ、蜜啜られる恍惚に、舞香は陶然となって、もうこのまま、永遠にこうしていたいと願っている。（鬼頭龍一『淫《みだら》叔母・少年狩り』）

ジューシーで甘やかな恥蜜

それはペニス挿入を容易にするための潤滑液というより、浩司に飲まれるために特別に生成されているのではないかと錯覚させるほど、ジューシーで甘やかな恥蜜だった。（吉野純雄『十四歳　下半身の微熱《しめり》』）

潤滑油

亀頭がヌルッと潜り込み、処女膜が丸く押し広がった。きつい感じもするが、充分すぎる潤滑油に、挿入はスムーズだった。

「あう……」

　綾子が、僅かに眉をひそめて声を洩らす。（睦月影郎『制服の蜜戯』）

ジュンと吹き出すもの

　あまりに巧みな指戯なので、彩子は頭がふらふらになり倒れそうになった。熱くなった交口あたりから、ジュンと吹き出すものがある。（矢切隆之『倒錯の白衣奴隷』）

シル

「ずぼずぼ指入れてるそこ、どうなっている？」

「ぐしょぐしょになって……シルがいっぱい出ちゃってる……あっ、あっ、いきそう」（北沢拓也『情事妻　不倫の彩り』）

汁気

「こんなになってるぜ。へへへ。澄ました顔して汁気が多いんだね、奥さん」

「ああ……だって……うふン」（綺羅光『東京蜜猟クラブ』）

白んだ煮汁

　股間の真下に置かれた少年の顔を覗きこみ、ストッキングプレイに花咲いた女陰に中指を這わせる。開陳された肉底をなぞれば、マチの表面にはねばねばと、白んだ煮汁が染みでてくる。（櫻木充『ママと看護婦のお姉さま』）

白んだ涎れ

　蜜汁に蕩《とろ》けた肉底があからさまになる。

　白んだ涎れを滴らせ、見て欲しいとせがんでいる。（櫻木充『美姉からの贈り物』）

白い分泌

　汗なのか分泌なのかはわからないが、牝肉の内側はキラキラとした光沢を帯びていた。

　膣の蕾からは精液にも似た白い分泌が滲みだしているではないか。（櫻木充『美姉からの贈り物』）

白い蜜

　志津はなかば気死しながら、なおものたうった。

「心はあらがっても、体はもう濡れておるぞ」

　仄暗《ほのぐら》いはざまに開いた花に白い蜜が宿って強い女の匂いを立ち昇らせていた。（千草忠夫『姦鬼奔《はし》る』）

白いルージュ

　エスカレートしつづけるフェティシズムを満足させるには、もはや匂いだけで足りるはずもなかった。

　唇を分厚い白蜜にねぶりつける。分泌の白いルージュが唇を飾る。狭間から舌を伸ばし、クロッチの縦沁みにそって、恥部をいたわるように舐めてゆく。（櫻木充『新任英語教師　祐美子とテニスクラブ　濡れたアンダースコートの挑発』）

白酒（しろざけ）

「やっぱりな。パンティが濡れるはずだ。しっかりと白酒垂らしてるじゃないか」

大原は股間を覗きこんで馬鹿にしたような口調で言った。

「ああっ、見ないでぇ。見ないでください」

まじまじと覗きこまれる気配に、夕貴は悲鳴をあげた。

（海堂剛『セーラー服と看護婦　十六歳&十九歳　邪淫のレイプ刑』）

シロップ

さらに右手の二本の指を、ヌルッと膣口から引き抜いた。

指は、もうシロップに漬けたかのようにヌルヌルになっていた。（睦月影郎『女教師　いけない放課後』）

白っぽい蜜

ほんのりしょっぱい陰唇の表面を舐め廻し、さらに指でムッチリと広げて奥のヌメつくお肉を味わった。

白っぽい蜜はさして味も匂いもないが、舌に心地良くまつわりついてきた。（睦月影郎『淫行時間割　わいせつ母《ママ》』）

白蜜

ダークローズの花弁を開き、白蜜をたたえた膣口を見せつけて訴える。

言われるまでもない。肉棒は少しだって萎えてはいない。淫女のエキスに勃起したまま、太い青筋を浮かびあがらせているのだから。（櫻木充『隣りの美姉妹』）

新鮮な濃い牛乳

新鮮な濃い牛乳のような愛液が湧き上がって、薬師寺の口に吸われていくのがよくわかった。

「あ、ああっ」

美悦夫人は、全裸の薬師寺の顔を圧し潰しながら喘いだ。（芳野眉美『教授夫人の「舐め犬」』）

新鮮な花蜜

華津絵は人差し指と中指の背の側で乳首を挟み、先端を親指でつつきながらクリクリとひねり、あるいは引っ張った。そのたびにズーン、ズーンと甘い衝撃が子宮を直撃し、新鮮な花蜜を絞り出していく。（風間九郎『催淫治療室　恥辱の強制絶頂』）

髄液

膣口は固く閉ざされているものの、収縮を繰りかえしながら涎れのように髄液を滴らせている（櫻木充『美母の贈りもの』）

水膜

ピンクの谷間には、うっすらと水膜がきらめいている。まちがいなかった。香りは、擬牝台の女の、みだらに濡らした性の唇から漂ってくるのだった。（子母澤類『狂乱の狩人』）

清流

「それでは、アタゴヤマを賞味させていただくよ」

植田はシノブの両足を大きく開かせた。

アタゴヤマの下にピンクの渓谷が現われた。

渓谷には清流が流れていた。（豊田行二『野望勝利者』）

清冽な泉

何度も犯されて汚れた真菜の肉裂に、また清冽な泉がこんこんと湧きだしていた。

佐藤はズボンから肉棒を引っ張りだすと、充分に怒張したそれで一気に真菜の身体を抉った。（巽飛呂彦『青山レイプ　狙われた美人社長&清純社員』）

ゼラチン

二本の指のうちの一本が、自らの花唇から逸れ、蜜壺の入口に浅く入っていく。白く、関節がないようにたおやかな中指で、体液ゆえにしとどに濡れている。透明な蜜と、ゼラチンのように薄濁った蜜の二種類が溢れているようだ。（三村竜介『美人妻　下着の秘奥』）

大洪水

蜜液は大量に湧き出し、パンティを濡らしている。

「大洪水《だいこうずい》だ」

谷原は大洪水の中から固く尖った芯芽を探り出した。（豊田行二『人の妻』）

卵の黄身

「おや……パンティーを脱がしたばかりなのに、もうここは、卵の黄身をこぼしたようになっているじゃないか」

「課長がこってりと、乳首をお吸いになったからよう。……ああ、そこっ」

美矢香は、腰をぐねつかせて、顔を歪めた。

水城の指が、溝にこぼれる卵の黄身をすくって、亀裂上辺の敏感な突起に塗りつけてやったからである。（南里征典『淑女の援助交際』）

玉子の白味

玉子の白味でも溶かしたようにぬるついた部分から、尖ったクリトリスを探り当てた信吾は、貪欲に快楽を追い求める里美の表情を凝視しながらクリトリスを小突いた。（高竜也『二人の美姉　奈津子と亜希』）

痴液

絶句する淑子の美体が異常な痙攣を起こし、夫の脈打つ怒張を肉門が締めつけ、子宮から溢れ出る経血と痴液を浴びせかける。（砂戸増造『美姉妹　堕ちた性奴』）

痴情の牝汁

両足がM字に、露骨なほど大きく開脚される。

「ほら、見える？」

手のひらで恥丘を包み、恥毛を逆手に撫でつけながら、奈々恵は痴情の牝汁にまみれた女肉をあからさまにした。（櫻木充『お姉さんはコンパニオン！　コスチューム&レオタードの魔惑』）

恥汁

M字の脚を自ら抱えあげ、恥汁にまみれた性器を真上に晒す。オシメを取り替えられる赤ん坊のような、あられもない格好になって義弟のやる気を煽る。（櫻木充『兄嫁・千佳子』）

乳滓（ちちおり）

未亡人重役は、おもらしでもしたように、いやっと叫んで腰をくねらせ、股を閉じようとした。その瞬間の身体のねじれが、陰部をもねじらせ、二枚の肉びらのあわいから乳滓《ちちおり》のような白液をぷくっ、と滲《にじ》みださせる。（南里征典『欲望女重役』）

膣汁

「だ、駄目ぇ！　口にぃ、口に出してっ！」

タックルするように夏彦を押し倒し、膣から抜け落ちた肉鞘をすかさず口に含む。

ぶちまけた精液に、膣汁にまみれた有様にも臆することなく、亀頭のくびれをしゃぶりまわす。ズズズッと鈴口が啜りあげられ、吐瀉がうながされる。（櫻木充『兄嫁・千佳子』）

恥蜜

それはペニス挿入を容易にするための潤滑液というより、浩司に飲まれるために特別に生成されているのではないかと錯覚させるほど、ジューシーで甘やかな恥蜜だった。（吉野純雄『十四歳　下半身の微熱《しめり》』）

長寿の薬

自分の鼻先が処女の愛汁《あいじゅう》で濡れていることに気づいた貫太は、長い舌を伸ばしてペロリと舐めとり、「長寿の薬ですだね」と呟く。（鳴海丈『花のお江戸のでっかい奴〔色道篇〕』）

露

体を起こすと、お福を四つん這いにさせた。志賀介は尻のほうに回る。お福は肩を夜具について、尻をかかげた。

目の前に切れ込みが見えていた。そこから露があふれそうになっていた。（峰隆一郎『白蛇　新・人斬り弥介』）

天然の蜜汁

センターシームが食いこみ、赤貝のように開ききった肉割れは、天然の蜜汁に白く濁っている。ローションなど必要ないほど多量の牝汁をたたえている。（櫻木充『若《わか》美母《びぼ》　ボディスーツ&下着の誘惑』）

糖蜜

官能の昂ぶりが花弁をあわあわとゆるませている。恥ずかしい花びらは糖蜜にまみれて、桃色の肉ひだをぬらつかせていたからだった。（子母澤類『祇園京舞師匠の情火』）

糖蜜の滴り

年相応の発育を見せる少女のものはまさに魅力的だった。日々女性への成長をみせているのが、その場所にもうかがえる。柔らかそうな両翼の陰唇のなかに、まるで切ったばかりのようにジューシーな果物を髣髴《ほうふつ》とさせる、糖蜜の滴りがある。（麻樹達『美少女鑑賞《マニア》　恥辱の肉解剖』）

透明な潤い水

尻をくねくねさせながら、彩和子は熱い息をこぼした。唇を噛んだ。

透明な潤い水がいつしか溢れている。またたくまに花びらや肉莢はぬるぬるになった。（藍川京『義母と嫁　肛虐飼育』）

独特の白い糊

練れた膣肉が生き物のように指に絡みつき、驚くような収縮ぶりを見せる。そして次々と溢れ出る愛液が、糸を引くどころかグチャグチャとしぶきを立てていた。独特の白い糊が溶けたような液体が、テーブルや浩介の腕にも点々と飛び散っている。（櫻井珠樹『美少女教育《レッスン》　秘密の強制飼育』）

溶けたマーガリン

指を下腹部から茂みのほうにすすめ、女の花芯をまさぐる。溶けたマーガリンのような熱い潤みにまつわりつかれながら、そこに出入りしている肉根の硬直が触れる。（南里征典『欲望重役室』）

とろけ汁

奥から、とろけ汁が滲《にじ》み出る。

操は〝ゴクリ〟と喉を鳴らし、秘裂に舌を差し込んでいった。

「あっ、あーん」（宇佐美優『援助交際の女』）

蕩けた蜜（とろりた——）

浩一はうっとりと嗅ぎ惚れ、思わず鼻先を擦りつけていた。

「ふああああン……」

膣口から蕩けた蜜がとめどなく溢れだす。（鬼頭龍一『処女叔母と熟母』）

ドロドロのヨーグルト

白んだ分泌に、粘りの乳液にまみれた肉底が露わとなる。ドロドロのヨーグルトをたたえた膣口が、まるで男を欲するかのようにヒクついているのがわかる。（櫻木充『お姉さんはコンパニオン！　コスチューム＆レオタードの魔惑』）

とろみのある液

充血した陰唇がむき出しになる。どうやらかなり奥の方まで食い込みは届いていたらしく、ずれた股布との間にとろみのある液が短く糸を引いていた。

「おやまぁ、糸まで引いちゃって」（櫻井珠樹『美少女教室《レッスン》　秘密の強制飼育』）

納豆

指先と秘裂の間が、ねっとりとした蜜液の糸でつながっていたのである。ご飯に納豆をかけて食べるとき、箸先と茶碗の間に数本の糸が引くのに似ている光景だった。

（海堂剛『人妻三姉妹』）

南洋の果実

春菜の女陰は甘柔らかく、ゼリーのように口のなかでとろけるような食感がして、噛みしゃぶるほどに、ジュクッジュクッとトロリとした汁が口腔にひろがって、まるで南洋の果実のような味がする。（鬼頭龍一『淫姉と人妻姉　魔性の血族』）

肉液

稲垣が恐るおそるといった感じで指先を女体の入口にあて、グイーッと柔肉を押しこんだ。ヴァギナの括約筋が収縮し、粘りを強めた肉液が泡状となって噴き出してきた。（山口香『美唇受付嬢　みだら裏《うら》接待』）

煮汁

白い木綿の裏地は失禁したように愛液がちびり、ナイロン布の表側にまでぬらぬらと煮汁が染みだしてくる。

（櫻木充『ママと看護婦のお姉さま』）

乳液

今やぽっかりと、洞窟《どうくつ》のようにひらきはじめた膣口から、ごぼっと米の研ぎ汁のような乳液とともに、牝の発情の臭気も漂《ただよ》いだしてくる。（南里征典『艶やかな秘命』）

乳清

「愛液って、なんだか乳清に似てる」

「乳清って、ヨーグルトが分離して上に溜まる、水みたいなやつ？」

「そう。色もね、なんだか愛液とよく似ているよ」（慈安眠『セカンドナイト』）

乳豆を薄めたような液

床に八の字に投げ出された両の腿にさざ波のような震えが走り、赤く口をひらいた女のとば口から、乳豆を薄めたような液が盛んに湧出する。（北沢拓也『人妻の茶室』）

乳白色の液

「昂奮したわ。ああん、もうなんとかしてっ」

乳白色の液が秘口からこぼれてかぐろい会陰を伝って床のカーペットを濡らす。（北沢拓也『人妻の茶室』）

乳白色の肉汁

膣肉をえぐり、乳白色の肉汁をほじりだして顔の隅々まで塗りつけてくる。

顔面着座したまま、窮屈に上体を折り曲げて、下腹部に張りついた肉棒に舌を這わせる。（櫻木充『隣りのお姉さまとおばさま』）

乳濁色の子宮液

とろりとした乳濁色の子宮液が、尼部の二本の指を追うようにして、秘口からこぼれ出た。

「イッちゃったわ、わたし……」（北沢拓也『蜜妻めぐり』）

女陰の汁

「ウーッ、なんてスケベな匂いなんだ」

女陰の汁でヌルヌルになった指を鼻にこすりつけて、洋一はその匂いを嗅いだ。（鬼頭龍一『母姦！ 性獣の寝室』）

ぬめり

陰唇の奥はしっとりとしたぬめりが溢れ、肉襞の表面でてらてらと光っている。（堂本烈『姉の恥唇、妹の乳頭』）

滑り汁（ぬめりじる）

指に代わって、太く逞しい男の欲棒が秘裂を割り、滑り汁の源泉へ潜り込むと、恵は息を乱し、

「いい、いい、あーっ」

顎を突き上げて、一段と大きくわななきの声を上げる。（宇佐美優『援助交際の女』）

ぬるま湯

また生暖かいものが溢れ出てきて、オレのペニスを包み込む……まるで、ぬるま湯につかりながらセックスしているような状態だが、それが、オレにとっても、たまらなく気持ちがいい。（丸茂ジュン『メス猫の寝室』）

ぬるぬる

「……濡れてるよ。ぬるぬるをこんなに出して、いけない奥さんだ」

「立浪さんが濡らしたんじゃありませんか」（北沢拓也『有閑夫人の秘戯』）

濡液（ぬれえき）

手のひらから大量に溢れ出る乳肉に、直哉も固く勃起していた。ごく普通の、人のいい顔立ちをしている彼女は、服を脱がせばこんなにもいやらしく大きい乳房で男を誘い、蜜壺から濡液を溢れさせている。（内藤みか『快楽保険外交員』）

熱湯

叫んだ瞬間、絵美の躰は硬直しながら、おびただしい熱湯を噴き出し、城の怒張を強烈な握力で締め上げてきた。（由紀かほる『「国際線スチュワーデス」汚れた滑翔《フライト》』）

粘っこい花液

みちるが舌をなぞらせ、這わせ、動かすたびにめぐみは切ないため息を洩らし、細い首を打ち振り、イヤイヤをする。その当の部分、めぐみの女の子の部分は熱く濡れそぼち、粘っこい花液をしたたり落としていた。（松平龍樹『女高生百合《レズ》飼育』）

ねばねば

「ぼくが出たあとシャワーを使ったのだろう、なのにもうこんなにねばねばが出ているよ……」（北沢拓也『情事妻　不倫の彩り』）

ねばり光るもの

善千代の指先は、まるで魔法の力を秘めているように、花びらの奥からねばり光るものを吐き出させている。（千草忠夫『姦鬼奔《はし》る』）

粘液質の白汁

開ききったクレヴァスに鼻面が咥えられ、喘ぐように割った唇さえ小陰唇の餌食となる。粘着質の白汁に、鼻穴が唇が接着され息も継げない。（櫻木充『美姉からの贈り物』）

濃厚な搾り汁

漏れこぼれる愛液を、凝り固まった肉汁までもこそぎ取り、まったりとひろがる味わいを心ゆくまで楽しむ。プルプルと震える陰唇に歯を立て、クリトリスに吸いつき、濃厚な搾り汁を音を立てて啜る。（櫻木充『美姉からの贈り物』）

濃蜜

とろけそうなほど熱くなっている秘芯から、とめどなく蜜液を孔道にしたたらせて喘いでいる。バイブと淫裂の接続部から、トロトロと流れ落ちている濃蜜が、白い太腿を淫靡に濡らしていた。（海堂剛『三姉妹レイプ！』）

飲み物

指先で秘肉をこねまわしながら、わざとらしい顔で根岸は首を傾げたりしている。ニチョッと湿った音がした。

「やっぱりな。なんだか知らんがうまそうな飲み物をこんなところに隠してたのかァ」

「あーっ、やめてえ。それは飲み物なんかじゃないですぅ！」（海堂剛『セーラー服凌辱ゼミナール』）

白汁

白汁まみれの陰唇はパクパクと口を開け、二重布の表面にキスマークとなって象られている。（櫻木充『ママと看護婦のお姉さま』）

バター

城山は、その茂みをかき分けて、未亡人の赤黒い秘裂を露わにし、そこに顔を寄せて、舌を送った。

ぬっちゃり、……ぬるり、と舌がバターに触れる。（南里征典『密命　誘惑課長』）

バタークリーム

領はためらうことなくクロッチのバタークリームに唇を寄せると、こびりついたシミを舌先で舐め味わった。

シミが唾液に溶けてぴりぴりした刺激を伴い、口腔内に馨《かぐわ》しい芳香と酸味のハーモニーがひろがっていく。（尾崎嶺『未亡人の下着　三十九歳・瑞希と美少年』）

ハチミツ

執拗に弄ばれているうらに、紀香の花園は濡れた淫液でハチミツをまぶしたように濡れそぼってくる。（高木七郎『若妻　再会と復讐と凌辱と』）

発情の印

その何よりの証拠が、陰膣の奥の方できらりと光っている雫だった。由布子の発情の印を見つけ、淳也は黙っているわけにはいかなかった。（内藤みか『若妻童貞しゃぶり』）

バニラアイス

久志は言われるままに、秘口に唇を寄せて、ずずッ、と愛汁を吸ってみた。

わずかに甘いようなとろりとしたその液は生温かく、久志の舌の上で、生クリームをたっぷり使ったバニラアイスのようにふんわりと溶けていく。（内藤みか『若妻濡れ下着の童貞レッスン』）

半濁水

マッキーが腰かけていたバスタブの縁から離れると、今度はそこに緋沙子が両肘をついて、大きなヒップを顔前に突きだした。

ザクロのように割れた柔肉の裂け目から、どっとばかりに半濁水が流れた。（高竜也『実妹と義妹』）

媚液

表面を撫でるだけで、割れ目の奥から新たな媚液が、トロリトロリと押しだされるように溢れてくる。（高竜也『双子美妹と兄　相姦の三角関係』）

美酒

吸えば吸うほど二重底の部分から沁みついた蜜を吸い出せる。しょっぱいような酸っぱいような味は四人の女子大生とさほどに変わらないとは思うが、藍子の肉汁だと思うと高級な美酒のような気がして胃に染みこんでいく。(龍駕昇『美少女と叔母　蜜交体験』)

ビニールコーティング

花びらのように外に向かって開いている陰唇と、その奥の粘膜は、濃いピンクと淡いピンクであったが、鮮やかな対比を見せて少年の目を愉しませた。さらに女陰全体は、ビニールコーティングでも施したように、愛の溶液でてらてらに光っていた。(高竜也『双子美妹と兄相姦の三角関係』)

フェロモンの濃縮エキス

グンッと摩耶の背がのけぞり、尿にも似た薄い蜜汁が胎内から溢れだす。

少年の喉に直接流しこまれるフェロモンの濃縮エキス。

「おおぉ!」

和成は五体をバウンドさせ、獣のように呻いた。(櫻木充『お姉さんはコンパニオン!　コスチューム&レオタードの魔惑』)

紅花食用オイル

「おや、これはすごい。おまめも膨らんでるし、花弁の外にまで、紅花《べにばな》食用オイルをこぼしているじゃないか」

「課長が昼間っから、いやらしいことをいっぱいなさったからよぉ」(南里征典『特命　猛進課長』)

ホットカルピス

牝の匂いと精液の匂いが入り混じった独特の臭気がムッと鼻を衝く。

「さあ、私とレイカの合作、ホットカルピスをあげるわ」

髪を掴まれて、敏彦は強い力でますみの下腹に顔を押しつけられた。敏彦は夢中で膣口に唇を押しつけ、薄白い液を啜った。(館淳一『女神《ミストレス》の双頭具　美少年の飼育試験』)

ホットハニー

(おおう、熱い。この出迎え女は、蜜から湯気をたてて、通路の中もどろどろの、ホットハニーの海にしてるようじゃないか)

鯖江は、そのどろどろに熱い煮え蜜の中を、片脚を抱えあげたまま、みっしりと突き捏ね、励みだした。(南里征典『艶やかな秘命』)

ほとびり

尻をみだらに痙攣させながら、那津子はどっとよし子の顔面に、いまわのほとびりを吐きかけた。汗にまみれた白い内股が、激しく痙攣しながら、のたうつ腰を高々とささえている。それから、がくりと崩れた。（千草忠夫『定本・悶え火　女子高生処女の儀式』）

ほの白いしずく

　いきなり聡子は腰を引いた。女肉の花からあふれ出た、ほの白いしずくが谷間を流れ、キュッとすぼんだアヌスのひだへからみついていった。（水樹龍『女教師と美少女と少年　保健室の魔惑授業』）

本気汁

　白濁した液体が、つつっ、と奈津子の内腿をつたった。その、とろとろに粘度を増した淫液は、まさに彼女の秘腔から湧き出したものだった。それが俗に『本気汁』と呼ばれるものであることを、彼女は知らない。（安達瑶『美人リポーター　かいかん生放送』）

マグマ

「くっ！　あうっ！　くうっ！」

　面白いほど彩子は声を上げ、揺れ動いた。気をやってはいないかもしれないが、感じすぎてマグマのように蜜液を噴きこぼしている。（藍川京『蜜の狩人　天使と女豹』）

マン汁

「ハアハア、アアーン……いい、気持ちいいっ、ハアンハアン」

　秘芯が潤んで蜜液が溢れ、孔道を伝ってトロトロとしたたり落ちる。すんげえマン汁の量だぜ……。（海堂剛『熟妻とレイプ　すすり泣く三十五歳』）

マンスープ

「マンスープをご馳走になったぶん、チンスープで返したから、これで賄賂をもらったことにはならんだろ」（海堂剛『セーラー服凌辱ゼミナール』）

水飴

　美穂の方は、すぐに白っぽく濁った粘液になるのに比し、涼子の方は水飴のように透明で、指かペニスを挿入して動かさない限り白っぽくはならないのだった。（睦月影郎『女教師　いけない放課後』）

淫ら水

　秘肉はすでに、淫ら水であふれんばかりだった。

「なあ、おねがい……弾さん、このまんま、して」（子母澤類『祇園京舞師匠の情火』）

淫らな汁

　全身が薄紅く染まり、しっとりと汗が噴き出していた。秘門からは淫《みだ》らな汁が、とろとろととめどなく迸《ほとばし》っている。（安達瑶『悦虐ＯＬ　肉ひだ営業』）

淫らなシロップ

「もっと……もっと強くして」

リクエストに応えて、ブルマーの上からわれめに指を喰い込ませると、ぷにぷにの恥丘は、まるで、濡れたスポンジのように淫らなシロップをにじみ出させた。（雑破業『シンデレラ狂想曲《ラプソディー》』）

蜜の海

「いやあああぁ！」

しかし膳所の節くれ立った指は蜜の海に泳いだ。

「いやいや、じゃねえぜ。こんなにヌルヌルにしてやがって。みさとや由花子のビデオを見て濡らしてやがったな」（巽飛呂彦『横浜レイプ　聖フェリシア女子学院・魔獄の罠』）

蜜の河

内陰唇からはみだしている貝の身を、ぺろりと口に入れてねぶりながら、蜜の河を舌で縦横に耕《たがや》した。

「わっ……わっ……そんなことされると、侑紀江、またイキそう」（南里征典『欲望の狩人』）

ミルクを薄めたような液

彼は体をかがめ、手で白くたくましい太腿をこじ開けた。ミルクを薄めたような液がふっくらとした土手を持つ割れ目の奥から溢れ、内腿を濡らしている。その匂いは上質のチーズのように食欲をそそるものだった。（館淳一『倒錯未亡人』）

無色無臭のヨーグルト

まゆみは、シーツから浮かした腰をおののくようにふるわせ、とろりとした蜜を秋山の口の中にそそいだ。

無色無臭のヨーグルトのような液である。（南里征典『欲望重役室』）

女神のエキス

祐司にとっては最上の果汁だ。百パーセント天然の、女神のエキスだ。

「んんっ！　んっ、んむっ！」

下劣な音色を響かせて淫液を啜る。（櫻木充『沙紀子二十八歳のレオタード　倒錯スポーツクラブ&アンスコの誘惑』）

女汁（めじる）

膝を開いたままの恥ずかしい姿勢で目を閉じているので、淫部は丸見えだった。とろりとした女汁が、蜜芯の入り口で輝いている。（内藤みか『甘い花蜜の美人課長』）

牝のドレッシング

濃厚な恥汁が鼻腔に流れ、口腔に逆流してくる。

牝のドレッシングに味覚が刺激されれば、肉鞘はますます硬化し、太さまでも増してくる。（櫻木充『ママと看護婦のお姉さま』）

牝のバター

クロッチの裏布がめくられ、牝のバターで味つけされた布切れが舌上に擦りつけられる。

瞬間、ピリッと痺れるような感覚に襲われ全身が粟立つ。（櫻木充『お姉さんはコンパニオン！　コスチューム&レオタードの魔惑』）

牝の分泌

牝の分泌に、美麗な容姿とは裏腹の汚濁に濡れまみれた裏布をピッタリと愛弟の鼻穴に押しつける。

「んぅ！　あぁ……はぁ、ふぅ……」（櫻木充『お姉さんはコンパニオン！　コスチューム&レオタードの魔惑』）

牝濁（めだく）

しこった肉芽を弄び、漏れだす淫汁をクロッチに塗りつければ、コットンの裏打ちは全体を官能色に、牝濁の汚れ模様に染まってしまう。（櫻木充『ママと看護婦のお姉さま』）

物欲しげな涎れ

パックリと開ききったクレヴァス。赤らんだ蕾からは絶えず、物欲しげな涎れがドクドクと溢れだしている。

「あぁ、姉さん……僕、もう……」

和成は肉交をせがむように、膣口に人差し指を押し当てた。（櫻木充『お姉さんはコンパニオン！　コスチューム&レオタードの魔惑』）

やりたい汁

「ああっ、いい気持ち」

「ぼくの指先、奥さんのやりたい汁で濡れちゃった。見たいな。脱がせて、見ちゃおうかな。だいぶ暗くなってきたけど、見えるだろう」（片桐純子『人妻微熱空間』）

柚子のシャーベット

クレヴァスにそって舐めあげると、ぴったりと合わさった二枚の襞の隙間から、滲むように蜜液が漏れでてくる。聖哉は漏れでる愛液を、舌先ですくい、舐め取った。義母の愛液は、柚子のシャーベットに似た味がした。（鏡龍樹『義母の美乳』）

湯煎

恥汁にぬめる大陰唇を握りつぶし、花びらの隙間に中指をかきこみ、亀裂の底を、小陰唇の付け根を爪で引っかく。

「ひほぉ！　ふんあっ！」

ビュッ、ビュッ、ビュッと湯煎がほとばしり、意識までも薄れてしまう。（櫻木充『ママと看護婦のお姉さま』）

妖液

霧子を立たせた修次は、その前にひざまずいた。辱められた美しい愛奴の秘園は、水を浴びたように蜜液で濡れている。ぬめりのある妖液を修次は舌で掬いとった。

「ありがとうございます……こんなにきれいにしていただけるなんて……」（藍川京『兄嫁』）

溶液

それでも奈津子の体は跳ねた。揺れた。しかも股間の割れ目からは、新たな溶液がとめどなく流れでてきた。（高竜也『実妹と義妹』）

溶岩流

「おっと、危ない！」

水城は、少し腰を引いた。

それというのも、女芯に半ばまで挿入されかかっていた肉根の先端に、不意に熱い、溶岩流に押し包まれたような灼熱《しゃくねつ》感を感じて、驚愕《きょうがく》したのである。（南里征典『欲望情事社員』）

欲情の汁

「ほら……」

女陰が勝手に反応して膣口が蠢き、欲情の汁がトロッと溢れだす。

「お舐めなさい。いっぱいおもらししちゃって、ヌルヌルになっちゃってるけど、いいわよねェ」（鬼頭龍一『私は恥しい母　息子の痴漢奴隷に』）

欲望のしるし

両脚をひらかせる。そのあいだへ麻生はうずくまった。下腹部の草むらの下方に、複雑な花がおずおずと咲いている。欲望のしるしがそこにはあふれている。（阿部牧郎『出口なき欲望』）

欲望の粘液

綾の秘孔の奥から、経血にまじって欲望の粘液がとろりと溢れでる。羞恥は、このうえない快感であった。（蒼村狼『実母と少年奴隷』）

ヨーグルト

秘口からこぼれ出たヨーグルトを薄めたような女液がシーツにしたたり、敷布に輪じみをこしらえてゆく。（北沢拓也『淫の征服者』）

ヨーグルトジュース

「ね、姉さん、いいだろう！　ここ、ここに！」

舌先でパンストのシームをなぞり、ヨーグルトジュースに潤んだ蕾をえぐる。（櫻木充『美姉からの贈り物』）

涎（よだれ）

克人は自分の目の前に突き出された母親の秘唇に見とれた。それは隠された唇のように見えて、まるで飢えたもののように涎をたらしている。（館淳一『女高生　制服の秘肛奴隷』）

夜露

イズミの秘境は夜露に満ち、腿にまで滴っており、彼女がただのお愛想で陽根をもてあそびはじめたのではないことを示している。（富島健夫『未成年の春秋　流転篇』）

澱（よどみ・おり）

澱が舌先に触れるたびに刺激的な酸味が伝わり、領の味覚を麻痺させていく。

すっかり白い澱を舐め清めた頃には、秘唇から溢れだした新たな愛蜜がアナルにまで達しようとしていた。（尾崎嶺『未亡人の下着　三十九歳・瑞希と美少年』）

歓びのしるし

「……ああ……」

北村の丹念な行為に、彼女は歓びのしるしをさらに溢れさせ、ぽってりと膨らんだ秘丘を薄紅色に染めて喘ぎを昂めた。（五代友義『学園の罠　解剖教室』）

喜びの液体

激しい快楽に瑶子はもうだめになりそうだった。ウブな身体は、もちこたえられなかった。意識とは裏腹に、膣からドクッと喜びの液体を漏らしてしまった。（乾輔康『コマダム　獣《けもの》ぐるい』）

ラヴジュース

「あんっ……ご主人さま……」

あふれたラヴジュースでヌルッと滑り、なかなか梶谷の怒張をくわえこむことができない。

「何してるっ、早くまたがってこないか、麻美」

むちっと突きだされた双臀を、梶谷がピタピタと張る。（佳奈淳『奴隷未亡人　すすり泣く牝獣』）

ラブオイル

ボディは大人並みに発育しているものの、まだ成熟途中のプッシーには、彼のペニスの太さがちょうどよかった。ゆるすぎず、きつすぎない肉棒は、ラブオイルにまみれた処女孔を何度もスラストしていった。（吉野純雄『十四歳　下半身の微熱《しめり》』）

レモンジュース

股間からたち昇る女臭の密度が濃くなった気がした。柑橘系の果物の酸味とアンモニアが混ざったような匂いが鼻をつく。口腔にひろがる愛液の味もより濃くなった。蜂蜜をたっぷり入れたレモンジュースのようだ。（鏡龍樹『姉の白衣・叔母の黒下着』）

漏水

よく見れば裂け口はかすかにひくつき、ねっとりとしたものが、地面にできた亀裂から滲みでる漏水のように湧いていた。（高竜也『若叔母と熟叔母』）

ロリータエキス

なめらかな舐め心地を感じさせる小粒なラブボタンは、そこからロリータエキスを滲《にじ》ませているかのようにおいしいパーツだったから、彼が冷静さを失うのも無理はなかった。（吉野純雄『半熟の乳頭検査　恥じらい十二歳』）

猥液（わいえき）

あうぅ～ん。そうそう、小陰唇を開げて、なかの壁ロを覗いてみて。ほら、ほら。溢れてくるっ、透明な猥液が。芽のような突起物がひくついてるの。そうっ、そこ。いじって、そこぉ～。（萩谷あんじ『ヒート』）

【乳首・乳房】

青いリンゴ

鎖骨から、肩口へのほっそりした曲線は、妙に痛々しく、また、青いリンゴを感じさせる乳房。（赤松光夫『情欲㊙談合』）

紅い宝石

胸のふくらみに張りが出てきて、椀を逆さまにした形のよいものに変わってきた。その頂きには薄茶色の皮膜を被せたような乳暈がひろがり、その上に紅い宝石を想わせる乳首がチョコンと尖り出していた。（山口香『美唇の饗宴』）

紅い実

「ね……うちのお乳房、吸っとくれやす」

はめ込んだまま男へと倒れて行き、熟れた胸乳の紅い先端を辻脇の唇に近づける。辻脇は頭を起こし、唇を突き出して、紅い実のような乳首を口に含み、吸いついてきた。（子母沢類『祇園京舞師匠の情火』）

紅色の苺（あかいろのいちご）

伏見悠介は、その豊かな乳房の頂点に唇を被《かぶ》せ、熟《う》れたぎった紅色の苺《いちご》を啄《ついば》み、そうして口に含んで吸いたてる。

「ああん……いやいや……感じちゃうっ」

そんなはばかりのない声をあげて、首を振ってのけぞりを強める池田美由希は、今年、二十四歳になる美人秘書である。（南里征典『新宿爛蕩《らんとう》夫人』）

小豆

右手で摘んだ乳首が敏感に反応しているみたいだ。親指と人差し指で挟んだ乳首は、ちょうど小豆の一粒ほどだった。巨乳なのに乳首がこんなに小さいのは不自然だと思った。（美園満『女《おんな》音楽教師』）

小豆粒

コリコリした小豆粒ほどの乳首を丹念に舌で舐めまわし、吸う。そのたびに絵美のしなやかな体がピクンピクンと跳ねる。(千草忠夫『レイプ環礁』)

苺のような固まり

彼はいっそう強く両の乳房を揉み上げ、絞った。柔らかな肉の固まりは風船のように変形し、きつく絞られると尖った。その先端にある苺のような固まりを、軽く咬んだ。(安達瑶『美少女解剖病棟　淫虐の肉玩具《モルモット》』)

ウシの角

ブラジャーのない乳ぶさは、魅力的な弾力ある肉感を示していた。わかい娘のように、小高い乳ぶさの上辺が、むっちりとウシの角みたいに突き出している。愛撫をもとめるように、乳首も立ち上がっている。(矢切隆之『成城レイプ・人妻暴虐』)

薄紅色の野苺

実りはじめた薄紅色の野苺のような、乳首の膨らみを吸いながら、真弓のとろけはじめた女陰の襞《ひだ》の重なりの上端にある女の塔の尖りたちを指弄した。(南里征典『密命　誘惑課長』)

疼きたつ苺 (うずきたついちご)

子をなしたことのないまどかの乳房は、高い標高と豊かな張りつめを保っていた。その頂点に色づき実り立つ苺《いちご》の息づきにそそられ、乃木はその赤く疼《うず》きたつ苺を口に入れて含み、吸い、つつき、舌先で転がしながら、もう一方の手でみっしりと反対側の乳房を揉みたてている。(南里征典『紅薔薇の秘命』)

熟れに熟れた巨大な果実

仰向けになった亜弥花の胸で、熟れに熟れた巨大な果実がぷるんと揺れるさまは迫力がある。(藍川京『人妻狩り　絶頂玩具に溺れて…』)

熟れる直前の茱萸 (——ぐみ)

動こうとする細い両手首を強く押さえつけて、雅光は乳首に間延びした愛撫を加えた。こりこりとしこり立っている乳首は、熟れる直前の茱萸《ぐみ》のようだ。(藍川京『炎《ほむら》』)

円錐

仰向けになっている乳房は、美しい円錐の形を保ったまま前後に揺れる。朱色に染まった乳輪の中心で、乳首が踊るように跳ねる。(神崎京介『イントロ』)

大粒のサクランボ

魅力的な双つの乳房はゴムマリのように湯に浮かんでいた。麗子は慌てて両手で隠したが、指の間に、熟れごろの乳首が尖っている。

濡れた乳頭は大粒のサクランボみたいだった。(矢切隆之『相姦　美母の肉人形』）

押しボタン

俊彦は千春の黄色いレオタードを上半身だけ脱がした。重力に逆らって円錐形を保つDカップのバストがあらわれる。乳首は卑猥な押しボタンのように尖っていた。（深町薫『肉診台の羞恥刑』）

乙女のシンボル

完全にブラを脱がさず乳房からずらしているだけだから、下着の白に上半身の人肌が映えている。その美しい谷間を直樹の赤黒いペニスが行き交って、清浄な乙女のシンボルを汚していく。（瀧川真澄『制服生人形　十四歳の露出志願』）

重い肉球

衿子の乳房は、ふっくらとして固く締まっていた。掌でつつむと、重い肉球のように弾《はず》んで衿子はかすかな声を洩らした。（南里征典『新宿欲望探偵』）

オレンジ

オレンジほどの大きさのある肉房をやんわりと揉みほぐす。誰から教わったわけではないが、優しさに徹した乳房の揉み方だった。（葛西涼『姉の濡唇《くちびる》、妹の幼蕾《つぼみ》』）

お椀

京子の乳房は大きすぎもせず、そうかといって、小さすぎもしなかった。お椀を伏せたように可愛らしく盛りあがっている。手でつかむと、若々しい弾力性を伝えてきた。（豊田行二『OL狩り』）

女のシンボル

「でも、オッパイは女のシンボルだ。楽しいことのために使わなくちゃ。さあ、両方から押さえて、もむようにして」

文江は胸のふくらみを左右から押した。（山口香『蜜狩り図鑑』）

かぐろい実

佳絵子は乳房が豊かであった。重たげに実った双つの乳房は彼女が身体を動かすたびに波を打つように弾みをたてた。尖端のかぐろい実も小指のさきほどに太かった。（北沢拓也『情事妻　不倫の彩り』）

固い膨らみ

充分に吸うと、卓郎も亜耶も口の中に舌を差し入れ、内部を隅々まで舐め回しながら、セーラー服の胸にタッチしてみた。

「う、んん……」

まだ固い膨らみをモミモミすると、亜耶が小さく呻いて、反射的に卓郎の舌にチュッと強く吸い付いてきた。（睦月影郎『アイドル声優　僕の童貞喪失』）

ガラス製品

ブラなしの吾子の網目のキャミソールの肩紐を外し、ツンと怒って天井を向く乳房を、片方だけ取り出した。秘処ほどにショッキング・ピンクの乳首で、少し抓《つね》っただけで尖り、ガラス製品みたいに固くなる。（三村竜介『美人妻　下着の秘奥』）

木苺（きいちご）

裾野のなめらかなお椀形の双つの胸の実りも、上向きで形がよい。出産の経験のない尖端の実がもぎたての木苺《きいちご》のように色づいていた。（北沢拓也『情事妻　不倫の彩り』）

貴重な陶器

首筋や鎖骨の窪みに口づけされる快感にのけ反った瞬間、大きな手のひらが乳房を包み込んできた。まるで、貴重な陶器を撫でるような慎重さだったが、指が乳首に触れた瞬間、自分で触った時とは比べものにならない衝撃が背筋を駆け抜けた。（風間九郎『爛熟少年　倒錯の初体験』）

巨大メロン

夏彦の要求がわかって、雪江はブラジャーカップを乱暴に押しさげた。ぶるん、と二つの巨大メロンがこぼれ落ちた。薄茶色の乳首が尖っている。（美園満『美術女教師』）

果物の蔕（――へた）

私は、細長く伸びたまま、固くなっている乳首を、掌の中心にあててころがしながら、広い乳暈から、果物の蔕《へた》を連想した。好子の豊かな乳房も、まさに熱帯系の芳香を放つ甘い果実さながらだった。（勝目梓『矢は闇を飛ぶ　私立探偵・伊賀光二シリーズ』）

クッション

胸の下では巨乳がクッションのように弾み、汗ばんだ肌がさらに甘ったるいフェロモンを立ち昇らせている。（睦月影郎『生けどり』）

グミキャンディー

純の手の中で、乳首がコリッと固くしこってきた。形はまだ成長過程だが、性感の方は充分に発達しているらしい。純は、リクランボからグミキャンディーに変化した乳首を指先で摘《つま》んで、コリコリと転がした。（倉貫真佐夫『姉妹奴隷　美孔《びこう》くらべ』）

茱萸の実（ぐみ――）

島崎涼子は、乳首の実を吸い立てられると、艶《なま》めかしい声を上げ、背を反らせて、ほっそりとした双《そう》の腕を頭の脇に投げ出し、身をよじった。

茱萸《ぐみ》の実ほどの乳首が、花形の口の中で固く膨らみ立ってくる。（北沢拓也『女宴の迷宮　特別闇社員』）

グレープフルーツ

襟足の冴《さ》え冴《ざ》えした白さが、鮮やかだった。それにもまして、グレープフルーツをすぱっと輪切りにして、左右に埋め込んだような二つの乳房の半円球の、量感が眩《まぶ》しい。（南里征典『欲望女重役』）

小玉すいか

小玉すいかのように大きく実った乳房にたまらずに顔をこすりつけ、淳也は揉みしだいた。柔らかく弾力がある肉は、淳也の指に合わせて自在に形を変えていく。（内藤みか『若妻童貞しゃぶり』）

小玉メロン

風呂上がりの彼女は、なんと下着を身につけてはいなかった。乳房も、下腹部にふんわりと揺れている淫毛も、眩しく久志の目に入ってきていた。細身の身体の割にバストだけが大ぶりで、小玉メロンのようにたっぷりと身がついている。ヘアは薄い栗色で、恥骨の下のほうを少し覆っている程度であり、他の部分は丁寧にカットしてある。（内藤みか『若妻　濡れ下着の童貞レッスン』）

小粒な肉豆

きれいな乳房だった。大きくはないが、きっちりとした椀型で、乳暈は桜色に輝き、小粒な肉豆のような乳首が半分埋まっている。（広山義慶『美神幻想』）

小粒なブドウ

乳房は形よく盛り上がって、食べごろの果実を思わせる。

肌の浅黒さに正比例するように、乳輪は褐色をしていて、乳首は先端の部分だけが、わずかにピンク色をしている。乳首は小粒なブドウのように、丸くふくらんでいた。（豊田行二『ＯＬ狩り』）

小生意気な突起

セーラー服の白い袖に包まれた腕が乳首に吸い付いた少年の頭を掻き抱き、ふくらみに強く押し付ける。

「んンッ……」

柔らかな肉に口をふさがれた茂樹は、さっき亀頭を強く吸われたお返しとばかりに、小生意気な突起を吸い立てた。（雑破業『シンデレラ狂想曲《ラプソディー》』）

木の実（このみ）

決して大きくはないが、椀形の白い乳房は美しすぎる。その薄い皮膚の下に透けている細い血管。ほどよい大きさの、ひっそりした桜色の乳暈《にゅううん》のまん中で息づいている乳首。いかにもまそうな淡く色づいた木の実だ。

修次は乳首にむしゃぶりついた。（藍川京『兄嫁』）

小舟

竜司は、ゆっくりと指を食いこませると、タプタプと揉みしぼった。豊潤な菜穂子の乳房が、まるで嵐のなかに漂う小舟のように、荒々しく揺れ動く。（結城彩雨『四人の肛虐奴隷妻』）

コーヒー豆

舌の先が、コーヒー豆を載せたような乳首に触れ、そよぎ、薙《な》ぎ伏《ふ》せたりするうち、乳首はたちまち、苺《いちご》のように膨らんできて、美伽は言葉にならない声を発して、身体をよじった。（南里征典『艶やかな秘命』）

ゴム毬

その時、小田は右腕に柔らかいゴム毬のようなものが押しつけられるのを感じた。真璃子先生の乳房だった。

ああああ、先生は無意識でやっているんだろうか、それともわざと押しつけているんだろうか？……。（北原童夢『姦獄！　音楽教師真璃子・二十八歳』）

米粒

湯上がりの上気した小夜子の乳房が露わになった。

美穂子がその上へ顔を伏せ、唇の先で米粒のような乳首をついばんだ。（広山義慶『人妻潰《つぶ》し』）

コンニャク・ゼリー

なんとやわらかな乳房だろうか。コンニャク・ゼリーにでも触っているようだった。おまけに形のよさと大きさは絶妙なバランスだ。（龍駕昇『美少女と叔母　蜜交体験』）

桜色の頂き

乳首はもうシコッたようにピンと上向いている。

その桜色の頂きに舌を伸ばし、優しく、慎重に、伸ばした舌を回すように使い、乳首をゆっくりと転がしていく。（矢神瓏『名門女子学園　性奴養成教育』）

桜色の実

左の乳房の尖端《せんたん》の桜色の実を吸いたてられ、ふさふさと繁った性毛の黒いむらがりを右手でかきあげられ、その奥に指を進められると、芦川由香はぴくんと腰を弾ませ、敏感な反応の声を口から弾けさせた。（北沢拓也『蜜宴』）

桜エビ

専務未亡人の乳首もすでにもう、ちゃんと勃《た》っているではないか。そこは苺色《いちごいろ》というよりは、ゆであがった桜エビの色をしていた。乳暈《にゅううん》も充血して盛りあがり、白い粉々がいっぱい浮いている。（南里征典『欲望女重役』）

桜の蕾

その抜けるように白い肌の色からも知れるように、秋子は色素が薄いタチらしい。乳首は年端のいかない少女のように薄いピンク色をしていて、それとなめらかな肌の取り合わせは、さながら、新雪の上に桜の蕾《つぼみ》を落としたようだ。（雑破業『シンデレラ狂想曲《ラプソディー》』）

サクランボ

乳首をなぶられると、桃色の乳輪が膨らみを増した。さらに乳ぶさ全体を揉まれると、たわわに稔った乳ぶさが、男のゴム手袋のなかでぞんぶんに育ってきた。サクランボのような乳首がふくらみ、土台になっている桃色の乳輪はさらに火照った。（矢切隆之『成城レイプ・人妻暴虐』）

三段重ねの色違いの餅

つき出すような感じで、乳房が現れた。
乳輪は大きく、そこのところで一段と盛りあがり、その上に乳首が尖《とが》っている。
三段重ねの色違いの餅《もち》を思わせる乳房だ。
仁科は、乳首と乳輪を一緒に吸った。（豊田行二『野望証券マン』）

ソフトボール

十七歳の女子高生の肉体は、最近では、もはや死語と化した「ピチピチ」という表現がぴったりとくるものだった。ソフトボール大の乳房《ちぶさ》も、キュッと引き締まったピップも、その他、身体のどこをとっても皮膚が張り詰めていて、それが今にもはちきれそうだ。（雑破業『シンデレラ狂想曲《ラプソディー》』）

磁器

陶酔した表情で政美の乳房を眺める。乳首は以前よりやや大粒になった感じがしたが、色は美しいピンクを保っていた。磁器を思わせる白いふくらみと、乳首を中心とした乳暈の色合いが、みごとな対照を見せている。（牧村僚『人妻美人課長　魅惑のふとももオフィス』）

シャボン玉

ピンと張り詰めたモチ肌の頂上に、あざやかなピンク色をした可愛らしい乳首が載っかっている。さとみのバストは、あかねのそれとは対照的に、ちょっと触っただけで弾けて消えてしまいそうなシャボン玉のような儚《はかな》さが満ち溢れていた。（倉貫真佐夫『姉妹奴隷　美孔《びこう》くらべ』）

純白の丘

身を捩って避けようとするさやかの乳房をさらに追い詰め、久志はさらに力を入れて、乳房を掴んだ。

ぐにゅり、と指が純白の丘に沈み、肉の形が淫らにあれこれと変わっていく。（内藤みか『若妻　濡れ下着の童貞レッスン』）

白い丘

小さいながらも甲高い絶頂の声を上げながら、真弓は自分の乳房を無意識に摑んでいる。むぎゅう、と白い丘が凹み、彼女の指の股の間から肉片をはみ出させている。（内藤みか『若妻淫交レッスン』）

白い球体

ストラップを滑らせ、カップを浮かした。真美子はぐったりとして、されるにまかせている。勇矢はカップをはずした。

豊かすぎるほどの白い球体に、勇矢は目を見張った。（北山悦史『姉　禁悦の蜜戯』）

白い半円形の山

ブラジャーを毟《むし》り取ると、その下からは、見事に発達した、ふたつの白い半円形の山が姿を現わした。（鍵谷忠彦『アイドルグループ　闇の凌辱』）

白い風船

少し上の方から覗いているので、彼女の胸の谷間がくっきりと見えてしまっている。むっちりと盛り上がった丸すぎるほど丸い乳房は、揉んでくれる相手もいないまま、白い風船のように膨らみ、谷間にブラジャーのホックを食い込ませている。（内藤みか『隣りの若妻　甘い匂いの生下着』）

スライム粘土

「ああ、藍子さん……気持ちいいよ。ああ、おっぱいも柔らかくて最高だ」

何度も「最高」「最高」を口走るが、その都度、快感はいや増して「最高」の頂点は上がっていく。義行は肉茎を彩香の臀部になすりつけ、スライム粘土でもこねるように柔軟な乳房を揉みしだく。（龍駕昇『美少女と叔母　蜜交体験』）

ゼリー

由布子のあどけない顔の下の二つの丘は、作りたてのゼリーのようにぷるぷると揺れ、淳也を誘っていた。（内藤みか『若妻童貞しゃぶり』）

大切な果物

乳房を隠した両手が握られ、ゆっくりと下ろされていく。彼の視線が乳房に注がれる、大切な果物を丁寧に持ち上げるように、彼は二つの乳房を両手で摑み、ゆっくりと大きく揉みしだいた。（坂宮あけみ『キャンディトーク』）

大豆

乳房は小さい方だが、その小さな乳房の三分の一を占めるように、大きな乳輪が広がっている。

乳輪の先端の乳首は大豆を押しつぶしかけたように、平らで、大きかった。（豊田行二『野望商戦』）

大輪の花

詩織の裸体は、そのすべてで、性的な興奮の兆しを示していた。白い皮膚は汗に濡れ、ねっとりとした光を帯びている。乳輪は大輪の花が開いたように面積をひろげ、しかも小高く盛りあがっていた。乳首は充血して、硬く尖り、押しつぶされても押しつぶされても、強い弾力で、それを跳ねかえしつづけていた。（美咲凌介『いとこ・二十七歳と少年　美人社長淫魔地獄』）

食べごろの果実

乳房は形よく盛り上がって、食べごろの果実を思わせる。

肌の浅黒さに正比例するように、乳輪は褐色をしていて、乳首は先端の部分だけが、わずかにピンク色をしている。（豊田行二『ＯＬ狩り』）

たわわな胸の実り

ナイフを使って、由季のブラジャーの二本の肩紐を切り落とし、更に双《そう》のカップの谷間の繋《つな》ぎ目を切って、女の白い胸を外気に晒《さら》す。

やや小ぶりだが、双つのたわわな胸の実りが絖《ぬめ》白い光沢を放って、小さく弾みながらあらわになった。（北沢拓也『情事の迷宮』）

チェリー

白い乳房は、触れるのが畏れ多いほどに美しかった。神々しいほどに優雅な曲線を描いて盛り上がった頂上には、チェリーのような乳首がちょこんと恥ずかしそうに息づいている。（塚原尚人『羞恥面接剃毛女子学生　屈辱の肉道具調べ』）

頂点

胸は、美穂に愛撫されている。ちろちろと柔らかく温かい舌が、乳房の裾野からくるくると円を描きながら舐め上げていき、頂点に辿り着くと、先端で慄えている乳首をちゅっと吸いたてる。あるいは舌を出し、唾液を纏わりつかせては、ころころと乳首を転がしている。（堂本烈『禁悦姉弟と肛姦兄妹』）

つきたてのお餅

藤崎の胸の下では、つきたてのお餅のような二つのオッパイが押しつぶれて、間からはみ出すようにして弾んだ。（睦月影郎『美少女の淫蜜』）

釣り鐘状

ごく自然に、右手を理香の胸にあてがった。釣り鐘状の膨らみを、やんわりと揉みこんでいく。（牧村僚『人妻美人課長　魅惑のふとももオフィス』）

鉄砲乳（てっぽうちち）

露出されたのは、豊潤というほかはない熟れきった両乳であった。鉄砲乳という表現があるが、浮世絵師の彩筆ではあらわせぬ血の通った乳房は、こんもりと女の精をたくわえ、乳首ははやくも勃起していた。（木屋進『女《にょ》悦犯科帳』）

Dカップのふくらみ

ホックをはずすと、トップバスト九十一センチ、Dカップのふくらみが、大きくたわみながら姿を現わした。

「玲子先生！　思ってたとおりだ。先生のオッパイ、最高！」（牧村僚『ママと少年　下着授業』）

尊い果実

英史は光栄だった。こんな豊満な乳房を握りしめ、尊い果実を口にできる。口の中で果実は甘い汁を出して溶けてしまいそうだ。だが、最初よりだんだん堅くしこってきた。（藍川京『騎乗の女主人　美少年の愛玩飼育』）

蛇苺の実

唾液に濡れてますます熟れたぎる蛇苺の実を、舌で薙《な》ぎ伏せ、押し捏《こ》ね、叩き、刺し、そうしてまたきつく吸い込む。（南里征典『密命　誘惑課長』）

仲たがいをした双子の姉妹

小さめの乳輪の中に、先端を窪《くぼ》ませた小ぶりの乳首がピンク色に輝いている。ふたつの乳首は仲たがいをした双子の姉妹のように、そっぽを向きあっていた。（豊田行二『野望証券マン』）

ナマ乳

「さあ、ナマ乳を見せるんだ。美崎涼子」

「……」

両手を床に落とすと、涼子のゆったりとしたバストが露出した。

「おお、美しい。大きいだけじゃない、こんな形のいい美乳は久しぶりだな」（高輪茂『美人課長・涼子　深夜の巨乳奉仕』）

肉乳（にくにゅう）

ときおり指の隙間に乳首を挟み、コリコリと刺戟しながら荒々しく絞ってゆく。

「うぅん、いいわ、とっても気持ちいい」

声をうわずらせ、理都子はうっとりした目を向けてくる。

健吾はひたすら肉乳を揉みしだいた。（櫻木充『若美《わかび》母《ぼ》　ボディスーツ&下着の誘惑』）

肉の嵩ばり（――かさばり）

深く口と口を合わせたまま、舌を絡め合って、桜田は重たげに小さく揺らぐ相手の大ぶりの乳房に手をかける。たわわに実った豊かな肉の嵩《かさ》ばりが、桜田の手のなかでやわらかく弾む。（北沢拓也『人妻候補生』）

肉の房
火照って、やや汗ばんだ肉の房は、薄暗い蛍光灯の明かりを妖艶に反射していた。
「やっ、やめてよ。なにするの!?」
陽子は身体をよじって抵抗したが、柔らかな乳房がプルンップルンッと震えて、艶めかしさを増しただけだ。（樹月峻『悪魔のオフィス　暴虐の連続復讐レイプ』）

肉房
肩紐を失ったブラジャーは乳首に引っかかり、かろうじて隠す役割を果たしているが、激しく上下する肉房によって今にも剝がれ落ちそうだった。（松田佳人『転校生　担任女教師・穢された教壇』）

肉実
待ち構えていたように乳房が露わにされる。
弾みながら、たわわな肉実がこぼれだす。想像していたより若干小ぶりにも思えたが、手のひらにはあまるほどの見事なボリュームだった。（櫻木充『お姉さんはコンパニオン！　コスチューム＆レオタードの魔惑』）

肉メロン
自分でも驚くほど興奮していた。なにより真奈美先生の顔が目の前にある、その顔より大きな二つの肉メロンにペニスが埋まっているのだ。（美園満『女音《おんな》楽教師』）

ニップル
観念したように少女が目を閉じたとき、ぬるっと暖かな感触に右の乳首が包まれた。
「んっ……んっ」
ちゅっ……ちゅくっ……拓也は口に含んだアイドルのニップルを、飴でも含むように優しく転がした。（兵藤凛『美少女《アイドル》凌辱　恥じらい肉人形』）

乳丘
真弓の後ろから大きな乳房を摑み、慎二はゆさゆさと振って見せた。
白く巨大な乳丘が、誠の目前で激しくその形を変化させていく。（内藤みか『若妻淫交レッスン』）

白磁色の膨らみ
背中で不器用に指をもぞもぞと動かしているうち、なんとかホックがはずれた。ブラジャーのカップがたわみ、白磁色の膨らみがこぼれそうになる。（鏡龍樹『姉の白衣・叔母の黒下着』）

白桃
「美しい身体だ。奥さん、これじゃあ一人身はつらいですよ」
あかねの乳房は白桃を半分にしてくっつけたようなジューシーな感じであった。

鈴木は彼女の柔らかな胸のふくらみに顔を伏せて、紅みの残った乳首に舌先を這わせた。（山口香『秘宴の花びら』）

爆乳

卓郎も、こんな美しい熟女に子供扱いされているのが心地よく、下から整った顔を眺めながら身を任せた。

優子よりも巨乳、いや爆乳だ。（睦月影郎『アイドル声優　僕の童貞喪失』）

はちきれそうな肉球（――にくきゅう）

左の乳房に宛てがわれた茂樹の手のひらに夏姫は自分の手を重ね、それをはちきれそうな肉球《にくきゅう》にさらに強く押し付ける。（雑破業『シンデレラ狂想曲《ラプソディー》』）

パパイヤ

「ああ、いや、いやです……ああ、こんなの、いやです」

金網を揺すりながら、沙耶がいやいやとかぶりを振っている。

それにつれパパイヤのように実ったバストが上下に弾み、男たちの欲情を煽る。（香山洋一『スチュワーデス・七年調教』）

母なるふたつの膨らみ

俊雄は蜜芯に吸いついたまま、母なるふたつの膨らみをしっかと握ってみた。やはり、ミルクが満ちてきているようで、先程の柔らかさはもう失われていて、強めの弾力で乳房が指を跳ね返してくる。（内藤みか『隣りの若妻　甘い匂いの生下着』）

張り出したまるい果実

直樹はキスに没頭しつつも、少女の魅力溢れるふくよかなバストの方にも、触手を伸ばしていった。

「あッ……」

張り出したまるい果実を掴まれ、舞子は身をこわばらせたが、それはほんの一瞬で、あっさりと胸への愛撫を受け入れてくれた。（瀧川真澄『制服生人形　十四歳の露出志願』）

パールピンクの輪

その先端には、ピンク色をした、愛らしい葡萄の粒が、美しいパールピンクの輪の中心にちょこんと載っている。（鍵谷忠彦『アイドルグループ　闇の凌辱』）

破裂寸前の風船

男は下着越しに彼女の乳房を鷲掴みにした。張りのあるゴムマリのようなそれは、ぐにゃりと変形した。ブラ越しにも、先端が膨れ上がって破裂寸前の風船のような感触が、男の手の平に伝わってきた。（安達瑶『狂悦の美少女レイプ』）

半球

妖しくうねる妻の腰つきが、希一郎の目にまぶしすぎた。乳白色の乳房の半球が、大波小波のようにもみくちゃに揺れている。(子母澤類『金沢名門夫人の悦涙《えつるい》』)

氷嚢(ひょうのう)

水を一杯に貯めこんだ氷嚢《ひょうのう》を押し潰すような弾みのあるやわらかな乳房の感触を両手の指で愛《め》でておいて、

「じゃあ、ベッドで待ってる」

美馬は囁きかけると、浴室の灯りを浴びて絖《ぬめ》白く輝く女性上司の背から離れ、バスタオルを取り上げると、浴室を出た。(北沢拓也『社命情事』)

ビー玉

美奈穂の乳房に付いている突起は、ビー玉のように丸く、ころん、としていた。

色は、先程赤ん坊がくいくいと引っ張ったせいだろうか、赤らんで、さくらんぼのように美味しそうに輝いている。(内藤みか『隣りの若妻　甘い匂いの生下着』)

ピーナッツ

末姉の乳房は、小さめのお椀くらいの大きさだ。波瑠菜や奈津実ほど大きくはないが、形がすごくいい。乳輪の色はリップスティックで色をつけたような鮮やかなピンク。ピーナッツのような乳頭は、つんと上を向いている。乳頭もピンク色だ。(鏡龍樹『三人の美姉』)

ピンクの果実

香菜子は唇を離し、汗の味のする首筋を滑り、しこっている乳首を口に含んだ。

「あぁん……」

のけぞった里奈の乳房が、かすかに浮き上がった。

ピンクの果実を吸い上げ、舌で撫でまわす。(藍川京『鬼の棲む館』)

ピンクの花飾り

片倉社長は、ピンクのネグリジェの下に透けるほの白い乳房を、そっと、掌の中に包み込んでなぞり、胸もとのボタンをはずして、生々しい乳房に口づけしている。白い曲線の盛り上がりを見せる乳房の上には、ピンクの花飾りのような乳暈と乳頭がのぞけた。(赤松光夫『快楽調教』)

風船

目の真ん前に、乳房があった。丸々と膨らんだ、風船みたいな乳房だ。乳房そのものも、乳首も、うっすらと透けている。(北山悦史『姉　禁悦の蜜戯』)

二つの熱い肉の球体

源道の乳こねりによって、二つの熱い肉の球体はこわばり、隆起し、生命を吹きこまれたようにはねあがった。

「いいわ、とてもいいわ!」

お千佐は喘《あえ》ぎ、自分の両手で乳房を持ちあげて、源道が含みいいようにした。（木屋進『女悦《によ》犯科帳』）

二つの肉球

拓也は手を腰から乳房に滑らせた。迫力とボリュームに満ちた二つの肉球を手のひらに収め、指を沈ませる。汗ばんだ手触りが手のひらに吸いつくようだ。（兵藤凛『美少女《アイドル》凌辱　恥じらい肉人形』）

二つの肉山

「柔らかいよ。あぁ、すごく柔らかいよ！」

二つの肉山をにぎにぎと揉みほぐす。しこった乳首を指の間に挟み、左右にこぼれた肉房を中央に寄せ集める。（櫻木充『ママと看護婦のお姉さま』）

プディング

深部へとえぐりこむようにすくいあげる。亀頭部が肉路の深いところの上側の壁を突く感じが、伝わってくる。

突きあげるたびに、雪のように白い乳房がプディングのように揺れた。（浅見馨『女教師・香澄　痴漢地獄』）

ふたつのわななくふくらみ

麻衣の胸も、ジュンに負けず、豊かだった。

タンクトップの下で、まるまると張っている。

ブラジャーはつけていないのだろう。

ふたつのわななくふくらみの頂点に、ぽつんと乳首が突きだしているのが見てとれた。（横溝美晶『復讐の女獣』）

葡萄

二つに割った大きなメロンのように見事な乳房が、ブルンと揺れながら転び出てきた。

巨大な肉山の頂上部分には、パープルピンクの大きな乳輪があり、その真ん中に充血して大きな葡萄ほどにもなった乳首が、ツンと天を向いている。（鍵谷忠彦『母《おや》娘《こ》同時絶頂　レイプ請負人』）

ブドウの房

文恵も鈴木の挿入に合わせて桃尻を突き出した。胸許から垂れ下がった豊乳が大きなブドウの房のようになり、ダブンダブンと揺れ動いた。（山口香『美唇の饗宴』）

紅真珠

乳房の頂きに茶褐色の砂目状の乳暈が広がり、紅真珠のような乳首がツンと尖り立っている。和田は二つの乳房を押しつけ、双方の乳首を交互についばみ、吸いたてた。（山口香『女神の狩人』）

蛇苺

乳首を啄《ついば》む。吸う。はじめは陥没型だった乳首がみるみる起きあがってきて、蛇苺のように固く硬起するのがわかった。（南里征典『金閣寺秘愛夫人』）

紡錘型

志織は素っ裸になると、股のあいだを手で隠しながらベッドに上がってくる。照れたような朱《あか》い頬が可愛らしい。紡錘型の双つの乳房が瑞々《みずみず》しく揺らぎを打って、その潑剌とした裸体とともに利光の目を愉しませる。(北沢拓也『人妻候補生』)

砲弾

「ああ〜、いいッ。たまンないッ」

感じ入った様子で言うと、両手を沢木の胸について、クイクイ腰を振る。沢木は両手を伸ばして砲弾のような乳房を揉みたてた。(雨宮慶『私は秘書 二十五歳・倒錯の美蜜』)

砲丸型

女の唇の間から硬くたぎったおのがものを引き上げ、彼は膝を伸して月岡淑恵の右隣にいったん添い寝の姿勢をとると、相手の白い砲丸型の乳房のひとつを吸っておいて、身悶えを打つ女体に覆い被さった。(北沢拓也『有閑夫人の秘戯』)

豊麗な肉房

そんな息子に臆することもなく、多佳子はパジャマのボタンをはずし、前合わせを大きく開いて、豊麗な肉房を見せつけてくる。(櫻木充『ママと看護婦のお姉さま』)

干しブドウ

舌先で干しブドウになりつつある乳首をチロチロと舐《な》めつけはじめると、

「ああ……いい気持ちだわ。お乳を舐められるの……いいっ」

五月は鈴木の欲望を煽《あお》るように甘いくぐもり声を出しながら、オーバーに裸体をのけ反り返した。(山口香『秘宴の花びら』)

ポッチ

乳房が見事な隆起をなしている。吊り鐘形の乳房はあおむけになっても形をくずさず、ほぼ完全な半球形をなしている。乳首のポッチがいかにもかわいらしく、初々しい若妻を思わせる。(北山悦史『人妻蜜奴隷』)

ポツポツ

縄で根元から絞りあげられ、ただでさえはちきれんばかりの胸の隆起が、前に突きでている。

そのためか、乳首のポツポツがいやらしいくらい浮きでて見える。

「悦んでもらえたようだな。もう、乳首が勃っているじゃないか」(香山洋一『スチュワーデス・七年調教』)

ホルスタイン

床に垂れた乳房が、ホルスタインのように揺れている。

双つのみごとな双丘が、淫らに波打っていた。（矢切隆之『スチュワーデス　制服レイプ』）

マシュマロ

ふくらみが、手の下でスローモーションのようにゆっくりとつぶれ、マシュマロのような柔らかさが伝わってくる。（西門京『若義母と隣りの熟妻』）

マスクメロン

グイグイと腰を沈めるたびにマスクメロン並の巨乳がぷるんぷるんと豪快に揺れる。目がまわりそうになった。（藍川京『人妻狩り　絶頂玩具に溺れて…』）

真っ白なメロン

ああ、見える。深いオッパイの谷間……。

真っ白なメロンがブラジャーカップのなかで押し合い、せめぎ合ってまるでお尻のようになっている。（美園満『女音《おんな》楽教師』）

鞠

バスローブがすっかりはだけ、鞠のような乳房が剝き出しになって揺れている。瑠美は顎を突き出し、セクシーな口をひらいてエクスタシーに身を浸している。（藍川京『騎乗の女主人　美少年の愛玩飼育』）

まろやかな丘

甘ったるい娘の匂いが広がる。

驚くほど乳輪が小さくて、まろやかな丘の頂上に、ほとんど乳頭だけがあるように見えた。

乳頭は、桜色をしていた。（鳴海丈『花のお江戸のでつかい奴〈色道篇〉』）

淫らなポッチ

ノーブラのTシャツに淫らなポッチが二つ並んでいる。まずはその豆をTシャツ越しに触った。（美園満『女音《おんな》楽教師』）

実りたち

全裸にすると、乳房を右手に押し包んで捏ねた。白い実りたちが、重く揺れながら固締まりの弾みを返す。（南里征典『紅薔薇の秘命』）

麦粒

あらわになった左右の腋窩《えきか》も、無駄毛が除毛されて、すっきりと綺麗である。

麦粒ほどのピンクの乳首が昂奮のためか、ぬめ光りを帯びて固く膨らんでいた。（北沢拓也『情事の迷宮』）

蒸し菓子

欣治は口のなかでうめいた。たっぷりと女の凝脂《ぎょうし》を乗せた、白い蒸し菓子のような乳房に唇を這わせていく。（子母沢類『金沢、艶麗《えんれい》女将の秘室』）

胸乳（むなちち）

花咲は至福の気分に浸った。胸乳の量感と手のひらに伝わるぬくもりに、ふだんの課長とは異なる優しい母性を感じるのだ。（綺羅光『美人課長・映美子　媚肉の特別報酬』）

メロン

ようやく優子が藤崎の肌から顔を上げ、入れ替わりに仰向けになった。

藤崎は、メロンのように丸く豊かなふたつの乳房に顔を押し当てていった。（睦月影郎『美少女の淫蜜』）

メロン巨乳

真奈美をあお向けにして、章太郎は真っ白な肉体を見おろした。見事なメロン巨乳がブルンブルンと揺れている。（美園満『女音楽教師《おんな》』）

メロンのふくらみ

美那の腰が浮き沈みを開始した。メロンのふくらみがポワンポワンと揺れて迫力満点、なかなか刺激的な眺めだ。じっとしているつもりだった鞍馬も、つい実り豊かなふくらみに誘惑され、いつしか腰を動かしていた。（藍川京『蜜の狩人　天使と女豹』）

桃の花

白い球体も見事なら、桃の花みたいな色合いの乳首も見事だった。ツン、とそそり立ち、まるでおしゃぶりをせがんででもいるようなたたずまいだ。（北山悦史『姉禁悦の蜜戯』）

山葡萄（やまぶどう）

顔を離し、胸元を左右に大きく割った。女らしい肩とともに、山葡萄《やまぶどう》のような大きめの乳首を載せたふたつのふくらみがまろび出た。すぐに果実を口に含んだ。（藍川京『蜜泥棒』）

柔丘

同時にふたつの柔丘をくにゅくにゅと揉みながら、何度も乳首を嚙んでやると、さやかは天を仰ぎ、

「あ、あ、ああ……！」

とせつない喘ぎを洩らしてきた。（内藤みか『若妻濡れ下着の童貞レッスン』）

柔らかい白桃

もはや、景子は強い反撥を示さなかった。和雄に強く舌先を吸われながら甘くなよなよと身悶えし、柔らかい白桃のような乳房をなぶられることを甘受している。（団鬼六『狼の痴戯』）

柔らかな肉塊

美穂子の腋の下から手を差し入れ、両手で乳房を鷲づかみにする。ふくらみは手にあまる大きさで、柔らかな肉塊に指先が食いこむ。てのひらに当たってくる乳首は、

すでに硬くなって綺麗な球形を描いている。(牧村僚『美母と少年　相姦教育』)

夕張メロン

夕張メロンを半分にしたような張りのある乳房の圧倒的量感に較べると、下腹部の飾り毛は意外と少なく、ほのかに赤い亀裂の一部が垣間見えて、章太郎の血圧を一気に上昇させた。(高竜也『若叔母と熟叔母』)

ゆさゆさと揺れるふくらみ

姉は立ちあがり、肩に手をやってスリップの肩紐をすべり落とした。余裕を持ってつくられたものらしく、シースルーの生地が下に向かっておりはじめる。間もなく釣り鐘状の乳房がすっかりあらわになった。ゆさゆさと揺れるふくらみの量感に、祐一は圧倒される。(牧村僚『僕の姉は人妻』)

豊かな肉

林田が奈緒美の豊かなバストを揉み上げた。自分の意志では自由にならない豊かな肉が、男の虜《とりこ》にされて自在に形を変えられている。(高輪茂『巨乳女医　監禁レイプ病棟』)

洋梨

硬くなった乳首を弄びながら、礼子は自分の白衣のボタンをはずした。ブラジャーを抜きとり、成熟した双乳をさらす。

洋梨のように官能的な乳房を友香利の胸に押しつけた。(北原童夢『聖純看護婦　二十二歳の哭泣』)

ラズベリー

鞍馬は彩子のブラジャーを外し、まろび出た柔らかいふくらみを掴んで、ラズベリーのように実っている中心の果実を口に入れた。

「あは……」

胸を突き出しながら彩子は甘い声を洩《も》らした。(藍川京『蜜の狩人　天使と女豹』)

隆起

首縄が掛けられ、胸もとへ縦につながれて、乳ぶさがさらに厳しく緊めつけられた。

「どうだ。こうされると、またいちだんと感じちゃうだろう」

「ア、アアア……」

上下から厳しく圧迫された隆起を、ゆっくりと揉みにじる。(綺羅光『沙織二十八歳㊤襲われた美人助教授』)

ルビー

女はおれの目の下で怯《おび》えきっているくせに、縄を打たれた股間からは止めどなく液体を溢《あふ》れさせていた。ルビーのような乳首も、硬く尖《とが》りきっている。

おれがその乳首をつんつんと弾《はじ》いてやると、女は悶《もだ》えた。（安達瑶『ざ・だぶる』）

若い実

教師は、乳房の弾力を楽しむかのように、両方の手で揉みたてながら、山の頂に唇を寄せて、カプリとピンクの粒を口に含んだ。

「あっ」

少女の口から、思わず声が洩れる。

松本は、唇と舌で新鮮な若い実のこりこりとした感触を楽しんだ。それは、この世のどんなフルーツよりも甘い味がした。（鍵谷忠彦『アイドル・グループ　闇の凌辱』）

【尻】

美しい生き物

雅彦の手が、湯の中の豊臀の輪郭を辿った。指に触れる美しい生き物は、まるで大きなゆで卵みたいに見える。

「ママ、ああ、綺麗なおしり……」（矢切隆之『相姦美母の肉人形』）

熟れたメロンの果肉

白い肌。僅かにあぶらを刷いた豊かな胸。よくくびれた腰。若い女とちがって、腰から尻にかけての線に、熟れたメロンの果肉のようなまろやかさが浮く。（南里征典『欲望南十字星』）

大きな肉マン

遥介は豊かな谷間に指を当て、まるで大きな肉マンでも二つにするように、ムッチリと広げていった。そして谷間の奥でひっそりと閉じられているピンクのツボミにもチロチロと舌を這わせ、細かな襞《ひだ》の震えを感じ取りながら、内部にまでヌルッと舌を潜《もぐ》り込ませて濃厚な愛撫を続けた。（睦月影郎『いたぶり』）

堅い肉

とたんに腰が動きはじめる。兵介は両手で尻を摑んでいた。堅い肉だ。若さもある。兵介はけんめいに押しつけている。出し入れすれば、はじける。（峰隆一郎『相馬の牙《きば》』）

観音開きの扉

ふいに強い痛みを感じ、詩織は一瞬、激しく背をのけぞらせた。和彦が両手で、尻の肉を摑みあげたのだった。ちょうど観音開きの扉を押し開くように、少年の手は凶暴な力をこめて、詩織の尻を左右に割っていった。（美咲凌介『いとこ・二十七歳と少年　美人社長淫魔地獄』）

巨大な熟れ桃

瀧川はついに巨大な熟れ桃をつかみ、グイと左右に割った。おちょぼ口のようにすぼまった可愛い排泄器官を目にして血が滾《たぎ》り、菊の花に舌をつけた。（藍川京『淑女専用治療院　淫ら愛撫』）

巨大な肉マン

知美は股間を移動させ、自らお尻の谷間の中心を、克也の真上へと持ってきてくれた。

「指で広げて」

「す、少しだけよ……」

知美は声を震わせ、もう可哀相なほど内腿をガクガクさせていた。

やがて両側から知美の指が当てられ、巨大な肉マンが二つになるように、谷間がムッチリと広げられた。（睦月影郎『母娘《ははこ》　誘惑淫戯』）

巨大な桃のような双球

レモン色のパジャマの肩がいくらか浮き上がり、背中がしなやかにうねった。その下で、巨大な桃のような双球が鮮やかな一直線の切れ込みを見せ、丸々と膨らんでいる。

はちきれそうなお尻だった。（北山悦史『美母と姉と少年　禁悦に溺れて……』）

尻球

由木子の総身が熱くなってきた。指の戯れと同時に、白くみずみずしいカーブを描く尻に、欣治は舌を這わせていった。舌さきを細くして、尻球のはざまをつたいなぶる。（子母澤類『金沢、艶麗《えんれい》女将の秘室』）

ゴムボール

いままで権田が眺めた女の尻の中で、最高の豊臀がそこにあった。美しい桃尻の曲線は悩ましく、巨きなゴムボールのような臀肉の割れ目に、Tバックの布地が紐みたいに食い込んでいる。（矢切隆之『倒錯の白衣奴隷』）

最高級の霜降り肉

ようやく口元をほころばせた瀧川は、引き続き左手で背中を撫でまわしながら、右手を盛り上がった尻肉に載せた。着物越しというのは残念だが、むちっとしたママの尻は、口に入れただけでとろけてしまう最高級の霜降り肉の感じがする。（藍川京『淑女専用治療院　淫ら愛撫』）

食パン

朱美のむっちりと豊満な白い臀部の背後にまわりこみ、彼女の左右の尻肉を食パンでも割るように押しひらく。（北沢拓也『情事の貢ぎもの』）

女王蜂

美弥子は女王蜂のように捻り出されたみごとな尻を淫らにくねらせ、瀧川に口戯の続きを催促した。(藍川京『淑女専用治療院　淫ら愛撫』)

白い山脈

「いやあよ、お尻の穴……くすぐったいじゃない」

朱美は白い山脈のような臀部《でんぶ》をゆすりたてて、嫌がる。

「俺、一度女のこっちの穴に入れたくってさ……」(北沢拓也『情事の貢ぎもの』)

白い双丘

長襦袢の裾を思い切り大胆に捲《まく》り上げた。次に、白い湯文字も精いっぱい背中の方へと捲った。白い双丘が剥き出しになった。

「あう！　だめ！」

美鈴は、うつぶせになったまま、片手を尻に伸ばした。

「うまそうな尻だ」(藍川京『蜜泥棒』)

白い双臀

恵津子のスカートを、達彦は腰の上までまくりあげた。黒いストッキングの上に、白い双臀が剥きだしになっているさまは、きわめて淫猥だった。足首にズボンとトランクスをからみつけたまま、達彦は背後から屹立したペニスを近づけていく。(牧村僚『隣人は若未亡人　黒い下着の挑発』)

白いフワフワした饅頭

友紀子がうつ伏せにされていた。後ろ手に軽く縛られて、黒いスリップのレースの裾は大きくたくしあげられ、白いフワフワした饅頭を思わせる臀部がまる出しにされている。(館淳一『牝猫　被虐のエクスタシー』)

白く輝く大きな桃

白く輝く大きな桃の実のような臀部の切れ込みが割れひらいて、深く窪《くぼ》んだ狭間に尼部の醜《みにく》いほどたぎり勃《た》った棍棒《こんぼう》のようなものが赤黒くぬらつきを放ちながら、その中ほどまで没していた。(北沢拓也『蜜妻めぐり』)

尻朶(しりたぶ)

男は懲りずに、丸く膨れた尻朶を掌で包みこみ、下に伸ばした指を軽く曲げ、太腿の裏から盛りあがるヒップの大きさを確かめるように触れていく。(倉田稼頭鬼『女教師・痴漢通学』)

白葱(しろねぎ)

むっちりと、しかしたるみのない色白のヒップがむき出しになった。

採りたての白葱《しろねぎ》のような光沢をたたえて、夫人の尻は、淡い灯に照らし出されて、牛丸の目にまばゆいほどだ。(北沢拓也『不倫の密室』)

水蜜桃

「しかし、いいケツだ。とれ……」

扉はその水蜜桃を思わせる双つの肉球に魅せられた。誘われたようにビシビシと平手で打ちのめし始めた。

「あっ、あっ、あああっ……」(館淳一『仮面の調教　女肉市場　下半身の品定め』)

スズメバチの胴

のろのろと体を巡らし、後ろ向きになった。そして腕をつき、ソファの背に頭を載せるようにして、こちらに尻を突き出す。

桃太郎でも入っていそうな巨大な白桃が、敏の目の前に出現する。こういう姿勢をとると、スズメバチの胴のようにウエストから急激に張り出した豊臀が切ないほどに欲望をそそり立てる。(鍵谷忠彦『母娘《おやこ》同時絶頂　レイプ請負人』)

双丘の肉

立ち上がり、両手で、も一度双丘の肉を左右に開き、腰をグイッと突き出した。

「あーっ、凄ーい」

分身が秘裂を突いて入ると、上半身をひねり、口を開く。(宇佐美優『援助交際の女』)

双臀

サディスティックな情動に駆られた五十嵐は、双臀を抱えたままグイグイと打ち込んでいく。

粘りついてくる肉襞を押しのけるように叩きこみながら、赤のスケスケパンティからはみだした肉感的な尻肉をつかんだり、スパンキングしたりする。(浅見馨『女《おんな》教師・香奈の特別授業』)

玉葱色の臀部(たまねぎ——)

「おおっ、出る」

快い喚《おめ》きを上げ、おのれを抜き出すと、冴高美奈子の玉葱《たまねぎ》色の臀部の上に熱いほとばしりを射《う》ち放っていた。(北沢拓也『夜光牝』)

つきたての餅

柔らかな尻を、円を描くように掌でゆっくりと撫で回した。吸いつくような肌の感触は、まるでつきたての餅のように瑞々しく柔らかさと共にムチムチとした弾力を湛えていた。(鷹澤フブキ『女教師と高級夫人　生贄ダブル肛辱』)

ツヤツヤした尻肉

目に入ってきたのはツヤツヤした尻肉だけではない。その間にあるすべての器官が剝きだしになっていた。裂け目のもっとも上にあるアヌスは、太陽光の直射を受け、皺の一本いっぽんまでがくっきりと見える。(松田佳人『転校生　担任女教師・穢された教壇』)

臀丘(でんきゅう)

九本の細い革が獲物に向かって宙を飛ぶ蛇と化した。空気を裂いて唸り声をあげ、まるい剝き出しの臀丘に襲いかかった。

バシッ。

残酷な音がして、したたかな手応えが弘志に返ってきた。(館淳一『牝猫　被虐のエクスタシー』)

生温かいもの

「眼をつむって」

翔子が命じた。さすがに恥ずかしいのだろう。芳井が命令に従うと、おずおずという感じで生温かいものが顔に触れてきた。

眼を開けると、顔の上に翔子の尻が乗っていた。(夢潤一郎『人妻恥姦　悦虐の濡れ媚肉』)

生桃

ヒップはまるで、生桃を無理やり断ち割ったようだった。

ボリューム豊かな麻也子のヒップが、真っ二つに割りひろげられている。さらされた果実の中心が、頼りなげに震えていた。(巽飛呂彦『バレンタイン・レイプ』)

肉の球体

昇介は二本の脚を開かせてその間に自分を這わせた。目の前にある二つの肉の球体をへだてる谷間の底、女の魅惑的な器官が見えた。(館淳一『美人社長　肉虐の檻』)

肉の山脈

尻の割れ目のほうからまわされた中指が、ズブズブと膣肉を犯している様子がもろに見えた。

二つに分かれた肉の山脈が、根元まで差し込まれた指に粘りついている。(浅見馨『女《おんな》教師・香奈の特別授業』)

白桃

「君に惚れていながら、気持ちを打ち明けずにアメリカに行った僕も悪かった。だが、いま、僕が欲しいのはここだ」

結城はそう囁くと、白桃のような尻の割れ目に顔を近づけた。(矢切隆之『相姦　美母の肉人形』)

白蜜桃

一息ついた嶋田が、天井を向いた特大の白蜜桃を上機嫌でパチンと叩いた。

「あぅん……」

ピクンと跳ねた摩耶が悩ましく呻いた。お尻の熱い痛みが心地よかった。(龍島穣『隣りの人妻』)

バスケットボール

ギチッ、ギチッとファイティング・チェアを軋《きし》ませて、テラテラとローションに濡れ光る小麦色のバスケットボール大のヒップを右に左にセクシーにローリングさせ、クロッチのきわだった食い込みをこれでもかと強調する。（美馬俊輔『美肉修道院　巨乳の凌辱儀式』）

ハート形をしたゆで卵

美しいハート形をしたゆで卵のようななめらかなヒップだ。女盛りの充実した双臀の合わせ目からは、繊細な恥毛の翳りが半ば見えてしまっている。（北原童夢『姦獄！　音楽教師真璃子・二十八歳』）

双つの円球

乃木の手はもう、ぷりぷりと肉の量感をたたえて弾む、パンストに包まれたヒップを摑み、ゆっくりと愛撫している。

乃木は、掌《てのひら》で双《ふた》つの円球を包み、それから、双つの円球のあわいにある谷間に指をくぐり込ませて、上下になぞるようにすべらせた。（南里征典『紅薔薇の秘命』）

双つの丘（ふたつ――）

うしろ向きになってソファに両ひざを突いた。背もたれにつかまって顔を伏せる。大きな白桃のような尻が挑発的に突き出された。麻生は両掌で掬《すく》いとるように尻の双つの丘をかかえる。（阿部牧郎『出口なき欲望』）

双つの白い小山

「お尻も舐めてよ」

優美子が声をうわずらせて、命じるように言う。

絹村はさらに深くもぐりこんで、弓代優美子の双《ふた》つの白い小山によって阻《はば》まれた谷間を両手で押しひらき、彼女の裏の窄《すぼ》まりに舌の先をそよがせる。（北沢拓也『秘悦の盗人《ぬすびと》』）

双つの山並み

尼部慎介は、犬這いに白くなめらかな背を沈めた白河真砂美のくびれた胴に両手をかけ、背後から真砂美を深々と貫いていた。

悲鳴を帯《お》びた喜悦の声を甲高《かんだか》く上げて、白河真砂美が横に肉のついた臀部の双つの山並みを震わせた。（北沢拓也『蜜妻めぐり』）

フランスパン

法月は犬這いになった宮坂寿美子のヒップのうしろにまわり込み、白くてまぶしいくらいに豊麗な臀部を、両手で抱え持つ。

硬いフランスパンを左右にちぎるように、ふくよかな肉の双丘を左右に引きちぎると、小暗い割れ込みがぬちゃっとひらいて、ルビー色にぬらつく明太子のような秘部が露《あらわ》になる。（南里征典『常務夫人の密命』）

豊臀（ほうでん）

産毛の生えた割れ目の中に、石鹸をまぶした雅彦の指が迫った。

「いや、そこは自分で洗うから」

豊臀をくねらすと、ヴィナスが喘いだ。（矢切隆之『相姦　美母の肉人形』）

豊満な肉

一打ごとにオーバーなぐらい臀部をくねらせ悶えて反応する友紀子は、しかしなかなか許しを請おうとはしなかった。痛くないわけがない。弘志の方がもう掌が痺れている。

「このしぶといアマ……」

最後の数回はスリッパの底を使って強烈なのを叩きつけると、

「あーっ、許して。お願いーッ、痛い。あーっ、あーっ」

ひとしきり哀切な悲鳴をあげて許しを願った。ブルッと豊満な肉をうち震わせたかと思うとシーツに顔を埋めてしまう。（館淳一『牝猫　被虐のエクスタシー』）

マシュマロ

石垣は身を屈めて、彼女の尻たぶに頰ずりをした。

奈津子のマシュマロのようなヒップの感触を愉しみながら、石垣はいきなり、そのすべすべして柔らかな肉に歯を立ててきた。（安達瑶『美人リポーター　かいかん生放送』）

真昼の円月（――えんげつ）

真昼の円月のように、信じられないくらいに白くてたっぷりした量感を誇るヒップを、両手で摑《つか》み、達矢は臀裂を左右に押し開くようにしながら、埋めたものを力強く律動させた。（南里征典『欲望の狩人』）

満月

満月のように豊饒《ほうじょう》なヒップが、ゆっくりと降りてきた。

「うっ」

ヌルッと甘やかな衝撃とともに、充実した聡子の重みを股間に感じて、思わず徹はおなかをすぼめた。（水樹龍『女教師と美少女と少年　保健室の魔惑授業』）

マンドリン

三田村絢子はベッドの上で俯せの姿勢をとっていた。もちあげた尻の肉づきが壁に立てかけたマンドリンのような曲線を描き出して、悩ましい。（北沢拓也『人妻・濡れた真珠』）

蜂

口でしごいているペニスを、膣でも感じているらしい。

華奢な身体つきのわりに蜂のようにそこだけはむっちりとしたヒップを、さもたまらなそうにもじつかせている。（雨宮慶『私は秘書　二十五歳・倒錯の美蜜』）

むき玉子

白く丸い双丘は、むき玉子のように滑らかで艶《なまめ》かしく、バックから見ると見事な逆ハート型をしていた。（睦月影郎『いたぶり』）

剝玉葱（むきたまねぎ）

花形はベッドの上で手枕をしつつ、剝玉葱《むきたまねぎ》のような美雪の艶《つや》やかなお尻の眺めに、魅せられていた。

女にしては小さめのお尻だが、小暗い割れ込みを挟むようにして丸く膨らんだ左右の小山は、潑剌《はつらつ》とした弾力を秘めているように見える。（北沢拓也『社長室の愛人』）

桃の実

絹枝はうれしそうに笑って、白い背を前に屈め、両手で洗面台の端をつかんだ。

鏡の前で深くおじぎをするような姿勢をとった社長夫人のまろやかな尻の双《ふた》つの肉を桃の実を割るように左右にひらく。（北沢拓也『情事夫人の密室』）

桃割れ

両手をヒップにあてがい、美しくアップした肉丘を片方ずつ手のひらで包みこむ。

尻たぶを揉みほぐし、桃割れを大きくひろげてゆく。（櫻木充『美母の贈りもの』）

焼きたての大きなふっくらしたパン

目の前に、何とも大きく丸い、豊かな双丘があった。

圭子先生より、ずっとボリュームのある色っぽいお尻だ。

僕は谷間に両の親指を当て、まるで焼きたての大きなふっくらしたパンでも二つにするように、ムッチリと広げた。（睦月影郎『熟れ義母の性教育』）

雪白の桃尻

若くて豊満なエミはいま、胸から乳房をむきだしにしていた。ロングドレスの裾を腰までめくられ、雪白の桃尻がこんもりしている。尻を突き出して、若い佐伯によってアヌスを犯されていた。（矢切隆之『スチュワーデス　制服レイプ』）

茹で卵

吉野は縄さばきを自慢したいのか、クルリと白い女体を回転させた。

見事な曲線が、赤い縄で真っ二つにされていた。茹で卵のような割れ目に食い込んだ縄から、巨きな色気のある球体が突き出ている。（矢切隆之『倒錯の白衣奴隷』）

林檎（りんご）
林檎のようなまるみを帯びた臀丘に、強烈な平手打ちが浴びせられた。
「ああッ！」
まる出しの、覆うもののない尻たぶを打ちのめされる香澄の口から、驚きを伴う悲鳴があがった。（館淳一『美人助教授と人妻　倒錯の贄』）

【肛門】

紅い肉襞を露出させている蕾
森下はすっかり柔らかくなって、紅い肉襞を露出させている蕾に、さらにタップリとオイルを注ぎ込み、それから自分の分身にもまぶした。
アナルセックスは、森下にとってもはじめての経験であった。（千草忠夫『レイプ環礁』）

赤ちゃん猫
麻里の動きにつれて、苑子の小暗い割線のすぼまりは、歯がみする赤ちゃん猫のように指先をかみしめる。（影村英生『獲物は淑女』）

アスホール
時計まわりに巡っていた舌先の描く円周が徐々に小さくなっていくと、やがて中心部で完全に静止した。少女のアスホールをとらえたベロは、クサビのように丸められて細まっていた。（吉野純雄『ロリータ　木綿の味比《くら》べ　美少女の未熟な舌奉仕』）

暗紫色の陰花
大きな揺れの止まった後、豊かな白い尻は、貴彦の前にぴたりと静止した。熟女のその場所は貴彦の口づけを待ち受けているのだ。
「アゥーッ、ウククッ……」
暗紫色の陰花を温かなものが覆って、熟女は喉を鳴らした。（藤堂慎太郎『人妻肛姦　淫惑の倒錯絶頂』）

いけない場所
「はあああああっ！　か、感じる。すごく、感じる。感じちゃうのっ！」
詩織は恥ずかしさも忘れ、尻を高々と突き出すようにした。もっともっと、男の人のものと指の両方で、いけない場所をいじめて欲しいという気持ちになっていた。（安達瑶『淫交二重奏　女子高生と母』）

いそぎんちゃく
その眼の下で貝の舌を思わせる襞肉が、しっとり湿り気を含んだ姿かたちをさまざまに変えて見せた。それにつれて、その下の方、尻肉のはざまに露頭した尻の穴までも、さながら岩のはざまにつぼまっているいそぎんちゃくさながらの姿を、喘ぎ息づくようにうごめかせる。(千草忠夫『姦鬼奔《はし》る』)

イソギンチャクの触手

褐色の裏の花弁が、小さく暗い孔《あな》を開けて、生まれ立てのイソギンチャクの触手《しょくしゅ》のように収縮して蠢く。(北沢拓也『夜光牝』)

陰花

鞭は正確に尻朶の狭間の陰花を打った。貴子は目の前が真っ赤に爆《は》ぜるのを見た。発酵した悦びが炸裂《さくれつ》する瞬間だった。(藤堂慎太郎『未亡人は肛姦《アナル》奴隷　倒錯の美尻調教』)

淫靡な穴

ぷりんとしたお尻が突きだされた。糸をきゅっと引き結んだようなアヌスが直樹の前に晒される。

直樹は尻肉を摑み、薔薇の蕾のような淫靡な穴を見つめた。真っ白な肌と対照的に、その周囲だけは薄い小豆色に近い。(鏡龍樹『姉の白衣・叔母の黒下着』)

陰微な菊の蕾

上層の羞恥の丘は谷間の亀裂を一層、誇張した形になり、新鮮な花肉にも似た内部の微妙な内層まで露わにしているし、下層の陰微な菊の蕾もその周辺を縁どる緻密《ちみつ》な皺までわかるくらいにくっきり浮かび出されているのだ。(団鬼六『隠花夫人』)

後ろの腔

じゃあ、と彼は無理やりアヌスに指を入れた。

まったく開発されていない様子の彼女の後ろの腔は、ぷるんと指を押し返したが、力ずくで押し入れると、声が変わった。(安達瑶『姉と弟　禁じられた密文』)

後ろのホール

後ろのホールは苦渋に満ちているのに、前のホールはしっかりと心地よい感覚を感じ取って嬉々として震えている。

慎吾はアヌスから親指を撤退させると、握り拳から中指だけを突きだして、ソロリと柔肉の合わせ目に潜りこませた。(高竜也『実母(はは)』)

薄紫色の藤壺

とうとう、彼は薄紫色の藤壺に舌をあてがい、ペロペロと舐めだした。

菊皺の一筋一筋を舌先を立てるようにしてたどっていく。(嶋克巳『背徳教団　魔の童貞肉洗礼』)

薄桃色の火口

美穂を俯せにし、ほどよいまろみを描くお尻の双つの小山を割りひらいて、微かに孔《あな》をひらいた薄桃色の火口のような不浄口に、桜田は舌のさきを遊ばせる。（北沢拓也『人妻候補生』）

梅干し

「うわあ、藍子さんのアヌス、梅干しみたいな皺があるけど綺麗だね。ここからウ○コが出てくるとはとても思えないよ」（龍駕昇『美少女と叔母　蜜交体験』）

裏門

美奈子は秘裂から引き抜いた、恵子の愛蜜がたっぷり絡みついた指を、今度は恵子の小さく閉じている裏門にゆっくりと沈め始めたのだ。

「ふふ、教頭先生から聞いたわ。あなたたち、ここは未経験なんでしょ。最初はつらいけど、ここも慣れると気持ちいいわよ」（藤隆生『女教師と少女　牝の恥肉授業』）

裏の花弁

放射線状に周囲をちぢらせて、菫色《すみれ》に妖しくすぼまった佳恵の裏の花弁が暗い灯りを浴びてあらわになった。（北沢拓也『人妻候補生』）

裏の小窓

杏子は、冬彦の指に裏の小窓を翻弄され続け、ほんの時たまの会陰部への悪戯、蜜壺の表面への瞬間的な接触で、何かを軀の中に埋め込まれたくなってしまう。

「いいわ、お義父さん……お尻の中に、入れて」（三村竜介『美人妻　下着の秘奥』）

裏の小さな花弁

弓削は、こわばりを志麻の内奥から外しとり、たぎるこわばりのさきを、会陰の下で息づく彼女の裏の小さな花弁に向けた。

妖しい食虫花のようなひらきかたをした暗いちいさな秘孔に、弓削は怒張のさきをあてがった。（北沢拓也『情事の椅子』）

裏の莟（――つぼみ）

早乙女は呻き、いったん唇を退けたあと、頭をさらにもたげて、女性取締役の裏の莟に舌の先を這わせた。

「ああんっ、そんなところまで……」（北沢拓也『淫濫』）

裏の洞（うらのほら）

彼は上体を立てると、膝と腰を進めて優美子の尻の双つの山を両手で鷲摑《わしづか》みにするや、おのが怒張を女の裏の洞《ほら》にあてがった。（北沢拓也『秘悦の盗人《ぬすびと》』）

円環

まどかはほとんど息もできない状態であった。ズキズキした痛みが、ペニスを締めつける円環から発生する。切れてしまったのだろうか。いや、あんな大きなモノをぶち込まれたのだ。ちょっと切れるだけではすまないはず。（橘真児『童貞教室　女教師は少年キラー』）

奥の門

志織の可愛い尻たぶを左右に広げた。

奥には、可愛い菊肛がある。

「ここが、感じるだよな」

祐介はその奥の門に指を当ててくじった。（安達瑶『凌辱学園　転校生・志織は肉奴隷』）

おちょぼ口

菊座へも指を伸ばした。秘苑からしたたる果汁を塗りたくり、会陰部からアヌスのおちょぼ口をネトネト刺激する。（綺羅光『沙織二十八歳㊦悲しき奉仕奴隷生活』）

菊花

和孝は感度のいいすぼまりにほくそえみながら、菊皺を引き伸ばすように舌をしっかりと押しつけ、舐めまわした。菊花の周囲を丸く丁寧に責めあげては、硬く閉ざされた中心を尖らせた舌先でつついた。（藍川京『妹の恥唇　M調教に濡れて…』）

菊座

雅弘は、アナルセックスというのは、女性をうつぶせにして行なうものだとばかり思っていた。しかし、戸谷は正常位のまま、沙絵子の脚をさらに上に跳ねあげさせて、すっかり露出した菊座にペニスをあてがっている。（牧村僚『美母と美姉　魔性の血族』）

菊皺（きくしわ）

菊皺《きくしわ》を揉みほぐしていた指が、ゆっくりと菊芯に迫ってくる。乳首には洗濯挟みをつけた無慈悲な指が、今は、刷毛《はけ》のようなやさしさで菊花を揉みしだいている。（藍川京『鬼の棲む館』）

菊芯（きくしん）

菊芯を揉む指が止まった。だが、ほっとしたのも束の間、唐突に菊花に指が入り込んだ。

「ヒッ！」

鼠蹊部《そけいぶ》と菊蕾が硬直した。（藍川京『鬼の棲む館』）

菊筒

快楽の雄叫びを浴場に響かせ、義行も下半身を痙攣させた。肉棒はドクドクと脈打つたびに、次から次へと噴き出す白濁液を菊筒のなかに送りこんだ。（龍駕昇『美少女と叔母　蜜交体験』）

菊壺

香菜子の菊壺に沈んでいく荒巻の太い肉根に、里奈は口を半びらきにして目を瞠《みは》った。そんなものを受け入れられるはずがない。気色悪い細い棒を菊口に出し入れしながら、つい今までそう思っていた。（藍川京『鬼の棲む館』）

菊蕾（きくつぼみ）

そうしているあいだにも彼の指は深く侵入してきて、中で折り曲げたりして、未踏の菊蕾《きくつぼみ》の感触を味わっている。

ああ、私は、お尻をもてあそばれている……。（安達瑶『美人リポーター　かいかん生放送』）

菊紋

ふいに、おかしなところが痛んだ。

男の指が、菊紋をくじりはじめたのだった。

「ひいーっ」

耐えがたい苦痛が、冬香のうちに訪れた。（子母沢類『金沢、艶麗《えんれい》女将の秘室』）

菊状の花

華水の臀部にまわされている手指の一方が、お尻の合わせ目の奥まで秘めやかに菊状の花を小さく咲かせている夫人の体のなかでもっとも羞ずかしい部分にふれてくるからだ。（北沢拓也『人妻の茶室』）

菊の花

何度もアナルコイタスをした千鶴の菊の花にゼリーを塗り込んで、奥原は指で菊皺《きくしわ》を揉みほぐしはじめた。それから、アナル用のバイブを押し込んだ。（藍川京『女医　獣の儀式』）

菊の紋章

まずは、尻たぼの間に手を入れて、割れ目を指で開かせ、まだ幾分腫れぼったさを残している愛らしい菊の紋章に、たっぷりと指に載せたクリームを塗りこんだ。（鍵谷忠彦『女教師と教え娘　ダブル狂姦』）

菊襞の中心

大納言の巨根が再びズブと暗いセピアに染まった菊襞の中心に突きたてられ、やすやすとめりこんでゆく。

「ああ、うー、ううぅッ」

美和と梨絵は逆向きにくっつけるようにしながら、お互いを襲う強烈な凌辱の感覚に我を忘れ、叫び、啼き、喘ぎ、唸った。（館淳一『若妻と妹と少年　悦虐の拷問室』）

吸盤

アヌスはピッタリと陰茎に吸いつくようで、律動というよりも粘膜が一緒に動いてついてくるようだった。引く時は陰茎が引っ張られてアヌスまでちょっぴり突き出すようで、押し込む時は深く入り、お尻の窪みが吸盤のようにチュッと吸いついた。（睦月影郎『美少女の淫蜜』）

狭穴

純が息を吹きかけると、その狭穴は生き物のようにキュウとすぼまった。

「や、やめて下さい……。そんな所……見ないでェ……」

さとみの哀願を無視し、純がアヌスにぴったりと唇を押しつけ、舌先でアヌスを舐め回した。（倉貫真佐夫『姉妹奴隷　美《び》孔《こう》くらべ』）

禁断の場所

温もりは膣ほどではなく、内壁がピッタリ吸い付くような感じだ。入り口周辺は膣よりきつく締まるが、内部はそれほどでもない。

「突いて、乱暴にしていいから……」

美穂が息を弾ませて言う。

博之も、禁断の場所に挿入した興奮に高まり、身を起こしたまま股間を前後させていった。（睦月影郎『女教師　いけない放課後』）

くすんだ色のうしろの部分

おれは顔の上に彼女の腰を抱き寄せた。くすんだ色のうしろの部分と、鮮烈な輝きをたたえたはざまが、見事にあからさまに迫ってきた。柔らかいしげみがおれの口元をくすぐった。（勝目梓『快楽の迷彩』）

くすんだ色の肉口

なぜだろう。肉棒のたざりがおさまらない。

（こ、今度は、ここに……）

バックの交尾に、くすんだ色の肉口が哲久の目にとまる。（櫻木充『美姉からの贈り物』）

くすんだピンクの花

私は、かおるのうしろの部分から、肉の芽までの間に、舌と唇を往復させた。くすんだピンクの花を想わせるうしろの部分と、鮮やかな色に濡れて光るはざまの中心のくぼみが、ひくつくような小さな動きをつづけていた。（勝目梓『矢は闇を飛ぶ　私立探偵・伊賀光二シリーズ』）

糞門

へそ状に小さく肛門をすぼめた女優の糞門は薄桃色に光って、可憐であった。

「可愛いいお尻の穴をしている……」（北沢拓也『人妻の茶室』）

暗い洞窟

彼女が正気にかえるのを待って、啓太はコンドームを自分のペニスにかぶせて娘のまるい尻に向かって立ち、受刑者のアヌスから極太サイズのバイブレーターを引き抜いた。括約筋は充分に弛緩して、暗い洞窟がポッカリと口を開けている。（館淳一『牝奴隷美少女・恥辱のセーラー服』）

黒い空洞

それは、まるで呼吸しているような動きで、閉じられたときは可憐に縮まり、突き出て襞を伸ばす時には、ポツンとした黒い空洞を中心に見せながら、うっすらとヌメリのある粘膜まで覗かせた。（睦月影郎『美少女 誘う淫蜜』）

鯉の口

右手を肉棒に添える。いつのまに溢れだしたのか、先口からぬるぬるの液体が肉棒を伝って袋まで濡らしている。

それを亀裂に当てがった時、さっきまで舌で愛撫していたアヌスが、まるで池のなかの鯉の口のように喘ぎだした。（高竜也『理代子と高校生・相姦の血淫』）

濃いミルクココア

それからアヌスです。ぼくははじめて見るそのものに、目を吸い寄せられました。濃いミルクココアのような色をしていて、細かい放射状のスジが走っていて、そのスジの集まっている中心は、引き絞ったようにしまっていて、少しだけくぼんでいました。（勝目梓『愉悦の扉』）

肛華（こうか）

誠はぷっくりしたアナルの入り口に、亀頭を宛い、ゆっくりと差し入れてやった。最初に菊の花びらを拡げるのに少し苦労したが、すぼまった蕾を一旦花開かせてやれば、後は割とスムーズだった。

「く、く、くぅ……ッ」

肛華の襞が伸びていく時、ぎしぎし、と彼女の骨盤が軋んだ。（内藤みか『若妻淫交レッスン』）

肛肉

「アムッ……そんなっ……深いわ」

徐々に道を開き、抽送の深度をしだいに深めながら、砲身は肛肉のなかに埋っていく。大きく退いて、ドンと深いところまで抉《えぐ》る肉の硬直に、貴子は何度も声を上げて昇っていった。（藤堂慎太郎『未亡人は肛姦《アナル》奴隷 倒錯の美尻調教』）

小皺の寄ったちっぽけな孔

由美子は大きく喘ぎつづけていた。自ら股間を大胆にひろげ、女陰のすべてを、その下にある限りなく恥ずかしい、小皺の寄ったちっぽけな孔まで、生徒に鑑賞されるために野ざらしにしている。（伊達龍彦『女教師・Mの教壇』）

後庭花

良平は妖しい笑みを浮かべると、下半身にかかっていた毛布をはらいのけた。股間には、ついさっき、純子の後庭花を散らした肉の兇器が、再びエネルギーをみなぎらせ始めていた。（中原卓也『美姉 肛姦奴隷』）

後門

腰を使って後門に杭打ち、手を使って前門をうがち、男もまた、全身から汗を滴らせながら、欲情にうながされるままに、絶頂めざして体を酷使する。（鬼頭龍一『舐母《なめはは》』）

口吻

マッサージで弛緩したアヌスは、すでに砲弾のような亀頭を受け入れ、血管を浮き立たせた肉茎に絡みついていた。セピア色の放射模様が、軟体動物の口吻のようにぽっかりと広がっていた。（倉貫真佐夫『姉妹奴隷　美《び》孔《こう》くらべ』）

極秘の肉穴

「おいしそう……真沙美さんは、お尻の穴まで、おいしそうだ」

涎れを垂らしそうになった裕也が、あわてて真沙美の極秘の肉穴に舌を張りつけていく。（鬼頭龍一『隣室の若叔母』）

魚の口

梨枝は泣くような喘ぎをあげはじめた。

水橋の唾液に濡れ光る薄桃色の肛口が魚の口のようにひらききって、ひくつくように収縮した。（北沢拓也『情事の貢ぎもの』）

紫苑色のすぼまり（しおんいろ——）

弥之輔は尻たぼをくつろげ、紫苑色《しおんいろ》のすぼまりを舐め上げた。

「ヒイッ！」

想像もしなかった排泄器官への口づけに、和歌子の皮膚はそそけだった。（藍川京『修羅の舞い』）

邪道

佐藤は両手をベッドについて、V字に開かれた真樹子の両脚の上に体を覆いかぶせて、さらに深く気張りを入れる。

「あ……」

のしかかられ、身体が二つにつぶれ、邪道をうがたれ、喉までつまったような苦しさに、声も出ない。（鬼頭龍一『舐母《なめはは》』）

消化器官の末端

（そんな、ウソ——!?）

消化器官の末端を基点にして広がる快美の戦《おのの》きに、まどかは自身の感覚を疑った。（橘真児『童貞教室　女教師は少年キラー』）

深海にひそむ小動物の口

佳恵の深海にひそむ小動物の口のようにひくつく部分を唾液に光らせておいて、利光は顔をあげ、裏返しにしていた相手の身体をもう一度仰向けに戻した。（北沢拓也『人妻候補生』）

窄まりの暈（――かさ）

敷布の上にうつ伏せなので、豊かな丸々した尻が波打っている。秘奥にワセリンをつかわれ、人さし指と中指が窄まりの暈を拡張しようとしていた。（矢切隆之『相姦　美母の肉人形』）

菫色の裏の花弁（すみれいろ――）

両膝立ちになり、白い山脈を思わせる女弁護士の肉感的な双つの小山を、両手で割りひらく。

淡い褐色の臀裂の底が露《あらわ》になり、菫色《すみれ》の裏の花弁が放射線状にすぼまりつつも、暗い孔《あな》を開けていた。（北沢拓也『人妻たちの乱倫』）

聖穴

数馬の力強い腕に腰を抱え上げられ、ひろかは奇妙な浮遊感を覚えた。一瞬、ヴァギナに押し当てられていた陰茎が離れ、今度は少女の聖穴に向けて垂直に迫ってくる。

「あ」

何かが当たった、と思った次の瞬間、少女の肉は信じがたいものを強制的に受け入れさせられ、ぎちりと軋んだ。（兵藤凛『名門美少女　集団レイプ』）

セピアに色づく可憐な排泄の孔

キュッと引き締められた尻たぶに手をかけて、押し開く。

双臀の谷間に、セピアに色づく可憐な排泄の孔が息づき、羞恥のために収縮していた。（北原童夢『新人看護婦・美帆　十九歳の屈辱日記』）

セピア色の可憐なすぼまり

充明の愛撫は、撫でるから揉むに変わっていた。臀裂に親指を差し入れ、押し広げると、セピア色の可憐なすぼまりが覗く。（橘真児『淫熟女教師　美肉の誘い』）

玉子の割れた殻の内側の薄い膜

肉棒を咥えこんだ紅褐色のアヌスの粘膜は、ピチピチに張りつめ、今にも破けてしまいそうだった。それは玉子の割れた殻の内側の薄い膜を思わせた。（高竜也『実妹と義妹』）

茶褐色の裏門

幾重もの皺を集めた茶褐色の裏門を、ゴム手袋をはめた指腹でマッサージすると、

「あッ、しないで、いやン！」

汗でぬめってきた尻たぶがキュウッと締まった。（北原童夢『聖純看護婦　二十二歳の哭泣』）

茶巾絞りの和菓子（ちゃきんしぼり――）

くつろげられた臀部は、ますます谷間を大きく割り広げられていった。

「紗都子のアヌスは色もいいし、形もいい。排泄器官だけにしておくのはもったいないな。まるで茶巾絞りの和菓子みたいだ。芸術品だ」（藍川京『妹の恥辱　M調教に濡れて…』）

腸管

冷二はゆっくりと佐知子の腰を揺さぶりはじめた。

佐知子は悲鳴をあげ、泣き声を噴きこぼした。突きあげられるたびに、腸管がミシミシと軋む。そのうえ、薄い粘膜をへだてて前の張型とこすれ合う感覚に、佐知子は乳房から腹部をふいごのように波打たせて泣きわめいた。（結城彩雨『凌襲㊤悪魔の招待状』）

腸腔

冷二は悠子の肛門に深く埋めこんだ指をゆっくり抽送させながら言った。きつく締めつけてくる括約筋に、指がくい千切られそうだ。そして腸腔は灼けるように熱い。（結城彩雨『凌襲㊤悪魔の招待状』）

直腸の粘膜

志郎は、今日子の両足を抱え上げて、両の親指でお尻の谷間を開き、ピンクの肛門にも念入りに舌を這わせた。

そこも、淡い汗の匂いだけで刺激臭はなく、少々物足りなかった。

内部にも舌先を潜らせ、ヌルッとした直腸の粘膜を味わってから、やがてクリトリスに舌を戻していった。（睦月影郎『制服の恥じらい少女』）

慎ましげな孔

まろみを帯《お》びたお尻の双つの小山が汗に湿って、白く光っている。

尼部は、伸ばした右の手で歩弓のぬめらかな尻の小山を撫で、桃の実の割れこみのような部分から指をひそめて、慎ましげに孔《あな》を閉じた裏の花弁に指で触れた。（北沢拓也『蜜妻めぐり』）

臀孔

そして、姉の臀孔を舐めながら、左手で真純の花園を、巧みにまさぐった。

次に、妹の臀孔を舐めしゃぶりながら、右手で秀詠尼の花園を愛撫してやる。（鳴海丈『花のお江戸のでっかい奴〈色道篇〉』）

倒錯交尾の穴

茶褐色の肉門が、肛の蕾が露出する。

夫の手によって開発された倒錯交尾の穴……。

澄江にとって今や第二の性器と呼べるほど、素晴らしい愉悦を得ることができる。（櫻木充『美母の贈りもの』）

生コンニャク
「ちゃんと、全部入ったじゃねえか。ケツに」
辱めの言葉を吐きながら、和也はしっかりと義母の排泄器官と繋がった。生コンニャクにも似た粘膜の感触に握られて、それは最高の結合感だった。（伊井田晴夫『母姉妹　淫辱三重奏』）

肉環
キリキリときつく締めつけてくる肛門の肉環。最初の時よりも激しい。（結城彩雨『凌襲㊤悪魔の招待状』）

肉孔器官
そうすると割れ目の奥に隠されていたもう一つの肉体の孔、アヌスが姿を顕わした。
（うーん、かわいいものだ……）
ふだんはめったに人の目に触れることのない肉孔器官は、周囲が少しセピア色に染まっているが、それ以外は変形も少なく、健康そうだ。（館淳一『美人社長　肉虐の檻』）

肉門
そっと人差し指でつついてみれば、綾乃はまるで指先を受け入れるように肉門を弛めてくる。まるでアナルのセックスを誘うような、そんな仕草ではないか。（櫻木充『美姉からの贈り物』）

肉輪の芯
「いやっ、あんまりジロジロ見ないで」と比呂子はヒップをモジモジさせる。
教え子は右手にもったイチヂク浣腸の嘴管を、女教師の肉輪の芯にあてがう。チュチュッと薬液を少し射出する。（館淳一『美人教師と弟　魔の女肉洗脳』）

粘膜トンネル
うつぶせの理恵が、両手でシーツをわし掴みにする。本来は違う用途の器官に牡の、鉄のように固くなった器官が侵略してくるのだ。どうしてもある一点を通過する時、苦痛を味わわねばならない。
（焦るな、焦るな）
一気にぶっすりと貫きたい本能的な欲望を、昇介は必死になっておさえつけ、じりじりと一寸きざみにきつい粘膜トンネルへと肉槍を進めていった。（館淳一『美人社長　肉虐の檻』）

野菊
裕美子が、恥じらうように肛門を震わせて声を洩らした。
中心から周囲に向かって走る放射状の襞は、直径が約二センチほど。
野菊のような襞に乱れはなく、単なる排泄器官のくせに芸術品のように美しく、裕美子ほどの美人ともなると、こんな隠れた部分にまで造物主の微笑みと恵みが与えられているようだった。（睦月影郎『女肉の猟奇館』）

排泄筒

ヴァギナとの性交さながらに達也はピストン運動している。紀子の尻肉と自分の下半身をぶち当てて、排泄筒を猛烈に摩擦した。

過敏な肛門を裂かれる痛みが、紀子の中でめくるめく快楽に変化していくようだ。（龍賀昇『恥虐の姉弟交姦』）

排泄のための弁器官

薄暗がりに白い二つの半球がぼうっと浮かび上がっている。それを隔てる深い谷は陰になって見えにくいが、その底に、排泄のための弁器官がひっそり息づいている、そのおぼろげな形が目を凝らすと見えた。（館淳一『近親の獣道《けものみち》』）

バターナイフですくい取ったようなすぼまり

雅美はあえぎながら膝を広げた。太腿が開き、尻の割れ目もめいっぱい開ききって、肉ひだとともに肛門の、バターナイフですくい取ったようなすぼまりが剝き出しになった。（井狩俊道『処女教師　凌辱』）

蜂の巣

まるでそこが蜂の巣であるかのように、おいしくてならない蜜でもあるかのように、浩一は無我夢中で叔母の肛門を舌で舐めまわしにかかる。（鬼頭龍一『処女叔母と熟母』）

緋色の口

「さあ、してぇ」

尻の割れ目をほじくり、アヌスの箇所に小さな裂け目を入れて浣腸をねだる。

皺が伸び、緋色の口をひろげてくる。（櫻木充『若美《わかび》母《ぼ》　ボディスーツ&下着の誘惑』）

微妙な皺に取り囲まれた小孔

春子は夫人のその微妙な皺《しわ》に取り囲まれた小孔を二度、三度指で押し、もう一方の掌で上層の女陰を柔らかく包みこむ薄絹の繊毛を撫で上げるのだ。（団鬼六『美人妻・監禁』）

美門

丸山の亀頭の先がグイッと美門をこじ開ける。

「あひィッ！……」

「動くな。粘膜が傷つくぞ」（矢神瓏『名門女子学園性奴養成教育』）

ピンク色の可憐なツボミ

さらに彼女の両足を抱え上げ、可愛らしいお尻の谷間も指で開いてみた。

ピンク色の可憐なツボミが、キュッと閉じられていた。（睦月影郎『女教師　いけない放課後』）

富士壺

富士壺のように小暗《おぐら》く窄《すぼ》まった裏の孔《あな》と、ぬらぬらと潤みに光りつつ舟状に溝《みぞ》をゆるめた秘部とが列になって、尼部の眼のすぐ前に露《あら》わになった。（北沢拓也『蜜妻めぐり』）

不浄の裏の孔

はじけ割れたアケビの実のような眺めの秘所よりも、放射線状にまわりの皮膜を縮めつつひっそりとすぼまった不浄の裏の孔《あな》のほうが、吉永には可愛らしく思えたからだ。（北沢拓也『情事妻　不倫の彩り』）

鮒の口（ふな——）

沙貴絵の不浄の肛口は、桜田の呼び水によって鮒《ふな》の口のようにぽっかりと暗いとば口をひらき、しかも微かに収縮していた。（北沢拓也『人妻候補生』）

噴火口

純の見ている前で、半分顔を覗かせていたプラスチックボールがさらに姿を現し、あかねのアヌスを火山の噴火口のように隆起させた。（倉貫真佐夫『姉妹奴隷　美《び》孔《こう》くらべ』）

噴火寸前の火口

「こっちの穴にぶち入れてやろうか」

噴火寸前の火口のようにひらいてひくつく女の肛口を撫でながら、尼部が言った。

「そうしてくださる？　最近、後ろのほうはご無沙汰なのよ」（北沢拓也『蜜妻めぐり』）

放射状のすぼまり

指先を唾液で湿らせ、充明は放射状のすぼまりをヌルヌルと擽《くすぐ》った。（橘真児『淫熟女教師　美肉の誘い』）

本来出口である器官

逸子はトイレの床に置かれた洗面器から、ガラス製の浣腸器に、ゆっくりとグリセリンの希釈液を吸い上げる。嘴管の先端を本来出口である器官に押し当てると、襞はやや内側に巻き込まれながら、無機質の異物を受け入れた。（星野ぴあす『個人授業　女教師は少年がお好き』）

マーガレットの穴

「だめだといっても、ちゃんとしたところに挿入《そうにゅう》するためには、よく見なくちゃあ、わからんだろうが。美伽は後ろのマーガレットの穴でもいいというのかね？」

「いやだあ……菊の花なんてわたし、処女ですから、やめてえ」（南里征典『艶やかな秘命』）

魔娼のホール

「フフ。何がいやだよう。いいくせに。魔娼のホールがびりびり感じてるくせに」

「いやよ……ああっ、いやっ」

川辺が交替して、連続して二回目の浣腸になった。（扇紳之介『女医　悦虐肛華責め』）

万力（まんりき）

あかねは、荒々しい息づかいで、肛門性交の愉悦に浸っていた。亀頭のエラに直腸壁をかきあげられるえもいわれぬ快感に、頭の中が真っ白になり、持ち上げたヒップをブルブルと痙攣させた。

「あ、ああッ……！　イクッ……イク――ッ」

その瞬間、アヌスが強力に収縮して、万力のように純のペニスを締めつけた。（倉貫真佐夫『姉妹奴隷　美孔《びこう》くらべ』）

未知の生命体

透明な粘膜に覆われたピンク色の腸壁が暗がりの奥底まで続いている。想像していたよりも綺麗で、時折り蠢く腸壁のうねりが、SF映画に出てくるような未知の生命体のような躍動感があって、見ているものをドキドキさせる。（葛西涼『美少女と僕　放課後の童貞検査』）

未知の道

おれのジュニアは、何度も押しかえされながら、はじめて未知の道に踏み込んでいた。そこもまた、すぐ近くにあるなじみの道と同様にすばらしかった。由紀子のあげる苦痛まじりの声が、よろこびそのものの声に変わるのに、いくらの時間もかからなかった。（勝目梓『快楽の迷彩』）

桃色の臍（――へそ）

桜田が舌を使う桃色の臍《へそ》のようなすぼまりの下側の楕円状に割れひらいた部分にははっきりとうるみが湧き立ち、きらきらと光っていたからだ。（北沢拓也『人妻候補生』）

妖花ラフレシア

大きな肛門を間近で見ると、それは単なるツボミではなく、やや肉が盛り上がった形であることがわかる。まるで妖花ラフレシアのようだ。（睦月影郎『淫の館　深夜の童貞実験』）

レモンの先

ピンクの秘穴は、その周囲の肉を僅かに盛り上げ、レモンの先のようになりながら、キュッキュッと放射状の襞を収縮させている。（睦月影郎『美少女　誘う淫蜜』）

割れた桃の中心

頭をシーツにつけてもがいている美鈴におかまいなく、鞍馬は割れた桃の中心、後ろのすぼまりに舌をつけて舐めまわしはじめた。（藍川京『蜜泥棒』）

男性器

【ペニス】

アイスキャンディ

圭子はいったん口を離すと、肉筒の裏側に、筋の縫い目にそって舌を這わせていった。好物のアイスキャンディを味わうように、滴り流れる雫をすくいながら、愛情たっぷりに舐めあげてゆく。（櫻木充『僕の家庭教師　ふたりのお姉さま』）

青筋立った凶器

健吾はジャージをさげると、勃起しきった肉棒を取りだした。

青筋立った凶器を目にして、良美の表情が凍りついた。そそり立つペニスを見たのはこれが初めてだろう。唇がわなわなと震えて、言葉にならない空気が漏れている。（樹月峻『新任音楽教師　凌辱狂想曲』）

赤黒い全貌

泣くような悦の声を放って、梶原由樹が腰を深く引き下ろす。

早乙女の赤黒い全貌が、女の性毛にむらがりのその奥に没し、早乙女は温かく締めつけられていた。（北沢拓也『淫濫』）

赤黒い肉鉾（——にくほこ）

少女は不思議な深みを湛えた瞳で、股間を犯す男の顔をしばらくみつめ、それから自分の下肢に手を差し向け、人差し指と中指を大きく広げた。

二本の指が左右の大陰唇と小陰唇の間の溝を這い、赤黒い肉鉾が出入りする亀裂を挟む。（矢神瓏『名門女子学園　性奴養成教育』）

熱い塊

「ほら、どうしちゃったのかな。ほら」

男の腰が揺れる。愛子の手のなかで熱い塊が脈動してビクビク揺れている。（麻樹達『美少女盗撮　いけない秘唇検査』）

熱い獣

麗子の手がわななくように、息子の牡の器官に触れた。火傷するほどに熱い獣が息づいている。（矢切隆之『相姦　美母の肉人形』）

熱い肉

蓉子は舌を駆使し、唇をすぼめて締めつけたりしながら、熱い肉を吸った。

チュウチュウ、ジュルジュルといやらしい音がたつ。血管を浮き彫りにした肉幹はたちまち唾液にまみれた。（館淳一『母と熟女と少年と　魔肛の倒錯ネット』）

暴れ棒

若く新鮮な女体を腕に抱き、その潤った中心をいきり立った暴れ棒で掻き回し続け、朱美の反応に気を配る余裕すらなかった。（兵藤凛『美少女　魔悦の罠』）

暴れる異物

兄の悲鳴に、妹はただ小さくうなずいてしがみついていった。同時に、肉襞が小刻みに収縮し、暴れる異物を絞め上げる。（星野ぴあす『私立H学園中等部　美少女調教委員会』）

アプリコット

「どうしたのかな。そんなことじゃあ俺の宝物を始末するなんてことできるわけないよ。ほおら。チュッってキスしてごらんよ。ゆっくりとその唇で。アプリコットか、さくらんぼだと思えばどうってことないよ……」（麻樹達『美少女盗撮　いけない秘唇検査』）

甘いお菓子

彼のおちんちんを舐めていると心の中が癒されてくるような気分がする。どんなにささくれた気持ちも、癒される。

甘い、甘いお菓子のようなおちんちん……。（坂宮あけみ『キャンディトーク』）

飴色の極太

飴色の極太に、彼女のとろとろした愛液がたっぷりと付着している。性器同士が歓喜する音が響き渡った。動きが、だいぶスムースになっている。（北村梓『復讐の淫虐魔』）

荒れ狂うもの

畳の上で雄と雌の裸者になっていた。祖父江は唸《うな》りながら、やがて身を起こし、一気に淑子を押し開き、荒れ狂うものを埋め込んできた。

淑子はほとんど声にならない、獣のような呻き声をあげた。（南里征典『金閣寺秘愛夫人』）

暗褐色のだらんとしたもの

「これで体の中まで愛してもらったんだ。感謝の気持ちがあれば、進んできれいにできるはずだがね」

暗褐色のだらんとしたものを握らせる。

「あ……」

柔らかくなったものが思いのほか重いのを、恵美は初めて知った。（五代友義『変態玩具　女子高生と未亡人』）

鮟鱇（あんこう）

こーしてみると、オトコのヒトの、カリ首って、とっても重要なんですね。

で、千夏、判ったの。

オトコのヒトの肉棒の形のことよ。

お魚の鮟鱇《あんこう》みたいな形をしてるのが、最高に気持ちのよいものなのかもしれないって。（牛次郎『もっと凄《すご》く、もっと激《はげ》しく』）

イギリス製の鉄兜（――てつかぶと）

イギリス製の鉄兜のように、エラの張った底の浅い器を、鈴香は口に含んで、舌先で形状を覚え、

「本当に、カサ張り松茸ネ」

そういいながら、それを花唇に挿入させて、今の口の感覚と花唇内部での感覚を合わせてみる。（赤松光夫『欲望専科女教師』）

いきり立ち

指を抜くと、湯気をたてながら女芯が丸く穴をみせ、湿潤をひろげた美人秘書の、その楕円状の女のたたずまいに、秋山は一気に、背後からいきり立ちをあてがった。

ずぼっと、湿った音をたてて、楕円状のたたずまいに、亀の頭だけ繋がれる。（南里征典『欲望重役室』）

異形の肉（いぎょう――）

そろそろぶちこんでやるか。陽介はそう思い、ゆっくりと怒張を由美子の口から引き上げた。浅黒い怒張は、反り返るほどの勃起度を誇り、圧倒的威容を誇示している。そしてそれには、由美子の口紅が付着して、さらに異形の肉の凶器と化していた。（塚原尚人『女子大生家庭教師　恥肉のレッスン』）

いけない張本人

突き出した亀頭を、桃色の舌が迎えた。

「んぐぐ、グチュッグチュッ」

舌で鈴口をくるみ、亀頭をねじ伏せた。鎌首を頬張るたびに、美しい頬が風船のように膨らんだ。

口の中でいけない張本人を監禁し、舌で拷問にかけた。（矢切隆之『相姦　美母の肉人形』）

いけない坊や

「あらあら、また立ってきちゃったの?　いけない坊やね」

優子はすっかり扱い慣れた感じで陰茎に触れ、最後のブリーフを脱がせた。（睦月影郎『美少女の淫蜜』）

異物

一分の隙もなくみっしりつまったヒダ肉が異物を押しかえそうとしてくる。はじきだされまいと花咲はさらに力をこめ、肉路を切り開いていく。（綺羅光『美人課長

・映美子　媚肉の特別報酬』）

芋

麻美の上半身がピクンとのけぞった。

「おれの芋はうまいぞ。しっかりと味わえよ」（海堂剛『制服美少女・輪姦解剖倶楽部』）

芋虫

モジャモジャの剛毛から、グロテスクなほどに長大な肉茎が芋虫みたいにダランッと垂れさがっている。（北原童夢『凌辱　看護婦学院』）

淫茎

赤っぽさを増した硬直はピクピクとうち震え、射精時にも似た蠢きを示していた。

みどりは自らの唾液に濡れた淫茎をおずおずと握り、上下に擦り上げた。（橘真児『美少女・麻由の童貞いじめ』）

淫棒

沙織の美麗なる秘唇には、ドス黒い淫棒が突き刺さっており、なんとも卑猥な肉汁をヌメヌメ光らせて出たり入ったりを繰りかえしている。（綺羅光『沙織二十八歳㊦悲しき奉仕奴隷生活』）

鰻（うなぎ）

「あら、ダメよ」といいながら、そこは水泳の巧みな指導員の麗子だけに、立ち泳ぎの形で、両足を広げ、重太の腰に脚を巻きつけて来ると、立った重太の太く逞しいペニスはヌルヌルッと、鰻が穴にもぐる要領で、ハイレグ水着の隙間をくぐり、花道に侵入した。（赤松光夫『情欲㊙談合』）

馬の首

八雲は身を起こし、濡れた双美唇のあわいに、馬の首のようにいななく巨根をあてがい、蜜飛沫《しぶき》をはじき飛ばしながら、ずぶり、とその宝冠部を挿入していた。（南里征典『特命　猛進課長』）

馬のもののようなお道具

それだけでは気がおすみにならなかったものと見えまして、手を添えて導かれた小泉さんの、それこそ馬ののようなお道具が、ぴったりと蜜の壺の入り口をふさいで、そこにめり込むようにして入っていくところを、旦那さまはすぐ横からじっとごらんになっておいでになりました。（勝目梓『乱倫《らんりん》の館《やかた》』）

上反り（うわぞり）

勃起しきった上反りが、クリームのようにとろけた秘洞に押しいってきたとき、瑶子は、やっと塞《ふさ》がったよろこびで、いまにも息をひきとるような呻きを発した。（影村英生『人妻の診察室』）

うわばみ

瑶子の手が、無意識に伸び、五十男のズボンのふくらみを撫でさすった。

得体の知れぬうわばみがトグロを巻いているような感触である。（影村英生『人妻の診察室』）

エッチな棒

「気持ちいいわ。とってもよくて、とろけそう！　でも、指じゃつまんない。あれが欲しい。エッチな棒で突いて……」（片桐純子『人妻微熱空間』）

鰓の裏筋（えら——）

ぬめらかな舌が、花形の肉根の鰓《えら》の周りをぐるりと這《は》い滑《すべ》った。

舌で、鰓の裏筋をちろちろと掃《は》きあげられると、こそばゆい快美感が、島崎涼子の舌が這い回る部分から駆け登ってくる。（北沢拓也『女宴の迷宮　特別闇社員』）

王冠

お京の濡れた舌が、王冠を巧みに這いまわる。柔らかい唇がうねって、秘幹をしごく上下運動が開始された。律動的に動きまわる舌が、王冠からずりずりと肉棹をしごく。そのねっとりと吸いつく舌の動きが、ピチャピチャと淫《みだ》らな音を立てると、新八郎はおもわず呻き声をあげていた。（木屋進『女悦《によ》犯科帳』）

王様

王様のすべてが、千夏の中に入ってくる。

ズズズ……

横綱の土俵入りって感じで。

カンロクを見せて、侵入よ。

「ああ……く、来る……パパが来る」（牛次郎『もっと凄《すご》く、もっと激《はげ》しく』）

巨いなるもの（おおいなる——）

岬は強引に、美少女の両下肢を割って、なかに腰を入れた。巨《おお》いなるものを、あてがった。少しずつ、押し入れた。（南里征典『女医の聖餐』）

大きな蛇

ローズ色の大輪のバラの中心に、大きな蛇が潜りこんでいくようだった。イソギンチャクに魚が呑みこまれていくのにも似ていた。（高竜也『妹・美咲《みさき》』）

大業物（おおわざもの）

三人の眼は、姦鬼がおもむろに裾前《すそまえ》をくつろげ、褌《ふんどし》をずらすのを見た。ギラリ——という感じで何人とも知れぬ美女の血を吸った大業物《おおわざもの》が抜き放たれた。（千草忠夫『姦鬼奔《はし》る』）

お刺身

忍びやかに白い手をのばして、香坂の股間の屹立《きつりつ》を握り込み、ああ、と微《かす》かに呻《うめ》き声をあげて絶句する。

喘《あえ》ぎたつ呼吸を必死に整えたあと、

「ね、お醤油《しょうゆ》はないけど、あなたのお刺身、喰《た》べちゃいたい。ね、いいでしょう」

意味を了解して、香坂は仰むけになった。（南里征典『欲望女重役』）

幼勃起（おさなぼっき）

「してほしいならしてほしいって、ちゃんと言いなさい。裕二の言うこと、ママ、いつだって聞いてあげてるでしょ」

裕二の幼勃起を手のひらにくるみ、そして、がっぷりと咥えこむ。（鬼頭龍一『母・美紀子と息子』）

牡

「そんなに固くならずに、ふふ、いい子にしてるの」

愛しそうに麗子が、雅彦の牡に頬ずりした。（矢切隆之『相姦　美母の肉人形』）

牡茎（おすぐき）

「このまんまシゴいてみようか」

みどりが牡茎を摑み、シコシコと上下に動かした。（橘真児『美少女・麻由の童貞いじめ』）

牡肉

黒木には前戯の必要がなかった。全開になった亜沙美の花芯の奥に、牝液にまみれてキラキラと輝く処女膜が牡肉を誘っているように見えたからだ。（殿山徹二『少女と兄と美母と　凌辱三重姦』）

お注射

「どうなんだね、看護婦のくせして、こんなことをしていいとでも思っているのかね」

「ああっ、た……たまんないっ、お注射、太い、お注射、もっとしてくださいっ」（美馬俊輔『美人営業部長　強制肉接待』）

お珍宝

後ろ髪を引っ張られているために、背中を弓のように反《そ》らせて、真純は喘《あえ》ぐ。

「……でも、いいの……んあっ、溶けそうにいいのォ……貫太様のお珍宝が凄いっ……」（鳴海丈『花のお江戸のでっかい奴〈色道篇〉』）

おとこ

夫人は、裸にされることに抵抗はしなかった。むしろそれを待っていたように腰をくねらせ、口の中に咥えている桂木のおとこに舌をからめてくる。（北沢拓也『人妻の茶室』）

男棒（おとこぼう）

男棒が欲しくてずっと待っていたらしいヴァギナに、

肉茎をふにゅふにゅと愛撫され続け、たちまち限界地点に達してしまっていたのである。真弓はそんな誠を察知したのか、さらに固く抱きついてくる。（内藤みか『若妻淫交レッスン』）

男の象徴

　口のなかで衰えていく男の象徴が愛おしくて、吐きだす気になれず、満足して死んだようにぐったりしている慎也を上目遣いに見ながら、千鶴は未練気に出てくる残滓まですすった。（高竜也『二人の禁妹　魔性の奸計』）

男の尊厳

「いいから、いいから、さわりたまえ」

　香坂はたぎり勃った男の尊厳で、朱美の下腹部を突っついた。（南里征典『欲望女重役』）

男のタワー

「ああ……これよう……これよう」

　と呻いて、ヒップを振り回す。

「わたしの中に、男のタワーがおなかまで突きたってるわ」（南里征典『人妻の試乗会』）

男の尖った肉

　絶頂に達したのは、花芯であった。直接の刺激を受けない肉裂の奥の方が、まだ、もやもやと、男の尖《とが》った肉を求めてる。（片桐純子『人妻微熱空間』）

男の熱塊

　溢れる蜜液で、ぬかるみのようになった大小の秘弁の狭間《はざま》に、男の熱塊が半ばまで埋まり、膝立ちの姿勢で鯖江は、それから奥までぐいと埋ずめ込んだ。（南里征典『艶やかな秘命』）

男の武器

　鈴木は上半身を起こすと、勢いよくトランクスを脱ぎ捨てた。男の武器はすでにいきり立っていて、赤黒い王冠部分の鈴口から先走りの露がにじみ出ていた。幹の部分には蒼筋《あおすじ》が浮き立っていて、血管が黒いストロー状になって走っていた。（山口香『秘宴の花びら』）

お肉の棒

「早くっ！　あう……お肉の棒……大きなお肉の棒……ください。ヒッ！」

　霧子がときおり口にする〈お肉の棒〉は何度聞いてもかわいい言葉だ。（藍川京『兄嫁』）

おのれ

　めくるめく痺れに呻きをあげ、おのれを引き上げて、早乙女は三度目をどくどくと射ち放ち、果てたあと、ぐったりとなっている美穂子夫人の傍らに横になった。（北沢拓也『淫濫』）

オマタのもの

「あはあ……いい……おっきいの、ちょうだい。オマタのもの、入れて」

波留江の手が肉柱をつかんだ。（藍川京『蜜の狩人』）

玩具（おもちゃ）

「口でしてあげる。うちの玩具のいやらしいところを、ショーツの上から舐めてあげる」

卑猥な強張りに頰擦りしながらそう言うと、都はクッキリとその形を浮かび上がらせる肉棒をハーモニカのように横から咥えて舌を這わせた。（山路薫『若妻の寝室』）

回転ドリル

章太郎は極限までに膨れあがった肉棒の噴出を必死で堪え、全身汗まみれになりながら抽送した。すべて叔母美也子のオルガスムスで狂う姿を見たい気持ちからだった。そうすることは、自分の自信にもつながる。だからともかく必死だった。

折れよとばかりに肉棒を叩きこみ、回転ドリルも顔負けに撹拌した。（高竜也『若叔母と熟叔母』）

海綿体

紀子は口の中でカリのまわりをチロチロ擦り、エラの裏側を舐めまわす。するとますます肉棒は硬くなり、海綿体には大量の血が流れこんで肥大する。（龍駕昇『恥虐の姉弟交姦』）

傘肉

両足のまん中に身体を入れて、片足をぐいと引き寄せた。たった今、指で溶けほぐされていた、ぬめらかな隠しどころに、傘肉をあてがう。（子母澤類『金沢名門夫人の悦涙《えつるい》』）

樫の棒

鯖江は、その腰のどまん中で、赤い肉片をはじかせている女芯のあわいを、硬い樫の棒で突きまくった。（南里征典『艶やかな秘命』）

硬い茎

欣治は衝動につき動かされた。彩子の右手を取ると、そっと男の硬い茎へといざなった。（子母澤類『金沢、艶麗《えんれい》女将の秘室』）

硬い楔（――くさび）

弓倉の長大な硬直が硬い楔《くさび》のように深々と突き埋められた時、小沢佳奈子の口から淫靡《いんび》な獣の呻《うめ》きが迸《ほとばし》った。弓倉はぐいぐいと佳奈子の深みを突き穿《うが》つ。（北沢拓也『白き獲物』）

硬い肉

美紀子はのしかかった腰に両脚を巻きつけて、下腹を突きあげ、なおも深く交わろうと、熱く硬い肉を膣奥深くへ迎え入れようとする。（亀頭龍一『母・美紀子と息子』)

硬い漲り(——みなぎり)

手にした硬い漲《みなぎ》りを、美那は秘口に押し当てようとした。鞍馬は腰を浮かして拒《こば》んだ。

「入れて」

「先に上の口でおしゃぶりしろ。それからだ。よし、シックスナインだ」(藍川京『蜜の狩人　天使と女豹』)

硬くて柔らかいかたまり

少女はまるで新しい玩具《おもちゃ》を手に入れた子供のように、硬《かた》くて柔らかいかたまりを撫《な》でさすっている。指は、竿《さお》の部分を擦《こす》り、かと思うと先端《せんたん》の膨《ふく》らみをつまむ。(池かなた『女神様の初恋』)

硬く膨張したもの

「欲しかったの……欲しかったの……あなたの、これ」

目を閉じたまま手で探って俊一のズボンの股間部を求めた。硬く膨張したものをズボン越しに握っただけで身体の芯がジーンと熱くなる。(一条きらら『秘められた夜』)

鉄梃魔羅(かなてこまら)

八木島に大腰を使われるたびに、紗英はこらえかねて、身も世もない嗚咽を洩らしている。

希代の鉄梃魔羅《かなてこまら》なので、少女っぽい紗英は、あまりのはばったさに、内臓あたりまで揉みぬかれるようなつらさである。(綺羅光『東京蜜猟クラブ』)

鎌首

鎌首が割れ目に触れた。大胆に太腿を開いているにも関わらず、処女の花唇はぴっちりと閉じたままだった。そこを、鋼鉄のような鎌首が割りはじめる。(香山洋一『若継母・二十七歳』)

かわいい坊や

「かわいい坊や。よしよし、ママが今すぐ、なだめてあげますからね」

ぽってりとした彩子の唇が、亀頭におしかぶさってきた。(子母澤類『金沢、艶麗《えんれい》女将の秘室』)

瓦屋根

裾野《すその》まで瓦屋根のようにせり出す傘が、エラごと引かれていく瞬間の、ネッチリと糸を引くような感触がまた、恐ろしいくらい鮮烈だった。

「ホオオ」

か細い、泣き崩れていくような声が、喉《のど》の奥から洩れていった。(由紀かほる『トップ・スチュワーデス　禁色のスカーフ』)

冠頭翼(かんとうよく)

ルージュを塗り直した唇が、悩ましくひらいて、城山は冠頭翼《かんとうよく》のくびれのあたりまで、すっぽりと含まれていた。舌を巻きつけられて舐められ、吸いたてられると、夢見るように心地よかった。（南里征典『蜜命誘惑課長』）

きついお肉はん

「うちかて、どないしたらよろしおすのや」

「どうした?」

「あんたはんのが、あんたはんのきついお肉はんが、奥の小壺に当たるんどす」（子母澤類『祇園京舞師匠の情火』）

杵（きね）

キスしながら挿入した肉柱を杵のように突きながら、重太は、恐れるものもなく、二人で新しい命を創りたいと願った。（赤松光夫『情欲㊙談合』）

きのこ肉

美夜子は裸身をしなわせて、男の腹部へと顔を下げていった。

中心にそそり勃つ、紅いきのこ肉の傘のまわりを舐めまわし、からみついて、ぬるりと口に含んでいく。（子母澤類『金沢名門夫人の悦涙《えつるい》』）

キノコ魔羅

和田のものは根本が細くて頭の部分に向かって太くなっていく俗に言われるキノコ魔羅であり、男性自身としては理想的なものであった。赤黒い円錐形《えんすいけい》の亀頭部分は油でも塗ったかのようにヌメヌメと光り輝いていて、鰓《えら》張りも大きく、幹の部分には筋張りが浮き立っていて、血管が蒼黒いストロー状になって走り抜けていた。（山口香『淑女の狩人』）

強靭な肉

一度堰《せき》を切った愉悦の津波は、何度となく綾を引っさらって、九天《きゅうてん》の高みに投げ上げた。

それをさらに姦鬼の強靭《きょうじん》な肉が衝き上げる。

（あ、死ぬ……）（千草忠夫『姦鬼奔《はし》る』）

巨塊

「うぐぐっ……あ、ああ、少しだけ、休ませてください」

窒息しそうな巨塊を咥えこまされ、嚥下したスペルマを吐きだしそうになった香穂里は、財前に向かって休憩を願いでた。（香山洋一『スチュワーデス・七年調教』）

巨竿

老人は巨竿を突き入れては少し引き戻し、戻しては腰を器用にくねらせながら膣口付近にも淫靡な刺激を与えながら、再び挿入を深め、じっくりと時間をかけて、夕子の股間を蹂躙した。（兵藤凛『美少女《アイドル》凌辱　恥じらい肉人形』）

巨肉

夕子もいつしか膣が裂けるかと思う苦痛を忘れ、けた外れの巨肉に蹂躙される快感に我を失っていた。髪を振り乱し、「ぶちまけて、ぶちまけて」と譫言《せんげん》のように喘ぎ叫ぶその形相は、利発な娘をかわいがる母親の姿とは思えなかった。（兵藤凛『美少女《アイドル》凌辱　恥じらい肉人形』）

巨砲

二人の男たちはすでに全裸になっている貴美子の前に並んだ。彼女の目の前には、二本の巨砲がその勇姿を競うように砲身を天に向けている。（弓削光彦『令嬢と若妻　監禁肛虐サロン』）

巨大なキノコ

岩下の股間のものは半立ち状態であり、くすんだ褐色の巨大なキノコのようであった。

「あああ……」

砂也子は甘い響きのある細い叫びを発して、岩下のものを口に含んでしゃぶりたてた。（山口香『若妻の謝肉祭』）

巨大な侵略者

ついに、巨大な侵略者は、その目的を達成した。律動が開始された。（鳴海丈『卍屋龍次　無明斬り』）

巨大なソーセージ

欲望がドッとわき上がった。男のものは膨張し、巨大なソーセージのようになった。（山口香『夜の管理人』）

凶器

（うわ！　うわぁ～っ！　あ、あれがお兄ちゃんの……）

子供の頃は一緒に風呂に入ったりしていたが、完全に成長したペニスを見るのはもちろん初めてだ。青筋を浮かせてそそり立つそれは、十四歳の処女の目には凶器のごとく映った。（風間九郎『爛熟少年　倒錯の初体験』）

凶暴な肉器官

ピストンのように口腔ふかく突きたてられる凶暴な肉器官。さっき蓉子の手指でしごかれて射精させられたそれは、いま、再び怒張の極限へと向かっている。（館淳一『母と熟女と少年と　魔肛の倒錯ネット』）

凶暴な肉砲

紀代美のインナーラビアもそうだが、昂奮してくると粘膜は充血して外側にせりだしてくる。そこにペニスが攻め入ってくると、ラビアはこの凶暴な肉砲を歓迎するかのように包みこむような動きをみせる。（館淳一『新妻・凌辱後遺症　私はあの倒錯が忘れられない…』）

キャンディ

何回か続けてイッたせいか、半田くんのおちんちんは満足しきってとっても小さくなっている。皮はひっぱると伸びたけど、亀頭は皮の奥でうずくまっている。わたしは、皮だけをねじって、キャンディの包み紙のようにしていた。もちろん、甘いキャンディは亀頭だ。（坂宮あけみ『キャンディトーク』）

キリタンポ

「東京の男とのあこがれの行きずりの恋は、どんな感じかね」

　大石は尖った芯芽を押し潰すように、ゆっくりと恥骨を押しつけながら、尋ねた。

「もう、最高！」

　由美子は全身を痙攣させた。

　ブリ子がキリタンポを引き込むように締めつける。（豊田行二『媚色の狩人』）

キングコブラ

　何よりも涼子を驚かせたのは、この肉の砲身の先端部分がキングコブラの頭みたいに膨れ上がるとともに、赤銅色に輝き、その中央にある、一つ目小僧の目のような無気味な穴が、こちらをじっと睨みつけているように見えたことである。（鍵谷忠彦『アイドルグループ　闇の凌辱』）

銀のキイ

「さあ、あなたの体は黄金の箱。ぼくの銀のキイを差し入れてみましょう」（赤松光夫『尼僧の寝室』）

空気を抜かれた風船

　太くて逞しいペニスは、激しい一回の脈打ちごとに白濁液を華々しく打ちあげた。それはおよそ十回前後ついて、急速に勢いを失い、花火の上昇度も一回ごとに低下するとともに、砲身もまた空気を抜かれた風船のように小さく萎んだ。（高竜也『実母（はは）』）

茎の長いマッシュルーム

　その中央に聳え立つ牡の器官は、それ相応に猛々しい外見を呈していた。全体としては、茎の長いマッシュルームという形状か。包皮もしっかりと剝け、ヘルメットを思わせる赤っぽい頭部をすべて曝け出している。（橘真児『美少女・麻由の童貞いじめ』）

グランス

「あーッ、すごいよーッ、あーッ、感じちゃうよーッ」

　インナーラビアの内側にある花園のすべてをグランスでこすり立てられ、感じやすいクリトリスを指で撫でさすられた少女は、頭をのけぞらせてあえいでいた。（吉野純雄『木綿のいけない失禁体験《おもらし》　桃色の乳頭しゃぶり』）

クレーン

　それはまるで、紫色がかった黒い棍棒が、目に見えない糸で吊り上げられていき、空気を入れられて体積が増していくところを目にしているような感じでございました。それとも、黒くて逞ましいクレーンの腕が、空中に伸びあがっていくような、と申し上げたほうがよろしいのでございましょうか。（勝目梓『乱倫の館』）

黒樫の棍棒

接吻しながらも、うれしいことに波津美は男の下腹に右手を伸ばしてきて、黒樫の棍棒《こんぼう》のようなものを握りこんでくる。（南里征典『特命　猛進課長』）

黒地蔵（くろじぞう）

それから、玉冠のふちの下のくびれを、舌の先でこする。女の淫技に反応して、〈黒地蔵《くろじぞう》〉は、びくんびくんっと身震いした。（鳴海丈『花のお江戸のでっかい奴〈色道篇〉』）

グロテスクな器官

（ああ、そんな男のものを……）

聡美はまるでキャンディーを舐める子供のように、グロテスクな器官を熱心に舐めていた。（風間九郎『催淫治療室　恥辱の強制絶頂』）

茎幹

大国屋は着物を脱いで裸になると、夜具へいわれたとおりに寝た。まだ男根は萎《な》えていたが、お京がやおら茎幹を握って口に含み、王冠に舌を舞わせると、たちまち逞しく屹立《きつりつ》した。（木屋進『女悦《にょ》犯科帳』）

茎根

相変わらず無害そうな微笑を浮かべながら、ゴリラと見まがうほど毛むくじゃらの胸やら腹やらをあらわにはだけながら、大納言の屹立した茎根はコンドームを装着して梨絵のアヌスを下から貫いていた。（館淳一『若妻と妹と少年　悦虐の拷問室』）

茎胴

いつしか瑠奈は甘く鼻を鳴らしている。口と舌で粘液をすべらせ、巧みにフェラチオをつづけ、それと同時に繊細な指先を絡めて茎胴をシコシコ擦り、ぱんぱんになった玉袋を愛しげに撫でさすったりする。（綺羅光『東京蜜猟クラブ』）

形状記憶合金

彼女の手指が、ためらいながらも八雲の隆々と勃起《ぼっき》したものに触れた瞬間、びくっとしたように一旦《いったん》は離れ、それからまた思い切ったように握りこんできた。

「わあ、硬い。これって、形状記憶合金みたい」（南里征典『特命　猛進課長』）

ケダモノ

ベルトをはずし、作業ズボンの股間のファスナーを開いた。ブリーフから出てきたのは、天に向かってそそり立ったケダモノだった。（矢切隆之『成城レイプ・人妻暴虐』）

毛のはえた拳銃

毛のはえた拳銃が、ひとつきで銃身ごと、花弁を貫通すると、友美は大きく身体を前へのめらせ、獣じみた声を上げて、身体を震わせる。（宇佐美優『情欲の部屋』）

獣（けもの）

亜矢子の体の上にのしかかって逃げ出せないように注意しながら、男がズボンのベルトをゆるめにかかる。

ブリーフの内部から、獣がのったりと顔を出した。（矢切隆之『スチュワーデス　制服レイプ』）

獣の器官

きれいとか美しいとか。そういう次元を越えた魅力がマオにはあった。その魅力が何によってもたらされるか分からないまま、氷斗志は若い獣の器官が充血し膨張して下着とズボンを勢いよく押しのけようとしているのを、痛みを味わいながら自覚はしていた。（館淳一『若妻と妹と少年　悦虐の拷問室』）

硬起したもの

友部美奈の細い指が、ズボン越しに美馬の硬起《こうき》したものをやさしくさすりたてる。

指を這わせながら、営業二課の美女が挑むようなぬめりの光を瞳に燈《とも》して、美馬の表情を窺う。（北沢拓也『社命情事』）

合金

姉が息苦しがるほどに吸引し、どろりと唾液を送りこむと、「ああん」と鼻を鳴らして飲んでくれるようになった。すると達也の剛棒はいっそう猛り、合金のように硬くなるのだ。（龍駕昇『恥虐の姉弟交姦』）

硬茎

温子の熱い溜め息が聞こえた。

ぬかるんだ肉襞が硬茎を締めつけてくる感触に、たまらず幹雄も「おおう」と声をあげてしまう。（嶋克巳『背徳教団　魔の童貞肉洗礼』）

剛茎

石井は早くも、その剛茎を、しとどに濡れた柔らかい生赤貝の中にズプッと刺し入れていった。

「おおう。一挙に奥まで入ってしまったぞ」（嶋克巳『背徳教団　魔の童貞肉洗礼』）

剛柱

窮屈すぎるほどの肉門を抜けて、後は快美な粘膜に自然に導かれてゆく。小木曽は興奮にうめきながら、肉路へ剛柱をすべらせてゆく。（綺羅光『魔弾！　女教師・

地獄の奴隷回廊』）

剛直

ファスナーから、暗紫色にテラつく剛直が勢いよく飛びだしてきた。よほど欲情していたのだろう、知花が少し顔を寄せると、それだけで濃厚なホルモン臭がむせんばかりに漂ってくる。

口づけしながら知花が、指で甘美にしごいてやる。（綺羅光『狂姦！』）

硬直棒

下腹に張りつきそうなほど反りかえった硬直棒を、指で手前に引きながら愛撫を加えている。ぽってりした唇がフェラチオには格好の条件かもしれない。（美園満『女《おんな》音楽教師』）

鋼鉄

清人のものは素晴らしい硬さで昂まっていた。熱い皮膚の下が鋼鉄のようなたくましさである。（一条きらら『愛欲の迷路』）

剛棒

「いやって言ってるやつが、どうしてこんなにマン汁垂らしてるんだよ。理由を言ってみろよ！」

罵声を浴びせながら、ズボズボと剛棒を抜き差すと、

「やめて、やめてえ、いやなのォ！」

口ではあくまで拒絶しながら、美里の声は喉に絡まったように掠れている。（海堂剛『熟妻とレイプ　すすり泣く三十五歳』）

高射砲

「もう、元通りにしてもいいのよ」

相変わらず高射砲のままの仁科を、チラリと見てそう言う。

しかし、元通りにしろ、と言われても、男はそんな器用なことはできない。（豊田行二『野望証券マン』）

極太

倒れるようにして夏彦は、下半身を真奈美先生の腰に押しつけていた。蜜まみれの花びらが痛々しいほど押し開かれて、亀頭が熱い肉壺に消えていく。

「あぐうううっ、あ、あああああ」

容赦なく極太で膣を占拠され、真奈美先生は呼吸もできずにのけ反った。（美園満『女《おんな》音楽教師』）

極太肉

夏彦の極太肉を根元まで呑みこんだ雪絵も、すぐには動けないらしかった。

「あああああ……すごい……夏彦の、すごい……こんなに硬くて……ああ、いや……」（美園満『美術女教師』）

極太の槍

古賀猛人はその隆とした巨軀を誇らしげに擦りつけて、威圧感たっぷりに人妻へのしかかりながら、極太の槍を押しだした。（綺羅光『狂姦！』）

ゴツゴツした器官

「イヤあぁぁ!!」

指の比ではなかった。さらに太く、おまけにゴツゴツした器官が侵入している。（橘真児『童貞教室　女教師は少年キラー』）

股間のしるし

万由美の指に可愛がられる鯖江の股間《こかん》のしるしは、早くも堂々と怒張《どちょう》していた。

しかし、まだ挿入《そうにゅう》という本行為には及んではいなかった。（南里征典『艶やかな秘命』）

黒曜石（こくようせき）

蒼い月のなかでも、父親の性器の先端は黒曜石《こくようせき》みたいに光沢があり、目の前で見据えると迫力に気圧《けお》されそうなくらいそそり立っている。（葛西涼『姉の濡唇《くちびる》、妹の幼蕾《つぼみ》』）

ごちそう

「あなたの、これ、あたしのごちそうを、ね、早くちょうだい……」

美夜子の指がつかんでいるものは、赤くたぎり勃っている。（子母澤類『金沢名門夫人の悦涙《えつるい》』）

コブラ

大きくエラが張り出した亀頭は凶悪そのものであり、表面に極太の血管をうねうねと這わせた幹胴は、亜沙美を狙うコブラのように見えた。（殿山徹二『少女と兄と美母と　凌辱三重姦』）

誇棒（こぼう）

「あぁ～ん、もっとぉっ～ん」

だが男は、ペニスを離したことが合図と思ったらしく、あたしの下をすり抜けてコンドームを装着。へなっとうつ伏せていたあたしのお尻を起こして、うしろから誇棒を突っ込んできた。（萩谷あんじ『ヒート』）

コーラ瓶サイズのデカチン

「遥さんよ。覚えているかい、このコーラ瓶サイズのデカチンを……」

目隠しをされている彼女の表情が、少し強ばるのが分かった。弓なりに反った肉柱が半分ほど出てくるたびに、彼女のビラビラが纏わり付いてくる。（北村梓『復讐の淫虐魔』）

壊れ物

その直後、智世が肉棒に触れてきた。姉にさわられるのとは、また違った感触だった。まるでペースが壊れ物でもあるかのように、智世はそっと指を這わせてきたのだ。（牧村僚『僕のママと同級生のママ』）

金精さま（こんせい――）

所化僧に促《うなが》されて、お仙は源信をまたぐようにした。そして、ゆっくりと腰を落とす。

普通はこの場合、怒張へ手を添えて秘唇へあてがわなければ挿入は困難だが、さすがは金精さまである。そんなことをしなくても、亀頭が秘唇に触れてきたら、そのまま方向を定めて腰を沈めれば、金精さまがぬめぬめと膣道を貫《つらぬ》いてくる。（木屋進『女悦《によ》犯科帳』）

棍棒

赤黒く照りひかる熱い棍棒を、熟しきった果肉に押しあてた。亀頭の先でこづいてから、いっきに突き入れた。（子母澤類『金沢、艶麗《えんれい》女将の秘室』）

竿リン

このままタマちゃんと遊んでいたいけど、竿リンのほうもやらなくちゃ、ね。

男の陰毛をわさわさと掻きわけ、舌先で裏筋を舐めあげる。（萩谷あんじ『ヒート』）

魚

陰茎をそっと口に含んでみる。

海の味がする。吸い上げると口の中で魚のように動き出す。（みなみ文夏『ボディクラッシュ』）

削岩機

究極の目標はすぐ目の前まで迫っていた。削岩機もかくやとばかりに肉棒を突く博人にも、とうとう最後の時がやってきた。（高竜也『三人の若姉　人妻と女教師《おんな》と看護婦』）

充血の猛り

美夜子が唇をはずすと、うっとりと充血の猛りを眺めやった。

「しゃぶってると、たまらなくなったわ」（子母澤類『金沢名門夫人の悦涙《えつるい》』）

銃身

両手で尻の肉をつかみ、銃身で花弁の奥を突きつづけると、

「うん、あっ、いい、いい、あーっ」

友美は髪を振り乱し、膝をガクガクさせて、全身に波及する愉悦の波に耐えている。（宇佐美優『情欲の部屋』）

銃弾

包皮が完全に翻転してピンク色も鮮やかな亀頭粘膜がロケット先端部、あるいは銃弾の弾頭部のようなゆるやかな流線型に尖っている。その先端、鈴口と呼ばれる尿道口からは透明でキラキラ光る粘液がトロトロと溢れだ

し、蜘蛛の糸を思わせる細い糸となって床に滴り落ちはじめている。（館淳一『奴隷未亡人と少年　開かれた相姦の扉』）

蹂躙者（じゅうりんしゃ）

臀の狭間《はざま》では、蜜に濡れた花弁が、蹂躙者《じゅうりんしゃ》の到来を待ちかねて、震えていた。

龍次は巨《おお》きな王冠を、その美肉の門にあてがった。（鳴海丈『卍屋龍次　無明斬り』）

熟したトマト

「まあ、ご丈夫なこと。頼もしそうじゃない。それにおいしそうだわ。針を刺したら、プチッと、熟したトマトのように中身が出て来そう」

と、いいつつアリサは体を起こし、エモノをめがけて顔を近づけ、いきなり、パクッと、唇で包み込んだ。（赤松光夫『快楽調教』）

赤銅色に反りかえった威容（しゃくどういろ――）

おえんが挿入をせがむのへ、源道は焦《じ》らしながら、ゆっくりと前を捲《め》くって、下帯をはずした。瞬間、赤銅色に反《そ》りかえった威容が躍《おど》りでた。（木屋進『女悦犯科帳』）

赤銅色の杭

歯をくいしばりながら剛直を動かした。

腰を揺すりあげるたびに霧子の上半身は押され、引き戻され、女壺を刺し貫いた赤銅色《しゃくどういろ》の杭《くい》のままに操られていった。（藍川京『兄嫁』）

灼熱の剣

被虐の予感におののく哀れな双丘を、石垣の手が背後から抱いた。

秘蕾に灼熱の剣が侵入しようとしたその刹那、不意にベッドサイドの電話のベルが鳴り始めた。（中原卓也『美《あ》姉《ね》　肛姦奴隷』）

灼熱の侵入者

特大サイズの肉の凶器に、純潔の扉が引き裂かれた苦痛は完全に消えたわけではないが、同時に、灼熱《しゃくねつ》の侵入者に濡れた花孔粘膜をこすり立てられることによって、甘美な波動も生じているのだった。（鳴海丈『花のお江戸のでっかい奴（色道篇）』）

灼熱の砲身

「む、むぐぐ……」

灼熱の砲身をくわえさせられた。

「うむ、む……。たまらねえ」

美女は再び発声を禁じられて、喉元まで侵略してくる肉の杭を必死で受けいれた。（館淳一『セクレタリ愛人』）

灼熱の若竹

目を閉じれば瞼の裏に、硬さをみなぎらせて弓形に反りかえった、灼熱の若竹がまざまざと見えてくる。（鬼頭龍一『継母《ままはは》と実母と少年と　狂った相姦三重奏』）

起重機（ジャッキ）

ムックリと目覚めた剛根が、起重機《ジャッキ》みたいに、娘の軀を持ち上げてしまう。（鳴海丈『花のお江戸のでっかい奴（色道篇）』）

シャフト

蜜壺は狭く、温かく濡れた肉襞がシャフトにぴったりと絡みついてくる。腰を引くと、ヒダがなびくのがわかった。赤銅色の剛棒には、白濁した粘膜がまとわりつき、だらだらと彩織のアナルにまで伝っていた。（塚原尚人『女子大生家庭教師　恥肉のレッスン』）

シャベル

クリトリスが擦れて、Gスポットと激しく感応しあう。シャベルのようにマサルの亀頭部が私の中をえぐる。何度も掘り返していくうちに、地面の奥深くから、熱いものが吹き出した。（日比野こと『虹の雨』）

ジュニア

そして、香織が苦しそうな声で小田切を求めたとき、後方からジュニアを深々と送り込んだのだ。（豊田行二『野望銀行』）

触角

優の触角は、まだ硬く勃ちあがったままだった。彼女は木馬の上にまたがり、その勃起に手を添えて、濡れた中心に導いた。（亜沙木大介『妹』）

白い灯台

お湯で泡を流すと、生白い下腹部にピンと突き立った肉槍は、砂浜に聳え立った白い灯台を思わせる。これまでの度重なる淫行ゆえか、性器の部分は全体に赤みを増しているようではあった。（橘真児『童貞教室　女教師は少年キラー』）

真紅の弾丸

真紅の弾丸は、唾液に触れるといやらしくそっくり返った。（矢切隆之『相姦　美母の肉人形』）

芯柱（しんちゅう）

思い切って慎一の茂《しげ》みに密着させるように顔を埋《う》める。頬の裏側にある粘膜が剝《は》がれ、慎一の芯柱《しんちゅう》に絡《から》みつく。（長月猛夫『ひとみ、煌《きら》めきの快感　美少女夢綺譚』）

侵入者

ペニスに吸いついた肉襞が、じんわりとその侵入者を締めつけていく。とろけてしまいそうな甘美な刺激が、章吾の体を刺し貫いていく。それは、我慢が限界に達していることを告げていた。（蒼村狼『スチュワーデスと女教師と少年と』）

水晶玉

聖哉は姉の太腿の間に腰をすべらせ、いきり勃つ肉棒を右手で摑んだ。肉棒の先端から透明な前ぶれのつゆが漏れだし、亀頭を艶やかに輝かせている。まるで磨きこまれた水晶玉のように、聖哉のペニスの先端は光っていた。（鏡龍樹『義母の美乳』）

垂直に反り返っているもの

すでに勃起して、パンツのなかで垂直に反り返っているものを、英子の尻の谷間へ縦にさしこむようにした。（横溝美晶『情事を盗られた女　ジゴロ探偵遊楽帖』）

鈴口の裏

「ああ、たまらないよ」

「ここでしょう?」

夫人は舌で郁男の鈴口の裏をなぞりあげる。（北沢拓也『美人妻の唇』）

素敵な角（――つの）

ペニスは、つん、つん、と私を焦らすように数度、見当違いのところをつついた後で、ゆっくりとワギナに入ってきた。

「ああ、なんて素敵な角なの……」（塁蘭朶『銀の水』）

素晴らしい果実

（ああ、すごいわ、なんて、すごいの。これがペニスなのね）

もう、不潔感や嫌悪感など微塵もない。生まれて初めて知った素晴らしい果実で、むしろ愛しさがつのるくらいだ。（高木七郎『官僚の妻・二十六歳蟻地獄』）

すりこぎ棒

肉棒がすりこぎ棒のように屹立した。（山路薫『若妻の寝室』）

成熟したマツタケ型の器官

（げ、でかい……!）

喜代志は彼の股間を見て仰天した。まだ完全に勃起していないのに、自分の勃起したペニスよりふた回りは巨大なペニスだ。色といい形といい、見事に成熟したマツタケ型の器官だ。（館淳一『姉と弟　女体洗脳責め』）

性のしるし

筧田の性のしるしが、淑子の濡れうるむ女の部分に、ずぶり、と先端の部分だけ、のめり込んできたのであった。（南里征典『金閣寺秘愛夫人』）

性棒

たっぷりと愛汁にまみれた肉茎を抜き差しするたびに、ぐちゅんぐちゅんと二人の結合部が鳴っている。これでどうだとばかり、そのぬるぬるした襞道に英二はビンと張った性棒を突き刺した。（内藤みか『甘い花蜜の美人課長』）

生命の根

欲情して腫れぼったい怒張をみせはじめたすみれの局部に指をやり、紫紅色のフリルを、二本の指でめくりひらいた。そうすると、ぬっちゃり、とますます花びらは左右に開き、早くそこに生命の根を挿入してもらいたそうに、粘膜がわななくのだった。（南里征典『欲望重役室』）

青竜刀（せいりゅうとう）

川原の男性器は、完全に回復し、青竜刀のように反るほど勃起していた。（安達瑶『美少女解剖病棟　淫虐の肉玩具《モルモット》』）

セガレ

「そうら、可愛い真理ちゃんよ、口をあけな。おれのセガレをオシャブリさせてやるぜ」

八木は髪の毛をギリギリとわしづかみにし、ズボンの間から雄々しく屹立した肉の柱にムリヤリ真理の顔を近づけた。（中原卓也『美姉《あね》　肛姦奴隷』）

責め棒

男が欲しい。もう、我慢できない。沙紀子が願った瞬間、怒張した責め棒がズブリと秘口をえぐる。（櫻木充『沙紀子二十八歳のレオタード　倒錯スポーツクラブ&アンスコの誘惑』）

象の赤ちゃんの鼻

ペニスは勃起していなかった。その無菌の胎児のような形状、生まれたての象の赤ちゃんの鼻のような姿に、桜子の眼は吸い寄せられた。（小菅薫『人妻看護婦・二十五歳』）

そそり勃ち

城山のそそり勃ちは、仰角に打ちゆらいでいる。口受けするにしても普通、女性はこわばりの根っこを両手で支えもって、口受けをする。けれども京子は、指ではじくと跳ねおどるようなその仰角のものを、手で摑みもせず、いきなり真上からぐぶり、と美しい唇許に頰張ったのであった。（南里征典『密命　誘惑課長』）

ソフトクリーム

奥様はすぐに旦那さまのお道具の根元のところをおつかみになりますと、溶けて流れ出しそうになっているソフトクリームを、急いで舐め取ろうとしている子供のように、そのものの全体に隈なく舌を這わせておいでした。（勝目梓『乱倫の館』）

尊厳

身体《からだ》を繋《つな》いでしまえば、オスとメスである。社長も社員も、へったくれもない。

そう思ううち、乃木の尊厳はますます勃然《ぼつぜん》としてきて、風呂の中で猛々《たけだけ》しく打ちゆらいできた。（南里征典『紅薔薇の秘命』）

対空砲

怒張しきった若者の器官はほぼ四十五度の仰角で対空砲の砲身のように天を睨み、充血して真っ赤にいきどおっている亀頭の先端からは透明な液をたらたらと糸をひくように垂らしている。（館淳一『美人助教授と人妻倒錯の贄』）

昂り（たかぶり）

絵美が快楽とも苦痛ともつかぬ声をあげた。小山のそれがついに絵美のなかに沈んでいく。涼子の目がその姿を見届けた直後、黒木の昂りもまた、涼子の最後の聖域を貫いた。（櫂京平『黒い下着の美人課長』）

たくましい生き物

綾は、ペニスの亀頭にフーッと熱い息を吹きかけると、ツンツンと舌先で小突いた。そして一気に根元まで、そのたくましい生き物を頬張った。（蒼村狼『実母と少年奴隷』）

猛々しい侵入物

激しく腰を振って子宮に届かんばかりに怒張を挿入し、ピストン運動を繰りかえしている章吾の体を、梨奈はギュッと抱きしめ、自らも柔腰を振って応じた。秘肉の全体を引きしぼるようにして、その猛々しい侵入物を締めあげた。（蒼村狼『スチュワーデスと女教師と少年と』）

猛々しい弾頭

ぱっくりと開いた紅唇が、猛々しい弾頭を含んだのだ。

「あ、く、くくく……！」

雅彦の腰がしなやかにベッドから上がって、ブリッジの恰好になった。（矢切隆之『相姦　美母の肉人形』）

猛る穂先

股を広げさせ、可憐な唇のような亀裂の入り口部分に自分の肉槍をあてがった時、容易に貫通できるものと信じて疑わなかった。

だが、猛る穂先は、強靭な抵抗を受けた。（館淳一『女高生　制服の秘肛奴隷』）

タフボーイ

乳首を揉みたて、もう一方の手で茂みの下の割れ目を触った。るみ子は頭を振りたて、意味不明の声をあげ、唸り声と一緒についにタフボーイを口腔からずるり、と吐きだした。（南里征典『紅薔薇の秘命』）

男幹

「ここよ、ここ……」

膝の下に当てていた手を引き抜き、京子は男幹をくい、と引っ張った。
「固いのね……。二十歳だもんね」（内藤みか『甘い花蜜の美人課長』）

男性トーテム
男性トーテムの先端の鈴口《すずぐち》から滲《し》みだしたカウパー腺液を指の先で、鉛色《なまりいろ》の亀頭冠《きとうかん》に塗りつけ、沙耶華は片手で男のふとぶとと際立ったものを捧《ささ》げるように持ち、片手で男の毛むらを腹のほうに押しどけておいて、ひっそりと顔を被せる。（南里征典『艶やかな秘命』）

男刀
潤んだ瞳でもっともっととせがまれたため、英二は発奮し、ぐぐッ、と男刀を抜いては、また、深く突く、を繰り返した。（内藤みか『甘い花蜜の美人課長』）

弾頭
ひろ子はうやうやしい態度で顔を近づけ、赤黒く充血した、砲弾の弾頭を思わせる先端部に接吻した――。（館淳一『新妻・凌辱後遺症　私はあの倒錯が忘れられない…』）

茶色の肉の固まり
わたしは口の中、いっぱいに頬張ってきたものを口から出した。わたしの唾液がからみついて、ぬらぬらとした茶色の肉の固まりがそそり立っている。（坂宮あけみ『インセストタヴー』）

茶巾のオモチ
上から覗くと、さっきまで子宮を突いていた亀頭は、皮の奥にちんまりと見える。上のほうは皮だけなので、つまんで伸ばした部分を横から指でキュッと押さえると、まるでおでんの中に入っている茶巾のオモチみたいだ。（坂宮あけみ『キャンディトーク』）

彫刻
男はビキニブリーフを剝いて股間の屹立を露出した。くい入るように見ている客たちから、小さなどよめきが起こった。青筋を立てている男の凶器は大きさはそれほどでもなかったが、見事にそり返った冠状部が彫刻のように鋭かったからである。由美はそれを見て愕然《がくぜん》とした。（高輪茂『美人捜査官　巨乳の監禁肉虐』）

超合金
そのせいか、秘肉はぴっちり熟し、溶鉱炉のように燃えながら、達也の怒張を締めつけるのだ。熱い鉄に焼きを入れるように、少年の性器は超合金のように硬くなる。（龍駕昇『姉　背徳の濡蜜』）

長大な弓状
まるで根が張ったように硬いシンボルだった。
長大な弓状が、ズルッ、ズルッと子宮ホールをその形に押し広げていく。（美馬俊輔『美人営業部長　強制肉接待』）

長大な太い肉

志津は眉間を狭《せば》め、綺麗な顔を顰《しか》めつつも、男の長大な太い肉を口いっぱい頬張って味わった。（北沢拓也『女宴の迷宮　特別闇社員』）

闖入物（ちんにゅうぶつ）

どろっとした麗子の蜜壷の中は熱く滑り、液体のような粘膜がじんぐりと性器に纏わりついている。まだ動いていないペニスの根元から先端の方までを順番に締めつけてきて、その熱さで溶解しようとしているようだ。

無数に広がっている粒壁が太い闖入物に騒めき、蠢動するように擽《くすぐ》ってくる。（伊井田晴夫『母姉妹　淫辱三重奏』）

珍棒

若い女が自分の意のままになるのが嬉しいのか、いよいよ出口のボルテージは上がっていった。

「ぐふっ、そろそろ、俺様の珍棒が欲しいだろう……だけどお前には、入れる前に、こいつを綺麗にしてもらうぞ」（有家真理『名門女子大生・完全凌辱計画』）

珍宝子（ちんぽこ）

「あっ、助けて！　おばらゃん、おらの珍宝子を喰わんでくれっ」

「うふふ、馬鹿だねえ」

お紺は、くぐもった声で言う。

「ほら……ね……いい気持ちだろ?」

いきり立った器官が、温かく濡れた口腔粘膜に包まれ、ぬらぬらと舌に絡《から》みつく。（鳴海丈『花のお江戸のでっかい奴［色道篇］』）

手首

正座している後ろ手縛りの女子大生は、目の前に突きつけられた中年男の欲望器官を見て喜色を浮かべた。それは支えなしに仰角を保ち、充血した亀頭先端部から透明な液を涎れのように垂らしている。触れずとも血管がズキンズキンと脈打ち、少女の手首ほども膨張した肉茎部がぶるんぶるんと揺れる。（館淳一『新妻・凌辱後遺症　私はあの倒錯が忘れられない…』）

鉄アレイ

その瞬間、鯖江は鉄アレイのようにふとく黒光りする硬直を蜜濡れのとば口にあてがい、ぐいっと、入路の粘膜のなかに腰をすすめた。（南里征典『艶やかな秘命』）

鉄杭

熱い鉄杭は、さらに冬香の中を進んできた。同時に乳首が強くしゃぶられ、吸われた。（子母澤類『金沢、艶《えん》麗《れい》女将の秘室』）

鉄の棒

そして、いきり立った肉棒に、真理子の右手がのびてきた。ほっそりした五本の白い指が、硬直をやんわりと包みこむ。

「うっ、ううっ、真理子……」

「ああ、硬いわ、智明。鉄の棒みたい」（牧村僚『受験慰安母』）

胴田貫（どうたぬき）

すると、八雲《うごめ》を容《い》れた秘肉の奥あいが、ぞよぞよと勝手放題に蠢き、ひとりでに喰いしめている。

「どう、おれの胴田貫」

「ああーん、もう、素敵よう。わたし、二度も、三度も、いっちゃいました」（南里征典『特命　突破課長』）

尊いコレ

「コレよ、コレ……あぁ、狂いそう……」

ついには、すすり泣きをはじめた。

「この世で……この世で……もう二度と、二度と、尊いコレを味わえるとはおもっていませんでした……」（大下英治『写楽おんな秘図』）

獰猛な獣

目の前に突きつけられた肉棒は、獰猛な獣のようにこちらを狙っている。カリ高のそれは、毒々しい赤銅色をしていて、正視に堪えないほどグロテスクだった。（塚原尚人『羞恥面接剃毛女子学生　屈辱の肉道具調べ』）

特製こけし

「口を離すんじゃない。しっかりとしゃぶるんだよ」

怒声を浴びせ、大路は口腔からはずれた肉棒を深々と入れ直した。

「ほれ。特製こけしの感触をしっかりと味わえよ」（海堂剛『凌辱バスツアー』）

毒キノコ

その淫らな唇を割り広げて、下品な男の、まるで毒キノコのようにカサが張った巨大なおぞましいものが出入りしている。キノコの竿の部分は、濡れて光っている。（安達瑶『三人姉妹の甘い蜜』）

毒蛇

だが、そんな少女たちの叫びも虚しく、巨大な毒蛇の頭を、麗華の可憐な尻に擦りつけた松本は、片手をその鎌首に添えて、狙いを定めると、ゆっくり腰を突き入れていった。（鍵谷忠彦『アイドルグループ　闇の凌辱』）

泥鰌のミイラ（どじょう――）

「こんなに巨《おお》きいなんて……和尚様のとは全然、違うわ……」

それはそうだろう。顕彰寺の住職・丹念の男性器は、泥鰌《どじょう》のミイラみたいにお粗末《そまつ》なのである。（鳴海丈『花のお江戸のでっかい奴［色道篇］』）

どす黒い肉の凶器

どす黒い肉の凶器が、十七娘の花孔を深々と抉《えぐ》り、丸々と膨れあがった玉冠が、奥の院に音を立てて激突する。（鳴海丈『花のお江戸のでっかい奴［色道篇］』）

トーテム

淑女の双脚を肩に架け乗せ、着実に漕《こ》いだ。八雲の、黒樫《かし》の木のように硬いトーテムが、淑女の秘奥の水飴を突き捏ねるたび、淑女は甲高《かんだか》い悲鳴を弾けさせる。（南里征典『特命　猛進課長』）

怒張器官

まずは手並みを見ようというのか、和佳子に怒張器官を委ねたような姿勢で肘掛け椅子に浅く腰かけた泰造は、バスローブの前をはだけ、大きく股をひろげた姿勢でくつろいだ表情と態度である。（館淳一『奴隷未亡人と少年　開かれた相姦の扉』）

怒棒

怒棒が深々と突き刺さる。睾丸がつぶれるほど強く貫く。

「ウグッ！」

奈津美は噛んでいた唇を大きく開いた。（倉田稼頭鬼『女教師・痴漢通学』）

獲れたての鮮魚

獲れたての鮮魚のようにピンピンとした和貴のペニスを、美由紀は軽く人差し指の爪先で弾いた。（蒼村狼『狂熱相姦夜　ママに溺れて、姉と乱れて』）

蕩けたアイスキャンディ

両手を胸板に置き、美咲はゆっくりと腰をあげてゆく。錬乳にまみれ、蕩けたアイスキャンディとなった肉棒が腟から抜けでてくる。（櫻木充『僕は少年奴隷　担任女教師とお姉さん』）

中足

「なにやってるの、男でしょ。立ってて女が歓ぶのは中足よ」

いきなり上体を起こすと、つっ立ったまんまの純太の腰に抱きつき、ズボンのベルトをゆるめるなり、ズボンとパンツを引き下ろした。（赤松光夫『快楽調教』）

なすび型

生まれて初めて排泄するための部分、肉の弁から男根を受け入れる娘は、恐怖と驚愕の入り交じった叫び声をあげて逃げようとした。どす黒く変色したなすび型の規久也の肉槍は先端部が太い。とてもそんなものが自分のアヌスに入るとは思えなかったからだろう。（館淳一『美人助教授と人妻　倒錯の贄』）

生牡蠣（なまがき）

「それ以上、しゃぶられたらイッてしまう」

腰を揺すりたてて花形は訴えていた。

雪代圭子は生牡蠣《なまがき》でも口からつるりと吐き出すように、唇の間から花形を解放しておいて、紅潮した美しい頬にはにかみの微笑《ほほえ》みを広げてみせた。（北沢拓也『女宴の迷宮　特別闇社員』）

生ぐさいもの

美しい眉をたわめるのを見下ろしながら、佐伯は嗤った。

「しっかり舐めるんだ」

千鶴は観念して、生ぐさいものに舌をからめ、根元をきつく咥えてしごいた。（千草忠夫『レイプ環礁』）

ナマコ

やがて、直人の体が、ぐったりと志津子の上に倒れてきた。顔が乳房の谷間に埋れ、幸せそうな溜め息をつく。その間も、手のなかのものは、ビクビクと跳ねながら、ナマコが内臓を吐きだすように、なおも粘っこい精液を吐きつづける。（西門京『若義母と隣りの熟妻』）

ナマズ

彼らは、まず、二人の女の花唇を占拠しようと、陣取り合戦を始める。

素早く、上になっている美香の花唇へ、巨根がナマズのように頭をもぐらせた。（赤松光夫『尼僧の寝室』）

生肉

生肉の先端に柔らかく唇をさすりつけ、小刻みに舌先を動かして微妙に舐めさすり、先端から付根、また、亀頭の裏側のミゾからたれ袋に至るまで――時々、チュッ、チュッと音をたてさせながらの舌先の愛撫は玄人のそれのような手管であり、和雄は思わず喜悦のうめきを洩らした。（団鬼六『美人妻・監禁』）

生ま勃起

生ま勃起がすさまじいばかりの締めつけを受けて、

「アアッ、ヒヒーイッ！」

「くウアーッ！」

佐藤もついに自分を制御できなくなって、真樹子のお尻の穴のなかで、あえなく爆沈してしまう。（鬼頭龍一『舐母《なめはは》』）

生身の肉砲

空中に放りあげられながらも下降していくような峻烈このうえない感覚にみたされ、ガクンと頭を反らした。

その直後、重い衝撃を感じて呻いた。鵜飼が、生身の肉砲を深々と打ちこんできたのだ。（北原童夢『聖純看護婦　二十二歳の哭泣』）

肉亀

肉亀の尖端が、ふわふわした絨毯のような膨らみに触れ、その部分がどんどん固くなり、やがてはぷにぷにとした粒が無数に現れてきた。あまりの心地良さに、その最深部を狙ってぐいぐいと男棒を押し込めていくと……（内藤みか『甘い花蜜の美人課長』）

肉傘

鼻から抜けるようなセクシーな声を上げて、沙月もまた自分から熱く滾《たぎ》った絶頂のラブジュースを、小山田の開ききった肉傘の表面に、お返しとばかりにめちゃくちゃに降り注いでいった。（美馬俊輔『美人営業部長　強制肉接待』）

肉幹

ズルッと引き抜いた。蜜にびっしょりとまみれた肉幹がひどく淫らに見える。傘の寸前まで引き抜いておいて、反動をつけてズンッと突きこんだ。（巽飛呂彦『狙われた放課後　セーラー服と女教師』）

肉キノコ

猛々《たけだけ》しくそそり立つ、黒い茂みの中の肉キノコ。

それは、勇壮にそびえ、ピンク色に染まった艶やかな王冠を、きらびやかに、熟女の視線にさらしている。（赤松光夫『週末の寝室』）

肉具

先走り汁をトロトロと溢れ返らせた肉具の先端を美母《ママ》の指がヌルヌルとサミングしてくる。（美馬俊輔『美母は変態バニー』）

肉杭

塚目は、肉杭をがっちりと打ちこんだままの媚肉の割れ目に指をさしこんで、ぬるみをすくいとった。（蘭光生『人妻官能検査　凌辱魔の肉奴』）

肉楔

だんだんと射精感が高まってきて、和也はめまぐるしい抽送をした。猛烈に猥雑な音を発生させる秘孔に何発もの肉楔を打ち込み、絶頂の寸前まできていた。（伊井田晴夫『母姉妹　淫辱三重奏』）

肉剣

イキのいい若者の肉剣がもりもりと動いて年増の秘宮をえぐっている。静香のうわずった声は叫びに変っていき、粘膜は濡れた音を立てはじめた。（扇紳之介『女医悦虐肛華責め』）

肉根

夫人の敏感な肉の芽をなぶるようにころがしたあと、

倉橋は右手を抜いて、おのれのズボンのファスナーを引いた。

勃起した肉根をつかみ出し、夫人の左の手首をつかんで、そそり勃《だ》ちにふれさせる。（北沢拓也『不倫妻の淫《いん》火《か》』）

肉竿（にくさお）
風間はうなずき、ゆっくりと腰を進めた。はちきれそうな亀頭が淫裂を割り、続いて一気に根元まで、肉竿は祐美の肉洞に埋没した。（牧村僚『フーゾク探偵《デカ》』）

肉鞘
鈴口が触れ、柔らかな膣肉に亀頭が包まれてゆく。入り口の締めつけに雁首が刺激され、全身がガクガクと震えだす。突っ伏すように胸を合わせれば、淫乱看護婦の蕾に深々と肉鞘が埋没する。（櫻木充『ママと看護婦のお姉さま』）

肉地蔵（にくじぞう）
何十人という男を喰って来たお葉であったが、これほどの名品は、見たことも聞いたこともない。
〈肉地蔵《にくじぞう》〉とでも呼ぶべき逸物《いちもつ》であった。（鳴海丈『花のお江戸のでっかい奴［色道篇］』）

肉食獣
涼子が四つん這いになると、顔の前で久保が膝をついた。さっきまでお辞儀していた肉茎は、再び腹まで反りかえり、先から肉食獣のような涎れを垂らしている。（松田佳人『転校生　担任女教師・穢された教壇』）

肉弾
「イって、いいんだぞ」
そう声をかけながら、大輔は、深く振りかぶり、またずどん、と肉弾をぶつけた。（内藤みか『尽してあげちゃう2』）

肉弾頭
露わになった生の男根に、摩耶が目を見張った。
密林からそそり勃った怒張は、臍にくっつかんばかりにそりかえっていた。天辺の肉弾頭は鰓を張りだし、薄皮がピンクに張りつめ照り輝いている。（龍島穣『隣りの人妻』）

肉筒
ついに先生の指がペニスに伸びてきた。睾丸の下から撫であげるみたいに肉筒を焦らしながら亀頭までやってきて、優しく握ってくれた。（美園満『女《おんな》音楽教師』）

肉刀
すすり泣く美女をゾクゾクする思いで見つめながら、モーリは深々と肉刀を打ちこんだ。一突き、また一突きと粘膜を破るたびに、理子の泣き声はまたねっとり甘く変化してゆくのだ。（綺羅光『東京蜜猟クラブ』）

肉塔

子宮の入口を田中の肉塔がこづき回し、そのたびに亜矢香は高く短く声をあげ、腰を激しく振った。（内藤みか『売乳聖母［電脳時代の性］』）

肉の傘

つもりつもった欲情を霧散させるかのように、英一は汗まみれになって、肉の傘で激しく連打してくる。美夜子の裸身が、突かれるそばからとろけ出してきた。（子母澤類『金沢名門夫人の悦涙《えつるい》』）

肉の杵（――きね）

すごい音を立てて、巨大なペニスが杵のようにつき、その度、蜜を噴く肉花のツボ。悦びにうごめく肉花は、そのたびに震え、肉の杵を包み込む。（赤松光夫『女総会屋』）

肉の楔（――くさび）

茂樹の腰の動きをせかすように、夏姫が下から恥丘を突き上げた。それに応えて、勢いよく打ち込まれた肉の楔《くさび》が、濡れそぼつ粘膜の狭間を深々とえぐる。（雑破業『シンデレラ狂想曲《ラプソディー》』）

肉の地蔵様

ここぞとばかりに、貫太は、黒光りする肉の地蔵様を、柔らかくほぐされた処女の花孔に突き立てた。（鳴海丈『花のお江戸のでっかい奴［色道篇］』）

肉の筒

グロテスクな肉の筒を突きつけられ、良美の表情が恐怖に歪んだ。

良美は何か言おうとしたが、口に肉棒を突っこまれる。（樹月峻『新任音楽教師　凌辱狂想曲』）

肉の塔

まさか誠が妻に手を出してくるとは思っていなかったのだろうが、こうして上司がそそり勃った肉の塔を出しているのだ。応えなくてはならない、と思うのが、サラリーマンの性だった。（内藤みか『若妻淫交レッスン』）

肉の根

門脇は女壺の奥まで肉の根を沈めると、ゆっくりと抽送を開始した。（藍川京『花雫《はなしずく》』）

肉の柱

智世はベッドに上がってくると、織部の腰のわきに横座りになり、仰向《あおむ》けになった男の野太くそそり勃《た》った肉の柱に右手をのばし、赤黒い表皮の部分を白い指でひそやかにさすった。（北沢拓也『人妻ですもの』）

肉のバット

肉のバットのような感じだ。心の中で、また何か、得体の知れない動きがあった。今度はわなわな、手が震えるような反応が付随した。(北山悦史『人妻蜜奴隷』)

肉のピストン器官

充分に勃起したとみた中年男は、蓉子の口腔から肉のピストン器官を引き抜いた。(館淳一『母と熟女と少年と　魔肛の倒錯ネット』)

肉の鞭

猛々しく屹立した肉の鞭が強烈なバネで薫子の上気した頬を打ちすえた。薫子は頬に火傷しそうなほどの熱さを感じた。(中原卓也『美姉《あね》　肛姦奴隷』)

肉の槍

鞭をふるう熟女は、鋭い叱咤を浴びせて、下腹に強く、屹立してうち震えている肉の槍へと鞭の狙いをつけた。(館淳一『女神《ミストレス》の双頭具　美少年の飼育試験』)

肉ピストン

騎乗位の腰を悩ましくくねらせ、じょじょに目がすわって来ると美沙夫人は、トロンと瞼を落として、右肩上がりにヒップをローリングさせる。

それに応え、下から京太は、見事な肉ピストンでストロークを加え、じっと、美沙夫人の顔を見つめていた。(赤松光夫『週末の寝室』)

肉笛

口中でひくひくとうごめく肉笛の不思議なしゃぶり心地は、男性器を舐め回しているとの意識とミックスされて、いやがうえにも少女をエキサイトさせずにはおかないものだった。(吉野純雄『半熟の花芯　秘密の喪失儀式』)

肉筆(にくふで)

背中をのけぞらせるようにして、郁子は鼻から熱い息を洩らした。

「じゃあ、これはどうだ?」

いろはの「ろ」の字だけを、何回も肉筆を駆使して肉ヒダの中で書き続けた。(藍川京『人妻狩り　絶頂玩具に溺れて…』)

肉砲

威迫《いはく》されて十七歳の処女女子高生は、唇《こうこう》をあけて男のエキスを噴射させる任務をもつ肉砲を口腔におさめた。(館淳一『近親の獣道《けものみち》』)

肉ホース

フニャッとした肉ホースは少女の舌で嬲《なぶ》られているうちに、ふたたび力強い充血を始めていた。それは若い彼自身が経験した覚えのない、目覚ましいほどの回復力だった。(吉野純雄『木綿のいけない失禁《おもらし》体験　桃色の乳頭しゃぶり』)

肉マツタケ

白いブリーフを突き破って、ニョッキリ、ピンクの肉マツタケが突出した。（赤松光夫『快楽調教』）

肉鞭

んきゅっ、んきゅ……口の中に注がれた隆也のザーメンを、朱美は喉を鳴らして呑み込んだ。だがそれだけでは飽き足りぬとばかりに、貪欲な娘は再び強力に肉鞭を吸引し、少ししおたれた淫柱に舌を這わせた。（兵藤凛『美少女　魔悦の罠』）

肉槍

一度、二度と挑戦を繰り返す春樹。彼の腰が動くたびに肉槍で突かれるひろみの唇から悲鳴と呻きが洩れる。（館淳一『美母《びぼ》は肛虐肉奴隷』）

二十センチ級

嶺は一心に加治の肉棒を頬張っている。端正な人形のような顔が淫らに歪んでいた。片手では加治の二十センチ級の太幹をしごいている。（巽飛呂彦『横浜レイプ聖フェリシア女子学院・魔獄の罠』）

二十センチ砲

これまで花咲自慢の二十センチ砲を、そこまで深々と咥えた女はいなかった。ズブッと深く含まれただけでも気持ちいいのに、さらに映美子は根元を唇でピクピク締めつけながら、最深部で軽くスライドさせるではないか。（綺羅光『美人課長・映美子　媚肉の特別報酬』）

如意棒

佐分利には、麗奈の尻を自由にさせてやる権利を与えたが、それを聞いた佐分利は、ついに究極の快楽を味わうチャンスが訪れたことに激しく興奮し、たちまち股間の如意棒を、天に向かって屹立させた。（鍵谷忠彦『女教師と教え娘　ダブル狂姦』）

抜き身

「わたし、上になりたい」

達矢はその希望を入れて、仰むけに寝た。

「どうぞ、お好きなように、貪《むさぼ》ってください」

大道寺夏希は頷きながら、濡れたままの達矢の抜き身を手で摑み、その上に腰を降ろすようにして跨《またが》ってきた。（南里征典『欲望の狩人』）

濡れ光った木の幹

女の白い喉元が何かを飲み込むように上下に動いている。女が頭を動かすにつれて、その頬がふくらんだりすぼんだりしている。女の濡れた唇と、男の股間の叢との間に、濡れ光った木の幹のようなものが、一瞬見え隠れした。（安達瑶『生贄姉妹　囚われの肉欲ペット』）

鼠の亡骸（――なきがら）

景子は笑って頷きながら、仰向けに寝た男の腰の脇に身体を起こして踞《うずくま》り、花形の鼠《ねずみ》の亡骸《なきがら》のように萎《な》えたものを、細い指で愛しげに摩《さす》った。（北沢拓也『社長室の愛人』）

ねじくれた樹木

全体に赤黒い色を呈したそれは、まるでねじくれた樹木の幹を思わせるようにゴツゴツして、いかにも硬そうだった。しかもその先端の部分はマッタケの傘に似て周囲に張りだしていて、その部分だけが赤みを帯びた褐色だ。しかも濡れたようにピカピカ光っている。（館淳一『兄と妹　蜜縄奴隷』）

熱塊

ズボッと卑猥な湿り音がキッチンに響き、濡れそぼった膣洞に怒涛の如く熱塊が侵入してくる。（龍島穣『隣りの人妻』）

熱源

乳房は揉みくちゃになっている。そうでなくても汗ばみ、火照っているのに、谷間に挟みこんだペニスが新たな熱源となって、胸に火の塊をひとつ抱えこんでいるようだった。（美咲凌介『いとこ・二十七歳と少年　美人社長淫魔地獄』）

熱鉄

八木は屹立を誇示するごとく、二～三度ブリブリと熱鉄をゆすりたて、おもむろに、ひざまずいて口淫を続ける真理の腰を抱きかかえた。（中原卓也『美姉《あね》　肛姦奴隷』）

熱棒

よせ来る波は秘肉をゆるがし包んだ。媚肉がたゆたい、熱棒に強くからみついていく。（子母澤類『祇園京舞師匠の情火』）

ノーズコーン

規久也とは対照的な、細長く、亀頭も高速電気機関車のノーズコーンを思わせるペニスを彼女の唇に押しつけた。（館淳一『美人助教授と人妻　倒錯の贄』）

望むもの

二人は異口同音に声をあげた。待ち構えていた女の中心部は、望むものが潜りこむと貪欲に絞りあげ、奥へ奥へと誘った。（高竜也『三人の若姉　人妻と女《おんな》教師と看護婦』）

野太いおのがもの

腰を深く沈め、塔野は、棍棒のように野太いおのがもので、梶麻弓を貫いてやった。（北沢拓也『淫の征服者』）

野太い男性

「あむうっ、そこっ」

「ほう、ここだね。ここを、おれの野太い男性で、突いてほしいわけだね」（南里征典『密命　誘惑課長』）

鋼の肉塊（はがね――）

閉じかけた花唇を再び割り裂かれ、鋼の肉塊で串刺しに根元まで、隙間なく咥えこまされていく。（佳奈淳『女教師　私は教え子のM性奴……』）

馬敬礼

勢津子夫人の男を容れた通路は、立っているほうが、よく締まるようで、濡れあふれながらも、津雲の馬敬礼にむかって、絞り込むような膣の蠕動《ぜんどう》を加えてきた。（南里征典『人妻の試乗会』）

爬虫類

同時にしおれていた肉棒がビクンッと半立ちになる。下腹に横たわっていたのが三十度ほど起きあがった。

「ああっ……いやんっ！」

爬虫類でもさわってしまったように、小百合は手を引っこめた。（樹月峻『悪魔のオフィス　暴虐の連続復讐レイプ』）

発熱体

その熱い肉棒は、夫のものとは比べようもない発熱体となって、シートにしがみつく穂月の花唇を摩擦し、粘膜を甘美に震え上がらせる。（赤松光夫『淫乱聖女』）

バナナ

逞しく盛り上がった小麦色のヒップの狭間を、バナナのように反り返った大野木のシンボルが、勇ましく、イヤらしく出入りしてくる。（美馬俊輔『美肉修道院　巨乳の凌辱儀式』）

張り裂けるばかりのもの

「いやッ……」

鼻をつまみ上げられた。

そして張り裂けるばかりのものが、ふかぶかと我がもの顔に侵入してきた。（千草忠夫『レイプ環礁』）

蛮刀

と、下腹部の圧迫感が急に増した。女洞のなかで肉棒が蛮刀の如くそりあがり、子宮口がいっぱいに拡がる。（龍島穣『隣りの人妻』）

火ごて

克己はわずかに腰を引き、亀頭を蜜壺の入口に押し当ててくる。克己のペニスは、火ごてのように熱くなっていた。（鏡龍樹『教育実習生　二十一歳の特別授業』）

ビッグ・コック

「オウ……グレイト！　ユーガッタ・ビッグ・コック！」

ユミにそう言われた彼はニヤリと笑うと、さらに激しいピストンを繰り出してきた。（安達瑶『牝獣の「肉檻」淫辱の肛菊しゃぶり』）

びっくり箱のお人形

あたしも彼のトランクス脱がせてあげるんだけど、このときがあたし好きなのね。

トランクス下げるじゃない。そうするとさ、彼のアレが下からびっくり箱のお人形さんみたいにビーンととび出すじゃない。それがかわいいのなんのって。かわいいって、小さいって意味じゃないわよ。彼のってすごいわよ。（勝目梓『愉悦の扉』）

火のような塊り

女のうるおいの沼に火のような塊りを揉み込まれ、突きたてられるうち、う……うっ……と、淑子は抑制していても感じはじめ、ついには背徳の歓びの声をあげてしまう。（南里征典『金閣寺秘愛夫人』）

火柱（ひばしら・かちゅう）

太い火柱にこすり上げられ、掻き毟るように奥を抉られる感覚に、そこの肉は愉悦に啜り泣いて歓び、熱い粘液をドクドクと吐き続けた。（五代友義『学園の罠　解剖教室』）

卑棒（ひぼう）

ひとみの唇が捲《まく》れ上がる。慎一はひとみを汚していることに喜びを覚える。ひとみの可憐《かれん》な顔面に自分の卑棒《ひぼう》が突き刺さっていることに苛虐的《かぎゃくてき》な興奮を覚える。（長月猛夫『ひとみ、煌《きら》めきの快感　美少女夢綺譚』）

ピンクのスティック

二人が離れたとたんに空を切って、少年のピンクのスティックから、白いものが、ピュッピュッと噴き出し、つぶてになって飛んでいく。（赤松光夫『尼僧の寝室』）

膨れあがった海綿体

肛門の入口の括約筋が、いっぱいに膨れあがった海綿体を、これでもかこれでもかとばかりに食いしめてくる。（北原童夢『新人看護婦・美帆　十九歳の屈辱日記』）

無骨な肉棒

白い肉の谷間に、自らの無骨な肉棒が出入りする。コントラストが著しいぶん、卑猥に映る眺め。丸見えのアヌスが痛々しい。（橘真児『淫熟女教師　美肉の誘い』）

筆

さらに私は、亀頭を筆のようにして使い、ミユキの性器を濡らしている体液を、彼女のアヌスにも塗りつけました。（勝目梓『悪夢の秘蹟』）

ブットイの

和田が指にピストン運動を加えて弾力豊かな子宮の奥壁を押しこねていくと、

「和田さんっ、入れてください。もうだめです。ブットイのでイカせてっ～ん」

未亡人は顎《あご》を突き上げて、首筋を引き攣らせながら裸体をのけ反り返した。（山口香『淑女の狩人』）

太い杭
男の太い杭《くい》のようなものを呑み込んで、まぐれひらいた双《ふた》ひらの内陰唇の葡萄《ぶどう》色を帯びたぬめ光りの彩りが、淫猥《いんわい》である。（北沢拓也『蜜妻めぐり』）

太棹（ふとざお）
やっと、めくるめく愉悦へと通じる狭い入口へたどりついたのである。
太棹を繰りだすうちに、自然と先端部が吸いこまれるように彼女の内側へめりこんだ。（綺羅光『美人課長・映美子　媚肉の特別報酬』）

太いソーセージ
「織絵。どうだ、たまらねえだろう。この俺の太いソーセージをけついっぱいくらってたまンねえだろ。よう、柄にもなくはずかしがらずに、声を立てな。声を」（扇紳之介『女医　悦虐肛華責め』）

太い注射
「太い注射をしたまま、オッパイの検査をしてみるか」
ホテルを出るまでお医者さんゴッコのつもりだ。藤尾は上体を落として、片手ではつかみきれないやわらかい球体をムンズと中心に寄せ、そのまま左右の親指で、しこり立っている乳首をいじった。（藍川京『人妻狩り　絶頂玩具に溺れて…』）

ふとい鯰（――なまず）
未亡人の毛むらの下は、今やぽっかりと小さなほこらのような、獣のくちをあけていて、挿入口がふとい鯰《なまず》の躍り込みを乞がんでいた。（北沢拓也『情事夫人の密室』）

太い肉の筒
太い肉の筒が熱い花液で溢れる粘膜の通路を押し拡げ、ずぶりと侵略した。（館淳一『セクレタリ　愛人』）

太いの
「すごいわ、パパ！　とうとう入れてしまったのね、私のお尻に。ああ、私のお尻に、パパの太いのが……ううっ、入っているのね」（牧村僚『美母と美姉　魔性の血族』）

太い幹（――みき）
早乙女のものが筋張って、棍棒のように漲《みなぎ》り勃つと、山根佳世子は眸を細めながら男の太い幹《みき》の部分にも舌をすべらせる。（北沢拓也『淫濫』）

ふとい銛（――もり）

垂直のふとい銛《もり》を膣から打ち込まれた獲物のように、万由美は感きわまったように女体を震わせ、鯖江にしがみつき、おののいている。(南里征典『艶やかな秘命』)

太い奴

「いや……恥ずかしいことはしないで」
「恥ずかしいことをされて濡れるじゃないか。紗都子は太い奴を押し込まれなくても、見られるだけで感じて濡れるんだ。さあ、ワンちゃんになって尻を振ってみろ」(藍川京『妹の恥唇　M調教に濡れて…』)

太茎(ふとぐき)

美保はほっそりとした白い指で徳次の太茎の根元を支えて口に含み、もう一方の手で宝物を扱うように袋を柔らかく愛撫した。(五代友義『美人妻　淫獄堕ち』)

太竿

お仙はそこで、たっぷりと太竿をしゃぶったあと、唇を引きあげて、さらに膨らみを増した鈴型の部分へ、舌の先を舞わした。(木屋進『女悦《によ》犯科帳』)

太々といきり勃ったもの

虫明は、おのが太々といきり勃ったものを真知子に繋いでやった。(北沢拓也『白と黒の狩人』)

フランクフルト

「おいしそうなフランクフルト」

言いながら片膝を床につけ、前屈みになって宙を睨む赤黒い亀頭へ舌なめずりするようにして、唇を近づけてきた。(館淳一『美人社長　肉虐の檻』)

フルート

美穂は、まるでフルートでも吹くように、幹に対して顔を横に向けて口をつけ、小刻みに嚙んだ。(睦月影郎『女教師　いけない放課後』)

憤チン

あたしは、入れる準備が整っているその憤《ふん》チンには触れず、男の内股を押しわけ、首を傾けて顔を埋《うず》めると、チョロリ。タマ袋に舌先を這わせた。(萩谷あんじ『ヒート』)

蛇の頭のような性愛器官

二人の女は彼の服を脱がせて全裸にした。陰茎が剝き出しになった。巨大な、テラテラと光る蛇の頭のような性愛器官。女たちの手がそれを愛撫する。(館淳一『姉濡れた下着』)

棒あめ

はるみは鰓張りの部分に舌先を這わせてから、亀頭部分を口に含んで、棒あめでも舐めるようにしてしゃぶりたてた。(山口香『淑女の狩人』)

望遠レンズ

ずぶーっという感じで、戸塚のイビツな形の肉棒が、逞しく張った沙月のヒップの狭間へ呑み込まれた。

「硬い、硬いわっ」

「ん？　何が硬いのかね？　誰の何が硬いんだ？」

「あ、カ、カメラ小僧くんの、カメラ小僧くんの………ぼ、望遠レンズがよっ」（美馬俊輔『美人営業部長　強制肉接待』）

棒杭

華奢な腰、深々と棒杭のように刺さったペニス、しかも強力な男の絶頂期のパワーを吸収しながら「ああー」と、糸のような声を上げ、吐息をついて、博子ママは、全身を伸びきらせる。（赤松光夫『情欲㊙談合』）

坊主頭

そういい、愛液にびっしょり濡れた肉刀を取り出し、ツルツルの肉の坊主頭で花唇をかき廻し、坊主頭がカッとすると、それを愛液いっぱいの肉ツボに収め、また深くで撹拌する。（赤松光夫『情欲㊙談合』）

砲弾

純のペニスは、さきほどにも増して固く充血し、砲弾のような亀頭がさらに大きくエラを広げた。（倉貫真佐夫『姉妹奴隷　美孔《びこう》くらべ』）

膨張した肉塊

肉膣の最奥まで、灼けた剛直が割り入れられた。その直後、間を置かずに膨張した肉塊は一気に弾けた。（有家真理『名門女子大生・完生凌辱計画』）

宝刀

「でも、ぼくでよかったら、いくらでもお手伝いしますよ。こう見えても、ぼくのやつは胴田貫《どうたぬき》といって、なかなかの宝刀《ほうとう》でしてね」（南里征典『特命　猛進課長』）

ボウヤ

「まあ、大きなボウヤ。美味しそう」

根元をギュッとつかまれ、パックリと咥えられると同時に、片手が皺袋をいじりはじめた。（藍川京『人妻のぬめり』）

ホオズキ

締め上げれば締め上げるほどに、鎌首が真っ赤なホオズキみたいに腫れてくる。その脈打っている様子は、苦悶しているように見える。（矢切隆之『相姦　美母の肉人形』）

木刀

膣道を拡張するようにして、木刀のようなペニスが奥まで一気に滑りこんできた。やや反りかえった肉茎の形そのままに膣孔を矯正し、由美の裸身をわななかせる。（夏島彩『美姉と弟』）

牡茎（ぼけい）

何を始める気なのかと呆気にとられている少女の目の前に、ブリーフも脱ぎ下ろした少年は、猛り狂う牡茎を突きつけた。（橘真児『淫熟女教師　美肉の誘い』）

勃起器官

彼もまた泰造と同じ勃起器官を有している。それをどのようにされたらどのような感覚が生じるか、いやでもわかる。（館淳一『奴隷未亡人と少年　開かれた相姦の扉』）

勃起肉

腰に気張りを入れて突きだせば、ヌメヌメッという感触もろとも、平田の勃起肉は、美保のお尻の穴のなかに潜りこみ、ひと息で根元まで埋まりこんでいく。（鬼頭龍一『叔母・亜希子と姉・美保　黒い濡下着の倒錯寝室』）

勃然としたもの（ぼつぜん――）

秋山は、亜里沙の双の足首を掴み、自分の肩にかつぎあげた。

ほこらを作っているぬかるみの入口に勃然《ぼつぜん》としたものをあてがう。

力強く押し進めなくても、ぬっちゃり、と男性の宝冠部は沼に沈みこみ、埋まる。（南里征典『欲望重役室』）

矛先

かまわず男は腰を送り、矛先を進めた。温かく引き締まったヒダ肉と擦れ合うのが心地よくて、肉の通り路へ怒張をどんどんすべらせてゆく。（綺羅光『狂姦！』）

穂先

少女のツボロはキュンキュンとしまり、彼の侵入をこばんできた。

「ぐっ」

甘美な抵抗を押し分け、徹は穂先《ほさき》をねじり入れた。（水樹龍『女教師と美少女と少年　保健室の魔惑授業』）

細長い茄子（――なす）

規久也の男根は、太く、そのわりには短い。亀頭がふくらんで、横から見ると、細長い茄子の形をしている。（館淳一『美人助教授と人妻　倒錯の贄』）

ポール

そして緊張に震える内腿が舐められ、たまにカプッと噛まれ、そのたびに二人のゴールでは屹立したポールがヒクヒクと震えた。（睦月影郎『女教師　いけない放課後』）

奔馬（ほんば）

勃《お》やかって脈打つ上反りがとろけた割れ目をこじあけ、みりっと重圧がかかったかと思うと、はかなく身をよじる顕子にとどめをさすかのように、奔馬《ほんば》のように押し入った。(影村英生『人妻の診察室』)

MAXサイズの淫棒

稲倉は夕子の腰をつかむと、ずぶずぶとMAXサイズの淫棒を深々と打ち込んだ。(兵藤凛『美少女《アイドル》凌辱　恥じらい肉人形』)

魔性の凶器

男の声とともに、魔性の凶器が肉花にめりこんだ。
「あ、あうっ、ヒッヒィーッ!」(矢切隆之『成城レイプ・人妻暴虐』)

ますらお

女洞の中で暴れるますらおに、あわてふためいたようにのけぞったはずみに沙貴絵は引っくり返りそうになった。(南里征典『重役室㊙指令』)

松こぶし

逸物がにょっきりと姿をあらわした。松こぶしのような逞しさである。それは赤銅色に艶《つや》光って、茎根《けいこん》は脈うつように熱い血をたぎらせている。(木屋進『女《にょ》悦犯科帳』)

丸太

泥沼に太い丸太を突き刺したり、引き抜いたりするようないやらしい音が、道場内に満ちている。(井狩俊道『処女教師　凌辱』)

丸太ン棒

「丸太ン棒を、入れられちゃってるみたい」

掠れきった声で言い、両手で利光の背の筋肉を強く掴んだ。(北沢拓也『人妻候補生』)

丸坊主

先端の丸坊主に粘っこく舌で唾液をなすりつけると、いったん唇を離して、右手で握りしめた肉棹をあやすようにグラグラ揺さぶりたてる。(浅見馨『女教師・香澄　痴漢地獄』)

ミサイル

真奈は手早く慶太のベルトを外し、スラックスの前を開き、ブリーフをむしり下ろした。怒れるミサイルさながら亀頭を真っ赤に発色させた肉砲が、ビーンと弾み出た。(北山悦史『父娘《おやこ》相姦　うねくる肉獣』)

みだら棒

男のじらす指に耐えかねて、美夜子はそっと後ろに手をのばし、ズボンの前をさぐる。硬く張りはじめているみだら棒を、まさぐってしまうのだ。(子母澤類『金沢名門夫人の悦涙《えつるい》』)

紫色のシャフト

大野木は信じられないほどのパワーとスピードで休み

なく膨れ上がった巨大な紫色のシャフトを打ち込んでくる。（美馬俊輔『美肉修道院　巨乳の凌辱儀式』）

明王の剣

「欲しい、欲しい、明王の剣が欲しい。入れて、入れて、入れて」

しゃぶる男のペニスが、冴子には明王の剣のごとく思えた。（赤松光夫『女総会屋』）

猛牛

膣壁が剝がれちゃいそうな摩擦。手をつけられない猛牛みたい。ぶこぶこと、肉の塊が、あたしのなかで暴れまわっている。（萩谷あんじ『ヒート』）

猛茎

肉根が、はげしく動きだした。不規則なしめつけが冬香の膣にひしめいてきて、一気に猛茎をおし包んだ。（子母澤類『金沢、艶麗《えんれい》女将の秘室』）

もう一人のあなたさま

「でもほら、もう一人のあなたさまだってこのままではもうどうにもならないでしょう？　お願いです、埒《らち》をあけさせてくださいまし」

羞恥に顔を背けるようにしつつも、美人シスターの指が大野木の股間に遠慮がちに伸びてくる。（美馬俊輔『美肉修道院　巨乳の凌辱儀式』）

燃えさかる松明（たいまつ）

そのたびに、女洞に燃えさかる松明が突っこまれ、

「うっ……ああ……凄い」

綸子の熱い容積が灼《や》けるように轟き、蕩《とろ》けるような甘美さが、腰いっぱいに広がる。（南里征典『六本木芳熟夫人』）

モグラ

仙右衛門はお京を貫いたまま動かずにいるのだが、その歓喜は怒張を奮《ふる》い立たせて、その脈動がお京にも伝わった。

「ああっ！　もこもこします！」

お京はそんなことを口走った。怒張の先端が土を掻くモグラのように蠢動《しゅんどう》する。（木屋進『女《にょ》悦犯科帳』）

モンスター

じっとされるがままになっている稲倉のスラックスのジッパーに指をかけると、夕子はそろそろとそれを下げ、老人の股間に潜むモンスターをその手でしっかりと握って引きずり出した。（兵藤凛『美少女《アイドル》凌辱　恥じらい肉人形』）

灼きゴテ

灼きゴテのような男性が奥の奥まで突き進んでくると、沙月はシーツを握りしめて、欲情に染まった下肢を差し

出していった。(美馬俊輔『美人営業部長　強制肉接待』)

焼けた鉄

制服のズボン越しに少年の股間に触れると、屹立した肉棒の感触がはっきり指先に伝わってくる。克己のペニスは、焼けた鉄のように硬くなっていた。(鏡龍樹『教育実習生　二十一歳の特別授業』)

焼けた鉄芯

焼けた鉄芯のような硬直の先端で喉奥を突かれ、祐末のつぶらな目からジワッと涙が溢れてきた。

許して、お願い……。(北原童夢『凌辱　看護婦学院』)

柔茎

幹雄の陰茎は完全に縮こまってしまっていた。情けないほど体に申し訳程度にくっついているような感じだった。

香奈はそれを手でしごく。

恐怖の中でも、彼女に触られると柔茎はムクついてきた。(嶋克巳『背徳教団　魔の童貞肉洗礼』)

雄根

濡れそぼった花孔を押し広げながら、雄根は徐々に進攻する。

「おおおっ」

愛液が花孔からあふれ出た。(鳴海丈『卍屋龍次　無明斬り』)

雄渾なもの

「まあ……もう、こんなになさって」

千登勢の指は、雄渾《ゆうこん》なものに絡んできた。(南里征典『欲望女重役』)

茹でたウィンナー

そして、次の瞬間、この様子を見つめながら麗華の手淫を受けていた駒田も、

「あううう」

という生臭い唸りを上げて、またもその茹でたウィンナーのようなペニスから、白濁液を噴きこぼしたのであった。(鍵谷忠彦『ハードコア・レイプ　生贄絶頂』)

陽根

やがて二人は予定通り全裸になってふとんのなかに入った。

邦江は陽根の中央を強く握り、

「ああ、何日ぶりかしら、すごくなつかしいわぁ」

と言った。(富島健夫『情欲の門』)

妖刀

花咲翔平はニヤリと不敵に笑いながら、ズボンのファスナーを開いた。待ってましたとばかりに、かつてAVギャルをめった斬りにした妖刀がヌッと飛びだした。(綺

羅光『美人課長・映美子 媚肉の特別報酬』

陽物

隆也が腰を擦り付けると、朱美は驚きに目を見開いた。朱美の膣に打ち込まれた陽物は、二回の射精など物ともしない勢いでそそり立ち、肉と肉との併せ目からじゅくじゅくと愛液と精液の混合汁を溢れさせ、蜜壺を獰猛に掻き回していた。(兵藤凛『美少女 魔悦の罠』)

欲棒

女芯が欲棒《よくぼう》を強烈な力で締めつけた。白い喉を見せて、女体がのけぞる。(豊田行二『人の妻』)

欲望の塊

砂也子は牝犬の格好にさせられ、岩下の半立ち状態のものを口に含ませられた。

その直後に、交尾の体勢になった望月がいきり立った欲望の塊を下腹部に突きこんできた。(山口香『若妻の謝肉祭』)

欲望の形状

達矢の欲望の形状が、その基底部まで没しきって奥へ達すると、京子の身体はさらにひくつき、弓なりに反った。(南里征典『欲望の狩人』)

よこしまな淫柱

よこしまな淫柱でなぞられ、邪悪な滑液をこすりつけられていても、それでも少女のスリットは神聖さを失ってはいなかった。(吉野純雄『木綿のいけない失禁《おもらし》体験 桃色の乳頭しゃぶり』)

隆起物

美由樹にいじられた昂奮のためか、若々しい隆起物は天を突かんばかりにそそり立ち、亀頭の鈴口からはすでに透明な先汁が滲みでていた。(蒼村狼『スチュワーデスと女教師と少年と』)

凌辱器官

「さあ、今度は私よ……」

男がしばらくしてから凌辱器官を引き抜くと、すかさずレナが口舌奉仕の続きを強要した。(館淳一『兄と妹 蜜縄奴隷』)

ロケット

幹雄の屹立している肉のロケットを跨ぐと、それをしっかり握って固定するなり、尻を落としていった。(嶋克巳『背徳教団 魔の童貞肉洗礼』)

若鮎

いよいよ硬さをみなぎらせて、手のなかで若鮎のようにピチピチと飛び跳ねそうな勃起に、千恵子は生唾を飲まずにはいられない。(鬼頭龍一『義母・千恵子』)

若牡の肉欲を誇示する器官

ブリーフという圧迫するものから解放された若牡の肉欲を誇示する器官は、ほぼ四十五度の角度で宙を睨んでいる。（館淳一『奴隷未亡人と少年　開かれた相姦の扉』）

若竿

待ちに待ったフェラチオに、若竿の味わいだけで、千佳子は軽いアクメに見舞われていた。

（はあぁ……ここぉ、美味しいぃ……んんぅ、おひしひぃ！）

赤剝けた表皮をねぶり、包皮の隙間に舌を挿しこめばいよいよ旨みは濃くなり、鼻孔の奥から恥臭が抜けてくる。（櫻木充『兄嫁・千佳子』）

若勃起

お尻が割れ、穴が裂ける。不安にこわばった身体は、しかし、埋まりこんでくる淫らな感触をとらえ、やがて自分から呑みこんでいくかのように、征夫の若勃起を身体いっぱいに迎え入れてしまう。（鬼頭龍一『淫《みだら》叔母・少年狩り』）

業物（わざもの）

男の業物《わざもの》も、鍛え鍛えし自慢の巨物である。ファッション業界では、今業平《いまなりひら》とか、平成光源氏とかいわれるくらい、プレイボーイとして名が通っている。（南里征典『紅薔薇の秘命』）

【陰嚢《いんのう》】

アメ玉

優子も、陰茎を唾液にヌメらせただけですぐ口を離し、陰のうを舐め廻し、大きく開いた口に含み睾丸をアメ玉のように舌でころがしたりした。（睦月影郎『美少女の淫蜜』）

稲荷鮨

淳子が顔を寄せてきたのがわかった。

なぜわかったかといえば、腰を打ちつけるごとに揺らぐ稲荷鮨のような部分に淳子の息があたるからだ。（北沢拓也『不倫の密室』）

淫嚢（いんのう）

ベッドから跳ねるように、亮一の躰が激しい反応を見せた。肉茎を握っていた掌越しに、精液が淫嚢《いんのう》から亀頭に向かってほとばしっていくのがわかった。（藍川京『童貞カウンセラー摩奈香』）

ウズラのゆでタマゴ

香織はしわ深い玉袋をつかんだ。重みを計るかのように、彼女は玉袋を手のひらへのせた。

「変なの。ウズラのゆでタマゴが、二つならんでるみたい。」（水樹龍『女教師と美少女と少年　保健室の魔惑授業』）

大きな胡桃の実

男のブリーフの打ち合わせを大きくひろげて、康恵は、吉永のふぐりまでつかみ出し、大きな胡桃《くるみ》の実のようなそれを掌で包みこむようにして揉んだ。（北沢拓也『情事妻　不倫の彩り』）

お手玉

さらに、陰嚢の方まで指を伸ばしてきた。

「こっちも、変なの。お手玉みたい……」

手のひらでやんわりと握り、中の二つの睾丸を確かめたりした。（睦月影郎『淫ら占い　女神の童貞監禁　魔惑の強制射精』）

男玉

全体の形を掌で確かめる。亀頭、エラの張り具合、長さ、皺袋の大きさ、その中に収まっている男玉の大きさ……。（藍川京『騎乗の女主人　美少年の愛玩飼育』）

奇妙な肉の玉

男にしかない奇妙な肉の玉を口のなかに転がし吸いたてるのが、雪絵は好きだった。（鬼頭龍一『処女叔母と熟母』）

球体

厚みのあるぬめらかな舌が、ちろちろと絹村の球体を這い回る。

「男性の袋の部分て、少しグロテスクだわ」（北沢拓也『秘悦の盗人《ぬすびと》』）

クルミ状のもの

付け根から先端に向かってベロッーンと舐めつけながら、縮れ毛の奥のしわまみれの欲望袋をなでつけ、クルミ状のものをつかんで柔らかく揉みたてた。（山口香『天女の狩人』）

熟した渋柿

彼が腰を捩《よじ》って喘《あえ》いだ拍子に袋が視えた。熟した渋柿がふたつ。ぷりっとしたペニスにくらべ、袋はしわしわ。でも、ぷにゅぷにゅしてて、皮をちょっとひっぱったらやぶけちゃいそう。（萩谷あんじ『リップ』）

皺々の袋

「お願いだ。袋もいじってよ」

腰をいやらしく突きあげながら、秀紀は母親に甘える赤ん坊のような声を出した。

望み通りに指先で皺々の袋を揉んだ。（高竜也『美母は放課後、隷母になる』）

皺袋（しわぶくろ）

すでに反り返っている太い剛棒を掌に包んだ香菜子は、二、三度ゆっくりとしごき、上品な唇を軽く亀頭に当てた。そして、側面に唇をつけて滑らせ、皺袋《しわぶくろ》にも口づけた。（藍川京『鬼の棲む館』）

玉の袋

　ドクッと最後の一滴まで吸いだされるや、尿道が熱く痺れ、玉の袋がひきつり、腰がおののく。（鬼頭龍一『義母・千恵子』）

玉袋

　陽介は亀頭の先が膣内に入っている程度まで腰を引いた。股間が甘く痺れてきている。玉袋が痙攣しはじめているのがわかる。（塚原尚人『女子大生家庭教師　恥肉のレッスン』）

嚢袋（たまぶくろ）

　ペニスの下では、縮こまった嚢袋がブルブルと震えていた。可愛らしい外観も、少女の残虐性を募らせるだけであった。（橘真児『童貞教室　女教師は少年キラー』）

垂れ袋

　先端の溝から白い粘液がもれ、美雪がうっとりとした顔でそれをすくい取った。美貌を静かに傾け、そのまま垂れ袋にまで舌を絡めていく。（佳奈淳『女教師　私は教え子のM性奴…』）

小さな毬（――まり）

　佳絵子は、吉永をしごきつづけ、左の手は彼の睾丸《ふぐり》を小さな毬《まり》でも掌のなかでもてあそぶように撫でころがした。（北沢拓也『情事妻　不倫の彩り』）

貯蔵庫

　インサートした直後から、肉袋の裏側あたりにむず痒さが生じ、精液の貯蔵庫がざわめきはじめていた。（高竜也『若叔母と熟叔母』）

吊鐘

　吊鐘《つりがね》のような花形の陰嚢が、忽《たちま》ち志津の唾液に塗《まみ》れた。（北沢拓也『女宴の迷宮　特別闇社員』）

なかの玉

　男をこんな風に愛するのが初めてでありながら、美里は玉袋を舐めつくすように奉仕していた。袋を甘がみするだけでは飽き足らず、なかの玉を舌で転がして美唇に含む。（管野響『若義母と女家庭教師と高校生』）

肉玉

　肉茎を口から出してそう言った瑶子は、また硬く反り返った肉茎を咥え込み、唇と舌で中心を責め立てながら、皺袋への愛撫も再開した。ときには剛棒を口から出し、肉玉をチュルッと口に入れたりもする。（藍川京『人妻のぬめり』）

肉袋

再び肉棒を咥えこんだ緋沙子の頬は、風船玉のように膨らんでいる。思いきり深く咥え、激しく顔を振りたて、手のひらでダラリと垂れさがった肉袋を摑んで揉みたてていく。（高竜也『実妹と義妹』）

秘玉（ひぎょく）

小鈴は音を立てて吸いまくり、ついで舌を舞わした。二つの秘玉を隅から隅まで舐めまわすのである。（木屋進『女《にょ》悦犯科帳』）

布久利（ふぐり）

新八郎は弾みをつけて抽送した。雁首が奮《ふる》い立って、子壺へ嵌《は》まりこむ。新八郎の布久利がお仙の菊門をぴたぴたと叩く。（木屋進『女《にょ》悦犯科帳』）

ボールをくるんだ袋

「畜生！ 出すぞ！」

しごく手の動きが猛烈に速くなると、ボールをくるんだ袋までがヒタヒタと音をたてた。（高竜也『実母［はは］』）

欲望袋

ピストン運動のたびに、しわまみれの欲望袋が女の芽をペタッ、ペタッと打ちつけ刺激した。（山口香『美唇の饗宴』）

瑠璃玉（るりだま）

右手で肉茎をしごき立てながら、左手で重い布倶里を持ち上げる。

お葉は、皮袋に包まれた瑠璃玉《るりだま》に、くりくりと鼻先をこすりつけた。（鳴海丈『花のお江戸のでっかい奴［色道篇］』）

【精液】

青い精

母の口腔に、我慢に我慢を重ねていた青い精の奔流が、勢いよく飛び散った。（蒼村狼『実母と少年奴隷』）

青草

いきり勃った肉棒が痙攣し、溢れるようにスペルマが吐きだされてくる。口のなかに、少年ならではの濃厚な体液の風味がひろがっていく。青草のような、みずみずしく芳醇な味だ。（鏡龍樹『義母の美乳』）

青臭い男汁

「あらあら、もう出ちゃったの？ ふぅん、こんなに……仕方のない子ねぇ」

呆れたように肩をすくめながらも、青臭い男汁に牝の情欲が沸騰する。（櫻木充『隣りのお姉さまとおばさま』）

青臭い粘液

口もとに粘液が飛び散る。その多くは口中に流れ込んだ。

むせびそうになった。青臭い粘液。しかし吐き出すことはできない。（赤松光夫『女総会屋』）

青白い液

肉棒を抜くと、青白い液が女芯からたらっとしたたり、太腿を伝い落ちた。（藍川京『兄嫁』）

温かくて美味しいジュース

「いいのよ。いっぱい出して。温かくて美味しいジュースを早く飲みたいの」

美穂子は言いながら、パクッと亀頭を含んでしゃぶった。（睦月影郎『アイドル声優　僕の童貞喪失』）

熱い刻印

絶頂感にガクンガクンのけ反る女体をしっかと抱きすくめて、花咲も白く熱い刻印を注ぎこんだ。（綺羅光『美人課長・映美子　媚肉の特別報酬』）

熱いしたたり

こんなことは和雄にとって生まれて初めての経験であった。まだ夫人の肌に自分を接触させていないのに和雄の怒張した肉塊から熱いしたたりが噴き上げてしまったのである。（団鬼六『美人妻・監禁』）

熱いシャワー

「ああっ……素敵よっ……びゅーっと、熱いシャワーがわたしの奥にあたったわ……これが、男の人の射精だったのね？」（南里征典『重役室㊙指令』）

熱い汁

熱い汁が入ってきたのがわかるのか、淫襞達が、ぐにゅりぐにゅりと蠢き、争って精を女肉に沁み込ませていく。（内藤みか『若妻淫交レッスン』）

熱いトロミ

いきなり太まったペニスから射ち出された熱いトロミを感じた冴子が、子宮を収縮させてよろこびに震えおののいていた。（巽妖児『淫《みだら》叔母・冴子　禁姦の童貞肉儀式』）

熱い飛沫

松岡が最後の猛獣のようなピストンを叩きこむや、一瞬早く腰を引いた。肉棒が真菜の尻山を滑り、そのまま発射する。白い尻の上に、点々と熱い飛沫が降り注いだ。（巽飛呂彦『青山レイプ　狙われた美人社長&清純社員』）

熱い砲弾

少女を抱え上げたまま、幹彦は激しく射精を繰り返した。

熱い砲弾は少女と幹彦の肌が触れ合っている部分に充満し、やがてとろーりと鮎子の尻肉を伝い、絨毯に滴った。（兵藤凛『名門美少女　集団レイプ』）

熱い溶岩

兄貴分が雌の器官の奥、子宮へもろに熱い溶岩を叩きつける。（館淳一『セクレタリ　愛人』）

あなたの愛

「ああ、嬉しいわ。おねがい、私のなかに、あなたの愛をいっぱいそそぎ込んで……」（葵妖児『淫《みだら》叔母・冴子　禁姦の童貞肉儀式』）

あなたの熱いの

脈動を開始したペニスから、濃い白濁液が祐里子の体内にほとばしる。

「うわっ、ああっ、祐里子さん！」

「ああ、わかるわ。あなたの熱いのが、私の中にドクドク出てる……」（牧村僚『人妻美人課長　魅惑のふとももオフィス』）

命のツユ

白く泡だつ命のツユが、聡子の唇からこぼれ出し、小ぶりなあごへ伝い落ちていった。（水樹龍『女教師と美少女と少年　保健室の魔惑授業』）

いやらしいミルク

「そう。じゃあ私にまかせて。和貴ちゃんはじっとして寝ていればいいのよ。そして、できるだけ、いやらしいミルクをお漏らししないように我慢してね。わかった？」（蒼村狼『狂熱相姦夜　ママに溺れて、姉と乱れて』）

淫欲のエネルギー

睾丸にわだかまった淫欲のエネルギーが捌口を見つけて膨張し、今にも決壊しそうになった。（龍賀昇『姉　背徳の濡蜜』）

淫欲の精

「あ……僕もイクよ……。あ、ム……」

呻き声とともに、裕貴が智奈の膣奥に淫欲の精を注ぎこむ。（堂本烈『姉と弟　恥肛禁姦』）

栄養ドリンク

口をアーンと開けると、拡げた舌腹に白濁の溜まりが乗っている。

「タンパク質たっぷりの栄養ドリンクだ。お肌にいいらしいぞ。呑んでみろよ」（龍島穣『隣りの人妻』）

エッチなミルク

肛門の方から甘くせつない性感のうねりが込み上げてきて、直樹はもう限界だった。

「ああッ、出る出る、エッチなミルク！」

悦びの瞬間を告げると同時に、糊のように粘りのきつい白濁液が噴き上がった。（瀧川真澄『制服生人形　十四歳の露出志願』）

悦楽のトロミ

痛いほどに大きな快美感のうねりが、良心の鎖を引きちぎると、悦楽のトロミとなって輸精管を暴走していった。（吉野純雄『十四歳　下半身の微熱《しめり》』）

汚液

声を上げることも許されず、ただまき散らされる汚液に全身を汚される若菜の姿を、残る三人の美少女は羨望すら浮かべた表情で見守っていた。（兵藤凛『名門美少女　集団レイプ』）

汚辱のしるし

花びらはめくれ開き、みだら蜜と男の汚辱のしるしにまみれているから、顔をそむけていても、むっとするほどの濃い性臭が漂ってくる。（子母澤類『金沢名門夫人の悦涙《えつるい》』）

雄の精

秘唇に熱いシャワーを浴びせ、ビデのときのように、指をつかって旭源次郎の精液を洗いながした。

なまぐさい雄の精が、とろりと溢れでてきた。（矢切隆之『スチュワーデス　制服レイプ』）

雄の精華

いやぁん、いくっ……と呻いて、美伽の膣路にリズミカルな喰い締めが訪れた時、鯖江はやおら巨根をぐいと深奥に突きたてたまま、おおう、おれもいくぞう、とどくどくと雄の精華を放ちつづけた。（南里征典『艶やかな秘命』）

牡獣のエキス

「あぅっ、だめっ、出っ……るぅぅっ」

欲望が決壊した。牡獣のエキスが宙に舞う。（星野ぴあす『個人授業　女教師は少年がお好き』）

牡の液

吠えながら唸りながらドクドクと牡の液を吐き出して果てた。（館淳一『美人助教授と人妻　倒錯の贄』）

おぞましい刻印

おぞましい刻印が体内に流しこまれたのを知り、沙織は叫んで新たな痙攣を起こした。（綺羅光『沙織二十八歳㊤襲われた美人助教授』）

汚濁の液体

息苦しさから逃れるために、美鈴はごくっと喉を鳴らした。樹液の匂いのする生温かい液体が喉もとを通過していく。

「うぐ、うぐ……」

喉を震わせながら、美鈴は汚濁の液体を泣くなく嚥下したのだった。（海堂剛『セーラー服を狩れ！　教育実習生を狩れ！』）

男の原液

最後の一滴まで搾らせると、脈打つ肉棒を引き抜いて、少女に口を開けさせた。

男の原液に唾液が混じり、泡立つ塊みたいになっていて、少女の美しく健康的なピンクの舌を、無残にもべっとり汚していた。（瀧川真澄『制服生人形　十四歳の露出志願』）

男の熱水

早紀子はイク寸前の愉悦のなかで、その声をかすかに聞いた。その瞬間、男の熱水が性器のなかで噴きあげた。（高竜也『ママは双子姉妹』）

男のパワー

チューブの奥から搾り出されるように、碧川はほとんどすべての精液を放出した。

芳恵も、媚肉に男のパワーを浴びて、ぞくぞくっとなり、再びオーガズムに達した。（安達瑤『美少女解剖病棟　淫虐の肉玩具《モルモット》』）

男の溶岩

「ああっ！　もう、来て！　来てェ！」

膳所が最後の一撃で深々と直腸を抉った。同時に、その内奥へ灼熱の男の溶岩を見舞う。（巽飛呂彦『横浜レイプ　聖フェリシア女子学院・魔獄の罠』）

男のリキッド

谷原は呻くように言うと、引き絞った弓から矢を放つように男のリキッドを人妻の体の奥深く、爆発させた。（豊田行二『人の妻』）

快感液

寺尾は呻き、身ぶるいに襲われながら快感液を噴き上げた。同時に寺尾の腕のなかで美沙緒もよがり泣きながら絶頂を訴え、熟れた軀をわななかせた。（霞雅彦『人妻が濡れた肉検査　魔の触診台』）

カルピス

「クラスのススンだ子はね、セックスすると妊娠の心配があるから、ザーメンは飲む方が好きって言ってた。カルピスみたいに美味しいのかなあ」（睦月影郎『美少女の淫蜜』）

間欠泉

美少年の切なげな呻きを伴い、牡のエキスは間欠泉のごとく噴出した。（橘真児『美少女・麻由の童貞いじめ』）

寒天質な体液

白濁の重みに垂れさがったコンドームを眼前でゆらゆ

らと揺らめかせる。寒天質な体液が、濃厚な白汁がこってりと精液溜まりに満たされている。（櫻木充『美母の贈りもの』）

官能のトロミ

嬉しいうめき声を洩らした彼のペニスが一気に太まると、次の瞬間には激しい収縮を見せて、鈴割れから大量に官能のトロミを噴出していった。（吉野純雄『半熟少女　過敏な肉蕾《つぼみ》いじり』）

栗の花

「出るって、何が出るのかしら?」

香奈は意地悪な気持ちに駆られて、聞いてみる。

「……アレだよ」

「アレって、なに?」

「栗の花の匂いがするやつ」（浅見馨『女教師《おんな》・香奈の特別授業』）

激熱の牡ゼラチン

雄叫びとともに、義行は腰をビクビク痙攣させ、激熱の牡ゼラチンを咆哮した。（龍賀昇『美少女と叔母　蜜交体験』）

激流

射精の勢いが外から判るような、そんな迸りだった。

彼の腰は、激流の勢いの強弱にあわせて、ぐらぐらと揺れた。（安達瑶『美少女解剖病棟　淫虐の肉玩具《モルモット》』）

華厳の滝（けごん——）

女は、それからしばらくの間、無言で勇助のほとばしりをうっとりと味わいつづけていた。

一段落すると、女はふたたび口をひらいた。

「若いのは、いいねぇ。まるで、日光《にっこう》の華厳《けごん》の滝のような勢いのよさだよ」（大下英治『歌麿おんな秘図』）

ザーメン

由布子は驚かず、内部に飛び散るザーメンを受け止めた。

唇での摩擦運動はやめたが、舌の動きは止まらず、射精を促すように尿道口を舐め廻した。（睦月影郎『叔母　淫ら白衣』）

自信の素

そして、素早くパンティを脱がせにかかる。

「こんなところでするの?」

遠藤美砂子はあらがった。

「とにかくボクは、君の中に自信の素をそそぎ込めばよいのだろう?」（豊田行二『野望放送局』）

実弾

ジュニアの先端から実弾が発砲された。

「ダメじゃないの」

香織は悲鳴をあげ、ジュニアの砲身をねじまげて、発砲を思いとどまらせようとした。(豊田行二『野望銀行』)

射液

腰と太腿は豊かだが、双の脚は膝から下が日本人離れして長く、すらりとしている。

その脚線を見ただけで、不覚にも二度目の大量の射液が走りそうだった。(美馬俊輔『美人営業部長　強制肉接待』)

灼熱の溶岩

次の瞬間には猛々《たけだけ》しく反り返った草間の尖端から、凄まじい勢いで灼熱の溶岩がドロドロに噴き上げてきた。(美馬俊輔『美人営業部長　強制肉接待』)

シャンパン・ショット

それは、シュッパ、シュッパ、と、栓を抜き、勢いをつけて飛ぶシャンパン・ショットである。(赤松光夫『情欲㊙談合』)

終末のエキス

真智を持ち上げたまま、圭一は何度もビクッ、ビクッと痙攣した。彼が終末のエキスを放っているのは、観客の少女たちにもわかった。(橘真児『美少女・麻由の童貞いじめ』)

樹液

男の熱い樹液を子宮に浴びた瞬間、甘美なエクスタシーが麻美子を襲った。(一条きらら『秘められた夜』)

純ナマ

「純ナマ、だしていいのかね」

「ん……いいわ。心配ない日よ」(南里征典『欲望重役室』)

情欲のツユ

直後に徹は下腹部をふくらませ、熱い綾の内部へ向けて、煮えたぎった情欲のツユをほとばしらせた。(水樹龍『女教師と美少女と少年　保健室の魔惑授業』)

白い雨

加治は嶺の身体を投げだすと、その背中からヒップにかけて、熱い飛沫を振りかけた。

降り注ぐ灼けるような白い雨を浴びながら、嶺は身体をくねらせ、のけ反らせる。(巽飛呂彦『横浜レイプ聖フェリシア女子学院・魔獄の罠』)

白いクリーム

傘が膨れ上がると同時に、ドクンッ、ドクンッと本当に音がするほどの勢いで大野木が熱く滾った白いクリームをヒップの奥で噴き上げてくるのがわかった。(美馬俊輔『美肉修道院　巨乳の凌辱儀式』)

白い滴(——しずく)

白い滴《しずく》が噴きあがった。最初の滴は麻子の尖った顎にかかった。目を閉じている麻子がくちびるを嚙みしめたまま、小さく呻き声を洩らした。（神崎京介『イントロ』）

白い精

綾は、我が子の吐きだした大量の白い精を口腔に受けとめ、ヒクヒクと波打つ肉茎を咥えこんだまま、新鮮なエキスを喉を鳴らしながら、ゴクゴクと呑みほしていった。（蒼村狼『実母と少年奴隷』）

白い礫（つぶて）

白い礫が千鶴の顔面にはじけた。

千鶴が悶えながら顔面のザーメンを手でこねまわし、「あああぁ……お、い、し、い……」

それを舌で舐め取った。（広山義慶『人妻潰《つぶ》し』）

白い吐液

膣の中で怒張が白い吐液を吹きあげても、美咲は貪欲に腰を振り続けている。（葉月玲『少女肉地獄　結花と美咲』）

白い毒液

目に入ったザーメンの痛みに苦しみながら、シスターは口を開けた。愛らしい舌の上に白い毒液がねっとりとたまっている。（兵藤凛『名門美少女　集団レイプ』）

白い飛沫

驚嘆した愛香の腕にも卓也の白い飛沫がかかった。ねっとりとして強い栗の花の匂いが室内に充満した。（氷室洸『姉　淫らな童貞飼育』）

白い噴射

もう限界だった。悦楽と言うよりは下半身が麻痺しそうな射精痛が押し寄せて、和也の肉棒は爆発するような白い噴射を麗子の口腔の中に撒き散らした。（伊井田晴夫『母姉妹　淫辱三重奏』）

白い法悦

情欲の塊は白い法悦となって、尿道を駆け抜け、亀頭の先端から怒濤の咆哮をあげた。（龍駕昇『美少女と叔母　蜜交体験』）

白い迸り（――ほとばしり）

真弓の膣内に、白い迸りが散ったらしく、慎二は肩で息をしながら呻き、真弓はごくり、と喉を鳴らしている。（内藤みか『若妻淫交レッスン』）

白い帆柱

奈都子は、目の前十数センチの空間に噴出する白い帆柱を凝視した。それは見事にあがって炸裂する夏の大花火も凌駕した。（高竜也『三人の若姉　人妻と女《おんな》教師と看護婦』）

白い魔液

堰を切ったようにおしよせるエクスタシーの中で、和也は憤痒《むずがゆ》い刺激を感じながら、じくじくと白い魔液を膣の中に氾濫させていった。（伊井田晴夫『母姉妹　淫辱三重奏』）

白いマグマ

ペニスが音をたてんばかりの勢いで震え、噴火をはじめた。

灼熱した白いマグマが噴きあげ、章子の顔に容赦なく降り注ぐ。（鬼頭龍一『母姦！　性獣の寝室』）

聖液

ようやく八重にクライマックスが訪れると、大量の聖液を、彼女の内部に射出した。」（鳴海丈『独眼龍謀反状　卍屋麗三郎・死闘篇』）

聖なる液体

香奈は最後の一滴まで搾りとるようにして吸い出すと、亀頭全体を舌で拭うように舐めてヌルつきをとってくれた。

「これは聖なる液体なのよ。美味しかったわ」

彼女はうっとりとした目でそう言った。（嶋克巳『背徳教団　魔の童貞肉洗礼』）

精水

男は精水を子壺へ迸《ほとばし》らせた。自分でも信じられないほど、多量に噴出させていた。（木屋進『女《にょ》悦犯科帳』）

精の弾

股間で大きな津波でも発生するように、大量のザーメンを紀子の膣に流しこむのだ。

「おおっ、おうおう……」

精の弾で射ったように、もの凄い勢いで子宮を直撃した。（龍駕昇『姉　背徳の濡蜜』）

精の飛沫（――ひまつ）

汗で濡れた額にほつれた髪が張りつき、胸を上下させ、精の飛沫がねばりつく口から、荒い息が洩れる。（堂本烈『禁悦姉弟と肛姦兄妹』）

生命の汁

初めて目にする神秘的な光景。赤く腫れた頭部から、次々と放たれる生命の汁。それは少女の眼前でシーツの上にボタボタと落下し、不定形な模様を描いた。（橘真児『美少女・麻由の童貞いじめ』）

速射砲

速射砲にも似た速さで噴きだした白い溶液は、ものの見事に美也子の顔面を直撃した。章太郎はそれを直視しながら、ドックドックと放った。（高竜也『若叔母と熟叔母』）

たぎった汁

顔を横にすると息がやっとできるようになり、そのあと、幹雄も「うあああああ……」と目一杯叫びながら思い切り香奈の体の中にたぎった汁を噴出していった。（嶋克巳『背徳教団　魔の童貞肉洗礼』）

濁流

奥深くからじわじわと湧き上がったものがついに堰《せき》を切ったというか、まるで濁流のように噴き出した……そんな感じだった。（安達瑶『美肉の淫惑　お姉さまはテクニシャン』）

蛋白液

野獣の雄叫びにも似た叫びをあげ、義行はついに膣中に灼い精液を散乱させた。まるで小尿のような量の蛋白液。ドクドクと脈打ったびに、二液三液と注ぎこんだ。（龍駕昇『美少女と叔母　蜜交体験』）

チンスープ

「おれのチンスープはいい味だったかと聞いてるんだよ。返事をせんか、返事を！」

「あ、はい。先生のチンスープ、いいお味だったですぅ……」（海堂剛『セーラー服凌辱ゼミナール』）

沈丁花

「女のラブジュースの匂いがするわよ。精液の匂いもするわ。この沈丁花のようなきつい香りが好き……」

畑中恭子は、牛丸を咥えたままくぐもった声でそんなことを言う。（北沢拓也『不倫の密室』）

毒蜘蛛の産卵

（ああっ、何よ、これ？　う、うああ、まだ出てくるっ。こ、こんなに呑めないわ。うう……気持ち悪いっ……ああ、どうしよう）

まるで巨大な毒蜘蛛の産卵を口で受けているようだ。（綺羅光『魔弾！　檻の中の美術教師』）

特上のスープ

腰を前後に揺すりながら本格的に口中で肉棒の抽送をはじめた。

「待ってろよ、杉本。いま特上のスープをご馳走してやるからな」（海堂剛『セーラー服凌辱ゼミナール』）

特濃の生汁

肉棒を咥えたまま、指の腹で裏筋をしごき、尿道に溜まった最後の一滴までも搾りだす。

ゆっくり口をはずし、特濃の生汁をこぼさないように唇を締める。（櫻木充『美姉からの贈り物』）

吐射液

思いきりヒップを引きつけると、それまで中途半端に挿入されていた肉棒が、アヌスの奥深くめりこんだ。これなら奈津子だって痛みを感じるに違いないと思いつつ、思いのたけを吐射液にこめて一挙に放った。（高竜也『実妹と義妹』）

土石流

若者のような濃いスペルマが、土石流のように陰茎になだれ込み、濁流のように先端から噴き出した。（安達瑶『女体遍歴人《トラベラー》』）

どろどろの糊

八雲も、とりあえず一発撃ち放っておいて、女のそこをどろどろの糊《のり》で汚したあと、ゆっくりと話を聞き出そうかと、フィニッシュに入った。（南里征典『特命　猛進課長』）

生ミルク

「へへへ。出してやるぜ。そうら、たっぷり三年半分の生ミルクだ」（綺羅光『狂姦！』）

煮えたぎった欲望

やがて女体のびくつきは消え、代わりにけいれんのような震えが起こると、鈴木はほくそ笑みながら、煮えたぎった欲望を、胎内の奥深くに射ち出していった……。（山口香『美唇の饗宴』）

乳白色をした塊

掌が弾けるほど肉棒がグーンと膨張したと思うと、理代子の目の前で、乳白色をした塊りが、ものすごい勢いでビューッと噴きだした。（高竜也『理代子と高校生・相姦の血淫』）

熱液

新八郎が熱液を迸《ほとばし》ると、お仙は火のついたような感泣をあげた。（木屋進『女悦《によ》犯科帳』）

熱した奔流

熱した奔流を、ドピュッドピュッと注ぎこまれて秘孔の奥がカッと熱くなり、由香里は白く丸いヒップを震わせて、完全なオルガスムスに達したようだ。（海堂剛『五大レイプ！　無限地獄』）

熱情のしるし

射精する瞬間を、佑吾の熱情のしるしがほとばしりでる瞬間を、目の前で見たかったのだ。（鬼頭龍一『母姦！性獣の寝室』）

熱水

叫んだ耕太が、大きく腰を反りがえらせた。子宮頸管に熱水がほとばしった。それは子宮を揺るがすほど強烈だった。（高竜也『理代子と高校生・相姦の血淫』）

熱湯

正和が爆発の一瞬前に奈緒のヒップを抱え上げた。奈緒のバストから下腹部、そして太腿まで熱湯を浴びせかけられたような衝撃が走る。

正和の欲望の塊だ。（斉田石也『女子合宿　いけない果蜜啜《すす》り』）

粘つく液

腰をガクガクと揺さぶりながら、森脇は粘つく液を噴き上げた。（風間九郎『美姉妹　恥虐の連鎖』）

濃縮エキス

「濃縮エキスを呑ませてやるぞ、川路！」

小刻みに腰を揺すりながら、床島はぐいとひときわ激しく突き入れた。

ピクピクと肉茎が跳ねて、その直後、ドクドクと熱い奔流が理沙の口中に注ぎこまれてきた。（海堂剛『セーラー服凌辱委員会』）

糊状の液体

音でもたてるようにドクドクと放ったスペルマは、真由が嚥下しなければならない。

真由は離さなかった。むせるような匂いをともなった糊状の液体をゴクゴクと呑んだ。（高竜也『実妹と義妹』）

白液

塔野もおのが脈打ちはじめたものを相手から引き上げて、白液をほとばしらせていた。（北沢拓也『淫の征服者』）

白精

大洞もその絶頂の女体にむかって、悠々と白精をはじかせていた。（南里征典『夜の官能秘書』）

白濁の噴騰

肉筒のたかまりが、鈴口に殺到し、あおくさい白濁の噴騰が、ピクン、ピクンと新聞紙にはじけとぶ。（影村英生『獲物は淑女』）

白濁の溶岩

次の瞬間、鈴口からは煮えたぎる白濁の溶岩が彩織の子宮へと噴出していった。（塚原尚人『女子大生家庭教師　恥肉のレッスン』）

白粘液

そう答えた瞬間、どく、どく、と白粘液が漏れ、彼女の中へと吸い込まれていった。（内藤みか『隣りの若妻　甘い匂いの生下着』）

半透明のゼリー状

白濁した粘液は、濃い部分と薄い部分があり、時には半透明のゼリー状のものを交じらせ、ほのかな湯気を立ち昇らせて後から後から脈打った。（睦月影郎『母娘誘惑淫戯』）

ビールの泡

美佳の薄茶色の裏門から、先程、腸内でこれでもかと放たれた、丸尾の白い体液が、さながらビールの泡のように溢れ出ては、真っ白なヒップを伝いシーツを濡らしていった。（藤隆生『女教師と少女　牝の恥肉授業』）

腐臭のする男の体液

香奈絵はあきらめきった表情で目をつぶった。言うとおりにするしかないのだった。香奈絵の喉もとがゆっくりと波打ち、腐臭のする男の体液が呑みこまれていく。（樹月峻『女新入社員・恥辱の奴隷研修』）

噴出

優華の口内で肉茎が跳ねた。最初の噴出は、優華の表情を苦しげに歪ませた。（松田佳人『覗き　若妻と隣りの美少年』）

噴出物

リズミカルな痙攣とともに、激しく吐き出される噴出物がたちまち涼子の内部に満たされる。（高輪茂『美人課長・涼子　深夜の巨乳奉仕』）

噴水

全身をピーンと棒状に突っ張った純也の肉棒の先から、それこそ噴水のようにザーメンが噴出した。（高竜也『理代子と高校生・相姦の血淫』）

不埒者のリキッド（ふらちもの——）

鯖江は、まだ快美なる微痙攣《びけいれん》をつづけている美人ＯＬの肉洞を穢《けが》すように、その体奥にやおら、どくどくと不《ふ》埒者《らちもの》のリキッドを浴びせかけた。（南里征典『艶やかな秘命』）

放水

解放された勃起が、ピュッと音が聞こえそうなほどの勢いで白濁した液体を噴水のように噴きあげて、千恵子の顔面を撃った。

「アッウーンッ」

千恵子は咄嗟に左手に摑まえ直し、蛇口を口に咥えて、放水を口に受ける。（鬼頭龍一『義母・千恵子』）

ホットミルク

純のペニスを口にほおばったままゴクゴク喉をならしてホットミルクを飲みくだし、熟れた肉体をのけぞらせ、あられもなく淫らにわななかせつづけた。（高村和彦『母と息子　倒錯淫戯』）

ほとばしり

裕美の気をやる言葉に誘われるように、矢崎も三度目のほとばしりを、裕美の子宮めがけて放った。（佳奈淳『女教師・羞恥の露出参観日』）

ホルモンジュース

生臭い牡のホルモンジュースを製造する器官を、静香は丹念に揉んだ。自分の口を犯し汚してもらうための奉仕にいっそう熱が入る。（管野響『若義母と女家庭教師と高校生』）

ホワイト・クリーム

水上スキーでもするかのような格好で、沙月はバックから豪快に突きたてられ、やがて子宮の奥に、熱く滾ったドロドロのホワイト・クリームをしたたかに浴びせかけられながら、何度も何度も倒錯したエクスタシーの頂上へ駆け上がっていった。（美馬俊輔『美人営業部長強制肉接待』）

水鉄砲

まるで絵の具をひねり潰したように、ナンが太い樹液をとぐろを巻かんばかりに注ぎ入れると、ペクは水鉄砲のような迸る勢いで流し込んできた。（由紀かほる『若妻肉刑　美畜の淫夢』）

ミルクセーキ

「そうね。甘酸っぱくもドロッとしたミルクセーキみたいなものかしら。あんたも、わたしとの愛の結晶を舐めてみる？」

情婦のようなはすっぱな口振りで、摩耶が妖艶な笑みを浮かべた。（龍島穣『隣りの人妻』）

ミルクのシャワー

肉茎がピクピクッと跳ねあがり、ミルクのシャワーが喉奥を打った。（北原童夢『聖純看護婦　二十二歳の哭泣』）

妄想汁

口を離し、肉棒を手に持ち替えた三千子は、パンパンに膨れながらぶら下がっている陰嚢に舌を這わせていった。

この中に白いエキスが入っている。今までずっと自分の膣内に放出されてきた、息子の妄想汁が入っているのだ。（甘粕蜜彦『母子相姦　禁忌の受精』）

溶岩流

その巨砲が、ひときわ膨張したかと思うと、先端の切れこみから、鉄砲水のような激しさで、白濁した溶岩流が噴出した。（鳴海丈『花のお江戸のでっかい奴〈色道篇〉』）

欲情の証

断続的に発射される精液は驚くほどの量で清楚な彩織の顔をベトベトにしていく。生臭い男の欲情の証を顔に浴び、彩織は完全に絶頂へと押し上げられた。（塚原尚人『女子大生家庭教師　恥肉のレッスン』）

欲情の汁

安達江里子への復讐を固く誓いながら、友和は溜まりに溜まった欲情の汁をしぶかせた。（綺羅光『魔弾！

檻の中の美術教師』)

欲情の滾り(——たぎり)

純の下肢がビクビクと震えると同時に、あかねの体内に欲情の滾《なぎ》りをほとばしらせた。(倉貫真佐夫『姉妹奴隷　美孔《びこう》くらべ』)

欲望のエキス

祐美の体にオーガズムの到来を示す痙攣が走り、続いて前園のペニスに脈動がはじまった。スキンの薄い膜に向かって、欲望のエキスがほとばしる。(牧村僚『フーゾク探偵《デカ》』)

欲望の液体

章吾は体をガクガクとうち震わせて、美由樹の秘孔の奥に、おびただしい量の若い欲望の液体をまき散らしてしまった。(蒼村狼『スチュワーデスと女教師と少年と』)

ヨセミテの間歇泉

びゅっ！　という激しく切ない感覚があって、達也は白くて濃いものを、若い茎の先端から迸らせていた。まるでヨセミテの間歇泉のような勢いで飛び出した彼の精液が、姉のすんなりした腕とまろやかな乳房に飛び散っている。(安達瑶『姉と弟　禁じられた蜜交』)

劣情のクリーム

あかねが絶叫した。と同時に、純も、ひときわ大きく腰を前後に震わせると、あかねの体内へ劣情のクリームを噴き上げた。(倉貫真佐夫『姉妹奴隷　美孔《びこう》くらべ』)

練乳(れんにゅう)

秋子の胸の谷間から撃ち出されたスペルマは、白い尾を引くつぶてとなってメガネのレンズを直撃し、そこにびちゃりとへばりつく。そのあとを、すぐさま第二弾が追い、黒いフレームから桜色の頬にかけて、白く濁った粘液が練乳《れんにゅう》のように太い糸を垂らした。(雑破業『シンデレラ狂想曲《ラプソディー》』)

ロケット弾

仁科は正味九十分の持ち時間で、三回ロケット弾を打ち上げた。(豊田行二『野望証券マン』)

若い欲情

うめき声とともに、激しく熱いものが涼子の乳首を打った。

「はうん」

涼子はのけぞった。ドクッ、ドクッと乳首に若い欲情が襲いかかる。涼子はさらに強く胸を押しつけた。(櫂京平『黒い下着の美人課長』)

声

あそこが、燃えちゃう
　ああ……またよ……また来たわ……ほらほら、恐い……
……夏希のあそこが……あそこが、燃えちゃう。（南里征典『欲望の狩人』）

あたしのおしり、燃え狂っているわ！

「素晴らしいわ！　良平さん、もっと強く、あたしを突いて！　深く残酷にあたしをえぐってちょうだい！　ああ、アナルセックス、好きよ。あたしのおしり、燃え狂っているわ！」（中原卓也『美姉《あね》　肛姦奴隷』）

アタマが……白くなる！
「ああッ……死んじゃうッ……お願い、止めて！　ああ
あッ……アタマが……白くなる！　いやッ、いやッ、いやッ……」（広山義慶『人妻潰《つぶ》し』）

頭が青くなる
「おお、厭ア……なんか、頭が青くなる、溺れちゃいます、お義兄さん」（三村竜介『美人妻　下着の秘奥』）

頭に血が昇る！

「はあっ！　頭に血が昇る！　体が浮くっ！　ああっ！す、凄い！」（安達瑶『美肉の淫惑　お姉さまはテクニシャン』）

浴びせて……浴びせて
「ああ、浴びせて……浴びせて……いっぱい」（南里征典『密命　誘惑課長』）

イグ、イグ、イグ〜ッ
「イグ、イグ、イグ〜ッ」
　愛子は、信吾にしがみつき、獣じみた声を上げて、昇りつめる。（宇佐美優『情欲の部屋』）

胃袋まで突きあげられる感じよっ
　ぬっちゃり、と男性は濡れあふれた女芯にすべり込み、根元まで埋まった。
「おおーっ、胃袋まで突きあげられる感じよっ」（南里征典『艶やかな秘命』）

ウフゥーッ、フルフル
　弓の先で、短く弾かれただけで、亜弥は駆けめぐる歓喜に身悶えした。
「ウッ、ウフゥーッ、フルフル」（藤堂慎太郎『肛悦叔母　肉虐の美尻調教』）

奥まで響くわ……！

「い、いくうッ……！　いいッ！　奥まで響くわ……！」

　口走りながら、ナミは身をよじり、竜也の背に爪まで

立ててきた。（睦月影郎『淫ら占い　女神の童貞監禁　魔惑の強制射精』）

お腰が、とろけてしまいそう

「ああ……塔上さん……とても、すてきよ……お腰が、とろけてしまいそう」（南里征典『六本木芳熟夫人』）

オシッコ、チビりそう

入口の天井の壁を指が強く刺激した。

「ああ、オシッコ、チビりそう」

桃子が呻く。（豊田行二『人の妻』）

お尻でイっちゃう……

「ああっ……ダメ、イっちゃう……お尻でイっちゃう……
…」（龍賀昇『恥虐の姉弟交姦』）

堕ちるう、う、う

「本当？　わたしだけ、いいの？　ああ、白くなる。駄目になっちゃう……堕ちる、堕ちるう、う、う」（三村竜介『美人妻　下着の秘奥』）

お腹に突き抜ける！

「あう！　お、お腹に突き抜ける！　イ、イクッ、くうっ－！」（藍川京『淑女専用治療院　淫ら愛撫』）

おなかの中がドロドロになっちゃう～ん

「はあっ～ん、おなかの中がドロドロになっちゃう～ん」（山口香『淑女の狩人』）

おひっ……おひぃーん！

「おひっ、おひっ……おひぃーん！」

生身の肉棒がアヌスの壁をこすり上げる感触はまさにぞっとするほどのアブノーマルな淫靡さに満ちていた。

紫乃は片脚立ちでピアノの上に突っ伏しながら、髪を振り乱して泣き叫んだ。（深山幽谷『美少女・沙貴　恥虐の牝犬教育』）

おぼぼがあちあち……

「ああっ、おぼぼとお尻に火がついたよう。ねえ、若さま、わたし燃えつきちまいますよう。おぼぼがあちあち……」（木屋進『女《によ》悦犯科帳』）

おぼぼが爆ちゃう（――はぜちゃう）

「ああーっ、おぼぼが爆《はぜ》ちゃいますよう！」（木屋進『女《によ》悦犯科帳』）

お股が痺れるっ～ん

「あっ、いいっ～ん、お股《また》が痺れるっ～ん」（山口香『牝猫の狩人』）

オマメがズクズクする……

「オ、オマメがズクズクする……ああ、オマメが変……変なの」（藍川京『人妻狩り　絶頂玩具に溺れて…』）

女殺し！

霧子は背中をそらし、激しく頭を振った。

「女殺し！」

そう叫ぶ。

霧子の体が、ガクン、ガクンと震えた。（豊田行二『野望証券マン』）

体が浮いてくる……


「ねえ、変よ。体が浮いてくる……」

京子の指がシーツをわしづかみにした。（豊田行二『OL狩り』）

身体が沈んじゃうっ～ん

「ああ……いいっ～ん、身体が沈んじゃうっ～ん」

文恵が牝の遠吠えを発した直後、鈴木は菊の蕾を指先で押し潰し、肛門に指をねじこんでいった。（山口香『美唇の饗宴』）

体中がヴァギナになっちゃう……

「んんっ……ああ、いっちゃいそう……いい……いいわ……体中がヴァギナになっちゃう……い、いくっ！　んんっ！」（藍川京『蜜の狩人　天使と女豹』）

体のなかがえぐられちゃうーッ

「あーッ、体のなかがえぐられちゃうーッ」（葵妖児『淫《みだら》叔母・冴子　禁姦の童貞肉儀式』）

かん……にん

「かんにん……かんにん……あぁう……かんにん……んんん……あぁう……はああっ……かん……にん」

かんにんという言葉が、やがて喘ぎだけに変わっていった。（藍川京『花雫《はなしずく》』）

き。ききき

「き。ききき」

奇声をあげて、真美子の全身が弓なりに硬直し、またガクガクと弛緩すると、今度は彼女が祐介の上に、ぐったりと倒れ込んできた。（安達瑶『凌辱学園　転校生・志織は肉奴隷』）

効くっ～んっ

和田が舌先を美保の敏感な肉芽にあてると、

「あっ、うっ～ん、効くっ～んっ」

彼女は女体をビクンッと引きつらせ、ブルブルと震わせた。（山口香『牝猫の狩人』）

きた、きたぁッ！


「あッ、ああ～ッ、きた、きた、きたぁッ！」

京子が唇を大きく開け、アクメに達した。（内藤みか『甘い花蜜の美人課長』）

来ちゃう、来ちゃう

「ああっ、駄目！　もう来ちゃうわ。ねえ、来ちゃう、来ちゃう」（牧村僚『人妻美人課長　魅惑のふとももオフィス』）

ぎゃーあああ！

「ぎゃーあああ！」

杏子は絶叫し、裸身を弓なりに反らせながらイキつづけた。（館淳一『黒下着の人妻　秘密の倒錯通信』）

キャオン！　キャホホオゥ！

「い！　やめて、そんなに激しく！　お、お尻が、お尻が壊れちゃう！　オオオオ！」

だがもう止められなかった。蜜壺へのピストンにも勝るほどの猛烈な抽送だった。肛門が灼けるかと思うほど灼熱する。熱は腸管の内部まで伝わって、直腸全体が燃えあがった。

「キャオン！　キャホホオゥ！」（巽飛呂彦『赤い下着のスチュワーデス』）

キャヒ！　キャオオオオォ！

「ホオオオオッ！　キャヒ！　キャオオオオオォ！」

美沙子は身体のなかで熱い飛沫が弾けるのを確かに感じた。（巽飛呂彦『クリスマス・レイプ』）

ぐひィィッ!!　がふゥッ!!

「あがあッ!!　ぐひィィッ!!　がふゥッ!!」

めぐみの恋人は狂気と現実の狭間でのたうち、鼻水まで垂れこぼしながら、激しく、そして浅ましく、みじめに昇りつめていった。（松本龍樹『女高生百合《レズ》飼育』）

腰の骨が外れそう

「ああ、いやーっ、腰の骨が外れそう」

と言いながらまだ腰を回しているのだ。腰の動きが止まらない。（峰隆一郎『恋鬼が斬る　無頼浪人殺人剣』）

こぼれちゃう

「あっ、だめ、飛びそう、こぼれちゃう、濡れちゃう、ああ……ゆきますっ」（南里征典『密命　誘惑課長』）

ごめんなさーい

「ああ……もう……わたし……だめ……ごめんなさーい」

そう口走ったと思うと、口をぱくぱくあけて、顔を左右に打ち振り、未亡人社長はやがて一気に、クライマックスを迎えていた。（南里征典『密命　誘惑課長』）

怖い……霞んじゃうゥ

「ああっ、怖い……霞んじゃうゥ……あああああ……」

（高竜也『二人の美姉　奈津子と亜希』）

壊れちゃう

「さっきもなか出ししてしまったけど、いいのか、なかに出しても……」

「そのほうがうれしい……危ないときじゃないし……あっ、許して。壊れちゃう」（北沢拓也『淫の征服者』）

子宮がジンジンしてくるの

「ああ、いい。すてき。子宮がジンジンしてくるの……」（勝目梓『悪女が目を覚ました』）

子宮がでんぐり返るわっ

「わっ……あぁっ……子宮がでんぐり返るわっ」

　京香の苦悶の表情を刻んだ美貌が、右に左にと打ち振られ、長い髪が蛇のように乱れ舞った。（南里征典『重役室㊙指令』）

子宮が溶けちゃう……

「あっ……ああ、先生、霧子の子宮が溶けちゃう……ううんっ……いきます……いっちゃう……いやいや……いっちゃいます……」（五代友義『変態玩具　女子高生と未亡人』）

子宮が飛び出しそうだわ！……


「痺れるっ～ん。子宮が飛び出しそうだわ……うううう～ん」

　彼女は敷き布団を手指で掻きむしるようにしながら、白い女体をのけ反り返した。（山口香『淑女の狩人』）

子宮が燃えるっ～ん

「あああぁ……子宮が燃えるっ～ん」（山口香『淑女の狩人』）

子宮の奥が弾けそう！

「うーっ……子宮が、下から突きあげられると、死にそうに気持ちいいの……子宮の奥が弾けそう！　あーっ、イキそう……もう、めちゃくちゃにして」（高竜也『ママは双子姉妹』）

沈みそう……


　使い馴れてきた舌を縦横に走らせ、膨らんだ肉の襞を一枚一枚丁寧にかき分けて撹拌し、ねぶりまわしていく。

「死んじゃう……ハフッ……ハーン……どうしよう、兄さん……身体が……沈みそう……」（高竜也『双子美妹と兄　相姦の三角関係』）

染みる、染みる！


　新八郎は腰に力をくわえて、一気に突き入れた。

「ああーっ、染みる、染みる、染みる！」

　お香代は怒張を強く締めつけながら、早腰を使った。（木屋進『女《によ》悦犯科帳』）

すごい大きな波が、来るうっ

「ううっ、来るわ、大きいのが、すごい大きな波が、来るうっ」

　またしてもいきなりだった。（神崎京介『イントロ』）

たくさんかけてちょうだい

「きて！　きて！　ちょうだい。ああン、未夏にたくさんかけてちょうだい」（綺羅光『美人課長・映美子　媚肉の特別報酬』）

チッキショウ……チッキショウ

「チッキショウ……チッキショウ……あたしを……あたしを……よがらせちゃって」（南里征典『特命猛進課長』）

宙返り、宙返りよ

「ああ、なんだか訳がわからなくなるわ。雲に乗って飛んでいくみたい。ああ、急降下しちゃう、急降下しちゃう。宙返り、宙返りよ。フラフラしちゃう」（赤松光夫『快楽調教』）

蝶々が飛ぶ、ひばりが囀る

「イイ、イイ、イイー。ああ、蝶々が飛ぶ、ひばりが囀る。雲の上に乗っかったみたい」

うわずりながら吐くゆかりの言葉は、きれぎれな意識の映像のようであった。（赤松光夫『情欲㊙談合』）

散る、散る！

「わたしもいくよ。ああ、いっちゃう。ああ、散る、散る！」

傍若無人な呻きを、萌子夫人はあげ、札束吹雪の中で全身を痙攣させ、ドクドクと溢れる重太の粘液を、花唇の奥深くで吸いとっていた。（赤松光夫『情欲㊙談合』）

つかまえて！ 落ちるう……

「ああっ！ つかまえて！ 落ちるう……」

海の底に堕ちていくみたいだった。ずんと深いところにはまっていく。（子母澤類『古都の風は女の炎《ほむら》を燃やす』）

突き抜けそう！

北斗はひとつになったまま回転して孝子を下にすると、片足ずつ肩に載せた。

「ああっ！ 突き抜けそう！」

ソバージュの髪がシーツに広がり、汗ばんだ額や首筋にへばりついている。（藍川京『秘悦人形師 淫《いん》の殺人』）

飛ぶっ、飛ぶわっ

「もう、もう、わたし、だめ。もうすぐ、こぼしそう……。あふっ、飛ぶっ、飛ぶわっ」（影村英生『人妻の診察室』）

内臓がグチャグチャになるほど突いて

「いい……あぁう……エラが張ってるのはいいわ……この大きいので内臓がグチャグチャになるほど突いて」（藍川京『人妻のぬめり』）

中が戦争になっているのよッ！……

ルリの乱れ方がひどくなった。

「イクッ！…中が戦争になっているのよッ！…狂っちゃう……」（牛次郎『風俗狩り』）

涙が出るほどやって

伊庭は両手で千里の双の足首をつかんだままぐいぐい

と腰を打ちつけた。

「あうっ……いい……もっと、もっと突いて……涙が出るほどやって」（北沢拓也『人妻乱宴』）

なんだか宙に浮いてるみたい

「ああっ、す、すごいわ、井手くん。私、なんだか宙に浮いてるみたい」

「先生、ぼく、もう限界です。このまま、出ちゃいそうで……」（牧村僚『ママと少年　下着授業』）

のぼってく……のぼってくの

「ああああ……いいわ、布由樹。のぼってく……のぼってくの……」

奈津実は唇を離すと、顎をそらせるようにしていった。（鏡龍樹『三人の美姉』）

ハア、ヒン、ハア、ヒン

「ハア、ヒン、ハア、ヒン」

駿馬が嘶《いなな》き、疾駆するように麻里子夫人は、腕を伸ばし、しっかりと重太の一物を摑み、口にくわえて喉深く押し込み、また引きあげる。（赤松光夫『情欲㊙談合』）

ヒイッ——！　あ、熱い——！

「ヒイッ——！　あ、熱い——！」

ザーメンの激しいほとばしりを子宮の入り口に受け、由布子はダメ押しの快感を得たようだった。（黒崎竜『恥刑部屋　みだら洗脳』）

噴いちゃうっ！

「ああっ、噴いちゃうっ！　また噴いちゃうっ！」

桜子が首筋を立て、急に動きをとめて全身をひきつらせた。次の瞬間、ガクンッガクンッと壊れたおもちゃのように四肢を跳ねさせ、股間から透明な飛沫が噴出した。（草凪優『純情白書』）

また、だめになるわ……

「ああーっ、まただわ……また、だめになるわ……いってしまう」

背を深くたわませ、ぬめらかな下腹の肌を波打たせて、大滝美和子がしゃくりあげるような声を上げた。（北沢拓也『蜜妻めぐり』）

真っ赤な矢が体を貫いて

「ああ、美矢香、いっちまう……もう、何度もいってるわ……ああ、またあれが来たわ……真っ赤な矢が体を貫いて頭の天辺まできちゃう」（南里征典『淑女の援助交際』）

緑色の光が、き、れ、い

出して入れて出して入れて出して入れて、入れて、出して、入れて。

（これが気持ちいいのぉ）

「み、み、緑色の光が、き、れ、い」(田代きょう『三姉妹』)

もっちょっと……ッ、右……ッ！　イヤん……ッ、違う……ッ

「ああン……ッ、ソウ……ッ、そうです……ッ。そ……ッ、ソコぉン……ッ。も……ッ、もっちょっと……ッ、右……ッ！　イヤん……ッ、違う……ッ。ソコ、左ぃ……ッ。あああん……ッ、あン……ッ、そう……、ソコ……ッ、もうちょっとオク……ッ。そう……ッ、そこですぅ……ッ」(松平龍樹『美少女　幼な奴隷の拡張検査』)

もっとムチャクチャにしてぇ〜っ！

「ンオッ！　フググッ！　フグムングゥウグゥギィグゥ〜ッ！」

(ああっ！　嬉しいっ！　もっとムチャクチャにしてぇ〜っ！)

　口の中の下着を嚙みしめ、股間の指を激しく動かしながら、麻美はベッドの上でのたうち回った。(風間九郎『緊縛姉妹　肉虐に悶えて…』)

やられるぅ

「そこよ、ああっ、やられるぅ」(子母澤類『金沢、艶《えん》麗《れい》女将の秘室』)

よかよかよいよい、わいわいどんどん

　後家は、もだえにもだえる。

「アアアアアアア、それまたいくわな。アレアレ、ウウウウウスウスウムウムウ、はあはあ、よかよかよいよい、わいわいどんどん、よいよいわいわい」

　どうやら、本人もなにを口走っているのか、わからなくなっているらしい。(大下英治『写楽おんな秘図』)

わからなくなりそう……

「ああ、素敵よ……あたるの、郁男のものが……子宮にあたるの……ああ、わからなくなりそう……いく……いくわよ……わたし」

　夫人がすすり泣くような声をあげたとき、郁男は怺《こら》えきれずに果てていた。(北沢拓也『美人妻の唇』)

ングゥウウウ〜ッ〜ッ！

「ほらほら、たまらないでしょ？　オシッコちびっちゃいそうでしょ？　力を抜くのよ！」

「ヒィッ！　アグゥッ！　ングゥウウウ〜ッ〜ッ！」

　黒い下着の女は、脂汗《あぶらあせ》を流して苦悶する菜美を、楽しそうにいたぶった。(風間九郎『制服美少女　絶頂漬け』)

オノマトペ

ヴィヴィヴィヴィイイインンンッッ

ヴィッ！　ヴィヴィヴィヴィヴィィィンンンッッ。ビビビバッ、ビビビババッ、ビビビバッッ！

「ひぐうッ！　ひぎぃいンンッッ！」

少年がまたもや二本のバイブレーターを巧妙に動かし、めぐみの親友を泣きわめかせた。（松平龍樹『女高生百合《ズ》飼育』）

ぎゅいんぎゅいん

「ああ、もう……もう駄目。限界を、越えてます……」

その瞬間、麻里は全身を激しく痙攣させ、ぎゅいんぎゅいんと大きく反り返らせた。（安達瑶『委員長は淫虐美少女』）

キュルキュル……キュルルルッ……

キュル……キュルキュル……キュルルルッ……と、内部の奥の昂りを急激にエスカレートさせて、クリトリスが充血《た》ってきた。（中村嘉子『やわらかい疼き』）

ギュルギュルと、それからグゥーンと

最初はギュルギュルと、それからグゥーンと男の棒は侵入する。

中で弾け、小さいが熱い爆裂を感じさせた。（伊達龍彦『美人英語教師・M恥獄』）

グシッグシャッ！　ブシャッ！……

いつのまにか聖香の蜜壺はおびただしい蜜を吐きだし、耳を塞ぎたくなるような恥音があたりに響きはじめた。

グチュッ、ドチュッ！　グシッグシャッ！　ブシャッ！……（巽飛呂彦『赤い下着の女医』）

グシュニュリムチュグチュ

グシュニュリムチュグチュ。

いやらしい音をたてて出入りするキュウリ。もしこの瞬間、弟がドアを開けたらネグリジェの前をすばやく閉じようと考えていた。（館淳一『仮面の調教　女肉市場下半身の品定め』）

クチュクチュ、ピチャピチャ

クチュクチュ、ピチャピチャという音に、ときおり叔母が鼻からもらす呻き声が混じる。それがなんとも淫猥な響きで、佑一の性感を激しく揺さぶる。（牧村僚『淫妻㊦姦淫講座』）

クニクニ

親指はクリットを抑えつけてクニクニと動かしてくる。（安達瑶『ブルマー少女の誘惑淫戯』）

ぐちゅんぐちゅん

たっぷりと愛汁にまみれた肉茎を抜き差しするたびに、ぐちゅんぐちゅんと二人の結合部が鳴っている。（内藤みか『甘い花蜜の美人課長』）

〝グチョン〟〝グチョン〟

指先が秘裂を擦ると、〝グチョン〟〝グチョン〟濡れ肉は淫らに泣きつづける。（宇佐美優『援助交際の女』）

くなり、くなり

江里菜は悩ましげな声をあげて、くなり、くなり、と開いた双臀を蠢かす。（伊達龍彦『M奴隷女教師・江里菜』）

グニュッ

腰の肉をつかんだ手に力をこめ、修平はグイッと下半身を突きだした。グニュッというくぐもった音を残して、硬直した肉棒が麻美の体内に飲みこまれる。（牧村僚『未亡人義母』）

くるりん、ちろちろ

舌が乳首をころがす。くるりん、ちろちろ。（田代ききょう『三姉妹』）

ざわっ、ぱくっ、にちっ

ざわっと、しげみが割れて、亀裂が剝きだしになった。ぱくっと、その亀裂も割れて、粘膜のフリルも剝きだしになっている。

にちっと、その粘膜のフリルも割れて、とろみのある蜜をたたえた内側の襞をのぞかせていた。

ざわっ、ぱくっ、にちっの、女陰の剝きだし三段活用だった。（横溝美晶『仕掛人・遊作』）

しゅにしゅにしゅに……

さっきまで肉茎にきつく巻き付けていた右手の指で、ぬらつくシャフトをしごく。

しゅにしゅにしゅに……。（雑破業『シンデレラ狂騒曲《ラプソディー》』）

ジュルルルルルルルルルルルルルルーッ……

チューッ、ジュルルルーッ……。

「アアッ、アアーンッ……」

「アウッ、アグゥーッ……」

ジュルルルルルルルルルルーッ……。

咥えこんだ女陰に口をパクつかせては、濡れとろけそうな甘肉を噛み啜って、トロトロの蜜を吸いだす。（鬼頭龍一『淫姉と人妻姉 魔性の血族』）

じゅるん

いつも、固い、固い、と志乃が悦んでくれているペニスが、縦に横に、膣壁を打ちまくり、志乃の淫ら肉は、熱い蜜液を溢れさせながら、じゅるん、とそれに絡みついてくる。（内藤みか『甘い花蜜の美人課長』）

ジョボン

めくれ上がった肉厚の女襞がジョボンという音を立てて、男の肉塊を体内に呑み込んだのだった。（高輪茂『巨乳女医　監禁レイプ病棟』）

ズグニニューッ！

ズグニニューッ！

ヴァギナ挿入とは違った感触が、悟郎のペニスを先端から包みはじめ、その痛いほどの快美感が徐々に根元のほうまでおおっていった。

「アアッ、オシリノ穴ニ、入ッタヨ」（吉野純雄『ロリータ　木綿の味比《くら》べ　美少女の未熟な舌奉仕』）

ずにゅっずにゅっ

男のモノは、麻衣子の中を、ずにゅっずにゅっと音をさせて出入りしている。その衝撃は麻衣子の全身を伝わって、頭の中にまで響いた。（安達瑶『生贄姉妹　囚われの肉欲ペット』）

ずりゅずりゅずりゅりゅッ！

ずりゅッ！　ずりゅずりゅずりゅりゅッ！　ずりゅッずりゅッ！

「ああああッ!!」

最初に打ち込まれた肉の楔によって穿《うが》たれた亀裂がじわじわと、じわじわとひろがっていく。（松平龍樹『女高生百合《レズ》飼育』）

ツンツク……ツンツク……

そのたびに、強い刺激が、千夏のクリッティー・ポイントから、

ツンツク……

ツンツク……

って、突き上げるよーに、背筋を這い上がってくる。（牛次郎『もっと凄《すご》く、もっと激《はげ》しく』）

どぴ

精を吸い出しにかかってきた女肉の蠢きに圧倒され、久志はたまらず、どぴ、と白い粘りを彼女の中にぶちまけてしまっていた。（内藤みか『若妻　濡れ下着の童貞レッスン』）

ドピュルッ、ヒクンッ、ビクッ――

ドピュルッ、ヒクンッ、ビクッ――。

精液は激しく飛び散り、顔を寄せていた百合子の頬をも濡らした。（橘真児『女教師　濡れた黒下着』）

ニュククヌーッ！

祐介が思い切って体を沈ませていくと、いきり立ったペニスが処女孔をきしませるふうにして萌の体に突き立っていった。

ニュククヌーッ！（吉野純雄『半熟の花芯　秘密の喪失儀式』）

ヌタリ、ぐわっ

桑原は、やっと女っぽくなった麻里を小気味よげに見つめながら、毒々しい亀頭冠を、飴色にねたつく肉びらと肉びらのあわいに、ヌタリ、ぐわっと押しこんだ。（影村英生『獲物は淑女』）

ぬたんっ

暗闇のなかで、美人シスターが大野木のブリーフを恥じらいながら引き下ろした。勃起したペニスが、ぬたんっと腹を叩いて、ゆっくりと反り返る。（美馬俊輔『美肉修道院　巨乳の凌辱儀式』）

ぬっちゃっ！

ぬっちゃっ！

敦子の蜜に濡れた粘膜のフリルが、豊夏の腹でブリッジを描いている肉茎にぶつかってきた。（横溝美晶『人妻の予備校　ジゴロ探偵遊楽帖』）

ヌチャンッ、ネチャンッ

四つん這いに伏せた女体の奥の院からは、ヌチャンッ、ネチャンッというあからさまな性交の音が響きたち、あきらかに女として無言の法悦ぶりを表わしていた。（美馬俊輔『美人営業部長　強制肉接待』）

ぬぷ。くちゅ。ずりゅ

まるで女陰が生きているように蠢いている。真二は一瞬で高まりそうになるのをなんとか堪え、肉棒を抽送し始めた。

ぬぷ。くちゅ。ずりゅ。

そのたびに淫靡な音が聞こえてくる。（鏡龍樹『二人の淫姉・少年狩り』）

ぬぷーっ

ぬぷーっと、いっきに根元まで入ってしまった。

「ほら、もう入った」（横溝美晶『双貌の妖獣』）

ヌルヌル、ビチョビチョ、グチョグチョ、ブヨブヨ

そこは軟体動物のようで、しかも熱かった。ヌルヌル、ビチョビチョ、グチョグチョ、ブヨブヨ……なんと表現していいのかわからないような熱くて柔らかな、魔訶不思議な感触のなか、指に吸いついてくるような、絞りあげてくるような反応もある。（鬼頭龍一『女《おんな》教師ママ・特別課外授業』）

びじゅるっむちゃっぬちゃ、むじゅるぅぅっ

舐められるのは大好き。

びじゅるっむちゃっぬちゃ、むじゅるぅぅっ……。

あたしは小刻みに腰を揺すり、ふやけきった淫肉を男の唇に塗り込んでいく。（秋谷あんじ『ヒート』）

ひっこひっこひっこ、くいっくいっくいっ

耳をつんざく歓びの声を張り上げながら、美香子は武史の腰を両手で抱き込み、ひっこひっこひっこ、くいっくいっくいっと、腰をつかいだした。（北山悦史『いけない人妻絵画教室』）

ブジュ、ブリュブリュブリュブリュ……


ブジュ、ブリュブリュブリュブリュ……。

香織の排泄物は明るい黄土色で、水分が多く柔らかめだった。（深町薫『肉診台の羞恥刑』）

ぷちゅぷちょぷちゅ

貫太が太い指を、ぷちゅぷちょぷちゅ……と、ゆっくりと抜き差しする。（鳴海丈『花のお江戸のでっかい奴[色道篇]』）

ぷにぷに

肉亀の尖端が、ふわふわした絨毯のような膨らみに触れ、その部分がどんどん固くなり、やがてはぷにぷにとした粒が無数に現れてきた。（内藤みか『甘い花蜜の美人課長』）

ぷにゅっ、ぷにゅっ

「かわいいおっぱいだ」

遊作は、直接、朋美の胸のふくらみを揉みしだいた。

ぷにゅっ、ぷにゅっと、思いきりひろげた手でわしづかみにする。（横溝美晶『仕掛人・遊作』）

ボッキン！


ボッキン！

玲奈の体臭に刺激されて、たちまち股間のものが充血してきた。（横溝美晶『相姦の密室　天国から来たすけこまし』）

ムニュニュルーッ！


浩司は少女のウエストを両手で押さえつけると、成熟しきっていない花芯に向けて一気に体をぶつけていった。

ムニュニュルーッ！（吉野純雄『十四歳　下半身の微《し》熱《めり》』）

メリメリッ……


メリメリッ……。

女芯が音をたてて押し広げられた。

老人のあまり固くない欲棒しか入ったことのない女芯は、狭く、小さかった。

そこへ、固くて太い欲棒がきしみながら入っていく。

（豊田行二『議員秘書の野望』）

レローッ

芳ばしい少年の性器臭。ツンと鼻をつく甘酸っぱさが懐かしさを感じさせる。早智は舌を伸ばし、ペニスの側面をレロ～ッと舐め上げた。（橘真児『淫熟女教師　美肉の誘い』）

れろーり

れろーりと裏筋を舐めたかと思うと、もう一度「ミルク」を搾り取るように先っちょをくわえ、頬をすぼめて強く吸引した。（兵藤凛『美少女　魔悦の罠』）

絶頂表現

あうう……、熱い……

「い、いく……、アアーッ……！」

たちまち小眉が口走るなり、がくんがくんと狂おしく腰を跳ね上げはじめた。彼を乗せたまま弓なりになり、十三郎も必死にしがみつきながら揉みくちゃにされ、続いて気を遣《や》ってしまった。

「あうう……、熱い……、もっと出して……！」

小眉が、内部にほとばしる熱い精汁の噴出を感じ取ったように言い、きつく締め付けながら、しがみついた彼の背に爪を立ててきた。（睦月影郎『蜜猟人　朧十三郎秘悦花』）

あたしと一緒に、ああっ

「いく。いくわ、翔太くん。あたし、いっちゃいそう」

「ぼくも、ぼくも出そうだ」

「一緒よ、翔太くん。あたしと一緒に、ああっ、いく、いっちゃう」

「ああ、出る。ぼくも出ちゃう。ああっ、か、母さん」

美津江の体ががくがくと大きく揺れだし、続いて翔太のペニスに脈動がはじまった。（牧村僚『人妻宅配便』）

頭の天辺から突き抜けるような

「ヒヒッ、ヒーッ。も、もう、たまんないっ。み、操も、操もイキますっ。……ああ、もうイクッ。ご主人様っ……。アアーッ……」

彼女は頭の天辺から突き抜けるような声を張りあげると、ガクンガクンとぎこちなく身体を揺さぶりながら頂点に達した。（藤崎玲『女教師姉妹』）

熱い愛液のシャワーを

「いく」

ひと言つぶやいて、早苗は宗治に密着した。彼の手の内で、姉の尻たぶはみっしりと固くなった。同時に肉茎を食い締めていた膣口が小刻みに痙攣し、熱い愛液のシャワーを彼の股間へ迸らせた。（斎藤晃司『女たちの秘密サークル　淫らな絵画教室』）

熱い塊がせり上がって

「くっ……ああっ、い、いくわ」

熱い塊がせり上がってくる。結菜の鼓動が速くなった。

「よし、いっしょにいくぞ」

大介も限界だった。さらに抜き差しのスピードを増した。結菜がソファーごと激しく揺れた。

「くうっ！」

「うっ！」

　ふたりは同時にエクスタシーに身をまかせた。（藍川京『黒い館―人妻秘密倶楽部―』）

熱い間欠泉が噴きあがり

「はぁんっ!?……ひぃぃっ！　私、イ、クっ、イッちゃうぅぅぅっ！」

　あっけなく達した美紗子の鋭い悲鳴が、部屋のなかに響き渡る。押しつけられた陰唇の間から、熱い間欠泉が噴きあがり、亮の口のなかに撒き散らされた。（弓月誠『年上三姉妹〈素敵な隣人たち〉』）

穴という穴から体液を撒き散らし

「ひぃ、ひぃぃぃ……あうぅ、おっ、ほおぉ！」

　美和子はいくたびものオルガスムスに全身を痙攣させ、穴という穴から体液を撒き散らし、ついには白目を剝いて失神してしまう。（櫻木充『未亡人美人課長・三十二歳』）

あへ、あへひぃ……


「ひ、ひいっ！　こ、これダメぇ……や、やっ！　ゆ、裕くん、ダメェ……い、イッちゃう、これダメ、ダメぇ……お、おおぉんっ！」

　もっとも感じる体位でハメられ、子宮の入り口を打ちのめされて、涼香も堪らずにアクメを極めた。

「い、イッ……ぐ、イクッ！　あへ、あへひぃ……ぐ、イグイグぅ！」（櫻木充『感じてください』）

操り糸の切れた人形のように

「あ、あう、うーッ！」

　絶叫があがった。ギクンと腰が跳ね上がり全身に痙攣が走ったかと思うと、ガクッと力が抜けて、まるで操り糸の切れた人形のように敷いた布の上に動かなくなった。

（えぇッ、イッたのか……？）（館淳一『美人オーナー密室監禁』）

あんぐりと口を開け

「あ～んっ。あ～んっ。いいよぉ。いいっ。いいったら、いいっ……。いっちゃうっ。いいいっ。いくっ。いくぅ～っ……」

　感極まって悩ましい声を上げた未奈美の足許がぐらついた。

「うっ。うぐっ……」

　的場は未奈美の唇を奪い、ベロを挿れた。

　力尽きた未奈美が、放心の態《てい》であんぐりと口を開け、的場はねっとりと熱い口内を弄《まさぐ》り続けている。（安藤仁『匂い立つめしべ』）

いきむような奇声を発し

「あぐ、はぐぅ！　い、いっ……んぐぅ、イグイグッ！　んーっ、んうぅぅ！」

アクメの波間で揺らめいていた女体にとって、靖彦の一打一打が痛恨の打撃になった。子宮口付近に存在するポルチオの性感が刺激され、恥骨と恥骨の狭間でクリトリスがつぶされて、泉美はいきむような奇声を発し、即座に気をやった。

潮ばかりか小便までも垂れ流し、肛門までも満開にして昇天する。（櫻木充『僕と義母とランジェリー』）

一条の光が総身を駆け抜け

「くうっ！」

一条の光が総身を駆け抜けていった。愛希子はエクスタシーに打ち震え、蜜をたっぷり溢れさせた。（藍川京『秘書室』）

一瞬の閃光のあと

「んむ～っ！　うむっんむっ、む～っ！」

炎のような快感に包まれ、真奈は腰を弾ませた。

（あっ、イクッ、イッちゃう！）

指と口と喉で、歓喜を訴えた。快感が全身に広がり、一瞬の閃光《せんこう》のあと、烈しい痙攣《けいれん》が始まった。（北山悦史『春香二〇歳―初めての相姦体験』）

糸を引くような細い声で

「ううっ、叔母さ……」

「あああっ……いいーっ！」

最後の突き上げを繰り返すと、ペニスは雄々しい波動とともに牡の精を迸らせた。佳世子は糸を引くような細い声で呻き上げ、尻肉ごと直樹を締めつけた。（深草潤一『叔母　もっと奥まで』）

淫肉がキュウキュウと締め付けて

絶頂の名残りが燻《くすぶ》っている女体は信じられないほど感じやすく、見る見るうちに再び快美の頂点へと駆け上りはじめる。

「あぁっ、イク、またイッちゃう、あ、イッ……」

熟れた体がブルブルと震えて、男根を埋め込まれた淫肉がキュウキュウと締め付けてくる。（開田あや『眼鏡っ娘パラダイス』）

打ち上げ花火のように

「はあっ、イッちゃう。あああっ、イク、イクイク、イクうっ！」

まるで打ち上げ花火のように、快感が炸裂《さくれつ》した。目の前で下腹部が大きく波打つのが見える。溢《あふ》れた蜜が陰毛を濡らしていた。その上から顔を出した肉茎は、雄々《おお》しく反り返り、戦果の蜜を滴《したた》らせていた。（西蓮寺祐『インモラルマンション　高層の蜜宴』）

内からあふれでる波に

汗で濡れかがやく白い首筋が、オレンジ色にぬめ光る。夕陽のなかに、女教師と男子生徒の交わりが浮かびあがっていた。

「ああん、イクっ、先生イッちゃう……イクのッ」

内からあふれでる波に、女教師の肉体は呑まれた。麻紀は目を閉じ、美貌をふるわせてよがり泣いた。下肢が痙攣し、祐介を食い切るように、圧搾する。

「イッたの、先生、僕もでるよっ……うああ、締まってるっ」（神瀬知巳『未亡人ママと未亡人教師』）

美しい貌を夜叉のように歪めきって

息も絶え絶えに答えながら、千津は美しい貌《かお》を夜叉《やしゃ》のように歪《ゆが》めきって、

「あっ、ああーっ、いくう、ああ、わたし――」

悲鳴のような声をあげて、のけ反らせた全身をわなわなと打ち震わせた。（北沢拓也『蜜戯の妖宴』）

潤んだ瞳は見開かれて

「ひ、ひいいいい。いいいぃぃっ」

彼女は全身を凝固させた。背中をぐっと反らせ、息も止まり、潤んだ瞳は見開かれているが、何も見てはいない。まるで本物の断末魔だ。しかし死ではなく、その躰に悦楽を迎え入れている事は、異様に甘く切ない喘ぎがその唇から洩れていることからも判った。（安達瑶『監禁 幻の令嬢』）

海老反って体を硬直させ

「イイッ、いいよぉっ、ひぃぃ〜〜〜ッ!!」

香奈は甲高いアクメ声を放つと、ブリッジするように海老反って体を硬直させた。（開田あや『眼鏡っ娘パラダイス』）

狼の遠吠えのように

「イックゥゥゥゥ!」

結衣は腰から折れてしまいそうに背中を弓なりに反らすと、まるで狼の遠吠えのように細い首をのけぞらせ、斜め宙を睨み、絶叫した。（倉田稼頭鬼『美人派遣社員 最終電車の魔指』）

大きいのが来ちゃう

「あっ、来ちゃう。大きいのが、ああん、大きいのが来ちゃう。ああっ」

突然、ベッドから腰を浮かして動きを止めたあと、彩佳はがくがくと全身を揺らした。そのまま双臀がベッドに落下してくる。（牧村僚『乱熟の人妻』）

おさねがイキますぅ――っ!

恥骨だけでなく、むちむちに肉づいた太腿が暴れだした。鈴がじき果てる、と拓馬は知った。かなうかぎり速

く舌を動かし、指での刺激も強めた。

「おっ、おおー、あんあんあん、あんあんあんあん、おさねがイク……おさねがイキますぅ――っ！」

　長く尾を引いて鈴は絶頂を知らせた。一瞬後、それは華々しく、白い肉体は痙攣《けいれん》に見舞われた。（北山悦史『やわひだ詣で』）

お尻が浮いてくよーっ

「あ〜っ、浮いてくよーっ。お尻が浮いてくよーっ。お尻が、なくなるなくなるーっ！」

　顔を振り乱して菜南子は絶叫した。汗と涎が飛び散った。体が躍り上がって菜南子は絶頂した。（北山悦史『美姉妹　魔悦三重姦！』）

おま…こ壊れちゃう

「ああッ、だめ、おま…こ壊れちゃう……」

　浅井知美が、良家の令嬢らしからぬ快感の叫びをあげたとき、達平も目もくらむような吐精感に負けて、おのれを抜き出すなり、どくどくと射ち放っていた。（北沢拓也『蜜愛の媚薬』）

快感が堰を切り

「ああ、イク。岩崎さん、イクわ。ね、ああ……イクッ！」

　絞り出すように言った瞬間、からだの内側で膨れ上がった快感が堰を切り、束の間、意識が薄れたようである。（山路薫『夜の若妻』）

がくん、がくんと全身を揺らして

「雪枝さん、俺、駄目です。で、出ちゃいそうだ。ああっ、雪枝さん」

　ペニスが大きく脈動し、熱い欲望のエキスが猛然とほとばしった。

　その直後、がくん、がくんと全身を揺らして、雪枝もオーガズムを迎えた。（牧村僚『欲望のソナタ』）

花芯が脈打つ

「あっ、ああーっ、イッ、クぅ」

　ヒクッと大きく花芯が脈打つ。続けて肉棒を締めつける膣ヒダが充血して、小刻みな脈動を始めた。（まどかゆき『熟妻　蜜のカクテル』）

身体が、変に……、助けて……


「ああーッ……、身体が、変に……、助けて……」

　圭は喘ぎながら狂おしく身悶え、ひときわ激しく反《そ》り返って硬直すると、そのままひくひくと全身を痙攣《けいれん》させ、やがてぐったりと動かなくなってしまった。（睦月影郎『おしのび秘図』）

からを閉じていく貝柱のように

「あ、ああ、い、いく……」

唇をわななかせ、切なげな声で薫は愉悦を訴えた。からを閉じていく貝柱のように彼女の手足は硬直し、きつく信也を締めあげてきた。（斎藤晃司『きれいなお姉さんと僕』）

甘美な陶酔のうねりが

「ねえ、もうあたし……いきそう……いくわ……ああッ！」

泣き叫ぶような声で口走りながら花実は、甘美な陶酔のうねりが肉体の芯に熱く噴き上がり、エクスタシーの叫びをあげた。（一条きらら『蕩ける女』）

ギリギリと歯を嚙みならし

奈津子がギリギリと歯を嚙みならし、「あああっ、イクーっ！」と一声叫んで全身をガクガク震わせてから、後方に倒れこんだ。（高竜也『少年と三人の母』）

くぐもった絶頂の叫び

「あああ〜っ、うぐっ、ぐ〜っ！」

恥骨をくいくいと前後させ、美純はくぐもった絶頂の叫びを轟かせた。（北山悦史『美姉の蜜戯』）

口から泡を吹いて

「むごぉ……、お、おっ！」

やにわにヒカルの目の玉がグルンッと裏返り、宙を彷徨っていた両手が落下する。涙を流し、鼻水を滴らせ、口から泡を吹いてオルガスムスを極める。（櫻木充『抱いてほしいの』）

口を半開きにして震えている

「あう……い、いきます……ああっ！」

紅子の躰が激しく痙攣した。

眉間に悩ましすぎる皺を寄せ、すがるような視線を向け、口を半開きにして震えている紅子を、洸介は苦しいほど荒々しい息をこぼしながら見つめた。（藍川京『緋の館』）

雲の上にいるみたい

龍起が体を起こしても、アンはまるで硬直したように動かない。龍起は、不安になって思わず声をかけた。

「ああっ……タツオキ……私、どうなっちゃったの？まだ雲の上にいるみたい」（丸茂ジュン『翔んで、ウタマロ』）

クリトリスを脈打たせ

「ひぃ、いいぃ……い、くぅ、イク、イクイグーッ！」

ザーメンの銃弾を子宮でまともに受けて、泉美もさらなる絶頂を極めた。

獣のごとく絶叫し、随喜の涙を滲ませて、息子の背中に爪を立てる。

ビュッ、ビュビューッと潮を噴き、男性器のごとくクリトリスを脈打たせ、子宮でスペルマをがぶ呑みするように膣肉を顫動させる。（櫻木充『僕と義母とランジェリー』）

ぐるぐる回るっ……

「あ〜〜んっ。ふぁ〜〜〜〜んっ。い〜〜〜っ。オ×××が、いっ。う〜〜〜んっ。目が回るっ。ぐるぐる回るっ……。いいのっ。いいっ。どうしてなのっ？　高田さん、教えてっ。わたし、狂っちゃうっ。ねっ。死にそっ。あ〜〜〜んっ。くるっ。くるっ。きてるっ……」

　佐和子は片手で畳を引っ掻き、紅潮した顔を右に左に激しく振ってよがった。（安藤仁『花びらさがし』）

けものが絶息するような唸り声

「いくっ」

　声をふるわせて叫ぶと、一度、息づかいを止めて、身体を突っ張らせ、

「おおおう」

　けものが絶息するような唸り声をあげると、わなわなと全身を痙攣《けいれん》させて、ぐったりとなった。（北沢拓也『一夜妻の女唇』）

高圧電流のような絶頂感が

「ああ、イクぅっ！」

「ああーっ！」

　義弟と姉の感極まった声が重なった。その瞬間、亜希の女体を高圧電流のような絶頂感が突き抜けた。（鏡龍樹『兄嫁姉妹』）

腰を何度かブルブルと震わせ

「あふうんっ、も、もうダメーッ！」

　なぎさはそう叫ぶと、腰を浮かせたまま、直人の顔を太ももで挟みつけた。太ももの圧迫感で耳が聞こえなくなり、口がふさがれて息ができなかったが、直人は奇妙な形で彼女のアクメを感じ取ることができ、大満足だった。

「くふうううぅ……」

　なぎさは直人の顔を挟んだまま、腰を何度かブルブルと震わせた。（真島雄二『官能学園のお姉さんたち』）

子猫のように胸にかじりつく

「い、イッ……ひゃううぅ！」

　奇妙なソプラノの悲鳴をあげて、子猫のように胸にかじりつく明日香。

　ビクビクと全身を痙攣させ、一気にオルガスムスを極める。（櫻木充『義母（スウィート・ランジェリー）』）

壊れた機械のように

「あう、ああッ、もう――」

　上半身が弓なりになり、浮き上がってはまた落ちる。

繰り返すうちに間隔が短くなり、やがてハッハッと荒い息が洩れ出した。

「いく、イク……はぁうううぅぅぅ――ッ！」

壊れた機械のように肉体が暴れる。（橘真児『ひと夏の甘夢《スイートドリーム》』）

最後は短く喘いで

「ああァァァ……イクぅ……あッ……」

最後は短く喘いで、叔母が全身をこわばらせた。一度固くなった身体が次の瞬間、ガクガクッと躍りあがった。（浅見馨『叔母はスチュワーデス』）

漣のような引き攣りが

「ああッ、わたし、いくッ、いっちゃうわ、あなた」

海江田純子の迫り上がった肉感的な腰が、がくがくと痙攣し、反り返った上半身に漣《さざなみ》のような引き攣りが走った。（北沢拓也『とめどなく蜜愛』）

潮ばかりか小便をも噴射

「かはっ！　うぅ、ううぅ……い、いいいぃ、お尻、お尻いひぃく、くっ！　イクイクぅ……おおぉ、お尻でイグぅあああぁ！」

狂ったように髪を掻き毟り、潮ばかりか小便をも噴射させ、加南子はアナルセックスで今夜最高のアクメに達した。（櫻木充『二人の美臀母』）

子宮は切なく痺れ

「は、はいっ……ゆみも……イッ、イクぅぅっ……」

その瞬間、裕美の子宮は切なく痺れた。追い打ちをかけるように、ドバッと噴きだした熱湯のようなスペルマに子宮を灼かれた。（管野響『二人の義姉・新妻と女子大生』）

シーツを掻き毟って悶絶

「イッ、イクッ！　イッちゃううううーっ！」

子宮底に灼熱を感じた佐奈江が、シーツを掻き毟って悶絶する。栗色の髪を宙に舞わせて首を振り、ビクンッビクンッと腰を跳ねあげる。

「おおおおっ……おおおうっ……」

アクメに達した女膣はその日最高の食い締めを見せ、食い締めながら痙攣しはじめた。（草凪優『下町純情艶《つや》娘《むすめ》』）

死ぬぅ……死んじゃうー

雅人が腰を入れてさらに深いところまで貫いてきた。

「アーンッ……アンアンッ……またイかされるぅー……死ぬぅ……死んじゃうー」

絶叫する自分の声を亜希は自分の耳で聞いた。その後のことを亜希は覚えていない。（藤堂慎太郎『ママの美尻』）

しゃくりあげるような叫びをあげ

「ああッ、いく、いくぅっ」

　白眼を剝《む》いた門脇乙音が、長い黒髪を振り乱して、しゃくりあげるような叫びをあげ、絖《ぬめ》白い裸体に痙攣の打ちふるえをびくびくと走らせると、弓月の胸の上にやわらかく崩れ伏してきた。（北沢拓也『人事部長の獲物』）

朱に染まった首筋がピクピクと

「ほれ。ほれっ。ほれっ……」

　板東は自らを鼓舞するように声を出し、一気に急《せ》わしい抽送を加える。

「あふっ。あひっ。いひっ。いっ。いっ。いっく、いっくぅ〜〜っ」

　眉間《みけん》に深い皺を刻んでいた真佐子の面輪が俄《にわか》に穏やかになり、朱に染まった首筋がピクピクと痙攣している。

（いったか。いったな！）（安藤仁『花びらざかり』）

女肉がアクメの喜悦に収縮し

　杏菜が甲高く叫んだ。

「イクイクイクッ！　もうイッちゃうううう〜っ！」

　リズミカルだった腰の動きがとまり、ガクンッ、ガクンッ、と総身を跳ねあげた。食い締めのきつい女肉がアクメの喜悦に収縮し、なおいっそう強い力で男根を締めあげてくる。（草凪優『性純ナース』）

白目を剝いて昇天

「へぐぅ、ひぐひぐぅ……い、イッ！　イクイクぅんんーっ！　お、おおほぉうぅ」

　気がふれんばかりの激悦に翻弄され、全身を痙攣させる寛子。

　涼一の背中に爪を立て、随喜の涙を流しつつ白目を剝いて昇天する。（楠木悠『最高の隣人妻』）

随喜の涙を流しながら

「ひいぃ……ひ、ひっ！　また、まだイグ、イクイクぅ……ん、んんんっ！」

　さらなる絶頂の波に呑みこまれ、連続のオルガスムスにとらわれ、随喜の涙を流しながら気をやりつづける志穂。（櫻木充『二人の美臀母』）

背筋に火柱が走ったように

「あああ、イクぅっ！」

　青年の腰が猛然と律動し、爆発するように肉棒が引きつった。ドクッ、ドクッと屹立が脈打ち、熱湯のようなスペルマが子宮に向かって放たれていく。

　その瞬間、志穂里も陶酔するようなアクメに達していた。女体がぶるぶると震え、背筋に火柱が走ったようになる。（星野聖『若妻（償《つぐな》い）』）

切羽詰まったせつない声

スッポリと蒲団に包《くる》まった智恵子が、

「いっ、いっ、いっくぅ……」と切羽詰まったせつない声を上げ、翔太の腰のあたりで組んでいた足をダラリ下ろした……。

熱い男液が子宮口に激射した。（安藤仁『花びらがえし』）

背骨を甘美な稲妻が貫通

「ああーッ、おま×こが、蕩《とろ》けちゃううーッ」

陰核包皮が引き伸ばされ、宝石のように美しく可憐なクリトリスが頭を出したとたん、彼女の背骨を甘美な稲妻が貫通していった。

「ひううッ、おしりがおち×ちんでいっぱいになってますーッ」

汗みどろになった健司の体の上を何度かあおむけのまで動いていった亜希は、頭のてっぺんから手足の先に至るまで、甘酸っぱいような悦楽に支配されると、今度こそ本当に気を失っていった。（六条蔵人『人妻セレブ淫らな男狩り』）

だめっ、だめですぅ〜っ

「だって、あ！　あーあー、あたしもう、だめっ、だめですぅ〜っ」

有美は泣き声を出し、飛び跳ねながら二度目の絶頂に達した。

痙攣は十回は打ちつづいたか。弾力のかたまりの若い肉体はそれから肌の張りも見事に硬直し、二度、余韻のような痙攣に震え、そしていきなり弛緩した。（北山悦史『朱淫の誘《さそ》い』）

断末魔のごとき叫び

「いいよ、イッて！　イクんだ、真央っ！　イケ、イケッ、イケーッ！」

シーツを掻き毟《むし》り、大股に広げた脚をばたつかせている真央にトドメの連打をお見舞いする。両脚を肩に担ぎ、女体を二つに折り曲げて、マングリ返しの体位で真上から怒濤《どとう》の乱打で膣を、子宮を抉《えぐ》りまくる。

「はぐっ、あひぃ……ぐっ、イグゥ、う、ううぅ！　イグイグーッ！」

青筋が浮かんだ喉をまっすぐに伸ばし、断末魔のごとき叫びを上げる真央。（櫻木充『感じてください』）

恥骨を高々と浮かして

「拓馬様ぁっ、あ〜っ、う〜っ、おおっ、おおおおっ！」

夜具から恥骨を高々と浮かして体を弓なりに反らし、ぐい、ぐい、ぐいと波打って、忍が絶頂したからだった。

絶頂の痙攣は、十数回つづいて収まった。（北山悦史

『やわひだ巡《めぐ》り』）

膣皺壁がどよめいて

　昭彦は会陰部を愛撫していた指をそうっと濡れ濡れの秘唇にすべりこませた。

　柔襞のトンネルへぐいと押しこむ。たちまちまつわりついてくる粘膜。ザラザラした膣皺壁がどよめいている。そこを抉るようにして刺激してやると、

「ああっ、あっ、うー……ン、イク！」

　びっくりするような大声を発してセリナがガクンとのけぞり、強い力で昭彦の頭部を両の腿で挟みつけた。

「うー、あっ、あああ……！　ン！」

　ガクガクと全身をうち揺する。昭彦はドバッと溢れてきた蜜液を呑みほした。（館淳一『つたない舌』）

膣内が艶かしい蠢動

「アアーッ！　い、いく……！」

　加奈子が絶叫し、同時に膣内が艶かしい蠢動をはじめた。（睦月影郎『蜜猟のアロマ』）

宙を舞うよう

「アア……、熱い……！」

　噴出を感じ取った瞬間、千影も気を遣ったように声を上ずらせ、がくんがくんと狂おしく全身を跳ね上げた。

　玄馬は最後の一滴まで、最高の気分で放出し尽くし、やがて深い満足とともに動きを止めて身を投げ出した。

千影も徐々に動きをゆるめ、力を抜くとぐったりと彼に体重を預けてきた。

「良かった……。まだ、身体が宙を舞うようです……」

（睦月影郎『おんな曼陀羅《まんだら》』）

爪を立ててブリッジするように

「あう！　い、いく……、気持ちいいわ、アアーッ……！」

　たちまち智恵子が激しく喘ぎ、彼の背に爪を立ててブリッジするように反り返った。

　同時に膣内の収縮と締めつけも最高潮となり、まるで粗相《そそう》でもしたような愛液の洪水に、互いの股間同士がビショビショになった。（睦月影郎『いけない巫女』）

釣られた鮎のようにビンビンと

「あう、イク！　イキます！」

　白目をむいて顔をのけぞらせた絵里が叫んだ。

　一度、絶頂点に達した女体は、まるで体のなかに埋め込んだ火薬が次々に爆発するかのような反応を起こした。

「あうー、あうあうー、イクー！」

　釣られた鮎のようにビンビンと裸身を跳ね躍らせる。

（館淳一『メル奴の告白』）

天を仰ぐようにのけぞる

「イッ！　イキます！　アアッ、ほんとに、ほんとに、イッ、ちゃうぅ！　イク！　イキますぅぅぅ!!」

悲鳴とともにギュン、と身体をそり返らせる日名子。天を仰ぐようにのけぞると、そのままばったり、と前のめりに倒れた。（神楽稜『熟・女・接・待　最高のリゾートホテル』）

透明な滴をタラタラと

「だめ、ママッ……あたし……イク、イッちゃうの」

紅い唇から糸を引かせ、透明な滴をタラタラとふりまいていく。母に見られながら弟に肛門を責められる異常な状況。身体が逃げ道を求めるように、恵里香は急速に駆け昇っていった。

「ああッ、恵里香、もうッ……」（麻実克人『熱臀義母』）

溶けちゃう！


「とぉ、とけぇるぅっ、溶けちゃう！　私！……イ……イクゥッ」

美枝子の喘ぎ声が部屋中に響き渡った。（弓月誠『年上初体験（僕と未亡人）』）

鳥肌が浮かんで

「あ、熱いぃ。……んもっと、もっと出して出して、ぶちまけてっ」

叔母の双臀が震えて、一面に鳥肌が浮かんでいった。


（皆月亨介『母と叔母と…僕の禁じられた夜』）

獲れたての鮑のように

「ああんッ、いくっ」

悶絶のよがり声をあげて、夫人の真っ白い裸身が、肋《あばら》を浮き立たせてのけぞった。

ぐちゃぐちゃと音をたてていた夫人の秘部が、獲《と》れたての鮑《あわび》のようにひくつき、うねりを起こすと、あふれるうるみに粘っこく光る。（北沢拓也『爛熟のしずく』）

飛んじゃう、ああッ

「ダメ、そんなにしたら——あ、いっちゃうよォ」

早くも限界を迎えて、肉体が波打つ。すぐに隠れてしまいがちな小さなクリトリスを懸命に探り、達憲も舌を目一杯律動させた。

「あうっ、あ、イク」

ぎゅんと、恥芯一帯が収斂《しゅうれん》を示した。ヒップの丸みも細やかに震える。

「飛んじゃう、ああッ、ア、はあーン!!」

舞が絶頂した。のけ反って、華奢な肢体を痙攣させる。（橘真児『雪蜜娘』）

肉襞がヒクヒクと痙攣して

「お父さん。わたし、イク、イッちゃう」

肉襞がヒクヒクと痙攣して、ペニスをぎゅっと締めつけてくる。

「あっ……おれも……」（結城蓢『相姦の血脈　母と息子・義父と美娘』）

尿道から液体を吹き出させ

荒木は腰を揺すって、Gスポットにもバイブレーションをかけた。

「イ、イク――――ッ」

富士子はオーガズムを告げる声をあげると、尿道から液体を吹き出させた。（由布木皓人『悦楽あそび』）

人形のように硬直

「イクッ、イクイクッ！　イクゥッ!!」

むっちりした少女の身体がガクガクと震え、次の瞬間には人形のように硬直した。膣壁だけがうごめきながら、剛直を揉みしだく。（一ノ瀬真央『魔指と人妻　7：30発悪夢の痴漢電車』）

脳天から突き抜けるような甲高い声

「イッ、イクッ！　イッちゃううううううーっ！」

脳天から突き抜けるような甲高い声で絶叫し、五体を跳ねあげた。胸もとで巨乳をはずませ、床に伸ばした二本の美脚をガクガクと震わせて、こみあげる歓喜に溺れていく。（草凪優『淫らに写して』）

喉に絡まったような声を

「ああーっ、イクーッ」

喉に絡まったような声をあげて絶頂に昇りつめた直後に、麗美は全身の力が脱けたような状態になり、ぺしゃりとつぶれて突っ伏してしまう。（金澤潤『誘惑未亡人オフィス』）

喉を引き絞るような

「ああ、だめっ、いくっ……いくいく、いくぅ」

紫津の口から、喉を引き絞るようなあられもない絶叫が放たれ、うつ伏せた裸身におびただしい伸縮の引き攣《つ》りが走った。（北沢拓也『花しずく』）

伸びをする猫のような

「あっ、アッ、ア、ああっ、イクぅ」

伸びをする猫のようなポーズの女体が硬直する。一瞬の静寂のあと、

「んっ、ン、ううっ、はあ――――」

呻いて狭穴の強ばりを緩やかに締めつけ、あとはがっくりと力を抜いた。（月里友洋『若妻保母さん　いけないご奉仕』）

バッタのように身体をのたくらせ

「ぐ、ぐあああーっ……」

まるで頭のなかに無数の太い針をぶちこまれたかのようだった。

生まれて初めて味わう強烈な刺激に、美沙子はバッタのように身体をのたくらせた。

「ひぃいぃーっ……」

若い男の放出は長々とつづき、彼女はその間ずっと自分を泣かせた一物を絞りたてていた。（藤崎玲『三十六歳の義母〈美囚〉』）

鳩の鳴き声に似た
「ううっ～～ん。くっ、くっ～～ん」
彼女は鳩《はと》の鳴き声に似た喉詰まりのくぐもり声を漏らし、女体を弓なりに仰け反らせ、硬直させた。（山口香『取締役秘書室長　出世快道まっしぐら』）

バネ仕掛けのように
「い～っもう！　あっ、はあああん、い～っ、もうっもうっ！　あはっ！」
あとは声にならず、かすれた喘ぎを噴き出して、真奈美はバネ仕掛けのように絶頂の痙攣を起こした。（北山悦史『蜜愛の刻《とき》』）

半眼を上ずらせて
「うっ……いくっ……いっちゃうよう……」
よー、と最後は長く呻いて、美人教師、島村歌穂は、半眼を上ずらせて、腰をひしと男にぶつけたまま、ぶるぶると震えて、クライマックスを迎えていた。（南里征典『成城淑母館の帝王』）

半開きの唇からブクブクと泡を
「ぐひぃ！　そ、そおおぉ、イク、イクイクぅ……おおぉ、イグイグイグうぅ！」
狂喜に満ちた叫び声をあげ、快楽の頂点を極める美弥子。白目を剝いて涙を流し、半開きの唇からブクブクと泡を吹いて、最上のオルガスムスに酩酊する。（楠木悠『叔母と三人の熟夫人　いたずらな午後』）

秘宮に熱い電流が走り
「んっ、ダメ……イッちゃう」
たちまち、乳首の先から秘宮に熱い電流が走り抜けて、理香子はブルッと背筋を震わせた。
快感の大津波が押し寄せる。（まどかゆき『熟妻　蜜のカクテル』）

びくびく喰いしめる
「ああ……だめ！　真弓……いきそう……いっちゃう」
両手でシーツをかきむしりながら、真弓《まゆみ》は頂上へ達し、そうしてそのことを告げて、あとは呻きつづけた。
呻きながらも、びくびく喰いしめるリング状の秘肉のなかを突き捏ね、城山はやがて、おおう、おおう、と怺《こら》えきれずに放射していた。（南里征典『密命誘惑課長』）

膝をガクガクと震わせ

「あ、だめ……イカせて……あっ、もう、イク……あ、あ、あんっ！」

根元まで埋もれた肉棒がＧスポットを一撃したとたん、麻季子は膝をガクガクと震わせた。

秘口がキュンと締まり、膣ヒダが大きく脈打つ。（まどかゆき『柔肌ざかり』）

膝をピーンと伸ばし

彩子は床に爪を立て、心の奥から叫んだ。

「イク、イク、彩子、イクうッ」

膝をピーンと伸ばし、さらに双臀を差しあげながら、彩子は天へと飛んだ。（香山洋一『シンデレラの教壇　女教師・未公開授業』）

眸が泳いで

蠕動《ぜんどう》する肉襞を掻い潜り、鴨志田はスコスコと抜き差しを加え続ける。陰嚢《ふぐり》が遅れて陰核を叩きつけた。

「先生っ、いいっ。いっちゃうっ。いかせてっ」

上気した面で振り返り、そう訴えた白金夫人の眸が泳いでいる。

「よしっ、いくぞっ！　いいか、いくっ!!」（安藤仁『花唇の誘《いざな》い』）

瀕死の魚のように何度も躍動

「いく、いくう……っ！」

叫びながら髪を振り乱すようにして短い叫びを張りあげ、華奢な躰は瀕死《ひんし》の魚のように何度も躍動した。（館淳一『卒業』）

深い闇の中へと沈んで

「ああっもうだめもうだめ、ああっ、イク、イク、イクううううう」

中島の命令通りに絶頂を告げる言葉を口にした奈津子は、三度襲った絶頂に四つん這いの全身を激しく震わせ続ける。

「あふ、……ああ……」

三度、頂上へと昇った奈津子は、自分の意識がそのままマットに溶け込んでいくような錯覚の中、深い闇の中へと沈んでいった。（藤隆生『人気モデル　恥辱の強制開脚』）

浮遊するっ

「いっ。きてるっ、きてるっ。いいのっ。いっちゃいそっ。舞い上がるっ。頭の中が真っ白になるっ。ふうっ、浮遊するっ。純平っ、きてっ、きてっ。きて〜っ……」

苦悶《くもん》の面で切れ切れに訴え、鴨志田の胸に浴びせ倒れこんできた……。

鴨志田は吐精まで少しの余裕があり、挿入したままその瞬間を待った。（安藤仁『花唇の誘《いざな》い』）

ベッドカバーをわしづかんで

男のものから間欠的に体液が顔に向かって飛び出していくと、

「イク……」

菅原夫人はベッドカバーをわしづかんで、裸身を仰け反り返した。(山口香『白衣の蜜宴』)

咆哮に似たうめきを洩らし

夫人は耐え切れなくなったように、咆哮《ほうこう》に似たうめきを洩らした。

「ああっ、もう駄目っ、いくっ、いきますっ」

下腹部から抜き差しならぬ灼熱《しゃくねつ》の快感がぐっとこみあげて来たのか、夫人は辰夫の肩に嚙みつきながら全身を小刻みに慄わせた。(団鬼六『妖女』)

敗けちゃった……

「イクッ……イキますッ!」

男は体を折り曲げ、バスガイドの開いた口を塞いだ。真っ赤な顔の美人バスガイドは目を閉じて男の舌にすがりつく。

(死んじゃう……敗けちゃった……)(夏月燐『制服レイプ 狙われた六人の美囚』)

淫らに唾液の糸を引きながら

やがて熱い息を混じらせながら、肌のぶつかる音とピチャクチャとヌメった音を交錯させているうち、美雪の肌がガクガクと激しく波打ちはじめた。

「い、いく……! アアーッ……!」

とうとう絶頂に達したか、美雪は口を離し、淫らに唾液の糸を引きながら狂おしい痙攣を開始した。(睦月影郎『新人女教師』)

蜜窟がギュウッと締まり

「うん、うん、あ、いいッ。あたしもイッちゃう」

みどりの蜜窟がギュウッと締まり、奥に引きこむ蠢きを示す。それが逸朗の堤防を破壊した。

「んん、出る――」(月里友里『若妻保母さん いけないご奉仕』)

目の玉をグルリとひっくり返す

「んひーっ、ひぃ……おぉ、くあぁぁ、ま、またイッ……クゥ……イクイグゥ!」

練習で汗を流したせいか、いつもより女体が敏感になっているのかもしれない。

江津子はすぐさま二度目のアクメに達し、目の玉をグルリとひっくり返す。(櫻木充『抱いてほしいの』)

野獣の雄叫びのような声

「カミング、カミング!」

やがてエミリーは、野獣の雄叫びのような声を上げ、

Mの字にした両足を痙攣《けいれん》させながら伸ばし、クライマックスに落ちた。(夏樹永遠『欲望添乗員ノッてます!』)

闇の中に沈んでいくような

「ああっ、だめ、だめ、イク、イク、イッちゃう、あなたごめんなさい、ああっ、イク、イクうううう」

Gスポットの時とは違う、重みのあるエクスタシーの波に飲み込まれた彩香は、身体ごと闇の中に沈んでいくような錯覚に陥り、そのまま意識が遠のいてしまった。

(藤隆生『未亡人社長　恥辱のオフィス』)

弓なりの喉が風のような音を

「ひゅっ!」

弓なりの喉が風のような音を立て、そしてそれに一拍遅れて、純菜の体はガクガクと痙攣した。(北山悦史『粘蜜さぐり』)

両目をカッと見開いて

やがて彼女は伏せていた顔を持ちあげると、両目をカッと見開いて一声大きくうめいた。

「アアッ、イ、イクッ……。もう、イキますっ。……あーっ、りょ、涼くんっ。すごいーっ……」(藤崎玲『女教師姉妹』)

湧き起こる強烈な電撃

「おう、ええぞ、イケっ、たっぷりイケっ」

虎吉はさらに強く、張型をねじりながら突き立てる。そして、空いている片手を、彩香が身体をよじらせる反動で激しく揺れている乳房に手を伸ばす。

そして、薄桃色の乳房を捕まえると、指先で強くつまみ上げた。

「ひううう、イク、イクうううううううう」

乳首から湧き起こる強烈な電撃を合図に、彩香の頭で何かがはじけ飛び、全身が波を打って痙攣する。(藤隆生『未亡人社長　恥辱のオフィス』)

あとがき

官能小説には独特の言語感覚があります。それは、もちろん文体、表現、用語にも色濃くあらわれています。官能小説に共通のものがあると同時に、それぞれの作家に特有の部分もあります。短い文章を読んだだけでも、どの作家かわかる文体もありますが、それほど特色のない文体もあります。しかし、官能小説をプロとして書いている作家には、官能小説ならではの言語感覚があることはたしかです。そうした言語感覚を知る手だてのひとつとして、この用語表現辞典をまとめてみました。

文学系の小説誌のある編集者が、官能小説の作家は安易だ、と私に言ったことがあります。まったくの誤解であることを指摘して、私は反論しました。彼はそれほど官能小説を読んでいるのではなく、また、好きでもないのです。たまたま読んだ作品が、彼のいうレベルに合わないものであったともいえるでしょう。たしかに、官能小説の作家のなかには作家精神のとぼしい人もいますし、安易に書いたと思われてもしかたのない作品もあります。しかし、そうでない作品が多いからこそ、官能小説の世界が成り立ち、作品が売れつづけているのです。私はその編集者に、読者をナメてはいけません、と言いました。読者がお金を払って本を買うには、それなりにきびしい注文があって、代金に見合った要求があるのは当然です。作家が安易に書いていては、とてもその要求に応じることはできないはずです。まさに骨身を削るようにして、精一杯の能力とエネルギーを作品に注入していると思います。それは、ほかのジャンルの作家や作品と違いはありません。そうした彫心鏤骨の努力の歳月から生まれたのが、官能小説の表現であり言語感覚なのです。

かつて私は、カルチャースクールの官能小説講座で講師をやったことがありますが、受講者のなかにも、官能小説を書くことに誤解をいだいている人たちが少なからずいました。端的にいえば、官能小説はやさしい、と思っているのです。性欲があって、人並みかそれ以上の性体験もあって、とりわけ性的な妄想では相当なものがあるから書けるだろう、書けるはずだと自分で判断しているのです。プロの作家をめざすのであれば、その姿勢から変えていかなくてはならないでしょう。

ここでくわしく書くスペースはありませんが、重要な一つは言語感覚です。それを身につける、あるいは自分の中から引き出すには、なるべく多くの作品を読むことが有効でしょう。しかし、官能小説の作家は、私の知っているだけで百人以上はいますし、それぞれ作品の傾向も言語感覚も異なりますから、自分に相性のいい作品にぶつかるには運と時間が必要になります。表現力を吸収しようとすればそれに見合うだけの熱意が欠かせないでしょう。

基本的な表現や用語にしてみても、官能小説を書こうと思って参加した受講者でありながら、たとえばペニスを描くのにどれくらいの用語を知っている、あるいは考え出せるかといえば、七つか八つなら優秀なほうといえる状況です。用語に多様性があれば、かならずしもいい作品が書けるというわけではありませんが、せめて、つねに用語の吸収に敏感であることは、言語感覚を磨いていくうえで重要なことです。そんな一助にもなればというのが、この辞典をまとめた目的でもあります。また、そうした実用面だけでなく、これまで官能小説にあまり興味のなかった読者が、たまたまこの辞典を手に取ることによって、官能小説にはこんなに面白い、豊かな表現があるのだな、と気づいて、官能小説の新しい読者になってくださることも願ってのことです。

この辞典に収めただけでも、官能小説にこれだけ豊潤な表現があるのは、もちろん作家たちの精励によることですが、その背景に特記していい歴史的な事情もあります。ごく簡単に触れておくことにしましょう。

一九四五年の終戦によって、それまでの言論統制は、いちおう解除されました。戦時中も地下出版は完全に絶えることはありませんでしたが、きびしいエロチェックによって量的にも少なく、内容も充実しているとはいえませんでした。それが戦後、いっせいに陽の光を浴びて、天下晴れて自由な性表現ができるようになりました。しかしそれは、戦時中との比較でのことで、いま思うほど自由になったわけではありません。終戦直後のごく短い期間のあと、官憲の体制が形づくられていくのと同時に、エロチェックも復活してきました。『りべらる』『猟奇』などが発刊され、性表現もさらに解放に向かうのかとみられたのもつかの間、一九四八年には『四畳半襖下張』が摘発され、一九五〇年には『チャタレー夫人の恋人』が摘発されるという始末です。『チャタレー夫人の恋人』は、現在、新潮文庫でも完訳が出ていますが、どこが猥褻なのか探し出すのも困難です。そのくらいですから官能小説、といっても当時はエロ小説とかポルノ小説といわれるのが一般的でしたが、その性的シーンの描かれる作品についてのチェックには、意外なほど見当ちがいな状況がありました。

たとえば男と女がいるシーンで、「挿入」という言葉を使うと、作家や出版社に警察から呼び出しがきました。もちろん「入れた」と書いてもいけません。しかし、女に男が『体を重ねた」と書けば、だいたいチェックはパスするのです。読んでいけば、あきらかに「入れた」のは確実なのですが、「体を重ねた」としか書いてなければ、「入れたかどうかは確実ではない」というのが警察の解釈だったようです。性器などの表現についても同様のことがいえました。

そこで官能シーンを書く作家たちは、直接的な表現は避けて、しかも読者には十分にそのシーンが思い浮かぶように苦心したのです。警察と作家の知恵くらべといったところもありましたが、笑いごとではないのです。警察にちょくちょく呼び出されるのはいやですから、作家たちはそれだけ隠微な表現力を錬磨しなければなりませんでした。

皮肉なことに、こういう抑制が官能表現をより官能的に、秘密めいて淫らに、そして豊潤にすることに役立ちました。そういう文章力を身につけた作家だけしか、多少とも陽の当る場所で生き残れなかったのです。現在、大御所といわれる作家たちは、もう数少なくなりましたが、そのような時代をくぐり抜けてきた人です。トイレの落書きのような直接的な表現に興奮するのは、勃起ざかりの少年ぐらいのもので、もうすこし大人になれば、むしろ抑制のさいた、それでいて淫靡な表現に触発されるのは当然のことでしょう。官能小説のその淫靡な豊潤さは、変な言い方をすれば、作家と警察の二人三脚によって蓄積されていくことになりました。

官能小説の性的表現が、差別的なものなどは別にして、完全に自由になったのは一九八〇年代になってからです。しかしそれ以後も、官能小説の新人たちは、先輩たちが身につけた微妙な表現による効果の技法を受け継いで、そこに新人らしい感覚と表現をつけ加えてきたので、現在のような多彩で豊潤な表現の作品群が書店に並ぶようになったわけです。この辞典に掲出できたのは、その一部にすぎませんが、完全な解禁から約二十年ということで、ベテラン、中堅、新人の作品にも表現のおおかたのパターンは出揃ったといえる現状なので、ここで区切りをつけて辞典にまとめてみることにしました。この本の容量、私の勉強不足などの理由で、掲出できなかったものがあることをお許しください。また、ことに官能小説では造語が多いので、ここにある用語から派生する、あるいはそれ以外の新語が生まれる可能性はつねにあります。機会があればつけ加えていきたいと思います。

作家によっては、あまり官能的な表現ではなく、ごく普通の表現によって読者の淫心をかきたてる力量のある人たちもいます。そういう作家については、用例についての掲出は少なくなりますが、それは作品の質の良否とはまったく関係ありません。読者の好みとか相性で作家や作品を選べばいいわけです。あまりにスパンを広げますと、時間的経過によって鮮度が落ちるということもありますので、現在の段階でまとめておくことも必要でした。

これは官能小説に限ったことではないのですが、官能小説ではとくに作家と読者の感性の呼応が必要です。官能小説はイマジネーションの世界であるからです。ある表現によって、どれだけイマジネーションを広げ、深くして、体感をつけられるかは、読み手の感性によるところが大きいのです。そして、私の持論をいわせていただくと、官能小説は性欲をかきたてるためのものではなく、もっと感性の深くにある淫心を燃えたたせるものです。そこをめぐって作品と読者の呼応が生まれるかどうかが、官能小説を読む妙趣でもあると思います。作家や作品によっては、たとえば家路につくサラリーマンが読む夕刊紙で、疲れを癒したり、にやりとさせて肩の凝りをほぐしたりという連載ものもあります。分厚い単行本で性の深淵をじっくりと描いていく作品もあります。そのいずれにしても、作家と読者の感性の呼応が作品を感興あるものにします。

ここに掲出した短い用例では、なかなかその感性の呼応までは探ることができないと思いますが、ここからヒントを得て、その作家の作品を読んでいただきたいと思います。官能小説の淫美な世界に耽溺していくステップになればと思います。

官能小説に精進されている作家諸氏に深く敬意を表し、ここに用例を掲出させていただいたことにお礼を申し上げます。また、この辞典の企画の段階から全面的に私を牽引し、上梓にいたるまで長期間にわたって鞭励くださった、マガジンハウス書籍部の大島一洋氏に感謝いたします。

官能小説がいっそう豊かに淫らなものとなり、それを享受する読者がいっそう性のイマジネーションの歓びを深めることができますように――。

二〇〇一年クリスマス前夜

永田守弘

文庫版へのあとがき

このところ数回にわたって官能小説講座の講師を続けていますが、いつも定員を超える受講希望者の多さに驚いています。若い女性から、中高年男性まで、年齢や職業もさまざまで、いかに広い層の人たちが、官能小説を書くことに興味をいだいているか、あらためて知りました。だれでも人それぞれに自分の性体験があって、そこから派生する想像の展開や情景、自分だけに秘めている願望があるのですから、それを小説に書くことは可能なはずです。

しかし、それだけでプロの作家になれるわけではありません。体験やイマジネーションを作品化する表現力が必要なわけで、その表現力を発揮するには、本人の資質に加えて、文章の修練を重ねることが必要です。

そんな修練のご参考にと編んだ辞典の文庫化にあたって、今回は「絶頂表現」の章を付け加えました。これも文章上達の一助になればと願っています。豊かな表現を生んでくださった作家の方々に感謝いたします。

また、このたび文庫版改訂にあたり、ご鞭撻をいただいた筑摩書房の喜入冬子さんにお礼を申し上げます。

二〇〇六年九月　　永田守弘

解説

「性」の言葉は、こんなにも豊かだ

重松　清

官能小説とは、プロセスを愉しむジャンルである。むろん、一編の小説を「あらすじ」でまとめてしまうと真の面白さはたいがい消え去ってしまうものなのだが、ことに官能小説の場合には、その目減り分が甚だしい。

たとえば、夫婦が一夜の激しいセックスをする短編官能小説があるとする。まとめてしまえば「夫と妻がセックスをした」――ただそれだけの話である。もうちょっと肉付けをして「夫の求めに応じて、妻は『おんな』として花開いていく」と書き換えても、その小説の魅力を伝えているとは、とてもではないが言えない。へたをすれば「よくある話じゃないか」「どこかで読んだことのある話じゃないか」と、せっかくの読者を失ってしまう恐れすらある。

だが、セックスを物語の主軸に置くかぎり、あらゆる官能小説は、突き詰めると「よくある話」にならざるをえない。男性器を女性器に挿入し、射精へと至る――という行為じたいは、太古の昔から変わらない。近代化と共に女性器の位置が移動した、なんてことはありえない。

もちろん、そのヴァリエーションは、たとえば男性器と肛門、女性器と異物といった具合にさまざまだし、挿入／射精のみが性の悦びではないのだとしても、「性欲」のありようの根本は、古今東西を通じて不変かつ普遍のはずなのだ。

だからこそ、官能小説の書き手は、さまざまに工夫を凝らす。挿入／射精に至るまでのプロセスを、微に入り細を穿って描き出していく。元来は「生殖行為」であるはずのセックスが悦楽の行為＝文化になるのと同様、突き詰めれば挿入／射精の「よくある話」で終わってしまう物語を、官能小説の書き手は——前戯でたっぷりとじらし、体位の変化で快感のツボを微妙にずらしながら男女が睦み合うように、エンタテイメントへと昇華させるのだ。

時には、抱き合う二人を包むシチュエーションの妙味で読者の官能を刺激することもあるだろう。それを、僕ならヒット＆アウェイのアウェイと呼ぶ。不倫、強姦、近親相姦、輪姦、視姦、自慰、露出、暴力……アウェイはインモラルであればあるほど、読者は興奮へと誘われるはずだ。

その一方で、書き手はヒット＆アウェイのヒット——描写の接近戦をも挑む。考えてみると、官能小説ほど描写のカメラワークが変幻自在なジャンルもないだろう。なにしろ粘膜の襞の蠢《うごめ》き具合まで描き出すのもあたりまえの世界である。筆はミリやミクロの単位にまで及び、また一転、社会的なタブーを破瓜《はか》さながら打ち破っていくのだ。

しかも、ここには常に読者のダイレクトな反応が要求されている。「感動」などという曖昧なものではなく、興奮するかどうか、勃起でもなんでもいいのだが、読者が身体的に反応するかどうかで、作品の成否が問われる。言い訳抜き、理屈抜き、看板もなにも通用しない真剣勝負である。

なんとすごいジャンルなのだろう……。官能小説の読み手であると同時に、あまり巧みではない書き手の端くれでもある僕は、優れた作品を前にすると、ただ、ただ、たじろぐばかりなのである。もちろん、身体的な反応もきちんと伴いつつ（なんか、恥ずかしくなってきたな）。

さらに——。

官能小説の書き手にとってのヒット——接近戦の描写は、日本語との格闘でもある。

巻末の単行本版あとがきで永田守弘氏が看破されているとおり、〈官能小説はイマジネーションの世界〉である。物語を「あらすじ」に封じ込めてしまうと面白くもなんともなくなってしまうように、「男性器を女性器に挿入した」とだけ書けば「実用」は済んでしまうところを、作家はそれぞれの個性あふれるイマジネーションを駆使して、さまざまに描き出す。本書に紹介された男性器の呼称だけでも、アイスキャンディ、いけない坊や、回転ドリル、きのこ肉、巨大な侵略者、キングコブラ、獣の器官、毛のはえた拳銃、生命の根、怒棒……いや、もう、「若鮎」と「魔性の凶器」が同じモノを指しているなんて、官能小説以外にはありえない。隠喩の極致というか、隠喩という字面までエッチに思えてくるところが、この世界のすごさなのである。

それは、古くは猥褻表現の規制をかいくぐるための「やむをえない」作家の知恵だったのかもしれない。しかし、猥褻の規制が比較的ゆるんだいまの時代においては、より積極的な意志を持った〈作家と読者の感性の呼応〉を生み出すための各作家の挑戦にほかならない。本書は、まさにその挑戦の集大成なのである。

もちろん、これらは皆、「声に出して読めない日本語」である。だが言葉の真の豊かさとは、じつは口に出すのがはばかられる世界の描き方にこそひそんでいるのではないだろうか。「性」をめぐる言葉がこんなにも豊かなんだということを、僕たちは、日本文学、日本文化まで視野に入れながら、もっと誇っていいのではないか。たとえば「日本人の持つ季節感の豊かさ」を示すためにしばしば『季語集』が引き合いに出されるように、この労作は「日本人の性の豊饒さ」の証として読み継がれるべき書物だと思うのだ。

いや、しかし、そんな頭でっかちな推薦の言葉は、それこそヤボになってしまう。とにかく読んでみてくださいよ、との一言だけで解説の任は達せられているはずだ。ニヤニヤしたり、「なるほど！」と感心したり、「こう来るかぁ」とあきれたり、思わず胸がドキンとしたり……ページを繰る手が止められなくなること請け合いである。

そして——もしもあなたが官能小説というジャンルに食わず嫌いの偏見を持っていらっしゃるのなら、これを機会に認識をあらためていただけないだろうか。

すごいんですよ、ほんとに、この世界は。

（作家）

用例文献（文庫・新書・単行本）一覧　作品名の五十音順

あ行

『愛戯の密室　天国からきたすけこまし』実業之日本社
『美少女《アイドル》凌辱　恥じらい肉人形』マドンナメイト文庫
『アイドルグループ　闇の凌辱』マドンナメイト文庫
『アイドル声優　僕の童貞喪失』マドンナメイト文庫
『愛欲の迷路』桃園書房
『青山レイプ　狙われた美人社長&清純社員』
　フランス書院文庫
『赤い下着の女医』フランス書院文庫
『赤い下着のスチュワーデス』フランス書院文庫
『悪女が目を覚ました』徳間書店
『悪徳稼業』光風社出版
『悪魔の淫獣㊤美人秘書・肛虐せよ！』
　フランス書院ハードXノベルズ
『悪魔のオフィス　暴虐の連続復讐レイプ』
　フランス書院文庫
『悪夢の秘蹟』光文社文庫
『兄と妹　蜜縄奴隷』マドンナメイト文庫
『兄嫁』幻冬舎アウトロー文庫
『兄嫁姉妹』フランス書院文庫
『兄嫁・千佳子』フランス書院文庫
『姉　禁悦の蜜戯』グリーンドア文庫
『姉　濡れた下着』グリーンドア文庫
『姉　背徳の濡蜜』グリーンドア文庫
『姉　淫らな童貞飼育』マドンナメイト文庫
『姉と弟　禁じられた蜜交』グリーンドア文庫
『姉と弟　恥肛禁姦』マドンナメイト文庫
『姉と弟　女体洗脳責め』マドンナメイト文庫
『姉と叔母　個人教授』フランス書院文庫
『姉と女《おんな》教師』フランス書院文庫
『姉の濡唇《くちびる》、妹の幼蕾《つぼみ》』マドンナメイト文庫
『姉の恥唇、妹の乳頭』マドンナメイト文庫
『姉の白衣・叔母の黒下着』フランス書院文庫
『美姉《あね》　肛姦奴隷』グリーンドア文庫
『甘い花蜜の美人課長』グリーンドア文庫
『委員長は淫虐美少女』グリーンドア文庫
『生けどり』徳間文庫
『いけない人妻絵画教室』グリーンドア文庫
『いけない巫女』双葉文庫
『生贄姉妹　囚われの肉欲ペット』マドンナメイト文庫
『いたぶり』徳間文庫
『一夜妻の女唇』桃園文庫
『偽《いつわ》りの寝室』桃園新書
『いとこ・二十七歳と少年　美人社長淫魔地獄』

フランス書院文庫
『妹』フランス書院文庫
『妹・美咲《みさき》』フランス書院文庫
『妹の恥辱　M調教に濡れて…』マドンナメイト文庫
『隠花夫人』マドンナメイト文庫
『淫行時間割　わいせつ母《ママ》』マドンナメイト文庫
『淫交二重奏　女子高生と母』グリーンドア文庫
『淫獄の学園〔完全凌辱版〕』フランス書院文庫
『淫獣の「餌食《えさ》」　恥じらいの後門調教』
マドンナメイト文庫
『淫獣《いんじゅう》の誘《さそ》い』廣済堂文庫
『淫熟女教師　美肉の誘い』グリーンドア文庫
『淫の征服者』日文文庫
『淫の館　深夜の童貞実験』マドンナメイト文庫
『淫濫』徳間文庫
『淫乱聖女』双葉文庫
『インセストタヴー』河出i文庫
『イントロ』講談社文庫
『インモラルマンション　高層の蜜宴』廣済堂文庫
『歌麿おんな秘図』光文社時代小説文庫
『空蟬《うつせみ》の女』マドンナメイト文庫
『熟れ義母の性教育』グリーンドア文庫
『熟れ尻ママ　秘孔責め』ソウリュウノベルス
『熟妻とレイプ　すすり泣く三十五歳』フランス書院文庫
『悦虐OL　肉ひだ営業』ソウリュウノベルス

『悦楽あそび』双葉文庫
『悦楽遊戯』ケイブンシャ文庫
『M奴隷女教師・江里菜』フランス書院文庫
『獲物は淑女』廣済堂文庫
『艶熟夫人の試運転』実業之日本社
『艶色五十三次　岩殿様女人修業』徳間文庫
『援助交際の女』双葉社フタバノベルズ
『OL狩り』実業之日本社
『狼の痴戯』マドンナメイト文庫
『おしのび秘図』祥伝社文庫
『鬼の棲む館』日本出版社アップルノベルズ
『お姉さんはコンパニオン!　コスチューム&レオタードの
魔惑』フランス書院文庫
『叔母・亜希子と姉・美保　黒い濡下着の倒錯寝室』
フランス書院文庫
『叔母　淫ら白衣』グリーンドア文庫
『叔母　もっと奥まで』マドンナメイト文庫
『叔母と従妹　淫の蜜交』グリーンドア文庫
『叔母と三人の熟夫人　いたずらな午後』フランス書院文庫
『叔母の淫ら香』グリーンドア文庫
『叔母はスチュワーデス』マドンナメイト文庫
『父娘《おやこ》相姦　うねくる肉獣』ソウリュウノベルス
『母娘《おやこ》同時絶頂　レイプ請負人』マドンナメイト文庫
『お柳情炎』幻冬舎アウトロー文庫
『女《おんな》音楽教師』フランス書院文庫

『女家庭教師と少年　秘密授業』フランス書院文庫
『女《おんな》教師・香奈の特別授業』マドンナメイト文庫
『女教師奴隷市場』フランス書院文庫
『女《おんな》教師ママ・特別課外授業』フランス書院文庫
『女新入社員・恥辱の奴隷研修』フランス書院文庫
『女総会屋』廣済堂文庫
『女たちの秘密サークル　淫らな絵画教室』
　マドンナメイト文庫
『女ふたり、男たち』河出i文庫
『おんな曼荼羅』祥伝社文庫

か行

『快楽宅配便　若妻嬲り』グリーンドア文庫
『快楽調教』双葉社フタバノベルズ
『快楽の迷彩』徳間文庫
『快楽保険外交員』グリーンドア文庫
『花唇の誘い』廣済堂文庫
『金沢、艶麗《えんれい》女将の秘室』実業之日本社
『金沢名門夫人の悦涙《えつるい》』実業之日本社
『過敏なロリータ　甘酸っぱい乳首』マドンナメイト文庫
『仮面の調教　女肉市場　下半身の品定め』
　マドンナメイト文庫
『狩られる人妻』双葉文庫
『軽井沢レイプ　母娘＋秘書　トリプル肉地獄』
　フランス書院文庫
『姦鬼奔《はし》る』日本出版社アップルノベルズ
『監禁　幻の令嬢』河出文庫
『姦獄！　音楽教師真璃子・二十八歳』フランス書院文庫
『看護婦　トリプル牝奴隷』フランス書院文庫
『感じてください』徳間文庫
『官能学園のお姉さんたち』マドンナメイト文庫
『姦の館　女肉の少年解剖』マドンナメイト文庫
『官僚の妻・二十六歳蟻地獄』フランス書院文庫
『学園の罠　解剖教室』ソウリュウノベルス
『騎乗の女主人　美少年の愛玩飼育』マドンナメイト文庫
『キャンディトーク』河出i文庫
『教育実習生　二十一歳の特別授業』フランス書院文庫
『狂悦の美少女レイプ』グリーンドア文庫
『狂姦！』フランス書院文庫
『教授夫人の「舐め犬」華麗な淫惑記』マドンナメイト文庫
『京都薄化粧の女』光文社文庫
『狂熱相姦夜　ママに溺れて、姉と乱れて』
　フランス書院文庫
『狂乱の狩人』実業之日本社
『巨乳少女のいたずらな制服』グリーンドア文庫
『巨乳女医　監禁レイプ病棟』マドンナメイト文庫
『巨乳妻　奈津子の匂い』グリーンドア文庫
『霧の殺意』光文社文庫
『きれいなお姉さんと僕』マドンナメイト文庫
『禁悦姉弟と肛姦兄妹』マドンナメイト文庫
『金閣寺秘愛夫人』講談社文庫

『近親の獣道《けものみち》』日本出版社アップルノベルズ
『緊縛姉妹　肉虐に悶えて…』マドンナメイト文庫
『議員秘書の野望』角川文庫ハードロマン
『祇園京舞師匠の情火』実業之日本社
『義姉の蜜戯』桃園文庫
『義母［スウィート・ランジェリー］』フランス書院文庫
『義母・千恵子』フランス書院文庫
『義母と嫁　肛虐飼育』ソウリュウノベルス
『義母の熟れ肌』グリーンドア文庫
『義母の美乳』フランス書院文庫
『義母のふともも　魔性の旋律』フランス書院文庫
『義母妹　淫ら蜜の下着』グリーンドア文庫
『銀の水』河出i文庫
『クリスマス・レイプ』フランス書院文庫
『黒い下着の禁姉《きんあね》』フランス書院文庫
『黒い下着の美人課長』フランス書院文庫
『黒い館―人妻秘密倶楽部―』太田新書
『黒下着の人妻　秘密の倒錯通信』フランス書院文庫
『獣たちの野望』講談社文庫
『肛悦叔母　肉虐の美尻調教』マドンナメイト文庫
『肛虐マニア　美少女恥姦』マドンナメイト文庫
『［国際線スチュワーデス］汚れた滑翔《フライト》』
青樹社ビッグブックス
『個人授業　女教師は少年がお好き』マドンナメイト文庫
『古都の風は女の炎《ほむら》を燃やす』実業之日本社
『コマダム　獣《けもの》ぐるい』ソウリュウノベルス
『五大レイプ！　無限地獄』フランス書院文庫

さ行

『催淫治療室　恥辱の強制絶頂』マドンナメイト文庫
『西鶴おんな秘図』光文社時代小説文庫
『最高の隣人妻』フランス書院文庫
『沙織二十八歳㊤襲われた美人助教授』
フランス書院ハードXノベルズ
『沙織二十八歳㊦悲しき奉仕奴隷生活』
フランス書院ハードXノベルズ
『沙紀子二十八歳のレオタード　倒錯スポーツクラブ&アンスコの誘惑』フランス書院文庫
『三姉妹』河出i文庫
『三姉妹レイプ！』フランス書院文庫
『三十六歳の義母〔美囚〕』フランス書院文庫
『三人姉妹の甘い蜜』グリーンドア文庫
『三人の美姉』フランス書院文庫
『三人の若姉　人妻と女《おんな》教師と看護婦』フランス書院文庫
『ざ・だぶる』祥伝社文庫
『仕掛人・遊作』廣済堂ブルーブックス
『下町純情艶娘』双葉文庫
『姉妹奴隷　美孔《びこう》くらべ』ソウリュウノベルス
『社長室の愛人』祥伝社文庫
『社長夫人と令嬢　恥辱ダブル調教』マドンナメイト文庫
『社長若夫人の秘密』光文社文庫

『社命情事』祥伝社文庫
『写楽おんな秘図』光文社時代小説文庫
『朱淫の誘い』双葉文庫
『羞恥面接剃毛女子学生　屈辱の肉道具調べ』
マドンナメイト文庫
『週末の寝室』徳間文庫
『淑女専用治療院　淫ら愛撫』マドンナメイト文庫
『淑女の援助交際』徳間文庫
『淑女の狩人』徳間文庫
『修羅の舞い』日本出版社アップルノベルズ
『少女と兄と美母と　凌辱三重姦』マドンナメイト文庫
『少女肉地獄　結花と美咲』マドンナメイト文庫
『少年注意報！　ゆんゆんパラダイス』辰巳出版
『少年と三人の母』フランス書院文庫
『処刑の部屋②女医、乱れる』日本出版社アップルノベルズ
『処女叔母と熟母』フランス書院文庫
『処女教師　凌辱』グリーンドア文庫
『私立H学園中等部　美少女調教委員会』
マドンナメイト文庫
『白き獲物』廣済堂文庫
『白と黒の狩人』日本出版社アップルノベルズ
『新宿欲望探偵』光文社文庫
『新宿爛蕩《らんとう》夫人』講談社文庫
『新人看護婦・美帆　十九歳の屈辱日記』フランス書院文庫
『新人女教師』マドンナメイト文庫
『新任英語教師　祐美子とテニスクラブ　濡れたアンダース
コートの挑発』フランス書院文庫
『新任音楽教師　凌辱狂想曲』フランス書院文庫
『シンデレラの教壇　女教師・未公開授業』
フランス書院文庫
『シンデレラ狂想曲《ラプソディー》』辰巳出版ネオノベルズ
『実母と少年奴隷』フランス書院文庫
『実妹と義妹』フランス書院文庫
『重役室㊙指令』ケイブンシャ文庫
『十四歳　下半身の微熱《しめり》』マドンナメイト文庫
『熟・女・接・待・最高のリゾートホテル』
フランス書院文庫
『熟妻　蜜のカクテル』廣済堂文庫
『熟女と少年　禁姦肉指導』マドンナメイト文庫
『受験慰安母』フランス書院文庫
『純情白書』双葉文庫
『情事妻　不倫の彩り』ケイブンシャ文庫
『情事の椅子』日本文庫
『情事の迷宮』ケイブンシャノベルズ
『情事の貢ぎもの』青樹社文庫
『情事夫人の密室』ケイブンシャ文庫
『情事を盗られた女　ジゴロ探偵遊楽帖』実業之日本社
『女王蜂の身代金』講談社文庫
『常務夫人の密命』実業之日本社新書
『情欲の部屋』双葉文庫

『情欲の門』桃園文庫
『情欲㊙談合』双葉文庫
『女医　悦虐肛華責め』グリーンドア文庫
『女医　獣の儀式』日本出版社アップルノベルズ
『女医と少年　濡れ下着の牝臭《におい》』マドンナメイト文庫
『女医の聖餐』ソイド文庫
『女医の童貞手術室』マドンナメイト文庫
『女教師・Mの教壇』フランス書院文庫
『女教師　いけない放課後』グリーンドア文庫
『女教師・香澄　痴漢地獄』マドンナメイト文庫
『女教師　禁じられた咆哮《ほうこう》』日本出版社アップルノベルズ
『女教師・羞恥の露出参観日』フランス書院文庫
『女教師・痴漢通学』フランス書院文庫
『女教師　濡れた黒下着』マドンナメイト文庫
『女教師　美畜の檻』日本出版社アップルノベルズ
『女教師　隷獣の契り』グリーンドア文庫
『女教師　私は教え子のM性奴……』フランス書院文庫
『女教師姉妹』フランス書院文庫
『女教師と教え娘　ダブル狂姦』マドンナメイト文庫
『女教師と高級夫人　生贄ダブル肛辱』マドンナメイト文庫
『女教師と少女　牝の恥肉授業』マドンナメイト文庫
『女教師と美少女と少年　保健室の魔惑授業』
マドンナメイト文庫
『女教師凌辱《レズ》　魔の痴漢ネット』マドンナメイト文庫
『女高生百合飼育』マドンナメイト文庫
『女高生　制服の秘肛奴隷』マドンナメイト文庫
『女子高生　淫辱の美囚』グリーンドア文庫
『女子合宿　いけない果蜜啜《すす》り』マドンナメイト文庫
『女子大生家庭教師　恥肉のレッスン』ソウリュウノベルス
『人事部長の獲物』双葉文庫
『スチュワーデス・七年調教』フランス書院文庫
『スチュワーデス　制服レイプ』グリーンドア文庫
『スチュワーデスと女教師と少年と』フランス書院文庫
『美少女姉妹《スレイブ・ドールズ》　恥虐の肉玩具』マドンナメイト文庫
『清純新人社員・詩織　二十歳の凌辱研修』
フランス書院文庫
『性純ナース』双葉文庫
『成城淑母館の帝王』桃園文庫
『成城レイプ・人妻暴虐』マドンナメイト文庫
『聖純看護婦　二十二歳の哭泣』フランス書院文庫
『制服淑女の秘宴　特命闇社員』双葉社フタバノベルズ
『制服トリプルレイプ』フランス書院文庫
『制服生人形　十四歳の露出志願』マドンナメイト文庫
『制服の恥じらい少女』グリーンドア文庫
『制服の秘密』グリーンドア文庫
『制服の蜜戯』グリーンドア文庫
『制服美少女　絶頂漬け』ソウリュウノベルス
『制服美少女・輪姦解剖倶楽部』フランス書院文庫
『制服凌辱　美人銀行員と女子高生』フランス書院文庫
『制服レイプ　狙われた六人の美囚』フランス書院文庫

『セカンドナイト』河出i文庫
『セクレタリ　愛人』幻冬舎アウトロー文庫
『セーラー服と看護婦　十六歳＆十九歳　邪淫のレイプ刑』
　フランス書院文庫
『セーラー服凌辱委員会』フランス書院文庫
『セーラー服凌辱ゼミナール』フランス書院文庫
『セーラー服を狩れ！　教育実習生を狩れ！』
　フランス書院文庫
『絶頂の人妻』廣済堂文庫
『相姦　美母の肉人形』マドンナメイト文庫
『相姦の血脈　母と息子・義父と美娘』フランス書院文庫
『相姦の密室　天国から来たすけこまし』実業之日本社
『双貌の妖獣』実業之日本社ジョイノベルズ
『相馬の牙《きば》』光文社時代小説文庫
『卒業』幻冬舎アウトロー文庫

た行

『抱いてほしいの』双葉文庫
『恥虐の姉弟交姦』グリーンドア文庫
『恥刑部屋　みだら洗脳』ソウリュウノベルス
『調教』幻冬舎アウトロー文庫
『沈黙の遊戯』宙出版タイカンノベルズ
『尽してあげちゃう2』パラダイムノベルズ
『つたない舌』幻冬舎アウトロー文庫
『艶やかな秘命』光文社文庫
『定本・悪魔の刻印　媚獣恥姦』マドンナメイト文庫
『定本・悶え火　女子校生処女の儀式』マドンナメイト文庫
『転校生　強制淫行』グリーンドア文庫
『転校生　担任女教師・穢された教壇』フランス書院文庫
『天女の狩人』徳間文庫
『出口なき欲望』講談社文庫
『東京蜜猟クラブ』フランス書院文庫
『倒錯の白衣奴隷』グリーンドア文庫
『倒錯未亡人』フランス書院文庫
『陶酔への12階段』実業之日本社
『特命　突破課長』光文社文庫
『特命　猛進課長』光文社文庫
『年上三姉妹〔素敵な隣人たち〕』フランス書院文庫
『年上初体験〈僕と未亡人〉』フランス書院文庫
『トップ・スチュワーデス　禁色のスカーフ』
　日本出版社アップルノベルズ
『隣りのお姉さまとおばさま』フランス書院文庫
『隣りの人妻』フランス書院文庫
『隣りの美姉妹』フランス書院文庫
『隣りの若妻　甘い匂いの生下着』マドンナメイト文庫
『とめどなく蜜愛』徳間文庫
『取締役秘書室長　出世快道まっしぐら』徳間文庫
『蕩ける女』桃園文庫
『翔んで、ウタマロ』太田新書
『同窓会の人妻』フランス書院文庫
『童貞漁り　美人室長の淫ら罠』マドンナメイト文庫

『童貞カウンセラー摩奈香』フランス書院文庫
『童貞教室　女教師は少年キラー』マドンナメイト文庫
『童貞検診　秘密の保健室』グリーンドア文庫
『童貞と女教師　淫惑相談室』マドンナメイト文庫
『童貞マニア　人妻・美沙子』マドンナメイト文庫
『独眼龍謀反状　卍屋麗三郎・死闘篇』
　実業之日本社ジョイノベルズ
『奴隷母・美由紀　魔性に喘いで……』マドンナメイト文庫
『奴隷未亡人　すすり泣く牝獣』フランス書院文庫
『奴隷未亡人と少年　開かれた相姦の扉』フランス書院文庫

な行
『舐母《なめはは》』フランス書院文庫
『新妻』幻冬舎アウトロー文庫
『新妻・凌辱後遺症　私はあの倒錯が忘れられない…』
　フランス書院文庫
『新妻鑑定人』廣済堂文庫
『新妻調教　桃尻なぶり』ソウリュウノベルス
『新妻の疼き』富士出版
『新妻よ、犯されて牝になれ！』フランス書院文庫
『匂い立つめしべ』桃園文庫
『贄《にえ》の部屋　熟女の少年《ペット》教育』マドンナメイト文庫
『肉刑』フランス書院文庫
『肉診台の羞恥刑』ソウリュウノベルス
『肉の紋章』マドンナメイト文庫
『虹の雨』河出i文庫

『尼僧の寝室』実業之日本社
『女《にょ》悦犯科帳』飛天文庫
『女宴の迷宮　特別闇社員』双葉社フタバノベルズ
『女体遍歴人《トラベラー》』宙出版タイカンノベルズ
『女肉の猟奇館』マドンナメイト文庫
『人気モデル　恥辱の強制開脚』マドンナメイト文庫
『濡れた教壇　新任教師・羞恥写真』フランス書院文庫
『熱臀義母』フランス書院文庫
『眠れない』講談社文庫
『狙われた放課後　セーラー服と女教師』フランス書院文庫
『粘蜜さぐり』双葉文庫
『覗き　若妻と隣りの美少年』フランス書院文庫

は行
『背徳教団　魔の童貞肉洗礼』マドンナメイト文庫
『白衣の愛人』祥伝社文庫
『白衣の蜜宴』桃園文庫
『白蛇　新・人斬り弥介』集英社文庫
『ハードコア・レイプ　生贄絶頂』マドンナメイト文庫
『花盛りの社長室』桃園新書
『花しずく』祥伝社文庫
『花雫《はなしずく》』実業之日本社ジョイノベルズ
『花のお江戸のでっかい奴〔色道篇〕』実業之日本社
『花びらがえし』廣済堂文庫
『花びらさがし』廣済堂文庫
『はなびらざかり』廣済堂文庫

『母・美紀子と息子』フランス書院文庫
『実母〔はは〕』フランス書院文庫
『母娘《ははこ》』幻冬舎アウトロー文庫
『母娘　誘惑淫戯』グリーンドア文庫
『母姉妹　淫辱三重奏』グリーンドア文庫
『母と叔母と…僕の禁じられた夜』マドンナメイト文庫
『母と熟女と少年と　魔肛の倒錯ネット』フランス書院文庫
『母と息子　倒錯淫戯』グリーンドア文庫
『春香二〇歳─初めての相姦体験』太田新書
『半熟　同級生の乳芯検査《しぼり》』マドンナメイト文庫
『半熟少女　過敏な肉蕾《つぼみ》いじり』マドンナメイト文庫
『半熟少女　密室の凌辱人形』マドンナメイト文庫
『半熟の花芯　秘密の喪失儀式』マドンナメイト文庫
『半熟の乳頭検査　恥じらい十二歳』マドンナメイト文庫
『売乳聖母〔電脳時代の性〕』宙出版タイカンノベルズ
『バレンタイン・レイプ』フランス書院文庫
『秘悦人形師　淫《いん》の殺人』徳間文庫
『秘悦の盗人《ぬすびと》』日本出版社アップルノベルズ
『秘宴の花びら』ケイブンシャ文庫
『秘書　下着の蜜奥』グリーンドア文庫
『秘書課のマドンナ』桃園新書
『秘書室』幻冬舎アウトロー文庫
『人妻　童貞肉指導』マドンナメイト文庫
『人妻・濡れた真珠』双葉文庫
『人妻・博美の童貞ダブル指導』マドンナメイト文庫

『人妻肉審査《オークション》　名門学園の牝犬試験』マドンナメイト文庫
『人妻狩り　絶頂玩具に溺れて…』マドンナメイト文庫
『人妻狩りの魔檻』フランス書院文庫
『人妻看護婦・二十五歳』フランス書院文庫
『人妻官能検査　凌辱魔の肉奴』マドンナメイト文庫
『人妻肛姦　淫惑の倒錯絶頂』マドンナメイト文庫
『人妻肛虐記』フランス書院文庫
『人妻候補生』ケイブンシャ文庫
『人妻三姉妹』フランス書院文庫
『人妻恥姦　悦虐の濡れ媚肉』マドンナメイト文庫
『人妻潰《つぶ》し』実業之日本社ジョイノベルズ
『人妻美人課長　魅惑のふとももオフィス』
フランス書院文庫
『人妻微熱空間』光風社出版
『人妻弁護士・明日香』グリーンドア文庫
『人妻蜜奴隷』マドンナメイト文庫
『人妻乱宴』廣済堂文庫
『人妻が濡れた肉検査　魔の触診台』マドンナメイト文庫
『人妻セレブ　淫らな男狩り』マドンナメイト文庫
『人妻宅配便』竹書房ラブロマン文庫
『人妻たちの乱倫』ケイブンシャ文庫
『人妻ですもの』光文社文庫
『人妻と弟　禁姦のW肉玩具』マドンナメイト文庫
『人妻と少年　魔悦の肛姦契約』マドンナメイト文庫
『人妻の三泊四日』双葉文庫

『人妻の試乗会』実業之日本社
『人妻のしたたり』双葉文庫
『人妻の診察室』廣済堂文庫
『人妻の茶室』実業之日本社
『人妻のぬめり』双葉社フタバノベルズ
『人妻の予備校　ジゴロ探偵遊楽帖』実業之日本社
『人妻は白昼、痴漢奴隷に……』フランス書院文庫
『人の妻』光文社文庫
『ひと夏の甘夢』双葉文庫
『ひとみ、煌《きら》めきの快感　美少女夢綺譚』
ソウリュウノベルス・アリスシリーズ
『ヒート』河出i文庫
『緋の館』太田新書
『姫におまかせ！』辰巳出版ネオノベルズ
『秘められた夜』宙出版タイカンノベルズ
『広重おんな秘図』光文社時代小説文庫
『美姉　肛姦奴隷』グリーンドア文庫
『美姉からの贈り物　櫻木充スペシャル』フランス書院文庫
『美姉と弟』フランス書院文庫
『美姉妹　堕ちた性奴』グリーンドア文庫
『美姉妹　恥虐の連鎖』グリーンドア文庫
『美姉妹　魔悦三重姦！』マドンナメイト文庫
『美術女教師』フランス書院文庫
『美少女　幼な奴隷の拡張検査』マドンナメイト文庫
『美少女・沙貴　恥虐の牝犬教育』マドンナメイト文庫
『美少女　誘う淫蜜』グリーンドア文庫
『美少女　倒錯秘戯』ソウリュウノベルス
『美少女　恥らう果実』グリーンドア文庫
『美少女　魔悦の罠』マドンナメイト文庫
『美少女・麻由の童貞いじめ』マドンナメイト文庫
『美少女市場《オークション》　恥辱の肉玩具』マドンナメイト文庫
『美少女解剖病棟　淫虐の肉玩具《モルモット》』マドンナメイト文庫
『美少女学園　生贄ペット』マドンナメイト文庫
『美少女飼育日記』グリーンドア文庫
『美少女相姦　禁悦志願』マドンナメイト文庫
『美少女盗撮　いけない秘唇検査』マドンナメイト文庫
『美少女と叔母　蜜交体験』グリーンドア文庫
『美少女と僕　放課後の童貞検査』マドンナメイト文庫
『美少女の淫蜜』グリーンドア文庫
『美少女発情　秘密の快感実習』マドンナメイト文庫
『美少女鑑賞《マニア》　恥辱の肉解剖』マドンナメイト文庫
『美少女凌辱　恥らい肉人形』マドンナメイト文庫
『美少女教室《レッスン》　秘密の強制飼育』マドンナメイト文庫
『美神幻想』実業之日本社ジョイノベルズ
『美唇受付嬢　みだら裏《うら》接待』ソウリュウノベルス
『美唇の饗宴』ケイブンシャ文庫
『美唇の乱戯』徳間文庫
『美人営業部長　強制肉接待』マドンナメイト文庫
『美人英語教師・M恥獄』フランス書院文庫
『美人オーナー密室監禁』マドンナメイト文庫

『美人課長・映美子　媚肉の特別報酬』フランス書院文庫
『美人課長・涼子　深夜の巨乳奉仕』マドンナメイト文庫
『美人教師と弟　魔の女肉洗脳』マドンナメイト文庫
『美人社長　肉虐の檻』マドンナメイト文庫
『美人助教授と人妻　倒錯の贄』マドンナメイト文庫
『美人捜査官　巨乳の監禁肉虐』マドンナメイト文庫
『美人妻　淫獄堕ち』ソウリュウノベルス
『美人妻・監禁』マドンナメイト文庫
『美人妻　下着の秘奥』グリーンドア文庫
『美人妻の唇』桃園新書
『美人派遣社員　最終電車の魔指』フランス書院文庫
『美人リポーター　かいかん生放送』ソウリュウノベルス
『美肉修道院　巨乳の凌辱儀式』マドンナメイト文庫
『美肉の淫惑　お姉さまはテクニシャン』
　マドンナメイト文庫
『美母・秘蜜教室』フランス書院文庫
『美母交換　顔面騎乗』マドンナメイト文庫
『美母と姉と少年　禁悦に溺れて…』マドンナメイト文庫
『美母と叔母　熟れ肉くらべ』グリーンドア文庫
『美母と少年　禁姦の四重奏』マドンナメイト文庫
『美母と少年　相姦教育』フランス書院文庫
『美母と美姉　魔性の血族』フランス書院文庫
『美母の贈りもの』フランス書院文庫
『美母《びぼ》は肛虐肉奴隷』マドンナメイト文庫
『美母は放課後、隷母になる』フランス書院文庫

『媚色の狩人』ケイブンシャ文庫
『媚唇の戯れ』ケイブンシャ文庫
『媚薬　女高生の疼き』マドンナメイト文庫
『風俗狩り』ケイブンシャ文庫
『フーゾク探偵《デカ》』祥伝社文庫
『復讐の淫虐魔』グリーンドア文庫
『復讐の女獣』実業之日本社
『双子美妹と兄　相姦の三角関係』フランス書院文庫
『二人の淫姉・少年狩り』フランス書院文庫
『二人のお姉さん　実姉《じつあね》と若妻』フランス書院文庫
『二人の義姉・新妻と女子大生』フランス書院文庫
『二人の禁妹　魔性の奸計』フランス書院文庫
『二人の奴隷女医』フランス書院文庫
『二人の美姉　奈津子と亜希』フランス書院文庫
『二人の美臀母』フランス書院文庫
『不倫妻の淫火《いんか》』ケイブンシャ文庫
『不倫の密室』日文文庫
『ブルマー少女の誘惑淫戯』グリーンドア文庫
『平成暗殺の会』実業之日本社
『平成名器めぐり』双葉文庫
『平成凌辱女学園』フランス書院文庫
『紅薔薇の秘命』光文社文庫
『変態玩具　女子高生と未亡人』マドンナメイト文庫
『母姦！　性獣の寝室』フランス書院文庫
『僕と義母とランジェリー』フランス書院文庫

『僕の姉は人妻』フランス書院文庫
『僕の家庭教師　ふたりのお姉さま』フランス書院文庫
『僕の叔母』マドンナメイト文庫
『僕の派遣看護婦《ナース》　特別診療』マドンナメイト文庫
『僕のママと同級生のママ』フランス書院文庫
『僕は少年奴隷　担任女教師とお姉さん』フランス書院文庫
『母子相姦　禁忌の受精』グリーンドア文庫
『炎《ほむら》』太田出版
『ボディクラッシュ』河出i文庫

ま行

『魔弾！　檻の中の美術教師』フランス書院文庫
『魔弾！　女教師・地獄の奴隷回廊』フランス書院文庫
『継母《ままはは》と実母と少年と　狂った相姦三重奏』
フランス書院文庫
『継母と少女　美畜の啼く家』グリーンドア文庫
『継母・二十九歳の寝室　濡れた下着の魔惑』
フランス書院文庫
『ママと看護婦のお姉さま』フランス書院文庫
『ママと少年　下着授業』フランス書院文庫
『ママの美尻』マドンナメイト文庫
『ママは双子姉妹』フランス書院文庫
『美母《ママ》は変態バニー』マドンナメイト文庫
『魔指と人妻　7:30発悪夢の痴漢電車』フランス書院文庫
『卍屋龍次　無明斬り』角川文庫ハードロマン
『女神《ミストレス》の双頭具　美少年の飼育試験』マドンナメイト文庫
『未成年の春秋　流転篇』桃園書房
『淫姉と人妻姉　魔性の血族』フランス書院文庫
『淫ら占い　女神の童貞監禁　魔惑の強制射精』
マドンナメイト文庫
『淫《みだら》叔母・冴子　禁姦の童貞肉儀式』マドンナメイト文庫
『淫《みだら》叔母・少年狩り』フランス書院文庫
『淫指戯　人妻痴漢体験』フランス書院文庫
『淫妻㊦姦淫講座』フランス書院文庫
『淫らに写して』双葉文庫
『乱れ妻』光文社文庫
『密愛』桃園文庫
『蜜愛の刻』双葉文庫
『蜜愛の媚薬』徳間文庫
『密宴』徳間文庫
『蜜狩り図鑑』青樹社ビックブックス
『蜜戯の特命』光文社文庫
『蜜戯の妖宴』双葉文庫
『蜜妻めぐり』日本出版社アップルノベルズ
『蜜泥棒』祥伝社文庫
『蜜の狩人　天使と女豹』祥伝社文庫
『蜜の鑑定師』日文文庫
『蜜の館　淫らな童貞騎乗』マドンナメイト文庫
『密命　誘惑課長』徳間文庫
『密猟者の秘命』光文社文庫
『蜜猟人　朧十三郎　秘悦花』学研M文庫

『蜜猟のアロマ』大洋文庫
『美奈子と義母と弟　悪夢の相姦肉地獄』フランス書院文庫
『未亡人課長・三十二歳』フランス書院文庫
『未亡人義母』フランス書院文庫
『未亡人社長　恥辱のオフィス』フランス書院文庫
『未亡人女教師　放課後の母姦授業』フランス書院文庫
『未亡人の下着　三十九歳・瑞希と美少年』
　フランス書院文庫
『未亡人は肛姦《アナル》奴隷　倒錯の美尻調教』マドンナメイト文庫
『未亡人ママと未亡人教師』フランス書院文庫
『名門女子学園　性奴養成教育』マドンナメイト文庫
『名門女子大生・完全凌辱計画』フランス書院文庫
『名門美少女　集団レイプ』マドンナメイト文庫
『眼鏡っ娘パラダイス』二見ブルーベリー
『女神様の初恋』辰巳出版ネオノベルズ
『女神の狩人』徳間文庫
『牝犬の恥栓《ちせん》　人妻の肛粘膜拡張』マドンナメイト文庫
『牝獣の「肉檻」　淫辱の肛菊しゃぶり』マドンナメイト文庫
『牝奴隷　美少女・恥虐のセーラー服』フランス書院文庫
『牝猫の狩人』徳間文庫
『メス猫の寝室』桃園書房
『牝猫　被虐のエクスタシー』グリーンドア文庫
『メル奴の告白』太田新書
『もっと凄《すご》く、もっと激《はげ》しく』実業之日本社
『木綿のいけない失禁《おもらし》体験　桃色の乳頭しゃぶり』
　マドンナメイト文庫
『問診台の羞恥刑』ソウリュウノベルス

や行

『役員秘書　涼子と美沙』フランス書院文庫
『夜光牝』双葉文庫
『矢は闇を飛ぶ　私立探偵・伊賀光二シリーズ』
　ケイブンシャ文庫
『野望銀行』光文社文庫
『野望証券マン』青樹社文庫
『野望商戦』光文社文庫
『野望勝利者』光文社文庫
『野望放送局』光文社文庫
『闇を抱く人妻』光文社文庫
『闇に堕ちた少女　ジゴロ探偵遊楽帖』実業之日本社
『柔肌ざかり』廣済堂文庫
『やわひだ巡り』ベスト時代文庫
『やわひだ詣で』ベスト時代文庫
『やわらかい疼き』光風社出版
『有閑夫人の秘戯』実業之日本社
『誘惑地帯　小説秋田音頭』講談社文庫
『誘惑未亡人オフィス』フランス書院文庫
『愉悦の扉』光文社文庫
『雪蜜娘』双葉文庫
『妖女』太田新書
『欲望女重役』角川文庫

『欲望極秘指令』徳間文庫
『欲望重役室』徳間文庫
『欲望情事社員』ケイブンシャ文庫
『欲望専科女教師』光風社出版
『欲望添乗員ノッてます！』徳間文庫
『欲望の狩人』光文社文庫
『欲望のソナタ』双葉文庫
『欲望ホテル支配人』徳間文庫
『欲望南十字星』青樹社文庫
『横浜レイプ　聖フェリシア女子学院・魔獄の罠』
　フランス書院文庫
『四人の肛虐奴隷妻』フランス書院文庫
『夜の官能秘書』廣済堂文庫
『夜の管理人』廣済堂出版
『夜の若妻』双葉文庫

ら行

『乱戯』徳間文庫
『爛熟《らんじゅく》少年　倒錯の初体験』グリーンドア文庫
『爛熟のしずく』双葉文庫
『乱熟の人妻』竹書房ラブロマン文庫
『爛熟の密室　天国から来たすけこまし』実業之日本社
『乱倫の館』実業之日本社
『リップ』河出i文庫
『凌襲㊤悪魔の招待状』フランス書院ハードXノベルズ
『凌辱　看護婦学院』フランス書院文庫
『凌辱学園　転校生・志織は肉奴隷』マドンナメイト文庫
『凌辱バスツアー』フランス書院文庫
『理代子と高校生・相姦の血淫』フランス書院文庫
『隣室の若叔母』フランス書院文庫
『隣人は若未亡人　黒い下着の挑発』フランス書院文庫
『麗嬢　熟れ肌の匂い』グリーンドア文庫
『令嬢姉妹　完全飼育』グリーンドア文庫
『令嬢と若妻　監禁肛虐サロン』マドンナメイト文庫
『レイプ環礁』フランス書院文庫
『レイプ女子体操部　引き裂かれたレオタード』
　フランス書院文庫
『麗母響子・淫性と魔性　ママ、狂わせないで！』
　フランス書院文庫
『恋鬼が斬る　無頼浪人殺人剣』廣済堂文庫
『六本木芳熟夫人』講談社文庫
『ロリータ　木綿の味比《くら》べ』マドンナメイト文庫
『ロリータ半熟いじめ　わいせつな交換日記』
　マドンナメイト文庫

わ行

『若叔母と家庭教師　美肉に狂う甥・恥交に溺れる萌子』
　フランス書院文庫
『若叔母と熟叔母』フランス書院文庫
『若叔母は美人助教授』フランス書院文庫
『若義母と女家庭教師と高校生』フランス書院文庫
『若義母と隣りの熟妻』フランス書院文庫

『若妻淫交レッスン』グリーンドア文庫
『若妻　再会と復讐と凌辱と』フランス書院文庫
『若妻〔償い〕』フランス書院文庫
『若妻　濡れ下着の童貞レッスン』マドンナメイト文庫
『若妻　柔肌蜜猟』グリーンドア文庫
『若妻の謝肉祭』桃園文庫
『若妻の寝室』双葉文庫
『若妻保母さん　いけないご奉仕』フランス書院文庫
『若妻と妹と少年　悦虐の拷問室』マドンナメイト文庫
『若妻童貞しゃぶり』グリーンドア文庫
『若妻肉刑　美畜の淫夢』ソウリュウノベルス
『若美母《わかびぼ》　ボディスーツ&下着の誘惑』フランス書院文庫
『若継母・二十七歳』フランス書院文庫
『私は恥しい母　息子の痴漢奴隷に』フランス書院文庫
『私は秘書　二十五歳・倒錯の美蜜』フランス書院文庫

本書は二〇〇二年一月、マガジンハウスより刊行され、
文庫化にあたり大幅に加筆訂正した。

ヤクザの世界　青山光二

ヤクザ社会の真の姿とは——掟、作法や仁義、心情、適性、生活源……現役最長老の作家による、警察が参考にしたという名著！（山崎行雄）

やくざと日本人　猪野健治

やくざは、なぜ生まれたのか？　戦国末期の遊侠無頼から山口組まで、やくざの歴史、社会とのかかわりを、わかりやすく論じる。（鈴木邦男）

日本の右翼　猪野健治

憂国の士か？　テロリストか？　右翼とはそもそも何なのか？　思想、歴史、人物など、その概容を知るための絶好の書。（鈴木邦男）

巨魁　岩川隆

戦後日本を作り上げた「昭和の妖怪」岸信介とは何者か。注目の政治家安倍晋三は孫にして後継者。日本の未来を占う必読書。（猪瀬直樹）

国家とメディア　魚住昭

日本中に衝撃を与えた「NHK番組改変問題」政治介入スクープ記事を収録。『日刊ゲンダイ』『ダカーポ』時評など報道の裏を読む。（森達也）

国家に隷従せず　斎藤貴男

国民を完全に管理し、差別的階級社会に移行する日本の構造を暴く。文庫化にあたり最新の問題（派兵、年金、民主党等）を抉る！（森達也）

不屈のために　斎藤貴男

「勝ち組、負け組」「住基カード」などのキーワードから、格差が増大され、国民管理が強化されるこの国を問う。新原稿収録。（鈴木邦男）

武器としてのスキャンダル　岡留安則

〝噂の真相イズム〟の原点はここにある。伝説の反権力雑誌編集長が明かす、ゴシップを味方にする技術。前代未聞の黒字休刊への経緯も大幅加筆。

世界はもっと豊かだし、人はもっと優しい　森達也

人は他者への想像力を失い、愛する者を守ろうとする時にこそ残虐になる。他者を排斥する日本で今できること。未収録原稿を追加。（友部正人）

〈敗戦〉と日本人　保阪正康

昭和二十年七、八月、日本では何が起きていたか。歴史的決断が下されるまでと、その後の真相を貴重な史料と証言で読みといた、入魂の書き下ろし。

誘拐　本田靖春

戦後最大の誘拐事件。残された被害者家族の絶望、犯人を生んだ貧困、刑事達の執念を描くノンフィクションの金字塔！（佐野眞一）

乗っ取り弁護士　内田雅敏

会社を喰いつぶす悪徳弁護士と著者との激しいバトル！　一皮むけば魑魅魍魎がバッコするビジネス社会の断面を記録する。（魚住昭）

日本のゴミ　佐野眞一

産廃処理場、リサイクル、はてはペットの死骸まで、大量消費社会が生みだす膨大なゴミはどこへ行こうとしているのか？　大宅賞作家渾身の力作。

タレント文化人筆刀両断！　佐高信

御用文化人、反動政治家、企業トップ等を〝人斬り佐高〟がメッタ斬り。文庫化に当たり安倍晋三、養老孟司等、最新の顔を増補。（岡留安則）

決定版 ルポライター事始　竹中労

えんぴつ無頼の浮草稼業！　紅灯の巷に沈潜し、アジアへと飛翔した著者のとことん自由にして過激な半生と行動の論理！（竹熊健太郎）

出版業界最底辺日記　塩山芳明　南陀楼綾繁編

エロ漫画界にその名を轟かす凶悪編集者の日記。手抜き漫画家、印刷所、大手の甘ちゃん編集者……に、下請けの意地で対抗する〝血闘〟録。（福田和也）

風俗の人たち　永沢光雄

平成日本の性風俗とそこに生きる人たちをユーモラスな筆致でとらえたルポルタージュ。『AV女優』で話題を呼んだ著者の第二作。（永江朗）

赤線跡を歩く　木村聡

戦後まもなく特殊飲食店街として形成された赤線地帯。その後十余年、都市空間を彩ったその宝石のような建築物と街並みの今を記録した写真集。

エロ街道をゆく　松沢呉一

セックスのすべてを知りたい。SMクラブ、投稿雑誌編集部、アダルト・ショップなどエロ最前線レポート。欲望の深奥を探り、性の本質に迫る。

タクシードライバー日誌　梁《ヤン》石日《ソギル》

座席でとんでもないことをする客、変な女、突然の大事故。仲間たちと客たちを通して現代の縮図を描く異色ドキュメント。（崔洋一）

品切れの際はご容赦下さい

ちくま文庫

官《かん》能《のう》小《しょう》説《せつ》用《よう》語《ご》表《ひょう》現《げん》辞《じ》典《てん》

二〇〇六年十月 十 日 第一刷発行
二〇〇九年二月 五 日 第六刷発行

編 者 永田守弘（ながた・もりひろ）
発行者 菊池明郎
発行所 株式会社 筑摩書房
東京都台東区蔵前二ー五ー三 〒一一一ー八七五五
振替〇〇一六〇ー八ー四一二三
装幀者 安野光雅
印刷所 三晃印刷株式会社
製本所 株式会社積信堂

乱丁・落丁本の場合は、左記宛に御送付下さい。
送料小社負担でお取り替えいたします。
ご注文・お問い合わせも左記へお願いします。
筑摩書房サービスセンター
埼玉県さいたま市北区櫛引町二ー六〇四 〒三三一ー八五〇七
電話番号 〇四八ー六五一ー〇〇五三

ISBN4-480-42233-1 C0180